Harry Potter™

哈利波特

消失的密室

Harry Potter and the Chamber of Secrets

J.K. 羅琳 J.K. ROWLING 著

彭倩文 譯

獻給我落跑時的司機與沮喪時的好友

西恩P.F.哈瑞斯

CONTENTS

1 最慘的生日 007
2 多比的警告 019
3 洞穴屋 033
4 在華麗與污痕書店裡 053
5 渾拚柳 079
6 吉德羅．洛哈 102
7 麻種與耳語 122
8 忌日宴會 143
9 牆上的字跡 165
10 瘋搏格 190
11 決鬥社 214
12 變身水 241
13 絕密日記 267
14 康尼留斯．夫子 292
15 阿辣哥 310
16 密室 331
17 史萊哲林的傳人 358
18 多比的獎賞 382

1 最慘的生日

水蠟樹街四號在早餐時爆發了一場衝突，這種情形自然不是第一次發生。威農・德思禮先生在今天一大早，就被他外甥哈利房間的響亮嗚嗚啼聲給吵醒。

「這是這禮拜第三次了！」他對著餐桌對面吼道，「要是你沒辦法控制住那隻貓頭鷹，牠就得滾！」

哈利又一次地張開嘴巴，企圖解釋。

「她覺得**無聊**嘛，」他說，「她習慣在戶外飛來飛去，要是我可以在晚上把她放出去……」

「你以為我是笨蛋嗎？」威農姨丈厲聲喝道，一小塊煎蛋掛在他濃密的鬍鬚上晃來盪去，「那隻貓頭鷹放出去以後，會發生什麼樣的事，我心裡可清楚得很。」

他跟他的妻子佩妮臉色陰沉地互望了一眼。

哈利想要反駁，但德思禮夫婦的兒子達力，正好在此時打了一個又響又長的飽嗝，完全掩蓋住哈利的聲音。

「我還要再吃一點培根。」

「鍋子裡還剩下一些，小甜心，」佩妮阿姨說，用迷濛的眼神望著她肥壯的兒子，「我們得趁這個機會把你給餵飽……學校裡的食物聽起來好像很不像樣……」

「胡說，佩妮，我在司梅汀念書的時候，可從來沒餓過肚子，」威農姨丈真心地表示，「達力吃得夠多了，是不是啊，兒子？」

胖得屁股肉從廚房椅子兩旁垂下來的達力，咧開嘴笑笑，然後轉向哈利。「替我把鍋子拿來。」

「你忘了說那個魔咒。」哈利沒好氣地答道。

這句簡單的話，對這家人造成了難以置信的驚人效果：達力倒抽了一口氣，砰地一聲從椅子上摔下來，把整個廚房撞得連連搖晃；德思禮太太發出一聲微弱的尖叫，用雙手摀住嘴巴；德思禮先生跳了起來，太陽穴邊的青筋不停地抽動。

「我指的是『請』！」哈利趕緊解釋，「我並不是指——」

「**我是不是告訴過你**，」他的姨丈怒聲咆哮，口水全都噴到了餐桌上，「**絕對不准在我們家裡提到那個『ㄇ』開頭的字？**」

「可是我——」

「**你竟敢恐嚇達力！**」威農姨丈氣得大吼，往餐桌上重重捶了一拳。

「我只是——」

「**我警告你！我絕對不許你在這個屋簷下做出反常的舉動！**」

哈利的目光從他那氣得臉色發紫的姨丈，轉向面無血色的阿姨，她現在正努力想把達力從地上拉起來。

「好吧，」哈利說，「**好吧……**」

威農姨丈重新坐下，大聲用力呼吸，活像一頭氣喘咻咻的大犀牛，他斜歪著頭，用他銳利小眼的眼角餘光仔細打量哈利。

自從哈利放暑假回家之後，威農姨丈就一直把他當作一枚隨時可能會爆炸的炸彈，因為哈利並**不是**一個平凡的男孩。事實上，他的不平凡已經到了令人難以想像的地步。

哈利波特是一個巫師——一個剛在霍格華茲魔法與巫術學院修完一年級課程的巫師。哈利回來過暑假，自然是讓德思禮家覺得很不高興，但哈利的心情絕對比他們難過百倍。

他非常想念霍格華茲，想念到就像是患了一種長期難以痊癒的胃痛。他想念那座藏著秘密通道和幽靈的城堡，想念他的魔法課程（但或許不包括魔藥學老師石內卜）、由貓頭鷹送達的郵件、在餐廳中盡情享用的宴會大餐、塔樓寢室中讓他一夜好眠的四柱舊式大床，以及到禁忌森林旁小木屋去拜訪獵場看守人海格的悠閒時光。而在這點點滴滴的回憶中，他最懷念的還是魔法世界中最受歡迎的運動魁地奇。（一種由六根高聳的球門柱，四個飛翔的球，與十四名騎著飛天掃帚的球員所組成的運動。）

哈利一回到家，他所有的符咒課本、他的魔杖、長袍、大釜以及最高檔的飛天掃帚光輪兩千，就全都被威農姨丈鎖進樓梯下的碗櫥。即使哈利因為整個暑假沒練習，而失掉魁地奇學院代表隊球員的資格，德思禮家的人又怎麼會在乎呢？就算哈利在回到學校時連半點作業也沒寫，德思禮家的人大概也不會把這當一回事吧？德思禮家是巫師所謂的麻瓜（血管中完全沒有半滴魔法血液），在他們看來，家中出了一名巫師，實在是一種難以啟齒的莫大恥辱。威農姨丈甚至把哈利的貓頭鷹嘿美關在籠子裡，以免牠跑出去送信給魔法世界中的任何人。

哈利跟這家人長得一點也不像。威農姨丈是個胖得看不見脖子，還留了一把濃黑鬍髭的大塊頭；佩妮阿姨長了一張長馬臉，瘦得前胸貼後背；達力有著一頭金髮和粉紅色的皮膚，胖得活像頭豬公。但哈利卻跟他們完全不同，他身材瘦小，有著一雙晶光閃爍的鮮綠色眼睛，和一頭總是凌亂不堪的漆黑頭髮。他戴著圓框眼鏡，額上有一道淡淡的閃電形疤痕。

也就是這道傷疤，讓哈利顯得格外與眾不同，甚至在魔法世界中也是如此。這道疤痕是哈利神秘身世所留下的唯一線索，隱約暗示出他十一年前被丟棄在德思禮家台階上的真正原因。

哈利只有一歲大的時候，由於某種不可解的原因，他僥倖逃過有史以來最厲害黑巫師佛地魔王的詛咒，奇蹟似地存活下來，直到今天，大多數巫師和女巫依然心存餘悸，不敢直呼這位黑巫師的名字。哈利的父母慘死在佛地魔的手下，但哈利卻幸運地逃過一劫，只留下額上的閃電形疤痕，而由於某種不可思議的原因——沒有人知道這是為什麼——佛地魔的法力也在無法殺死哈利的那一刻，被完全摧毀了。

於是哈利就這樣交由他死去母親的姊姊撫養長大。他和德思禮家共同生活了十年，從來不明瞭自己為什麼總會在無意間做出一些奇奇怪怪的事，並且對德思禮夫婦捏造的故事深信不疑，認為他額前的傷疤，其實是那場殺死他父母的車禍所遺留下來的痕跡。

然後，更精確地說是在一年以前，當霍格華茲寫信給哈利時，整件事情才真相大白。哈利前往巫師學校就讀，他和他的疤痕在那裡都非常有名……但現在學年已經結束了，他只好回來和德思禮家共度暑假，重新回到被當作一頭骯髒臭狗的悲慘生活。

德思禮家人甚至不記得今天恰好是哈利的十二歲生日。當然，他的期望並不高；他們過去從來沒給過他一份像樣的生日禮物，更別說是蛋糕了——但是像這樣的完全忽視……

就在此時，威農姨丈煞有介事地清了清喉嚨，開口說：「聽著，我們大家都曉得，今天是一個非常重要的日子。」

哈利抬起頭，簡直不敢相信自己的耳朵。

「我很可能會在今天，做成我事業生涯中最大的一筆生意。」威農姨丈說。

哈利又開始低頭啃他的吐司。事情很明顯，哈利心酸地想著，威農姨丈指的自然是那場愚蠢的晚宴。這兩個禮拜以來，他開口閉口全都在談這件事。有某個有錢的建築商和他的太太要到家裡來吃晚餐，而威農姨丈希望能從他那裡拿到一張大訂單（威農姨丈的公司專門製造鑽頭）。

「我認為我們應該再來做一次沙盤推演，」威農姨丈說，「我們大家必須在八點整各就各位。佩妮，妳會在——？」

「在起居室裡，」佩妮阿姨立刻接口說，「準備用最親切的態度，歡迎他們大駕光臨。」

「很好，非常好。達力呢？」

「我會等著替他們開門。」達力擠出一個噁心的假笑，「請問我有這份榮幸替你們拿外套嗎，梅森先生和梅森太太？」

「他們會**愛死**他的！」佩妮阿姨欣喜若狂地喊道。

「太棒了，達力。」威農姨丈說，然後他轉頭望著哈利。「**你呢**？」

「我會待在房裡，不發半點聲音，假裝根本沒我這個人。」哈利用背書般的平板語調說。

「完全正確，」威農姨丈惡狠狠地說。「接著我會把他們帶到起居室，佩妮，把妳介紹給他們認識，然後再替他們倒飲料。在八點十五分——」

「我會宣布，開飯了。」佩妮阿姨說。

「達力呢，你要說——」

「請問我有這份榮幸送妳進餐廳用餐嗎，梅森太太？」達力說，並對一名隱形女子伸出他的胖手。

「我完美的小紳士！」佩妮阿姨吸著鼻子說。

「**那你呢？**」威農姨丈兇巴巴地詢問哈利。

「我會待在我的房間裡，不發出任何聲音，假裝根本沒我這個人。」哈利無精打采地背誦。

「就是這樣。好了，現在我們應該想辦法在用晚餐的時候，穿插幾句精采的恭維話。佩妮，妳有想到什麼好點子嗎？」

「梅森先生，威農告訴我你的高爾夫球打得**非常好**……梅森太太，妳**一定**要告訴我這件衣服是在哪裡買的……」

「好極了……達力呢？」

「聽聽這個：『我們在學校要寫一篇作文，題目是我們心目中的英雄，而**我寫的就是您呀**。』」

這番話對佩妮阿姨和哈利兩人來說都實在太過了些。佩妮阿姨抱住她的兒子，感動得流下眼淚，而哈利卻趕緊躲到桌子底下，以免讓他們發現他在偷笑。

「你呢，小子？」

哈利努力控制住臉上的表情，從桌子下鑽了出來。

「我會待在我的房間裡，不發出任何聲音，假裝根本沒我這個人。」他說。

「一點也不錯，」威農姨丈堅決地表示，「梅森夫婦完全不曉得有你這號人物，那我們最好是繼續維持現狀。吃完晚餐以後，佩妮，妳就帶梅森太太到起居室喝咖啡，那我會設法把話題轉到鑽頭上面去。幸運的話，在《十點晚間新聞》開始以前，我就可以談成這筆生意。那我們在明天這個時候，就可以高高興興地去買一棟馬約卡島的度假別墅了。」

這個主意並沒有讓哈利感到有多興奮。他並不認為德思禮家的人到了馬約卡島以後，對他的態度會比在水蠟樹街的時候好多少。

「好了——我現在要到城裡去拿我和達力的禮服外套，至於**你**呢，」他對哈利厲聲吼道，「在你阿姨忙著打掃的時候，少在她面前礙手礙腳。」

哈利從後門走出去。這是一個陽光燦爛的夏日。他越過草坪，頹然跌坐在庭院長椅上，低聲唱著：「祝我生日快樂……祝我生日快樂……」

沒有卡片、沒有禮物，而且晚上他還得裝作自己根本就不存在。他難過地望著籬笆發愣，從來沒感到這麼寂寞過。在霍格華茲念書的時候，甚至是在魁地奇球賽中，他也從來不曾覺得這麼孤單。他想念他的好朋友，榮恩．衛斯理和妙麗．格蘭傑，但他們卻好像一點也不想他。雖然榮恩曾說要請哈利到他家玩，但整個暑假，他和妙麗卻從沒寫過一封信給他。

數不清究竟有多少次，哈利差點兒就要用魔法打開嘿美的鳥籠，派牠送信給榮恩和妙麗，但這麼做實在是太冒險了。未成年巫師不能在校外使用魔法。哈利並沒有把這項規定告訴德思禮家；他心裡很明白，他們要不是怕會被他變成屎蜣螂，早就把**他**關進樓梯下的櫥櫃，讓他跟他的魔杖和飛天掃帚一起作伴了。在剛回來的前一、兩個禮拜，哈利還挺喜歡故意壓低聲音，嘰哩咕嚕地念些毫無意義的怪話，然後欣賞達力勉力移動他肥胖的雙腿，嚇得逃離房間的滑稽相。但榮恩和妙麗長久以來的杳無音訊，讓他感到自己與魔法世界已完全脫節，因此連捉弄達力也喪失了原先的樂趣——而現在榮恩和妙麗甚至連他的生日都忘了。

現在要是能得到一紙來自霍格華茲的訊息，世界上還有什麼東西是他不能放棄的呢？隨便哪一位巫師或是女巫，只要能給他一封信函，他願意拿他的任何東西作為交換。他甚至開始覺得，就算看到他的死對頭跩哥·馬份，他大概也會相當高興，這至少可以讓他確定，這一切並不只是個夢境……

他在霍格華茲度過的一年並不是事事順心，在上個學期快結束的時候，哈利曾經面對面地與佛地魔王本人正面交鋒。佛地魔或許已今非昔比，但他依然非常可怕、非常狡詐，並懷著東山再起的堅定決心。哈利再一次地逃過佛地魔的魔掌，但過程卻驚險萬分，即使是在好幾個星期後的現在，哈利仍舊常常在半夜驚醒，渾身被冷汗浸溼，擔憂地猜測佛地魔現在躲在什麼地方，並心有餘悸地回想起他那張如鉛般死灰的面孔，還有那對狡猾瘋狂的眼睛……

哈利突然直挺挺地坐在長椅上。他剛才一直心不在焉地望著籬笆發呆——**可是那籬笆竟然也在凝視著他**，茂密的樹葉中出現了兩顆巨大的綠眼珠。

哈利才剛跳起來，草坪那頭就飄過來一個充滿譏笑意味的聲音。

「我知道今天是什麼日子。」達力唱道，搖搖擺擺地朝他走過來。

那雙大眼睛眨了一下，然後就消失了。

「什麼？」哈利說，沒有把視線移開他剛剛注視著的地方。

「我知道今天是什麼日子。」達力又重複了一遍，大剌剌地走到哈利正前方。

「幹得好，」哈利說，「你總算把一個禮拜有哪些天給搞清楚了。」

「今天是你的**生日**，」達力冷笑道，「你怎麼連一張卡片都沒收到呢？難道你連在那個怪胎窩也交不到朋友嗎？」

「最好別讓你媽聽到你提起我的學校。」哈利冷冷地說。

達力拉拉他那件快滑下屁股的長褲。

「你幹嘛一直盯著籬笆看？」他懷疑地問道。

「我正在考慮要用哪個咒語來讓它起火。」哈利說。

達力立刻跌跌撞撞地退向後方，胖臉上出現驚惶的神情。

「你不——不能這麼做——爸告訴過你，說你不准使用魔——魔法——他說他會把你從家裡趕出去——而你根本就沒有別的地方可去——你也沒有**朋友**收容你——」

「**吉格瑞，波克瑞！**」哈利用一種非常兇狠的嗓音吼道，「霍克斯，波克斯……司奎格利，威格利……」

「**媽——啊！**」達力哭喊，飛快地跑回屋子裡去，途中還不小心絆了一跤，「**媽——啊！他又在做那種事了！**」

哈利為了一時痛快而付出慘重的代價。由於達力和籬笆都沒有受到任何傷害，佩妮阿姨心裡其實很清楚，哈利並沒有真的使用魔法，但她還是怒沖沖地抓起一隻沾滿肥皂泡的煎鍋用力敲他的頭，幸好他及時閃過。然後她丟給他一大堆工作，並揚言他事情沒做完休想吃飯。

在達力舔著冰淇淋，懶洋洋地四處閒晃時，哈利卻忙著擦窗戶、洗車、剪草坪、修花圃、替玫瑰花澆水剪枝，並重新粉刷庭院長椅。豔陽高掛天空，曬得他頸後隱隱作痛。哈利知道他不應該這麼輕易就上了達力的當，但達力恰好戳到了他的痛處，一語道出他自己一直在思索的問題……或許他在霍格華茲真的**完全沒有**朋友……

「真希望讓他們看看，名人哈利波特現在是什麼德行。」他在替花壇撒肥料時憤怒地想著。他的背陣陣痠痛，汗水沿著面頰淌落下來。

一直到晚上七點半，累得筋疲力竭的哈利，才終於聽到佩妮阿姨的喊叫聲。

「進來吧！鞋子先在報紙上蹭一下！」

哈利高興地踏進燈光閃爍的廚房，躲到陰涼的角落。冰箱上放著今晚的甜點：一大團打成泡沫的鮮奶油，上面有糖做成的紫羅蘭做裝飾。一大塊烤豬肉在烤箱裡滋滋作響。

「吃快點！梅森夫婦就快要到了！」佩妮阿姨吼道，伸手指著廚房餐桌上的兩片麵包和一塊乳酪，她已經換上一件鮭魚紅的小禮服。

哈利把手洗乾淨，狼吞虎嚥地把他少得可憐的晚餐塞進肚子裡。他才剛吃完，佩妮阿姨就一把搶過他的餐盤。「上樓去！快點！」

在經過客廳門前時，哈利瞥見了穿著半正式晚禮服，並繫上領結的威農姨丈和達力。他才剛踏上二樓的平台，門鈴就響了，他卻看到樓梯下面冒出威農姨丈憤怒的大臉。

「記住，小子——只要發出一點聲音……」

哈利踮著腳走到他的房間，輕輕溜進去，關上房門，轉過身來準備倒在床上。

但問題是，已經有某個東西坐在他的床上。

2 多比的警告

哈利費了好大的勁，才控制住沒叫出聲來。坐在床上的小生物有一雙蝙蝠似的大耳朵，和一對跟網球一樣大、鼓凸凸的綠色眼珠。哈利一眼就看出，這就是今天早上在庭院樹籬中盯著他瞧的東西。

就在他們互相對望時，哈利聽到樓下傳來達力的聲音。

「梅森先生、梅森太太，請問我有這份榮幸為你們拿外套嗎？」

那個生物從床上滑下來，深深鞠了一個躬，以至於他那又細又長的鼻子幾乎都快碰到地毯了。哈利注意到他穿著一個看起來像是舊枕頭套的東西，旁邊開了四個缺口，讓他的四肢伸出來。

「呃——哈囉，」哈利緊張地說。

「哈利波特！」那個生物的嗓門又高又尖，哈利確定樓下一定可以聽得見，「多比早就想要來見你了，先生……這是多麼榮幸啊……」

「謝——謝謝你，」哈利說，沿著牆壁慢慢挪到書桌前，坐到嘿美旁邊的椅子上，牠現在正蜷縮在牠的大籠子裡面熟睡。他想要問：「你是什麼東西？」但想想卻覺得這聽起來很不禮貌，於是他改而問道：「你是誰？」

「多比，先生。只是多比，家庭小精靈多比。」那個生物說。

「喔，是嗎？」哈利說，「呃——我這麼說希望你不要覺得我不禮貌，不過——在現在這個時候，我好像並不適合讓一個家庭小精靈待在我的房間裡。」

樓下的客廳中響起佩妮阿姨高亢的假笑，多比垂下頭。

「但這不是說我不想見到你，」哈利趕緊解釋，「不過，呃，你到這裡有什麼特別的事嗎？」

「喔，是的，先生，」多比誠摯地表示，「多比是來告訴你，先生……這實在是難以啟齒，先生……多比不知道該從何說起……」

「先請坐吧。」哈利指著床禮貌地說。

可是哈利駭異地發現，小精靈竟然哭了出來——而且還哭得很大聲。

「**請——請坐！**」他哭叫道，「**從來……從來沒有……**」

哈利覺得樓下的聲音好像沉了下來。

「我很抱歉，」他低聲說，「我並不是有意冒犯你。」

「冒犯多比！」小精靈強忍住嗚咽說，「從來沒有哪位巫師開口請多比坐過——就好像我們是**平等的**一樣——」

哈利企圖一面說「噓！」一面做出安撫的神情，把多比帶到床邊坐下，可是他坐在那裡不斷地抽噎低泣，看起來就像是一個非常醜的大娃娃。最後他終於設法控制住自己，帶著滿臉崇拜的神情坐在床上，用他淚汪汪的大眼睛緊盯著哈利。

「我想你大概沒碰過幾個有禮貌的巫師吧。」哈利說，想要讓多比心情變得好一些。

多比搖搖頭，然後，在毫無預警的情況下，他突然跳起來，激烈地用頭猛撞窗戶，嘴裡還連連狂吼：「**壞多比！壞多比！**」

「不要——你這是在做什麼？」哈利噓聲說，撲過去把多比抓回床上。嘿美驚醒過來，發出一聲淒厲的尖叫，鼓起翅膀狂亂地拍擊鳥籠。

「多比必須處罰自己，先生，」小精靈說，現在他已經把自己撞成了輕微的鬥雞眼，「多比差點就說他家的壞話了，先生……」

「他家？」

「多比伺候的巫師家庭，先生……多比是一個家庭小精靈——必須永遠伺候一棟房子和一個家庭……」

「他們知道你在這裡嗎？」哈利好奇地問道。

多比打了一個哆嗦。

「喔，不，先生，他們不知道……多比為了來見你，回去以後就得用最嚴厲的手段來處罰自己，先生。多比為了這件事，必須把自己的耳朵關進烤箱裡去。要是被他們發現的話，先生——」

「可是你要是把耳朵關進烤箱的話，難道他們不會覺得很奇怪嗎？」

「多比相當懷疑，先生。多比總是會因為某件事而必須處罰自己，先生。他們讓多比自己進行，先生。有時候他們還會提醒我進行額外的處罰……」

「可是你為什麼不離開？不逃走呢？」

「一個家庭小精靈必須得到釋放才能獲得自由，先生。而這家人是絕對不會釋放多比的……多比會永遠伺候這家人，一直到死為止，先生……」

哈利張大眼睛。

「我剛才還在想，我要是在這裡再待上四個禮拜，我就一定會瘋掉，」他說，「這樣一比，德思禮家似乎還算是滿有人性的。難道沒有任何人可以幫助你嗎？我可以幫助你嗎？」

但哈利話一出口就立刻感到後悔，多比又開始感激地嚎啕大哭，變成了一個淚人兒。

「拜託，」哈利慌亂地低聲說，「拜託你安靜一點。要是讓德思禮家的人聽到的話，要是讓他們知道你在這裡……」

「哈利波特問他可不可以幫助多比……多比聽說過你的偉大，先生，但對於你的善良，多比卻一無所知……」

哈利覺得自己的臉上燒得要命，他說：「我不曉得你聽說我有什麼偉大，我可以告訴你，那些全都是胡說八道。我在霍格華茲也不是班上第一名，第一名是妙麗，她——」

但他接著就說不下去了，因為想到妙麗讓他覺得非常難過。

「哈利波特是這麼的謙虛，」多比尊敬地說，兩隻像球般的大眼睛閃閃發光，「哈利波特絕口不提他打敗『那個不能說出名字的人』的事。」

「佛地魔嗎？」哈利問道。

多比用手摀住他像蝙蝠似的耳朵，呻吟著說：「啊，不要說出那個名字，先生！拜託不要說出那個名字！」

「對不起，」哈利連忙道歉，「我知道有很多人都不喜歡聽到他的名字——我的朋友榮恩……」

哈利又說不下去了，想到榮恩同樣也讓他覺得非常難過。

多比俯身望著哈利，他的眼睛大得像是兩支探照燈。

「多比聽到一些傳言，」他啞聲說，「說哈利波特就在幾個禮拜以前，第二次遇到了黑魔王……不過哈利波特**又一次地**逃過他的魔掌。」

哈利點點頭，多比的眼中立刻閃出淚光。

「啊，先生啊，」多比喘著氣說，抓起他髒枕頭套的衣角擦擦眼睛，「哈利波特是這麼英勇大膽！他已經勇敢地面對過這麼多危險！不過多比還是要跑到這裡來保護哈利波特，來警告他，就算多比回去以後**必須**把耳朵關進烤箱裡也無所謂……**哈利波特絕對不能回到霍格華茲**。」

接下來是一段沉默，只聽得到樓下傳來的刀叉碰撞聲，和威農姨丈模糊不清的嗓音。

「什——什麼？」哈利結結巴巴地說，「可是我必須回去啊——九月一號就要開學了，那是讓我在這裡繼續待下去的唯一動力啊。你不曉得我在這裡是什麼樣的情形，我**不屬於**這裡，我屬於你的世界——那就是霍格華茲。」

「不，不，不，」多比尖聲怪叫，並劇烈地搖頭，把耳朵甩得啪啪響，「哈利波特必須待在安全的地方。他太偉大、太善良了，我們絕對不能失去他。要是哈利波特回到霍格華茲，他就會有生命危險。」

「為什麼？」哈利驚訝地問道。

「有一個陰謀哪，哈利波特。有一個要在今年讓霍格華茲魔法與巫術學校發生最恐怖事情的陰謀，」多比輕聲說，忽然開始全身打顫，「這件事多比在好幾個月以前就曉得了，先生。哈利波特絕對不能讓自己去冒險。他實在太重要了，先生！」

「是什麼樣的恐怖事情？」哈利立刻問道，「這又是誰的陰謀？」

多比發出一種怪異的哽咽聲，然後又開始發瘋似地用頭去撞牆。

「好了！」哈利喊道，連忙抓住小精靈的手臂，不讓他再繼續撞下去，「你不能說對不對，這我可以了解。可是你為什麼要來警告**我**呢？」他突然想到一個令人不快的念頭，「等一下——這件事該不會跟佛地——對不起——跟『那個人』有關吧？你只要搖頭或是點頭就行了。」他趕緊再加上一句，因為多比的頭又開始令人擔心地歪向牆邊。

過了一會兒，多比開始慢慢搖頭。

「不是——**不是『那個不能說出名字的人』**，先生。」

但多比的眼睛睜得老大，似乎是想要用眼神告訴哈利什麼事，可是哈利卻只覺得一頭霧水，完全猜不出他是什麼意思。

「難道他有一個兄弟，你是不是這個意思？」

多比搖搖頭，眼睛睜得比剛才更大。

「那我就沒辦法了，我實在想不出，除了他以外，還有什麼人會有機會讓霍格華茲發生恐怖的事，」哈利說，「我的意思是，那裡有鄧不利多在啊——你知道鄧不利多是誰吧？」

多比微微頷首。

「阿不思．鄧不利多是霍格華茲有史以來最偉大的校長，這點多比當然知道，先生。多比曾經聽說，即使是在『那個不能說出名字的人』力量最強的時候，鄧不利多的法力跟他比起來也毫不遜色。可是，先生呀，」多比的聲音沉了下來，轉換成一種急促的耳語，「有些法力鄧不利多並不會去用啊……有些法力沒有一個正派巫師會去……」

在哈利還來不及阻止之前，多比就從床上彈了起來，一把抓住哈利書桌上的燈，往自己頭上猛捶亂敲，口裡還發出像瘋狗似的狂吼。

樓下突然變得鴉雀無聲。兩秒鐘之後，心臟跳得快迸出來的哈利，聽到威農姨丈衝進門廳，並大聲喊著：「達力一定又忘了關電視，這個小混蛋！」

「快！躲進衣櫥！」哈利低聲說，手忙腳亂地把多比塞進衣櫥，把門關好，他才剛撲回床上，門把就開始轉動。

「你──**到底**──在──搞什麼──鬼？」威農姨丈從齒縫裡迸出一句話，可怕的大臉緊貼在哈利眼前，「你毀了我日本高爾夫球手笑話的精采笑點……你膽敢再發出半點聲音，我就要讓你過得生不如死，小子！」

他重重踏著腳走出房間。

渾身發抖的哈利把多比從衣櫥裡放出來。

「看到這裡是什麼樣的情形嗎？」他說，「知道我為什麼一定要回霍格華茲了吧？那裡是我唯一──嗯，唯一**覺得**自己有朋友的地方。」

「朋友會連一封信都懶得**寫**給哈利波特嗎？」多比狡黠地問道。

「我想他們大概是──等一下，」哈利皺起眉頭，「**你**怎麼會曉得我的朋友沒寫信給我？」

多比不安地挪動雙腳。

「哈利波特一定不能生多比的氣，多比這麼做完全是好意……」

「**是你攔下我的信嗎**？」

「多比全都放在這裡，先生。」小精靈說。他敏捷地退到哈利抓不到的地方，從他穿的枕頭套裡面掏出厚厚一大疊信。哈利可以認出妙麗端正漂亮的字跡、榮恩潦草的塗鴉，以及顯然是出自霍格華茲獵場看守人海格筆下的鬼畫符。

多比抬起頭來，擔心地對哈利眨眨眼。

「哈利波特一定不能生氣……多比是希望……要是哈利波特覺得他的朋友忘了他的話……哈利波特也許就不想回學校了，先生……」

哈利根本就沒在聽。他撲過去想要把信搶過來，但多比卻縱身一跳，逃到了他碰不到的角落。

「哈利波特會拿到這些信的，先生，只要他先對多比保證，說他不會回到霍格華茲。啊，先生，那是你絕對不能去面對的可怕險境哪！說你不會回去吧，先生！」

「不，」哈利生氣地說，「把我朋友寫的信交給我！」

「那麼哈利波特就逼得多比別無選擇了。」小精靈憂傷地說。

在哈利還來不及移動之前，多比就衝到了臥室門前，拉開門——然後跳下樓梯。

哈利感到嘴裡發乾，胃中翻攪，連忙跳下去追趕多比，並努力不發出任何聲音。他跳下最後六級階梯，像貓一般輕巧地落在門廳地毯上，東張西望地搜尋多比的身影。他聽到客廳中傳來威農姨丈的聲音：「……梅森先生，請你把那些美國水管工的笑話講給佩妮聽，她想聽得要命呢……」

哈利沿著門廳跑進廚房，他才瞥了一眼，就感到自己的胃好像突然消失了。

佩妮阿姨今晚精心製作的甜點，那堆像山一樣的鮮奶油和用糖做成的紫羅蘭，正飄浮在靠近天花板的地方，而多比蹲伏在廚房角落一個碗櫥上面。

「不要，」哈利沉聲說，「拜託……他們會殺了我……」

「哈利波特必須說他不會回到學校——」

「多比……拜託……」

「說啊，先生……」

「我辦不到！」

多比拋給他一個悲劇式的神情。

「那麼多比就只好這麼做了，先生，我這完全是為了哈利波特好啊。」

甜點摔落到地板上，發出令人心跳停止的碎裂聲。盤子撞得粉碎，奶油濺到了窗戶和牆上，而在一聲像揮鞭似的劈啪聲之後，連多比也失去了蹤影。

餐廳響起一陣淒厲的尖叫，威農姨丈立刻衝進廚房，發現哈利嚇得杵在那裡不能動彈，從頭到腳沾滿了佩妮阿姨的甜點殘骸。

在一開始，威農姨丈顯然還想要設法遮掩（「只是我們的外甥啦——腦筋不太正常——非常怕生，看到陌生人就特別容易發作，所以我們就讓他待在樓上……」），他連哄帶騙地把嚇傻的梅森夫婦趕回餐廳，再拋下一句狠話，說他在梅森夫婦離開之後，就要活剝哈利的皮，叫哈利求生不得求死不能，最後還遞給哈利一根拖把。佩妮阿姨於是從冷凍庫中挖了一些冰淇淋出來，而仍在抖個不停的哈利，開始動手把廚房清理乾淨。

如果不是那隻貓頭鷹，威農姨丈原本還有可能談成這筆交易。

在佩妮阿姨分送餐後薄荷糖的時候，一隻大草鴞冷不防地從餐廳窗戶飛了進來，把一封信扔到梅森太太的頭頂上，然後就飛了出去。梅森太太嚇得尖聲怪叫，沒命似地逃到屋外，嘴裡還嚷著說自己倒楣碰到了一群神經病。梅森先生只多逗留了一會兒，解釋說任何大小種類的鳥兒都可以讓他太太嚇得半死，並質問他們是不是故意拿這來開玩笑。

哈利站在廚房中，用拖把撐住發軟的身軀，望著威農姨丈怒沖沖地朝他走來，小眼中閃耀著惡魔似的光芒。

「你看！」他發出兇狠的嘶聲，手裡揮舞著貓頭鷹送來的信，「快——看看這封信！」

哈利接過信，信中並沒有對他生日的祝福。

親愛的波特先生：

據我們所接獲的情報顯示，在今晚九點十二分，有人在你居住的地方使用了一個飛行咒。

如你所知，未成年巫師禁止在校外施展法術，因此你若是再度使用魔法，將可能導致你被學校開除學籍（根據一八七五年制定的未成年巫師魔法使用合理限制法規，第三條）。

我們同時也在此提醒你，根據國際巫師聯盟保密法令第十三條，任何有可能被非魔法社會成員（麻瓜）注意到的魔法行動，在法律上皆屬於非常嚴重的罪行。

祝你假期愉快！

你誠摯的 瑪法達·霍克克
魔法部 魔法不當使用局

哈利抬起頭來，屏住氣息。

「你並沒有告訴我們，你不能在校外使用魔法，」威農姨丈說，眼睛裡跳動著一絲瘋狂的光芒，「忘了是吧……我敢說你根本就沒把這放在心上……」

他整個身子都壓到了哈利身上，看起來活像是頭巨大的鬥牛犬，他齜牙咧嘴地狺狺嘶吼：「很好，我有消息要告訴你，小子……我要把你關起來……你永遠都不能再回到那個學校……休想……你要是想用魔法脫逃——他們就一定會開除你！」

然後他像瘋子般地厲聲狂笑，把哈利拖到了樓上。

威農姨丈並不只是虛言恫嚇。第二天早上，他花錢找了個工人替哈利的房間安裝鐵窗。他自己動手在哈利的房門上做了一個貓洞，這樣就可以把少得可憐的三餐從這裡送進來。他們早晚會放哈利出來上廁所，但除此之外，他一天二十四小時都被關在房間裡。

* * *

三天之後，德思禮家人依然沒有軟化的跡象，哈利也完全看不出這次自己會有任何脫困的機會。他躺在床上，望著鐵窗外的夕陽緩緩沉沒消失，沮喪地猜想他將會面臨到什麼樣的命運。

要是他用魔法逃出這個房間，結果卻落到被霍格華茲開除的命運，那他又何必這麼做呢？然而水蠟樹街的生活，卻已達到前所未有的最低潮。現在德思禮家人已經曉得，他們不用再擔心第二天醒來時，會發現自己變成了一隻果蝠，因此他也失去了唯一的武器。多比或許真的是救哈利避開了霍格華茲的恐怖陰謀，但照目前的情況看來，他很可能就這樣被活活餓死。

貓洞發出喀嗒喀嗒的聲音，然後佩妮阿姨的手出現在洞口，把一碗清湯推進房間。餓得肚子發疼的哈利，立刻從床上跳下來，抓起湯碗。湯冷得像冰似的，但他卻一口氣喝掉了半碗。然後他走到嘿美的鳥籠前，把碗底溼答答的蔬菜倒入牠空空的食盤。牠蓬起羽毛，拋給他一個嫌惡的神情。

「妳最好不要覺得這噁心，我們現在就只有這些東西可吃了。」哈利嚴肅地表示。

他把空碗放到貓洞前的地板上，再重新躺回床上，不知怎地，他覺得肚子甚至比喝湯前更餓了。

如果他在四個禮拜之後還能活著的話，那麼當大家發現他沒回到霍格華茲時，會有什麼反應呢？他們會不會派人過來看看他為什麼沒回學校上課？他們有辦法讓德思禮家的人放他走嗎？

房間變得越來越黑，早已筋疲力竭的哈利，肚子餓得咕嚕咕嚕響，腦中不斷繞著同樣的問題打轉，並逐漸陷入不安的睡夢中。

他夢到自己被關進動物園公開展覽，籠子前掛了一個寫著「未成年巫師」的牌子。人們擠在柵欄前，瞪大眼睛緊盯著他看，而他卻餓得兩眼發黑，虛弱地躺在稻草床上。他在人群中看到多比的面孔，於是大聲求救，但多比卻只喊了一聲：「哈利波特在這裡非常安全，先生！」就立刻消失不見。然後德思禮家人突然出現，達力用力搖動籠子柵欄，並不斷嘲笑他。

「住手，」哈利喃喃說道，柵欄搖晃的嘎嘎聲震得他腦袋發疼，「別來煩我……停下來……我要睡覺……」

他張開眼睛。月光透過鐵窗的柵欄灑落下來。**某個人**正站在窗外盯著他看：一個有著滿臉雀斑、鮮豔紅髮和細長鼻子的人。

榮恩．衛斯理出現在哈利的窗外。

3 洞穴屋

「**榮恩！**」哈利低聲驚呼，躡手躡腳地走到窗前，推開窗戶，這樣他們兩人就可以透過鐵窗交談，「榮恩，你怎麼——這是什麼——」

哈利一看清眼前的景象，嘴巴就不由得大大張開。榮恩是從一輛天藍色舊車的後座窗口探出頭來，而這輛車竟然是停在**半空中**。榮恩的雙胞胎哥哥弗雷和喬治，坐在前座對哈利咧嘴微笑。

「你還好吧，哈利？」

「到底是怎麼回事？」榮恩說，「你為什麼都不回我的信？我至少發了十二次邀請函，要你到我們家來玩，然後有一天我爸下班回家後告訴我們，說你接到一封官方的警告信，因為你在麻瓜面前使用魔法……」

「那不是我——你們怎麼會知道這件事？」

「我爸在魔法部上班啊，」榮恩說，「你該**曉得**我們不能在校外施展法術……」

「這你可沒資格教訓我。」哈利望著那輛飄浮的汽車答道。

「喔，這不算啦，」榮恩說，「這輛車是借來的，是我爸的，**我們**又沒有對它施魔法，可是你卻當著這些麻瓜的面使用魔法……」

「我告訴過你，那不是我——不過現在沒時間解釋這些。聽著，你能不能到霍格華茲告訴他們，說德思禮家把我關了起來，不讓我回學校上課，可是我又不能施法術逃出去，因為魔法部會認為我在三天之內連續使用兩次魔法，所以——」

「少廢話了，」榮恩說，「我們是來接你到我們家住的。」

「可是你們也不能用魔法救我出去啊——」

「我們不需要用到魔法呀，」榮恩笑著朝前座點了一下頭，「你忘了我把什麼人給帶來了。」

「把這綁在柵欄上，」弗雷說，把繩子扔給哈利。

「要是德思禮家人被吵醒的話，我就死定了。」哈利把繩子緊緊綁在一根鐵窗柵欄上，而弗雷開始踩動油門，讓引擎加速轉動。

「放心吧，」弗雷說，「退後一點。」

哈利退到陰暗的角落，站在嘿美的籠子旁邊，牠似乎也了解到這件事非常重要，因此一直安安靜靜地待住不動。汽車的引擎變得越來越大聲，在一陣吵鬧的碎裂聲之後，鐵窗就突然被整個拉了下來，而弗雷的汽車也在半空中咻地衝向前方——哈利跑到窗前，看到鐵窗懸掛在離地幾呎處的空中晃來盪去。榮恩氣喘吁吁地把鐵窗拉進汽車後座，哈利擔心地屏息傾聽，但德思禮夫婦的臥室並沒有出現任何聲音。

等鐵窗在榮恩所在的後座安置妥當後，弗雷就倒車後退，盡量把車子靠到最接近哈利窗口的地方。

「進來吧。」榮恩說。

「可是我在霍格華茲要用的所有東西……我的魔杖……我的飛天掃帚……」

「放在哪裡？」

「鎖在樓梯下的碗櫥裡，而且我沒辦法走出這個房間——」

「沒問題，」坐在前座的喬治說，「你先讓開一下，哈利。」

弗雷和喬治小心翼翼地爬過窗口，進入哈利的房間。哈利看到喬治從口袋中掏出一根普通髮夾，開始熟練地撬開門鎖，心裡忍不住想著：你不得不承認他們真的是很有一套。

「很多巫師都覺得去學這些麻瓜花招，純粹只是浪費時間，」弗雷說，「可是我們發現這些花招雖然效果慢了些，但真的非常好用。」

門鎖響起一聲輕微的喀嗒聲，房門立即敞開。

「好了——我們去拿你的行李箱——你在房間裡收拾一些要用的東西，把它們交給榮恩。」喬治低聲說。

「小心最下面一級樓梯，踩到會吱吱嘎嘎響。」哈利輕聲提醒，望著雙胞胎踏入黑暗的樓梯台，完全失去蹤影。

他在房間裡衝來衝去，忙著把行李收拾妥當，透過窗口交給榮恩。然後他下樓幫忙，跟弗雷與喬治一同把行李箱抬到樓上。哈利聽到威農姨丈咳嗽的聲音。

最後，他們終於氣喘吁吁地爬到二樓，然後再穿越哈利的房間，把行李箱扛到窗口前。弗雷爬回車上，跟榮恩一起在外面拉，而哈利和喬治留在房間裡用力推。在他們的通力合作之下，行李箱開始一吋吋地滑過窗台。

威農姨丈又咳嗽了一聲。

「再一下就行了，」弗雷喘著氣說，努力把箱子往車內拉，「再用力推一下……」

哈利和喬治用肩膀頂住行李箱，使勁往外推，最後箱子終於滑出窗台，掉進汽車後座。

「好了，我們走吧。」喬治輕聲說。

但哈利才剛爬上窗台，背後就突然響起一聲淒厲的尖叫，緊接著就是威農姨丈的怒吼。

「**那隻該死的貓頭鷹！**」

「我忘了帶嘿美！」

哈利連忙衝回房間，樓梯間的燈也在此時喀嗒一聲亮起，他一把抓起嘿美的籠子，奔到窗前遞給榮恩。他才剛爬上窗邊的五斗櫃，威農姨丈就開始猛捶未上鎖的房門——門立刻砰地敞開。

在那一瞬間，威農姨丈就像定住似地呆立門口不動，然後他像頭憤怒的公牛發出一聲狂吼，朝哈利猛撲過來，一把攫住哈利的腳踝。

榮恩、弗雷和喬治則抓住哈利的手臂，用盡全力把他往車裡拉。

「佩妮！」威農姨丈吼道，「他要逃走啦！**他要逃走啦！**」

衛斯理兄弟使勁力氣，用力拉了一下，哈利的腿終於掙脫威農姨丈的掌握。等到哈利落進車中，並摔上車門之後，榮恩喊道：「快踩油門，弗雷！」汽車就突然咻地射出，往月亮的方向衝去。

哈利實在不敢相信這是真的——他自由了。他搖下車窗，夜風吹動他的頭髮，而他低下頭來望著迅速縮小的水蠟樹街屋頂。威農姨丈、佩妮阿姨和達力三人，全都趴在哈利房間的窗口，露出嚇得發傻的神情，癡癡地抬頭仰望。

「下個暑假再見了！」哈利喊道。

衛斯理兄弟們大聲哄笑，而哈利縮回車中坐好，笑得嘴巴都快裂開了。

「把嘿美放出來吧，」他告訴榮恩，「她可以跟在我們後面飛，她有好幾百年都沒機會伸開翅膀了。」

喬治把髮夾遞給榮恩，沒過多久，嘿美就快樂地竄出車窗，像鬼影似地跟在他們旁邊翱翔。

「好了——你到底是怎麼啦，哈利？」榮恩性急地問道，「究竟發生了什麼事？」

哈利一五一十地把多比的出現，他對哈利的警告，以及紫羅蘭甜點慘劇全都告訴他們。在他說完之後，大家全都驚訝了好一陣子，說不出話來。

「非常可疑。」弗雷最後終於開口說。

「的確是很不可靠，」喬治表示同意，「所以說，他甚至連設計陰謀的人是誰，都不肯告訴你囉？」

「我想他是不能說。」哈利說，「我不是告訴過你，他每次在快要洩漏出一點內情的時候，就會開始用頭去撞牆。」

他看到喬治和弗雷互望了一眼。

「怎麼，你們覺得他是在騙我是不是？」哈利說。

「這個嘛，」弗雷說，「我們這麼說好了──家庭小精靈擁有非常強的法力，但要是沒得到主人許可，通常他們是不能隨便施展魔法的。我認為這個叫做多比的傢伙，是被派遣來阻止你回到霍格華茲，這大概是有某個人故意捉弄你吧。你想想看，學校裡有沒有人看你很不順眼？」

「有。」哈利和榮恩立刻同聲答道。

「跩哥‧馬份，」哈利解釋，「他恨我。」

「跩哥‧馬份？」喬治回過頭來問道，「該不會是魯休思‧馬份的兒子吧？」

「一定就是，這個姓很少見，」哈利說，「怎麼啦？」

「我聽我爸提起過他，」喬治說，「他是『那個人』最大的支持者。」

「而且在『那個人』消失的時候，」弗雷說，並伸長脖子轉過來望著哈利，「魯休思・馬份就見風轉舵，跑回來說他是被逼的。真是屁話連篇——我爸斷定他根本就是『那個人』身邊的親信。」

哈利曾經聽過一些關於馬份家庭的傳聞，因此這些話並不會讓他感到驚訝。跟跩哥・馬份一比，達力簡直就是個和藹、體貼而敏感的男孩。

「我不曉得馬份家是不是有一個家庭小精靈……」哈利說。

「嗯，他的主人想必是一個古老的巫師家族，而且非常有錢。」弗雷說。

「沒錯，媽老是說她希望有一個家庭小精靈來幫她燙衣服，」喬治說，「可是我們有的只是一個住在閣樓裡的討厭老惡鬼，還有滿院子的地精。家庭小精靈只會出現在古老的莊園、城堡，和其他這類地方，你在我們家是絕對不可能看到的……」

哈利並沒有說話。跩哥・馬份用的全都是最高級的產品，根據這點來推斷，他們家想必是賺進了大筆大筆的巫師金幣。他甚至可以想像出，馬份神氣活現地在大莊園中閒晃的模樣，而且派家裡僕人來阻止哈利回到霍格華茲，聽起來也很像是馬份會做出的事。難道哈利是太笨了，才會把多比的話當真？

「不管怎樣，我真高興我們有到這裡來接你，」榮恩說，「你連一封信都不回給我，我真的是越來越擔心了。我一開始還以為是愛落的錯——」

「誰是愛落？」

「我們的貓頭鷹。他很老了，這也不是他第一次沒把信送到。然後我又想借赫密士——」

「**誰**？」

「那是派西當上級長的時候，我爸媽買來送他的貓頭鷹。」前座的弗雷答道。

「可是派西不肯把他借給我，」榮恩說，「說他需要用他來送信。」

「派西這個暑假表現得非常奇怪，」喬治皺著眉頭說，「**他**派貓頭鷹送了一大堆信出去，而且常關在房裡不出來……我的意思是，他就算是想偷偷把他的級長徽章磨得更亮，花的時間也太多了些……你開的方向太偏西邊了，弗雷。」他指著儀表板上的羅盤說，弗雷轉動方向盤。

「對了，你爸知道你開走這輛車嗎？」哈利問道，並暗暗猜想這個問題的答案。

「呃，不知道，」榮恩說，「他今天晚上加班。希望我們可以在媽發現車子不見以前，把它開回車庫停好。」

「你爸在魔法部是做哪一類的工作？」

「他是在最無聊的部門，」榮恩說，「麻瓜人工製品濫用局。」

「**什麼**？」

「就是負責處理所有對麻瓜物品亂施魔法之類的事，主要是避免讓這些東西落到麻瓜商店，或是住家裡面去。比方說，在去年，有一個老女巫死掉以後，她的茶具被賣到了一家古董店。有一個女麻瓜把它買回家，想要用來招待朋友們喝下午茶，結果卻變成一場活生生的惡夢——害我爸一連加了好幾個禮拜的班。」

「到底發生了什麼事？」

「茶壺突然發狂亂跳，把滾燙的熱茶噴得到處都是，還有個老男人鼻子被糖鉗夾住，結果被送進了醫院。我爸那時候快要忙死了，局裡就只有他和另一個叫做薄京的老魔法師，他們兩個必須不停施展記憶咒，用盡各種方法把事情掩蓋住……」

「可是你爸……這輛車……」

弗雷縱聲大笑。「沒錯，爸非常迷所有跟麻瓜有關的東西，我們的庫房裡堆滿了麻瓜產品。他把它們拆開，對它們施魔法，然後再重新組裝起來。要是他突然心血來潮，對我們家來個突襲檢查的話，他就得當場先逮捕自己，這讓媽氣得要命。」

「那裡就是大街，」喬治透過擋風板望著下面說，「我們再過十分鐘就到了……時間剛好，天就快亮了……」

東邊地平線盡頭已亮起一道微弱的淡紅色曙光。

弗雷開始駕車往下降落，而哈利漸漸看到一片漆黑雜亂的稻田和一團團的樹叢。

「我們家離村莊有段距離，」喬治說，「在奧特瑞聖凱奇波……」

車子越飛越低。透過稀疏的樹叢，可以看到豔紅的太陽已微微探出頭來，散發出柔和的光芒。

「降落！」弗雷喊道，在一陣輕微的碰撞之後，車子安全地落到地面上。他們降落在一個小庭院中，旁邊有著一間搖搖欲墜的車庫，哈利望著窗外，這是他第一次看到榮恩的家。

它看起來很像是一間大型石頭豬舍，但卻零零落落地胡亂加蓋了許多房間，現在它足足有好幾層樓高，而且歪得非常厲害，似乎完全是靠魔法支撐，才不至於完全倒塌（想到這一點，哈利立刻提醒自己，大概事實就是如此）。紅色的屋頂上棲息著四、五根煙囪，入口處附近的地上斜插了一根標誌，上面寫著：洞穴屋。大門前環繞著一堆亂七八糟的橡膠長靴，和一個長滿鐵鏽的破大釜，幾隻肥敦敦的褐雞在院子裡四處啄食。

「我家不怎麼樣啦。」榮恩說。

「這裡**棒極了**。」哈利想到水蠟樹街，忍不住快樂地讚道。

他們走下車。

「聽我說，我們現在要非常安靜地爬上樓去，」弗雷說，「等媽叫我們下去吃早餐。接下來呢，榮恩，你就蹦蹦跳跳地跑下樓，喊著說：『媽，妳猜昨天晚上誰跑到我們家來了！』她看到哈利一定會非常高興，這樣就沒有人會知道我們偷開過那輛車。」

「很好，」榮恩說，「跟我來吧，哈利，我是睡在——」

榮恩的臉色忽然變得慘綠，眼睛定定地望著房子發愣，其他三人連忙轉過身來。衛斯理太太正怒沖沖地越過庭院，朝他們衝過來，把院中的肥雞嚇得四處亂竄，而對於一個又矮又胖、面孔和藹的女人來說，她居然有辦法讓自己看起來像一頭利牙森森的母老虎，這點實在是非常驚人。

「**啊**。」弗雷嘆道。

「喔，我的天哪。」喬治說。

衛斯理太太在他們面前停下來，雙手扠腰，目光在幾張心虛的面孔上來回梭巡。她穿著一件花圍裙，口袋露出了一截魔杖。

「**說話啊**。」她說。

「早安，媽。」喬治用一種自以為輕快迷人的語氣說。

「你們知道我有多擔心嗎？」衛斯理太太惱怒地輕聲說。

「對不起，媽，可是妳看，我們必須——」

衛斯理太太的三個兒子都長得比她高，但在她的怒火之下，他們全都嚇得縮成一團。

「**床是空的！連一張紙條也沒留下！車子不見了……你們可能會出車禍啊……我擔心得快要發瘋了……可是你們在乎嗎？……從來沒有，我這輩子從來沒見你們在乎過……等你們父親回家以後，看他怎麼修理你們！比爾、查理，或是派西，就從來沒替我們找過這樣的麻煩……**」

「完美的派西。」弗雷咕噥一聲。

「**你要是能多學學派西的榜樣就好了！**」衛斯理太太吼道，用手指頂住弗雷的胸膛，「你們可能會**死**，你們可能會**被看到**，你們可能會害你父親**丟掉工作**——」

這頓怒罵似乎延續了好幾個小時都不曾停止。衛斯理太太一直到嗓子喊啞之後，才轉過頭來望著哈利，嚇得哈利連忙倒退一步。

「看到你我真的非常高興，哈利，親愛的，」她說，「進來吃點早餐吧。」

她轉身走進屋中，哈利先緊張地朝榮恩瞥了一眼，看到他鼓勵地點點頭之後，才跟著她走進去。

廚房非常小，並且相當擁擠，中間擺了一張乾淨的木桌和幾張木椅。哈利坐在椅子邊緣，好奇地打量周遭的環境。這是他第一次踏進巫師的家。

他對面牆上的壁鐘只有一根指針，而且完全看不到任何數字。在錶面邊緣寫著一些像是「泡茶時間」、「餵雞時間」，和「你遲到了」之類的文字。壁爐架前堆了三落高高的書本，大多都有著《對你的乳酪下咒》、《烘焙的魔法》，以及《一分鐘宴會大餐——這是魔法！》之類的書名。還有，除非是哈利的耳朵出了問題，否則他剛才真的聽見水槽旁邊的舊收音機清楚宣告，接下來的節目是：「《女巫時間》，由著名的歌唱女魔法師，瑟莉提娜．華蓓主持。」

衛斯理太太乒乒乓乓地在廚房裡衝來衝去，粗手粗腳地準備早餐，她一面把香腸扔進煎鍋，一面還不忘狠狠瞪她兒子幾眼。每隔一段時間，她就會喃喃發上幾句「真不曉得你們心裡是**怎麼**想的」和「我**真**不敢相信」之類的牢騷。

「我真的不怪**你**，親愛的，」她對哈利再次保證，順手把八、九根香腸倒進他的盤子，「亞瑟和我也很擔心你。昨天晚上我們還在討論，要是你到這個禮拜五還沒有給榮恩回信的話，我們就要親自過去接你。可是說真的，（現在她又在他盤子裡添了三顆煎蛋）

開一輛違法的飛車飛過大半個國家——任何人都可能會看到你們——」

她漫不經心地用魔杖對著水槽裡的髒碗盤彈了一下，它們就開始自動清洗，發出叮叮噹噹的輕柔背景音樂。

「雲層厚得很呢，媽！」弗雷說。

「吃飯的時候不准講話！」衛斯理太太厲聲喝道。

「他們竟然讓哈利餓肚子耶，媽！」喬治說。

「你也給我閉嘴！」衛斯理太太說，但在她開始替哈利切麵包，並塗抹奶油時，臉上的表情稍稍變得溫和了一些。

就在此時，出現了一段小小的娛樂插曲，表演者是一個穿著長長睡袍，頂著滿頭紅髮的嬌小人影，她踏進廚房，發出一聲微弱的尖叫，然後就立刻跑了出去。

「金妮，」榮恩低聲告訴哈利，「我的妹妹。她整個夏天都在談你的事。」

「沒錯，她一定很想要拿到你的親筆簽名，哈利。」弗雷咧嘴笑道，但接著就瞥見他母親嚴厲的目光，嚇得他趕緊垂下眼瞼低頭大嚼，再也不敢開口說話。接下來是一片沉默，大家一言不發地埋頭猛吃，才一眨眼的工夫，四個餐盤就被清得乾乾淨淨。

「哎呀，我累了，」弗雷終於放下手中的刀叉，滿足地打了一個呵欠，「我想我該上床睡覺了——」

「你不准睡，」衛斯理太太吼道，「這是你自己的錯，誰叫你要整晚熬夜不睡。現在你替我到花園裡去除地精，牠們現在又多得不像話了。」

「喔，媽——」

「你們兩個也一樣，」她兇巴巴地瞪著榮恩和喬治，「你可以上床睡覺，親愛的，」她對哈利說，「你可沒有叫他們開那輛討厭的飛車去接你。」

但哈利現在卻變得非常清醒，他連忙接口說：「我來幫忙榮恩好了，我從來沒看過別人除地精——」

「你真的是非常好心，親愛的，不過除地精其實滿無聊的，」衛斯理太太說，「現在讓我們來查查看，洛哈在這個項目是怎麼說的。」

然後她從壁爐架上的書堆中抽出一本厚厚的書。喬治發出一陣呻吟。

「媽，我們不用查書，也知道該怎樣把花園裡的地精清乾淨。」

哈利望著衛斯理太太那本書的封面。上面印著一排精緻華麗的燙金字：吉德羅·洛哈的家庭害獸指南。正面是一位帥哥巫師的大照片，他有著一頭波浪狀的金髮，和一雙明亮的湛藍眼睛。就像巫師世界的所有照片一樣，這個人物也同樣會移動；而這名哈利推斷是吉德羅·洛哈的巫師，正放肆地朝他們所有人擠眉弄眼。衛斯理太太高興地對他露出微笑。

「他太棒了，」她說，「他對家庭害獸真的很有一套，這是一本非常精采的書……」

「他是媽的偶像。」弗雷用一種清晰可聞的耳語說。

「不要亂講，弗雷。」衛斯理太太說，她的面頰微微泛紅，「好吧，要是你們自以為比洛哈更厲害，你們現在就可以出去工作了。不過，等我出去檢查的時候，花園裡要是還有一頭地精的話，你們就倒楣了。」

衛斯理兄弟們打著呵欠，嘰哩咕嚕地連聲抱怨，垂頭喪氣地走到外面，而哈利緊跟在他們身後。花園非常大，而且在哈利看來，這才是一個花園應該有的樣子。德思禮家的人絕對不會喜歡這裡的——到處都是雜草，草坪也長得亂七八糟——但是牆邊環繞著盤根錯節的樹木，每片花床上都栽著欣欣向榮的奇花異草，還有一個擠滿青蛙的大綠池塘。

「你知道嗎?麻瓜也有他們自己的花園地精。」哈利在他們一同穿越草坪時告訴榮恩。

「沒錯，我看過那些他們自以為是地精的東西，」榮恩說，彎下腰來把頭探進一叢芍藥，「長得活像是一群拿著釣魚竿，肥嘟嘟的小號聖誕老公公……」

花叢中突然響起一陣激烈的扭打聲，芍藥急速抖動，然後榮恩挺直身軀，「**這**才叫做地精。」他正色說道。

「放了我！放了我！」地精尖叫。

這東西看起來一點也不像聖誕老公公。牠的體型很小，皮膚如皮革般地堅硬粗糙，還有一個又大又禿、疙哩疙瘩、活像是馬鈴薯的頭顱。牠用牠粗硬的雙腳猛踢榮恩，而榮恩連忙伸長手臂，跟牠保持一段距離；他抓住牠的兩個腳踝，把牠倒吊在半空中。

「看好，現在要這麼做。」他說。他把地精舉到頭頂上，（「放了我！」）開始像甩套索似地抓著牠用力兜圈子。看到哈利臉上驚駭的神情，榮恩連忙補充說明，「這其實不會**傷到**牠們的啦——你得讓牠們轉得頭昏眼花，找不到路回到地精洞才行。」

他鬆手放開地精的腳踝。牠咻地飛到離地二十呎的高空，越過樹籬，重重跌落到外面的原野上。

「可憐哪，」弗雷說，「我敢打賭，我這個一定可以扔得比那根樹幹還要遠。」

哈利很快就學會不用為這些地精感到太難過。他決定只要把他逮到的第一隻地精，摔到籬笆外面就行了，但那頭地精卻機靈地發現抓牠的力道很弱，立刻用牠像刀一樣尖銳的牙齒咬住哈利的手指，痛得哈利拚命揮手，想要把牠給甩掉，最後——

「哇，哈利——這少說也有五十呎……」

空中很快就擠滿了飛翔的地精。

「你看，牠們真的是不太聰明，」喬治說，他一連逮住了五、六隻地精，「每次牠們發現有人要開始除地精的時候，牠們就會一窩蜂地跑過來看熱鬧。我本來還以為，現在牠們早該學會乖乖待在洞裡不要出來了呢。」

沒過多久，原野中的一大群地精，就開始拱起小小的肩膀，排成一條歪七扭八的雜亂隊伍，默默走開。

「牠們會再回來的，」榮恩說，和大家一同目送地精鑽進原野另一邊的樹籬，逐漸失去蹤影，「牠們愛死這裡了，我爸對牠們實在太溫和了些，他覺得牠們很好玩……」

就在此時，前面突然傳來一陣關門聲。

「他回來了！」喬治說，「爸回家了！」

他們連忙跑過花園，衝進屋子裡面。

衛斯理先生頹然跌坐在廚房木椅上，摘掉眼鏡，閉目養神。他是一個瘦削的男人，頭髮快禿光了，但僅存的一小撮髮絲就跟他孩子們一樣豔紅。他穿著一件髒髒縐縐的綠色長袍。

「這個晚上真把我給累壞了。」在他們全都在他身邊坐下後，他開始喃喃低語，並伸手摸索著尋找茶壺，「九次突襲檢查行動，九次！而且老蒙當葛．弗列契還趁我不注意的時候，想要用魔法整我……」

衛斯理先生仰頭灌下一大口茶，深深嘆了一口氣。

「有找到什麼東西嗎，爸？」弗雷熱心地詢問。

「只找到幾根會縮小的鑰匙，和一個咬人水壺。」衛斯理先生打了一個呵欠，「其實是有找到一些相當討厭的怪玩意兒，但那不歸我的部門管。莫雷因為私藏了幾隻非常古怪的雪貂而被帶去問話，但幸好那是實驗魔咒委員會的事，謝天謝地……」

「為什麼會有人要花時間，去製造什麼會縮小的鑰匙？」喬治問道。

「只是為了拿來捉弄麻瓜，」衛斯理先生嘆氣說，「賣給他們一根會不斷縮小到完全不見的鑰匙，所以在他們需要用的時候，就會永遠找不到……當然啦，你很難找到證據去定這些人的罪，因為麻瓜是絕對不會承認自己的鑰匙會不斷縮小──他們會堅稱自己只是老把鑰匙弄丟罷了。上帝祝福他們，他們對魔法實在是遲鈍到令人難以想像的地步，就算把事實扔到他們眼前，他們也同樣是視而不見……不過話說回來，看到那些被我們偷來施魔法的麻瓜玩意兒，你絕對不會相信……」

「**比方說汽車是不是？**」

衛斯理太太突然出現，手中像握劍似地高舉著一根長撥火鉗。衛斯理先生立刻張開眼睛，心虛地望著他的太太。

「妳是說汽——汽車嗎，茉莉，親愛的？」

「沒錯，亞瑟，汽車，」衛斯理太太說，她的眼中掠過一道閃光，「想想看，要是有一個巫師買下一輛生銹的舊車，告訴他的妻子，他只是想把它拆開來，看看裡面的構造，但**事實上**呢，他卻用魔法把它變成了一輛**飛車**。」

衛斯理先生緊張地不停眨眼。

「這個嘛，親愛的，我想妳會發現，他這麼做，其實並沒有觸犯法律。雖然，呃，他的確是應該跟他的妻子說實話比較好……妳會發現，這裡面藏了一個法律漏洞——只要他不是真的要去**開**這輛飛車，光只是車子**會飛**這個事實——」

「亞瑟．衛斯理，你分明就是在編寫法律條文的時候，故意留下這樣的漏洞！」衛斯理太太吼道，「這樣你就可以繼續躲在你的庫房裡，修補那些破爛麻瓜垃圾！順便通知你一聲，哈利正好在今天早上，坐著那輛你不是真的要去開的飛車，飛到了我們家來！」

「哈利？」衛斯理先生茫然地說，「哪個哈利？」

他環顧四周，一眼瞥見哈利，就立刻跳了起來。

「我的天哪，這是哈利波特嗎？很高興能見到你，榮恩跟我們說了好多你的事——」

「你的兒子們昨天晚上開著那輛車，飛到哈利家，然後又飛了回來！」衛斯理太太吼道，「對於這件事你有什麼話要說啊，嗄？」

「真的嗎？」衛斯理先生熱切地追問，「它的情況還不錯吧！我——我是說，」他看到衛斯理太太眼中爆出火花，嚇得結結巴巴地改口說，「那——那真的是很不對，孩子們——的確是非常不對……」

「讓他們自己去解決吧，」榮恩低聲告訴哈利，現在衛斯理太太臉龐和胸膛都膨脹起來，看起來活像隻氣鼓鼓的大牛蛙，「來吧，我帶你去參觀我的房間。」

他們偷偷溜出廚房，走過一條狹窄的通道，然後踏上一列參差不齊、呈鋸齒狀向上攀升的陡峭階梯。在四樓的樓梯台邊，有著一扇半開的門。哈利才剛瞥見一雙緊盯著他瞧的明亮褐色眼睛，房門就砰地一聲關上。

「是金妮，」榮恩說，「你不曉得，她這麼害羞實在是非常詭異，平常她是絕對不會這樣的……」

他們又多爬了兩段樓梯，就來到一扇油漆剝落的房門前，上面鑲了一個小牌子，寫著：「榮恩的房間」。

哈利踏進房中，差點一頭撞上傾斜的天花板，而房中的景象使他忍不住眨了眨眼睛。

這感覺就好像是走進了一個大熔爐，榮恩房間裡幾乎每件東西都是非常鮮豔的橘色：床單、牆壁，甚至連天花板也不能倖免。然後哈利才看出，原來榮恩幾乎在每一寸的破舊壁紙上，全都貼上了同樣七名巫師和女巫的海報。他們全都穿著鮮橘色的長袍，手裡握著飛天掃帚，活力十足地朝他們連連揮手。

「這是你最喜歡的魁地奇球隊？」哈利問道。

「查德利砲彈隊，」榮恩指著橘色的床單說，上面印著一個由兩個巨大的黑色「Cs」縮寫字母和一枚飛射砲彈所組成的標誌。「大聯盟排名第九。」

榮恩的符咒課本凌亂地堆在牆角，旁邊還有一疊看起來好像全都是《瘋麻瓜馬丁・米格冒險記》的漫畫書。榮恩的魔杖擱在窗台邊一個裝滿青蛙蛋的魚缸上方，而胖灰鼠斑斑躺在旁邊，舒舒服服地窩在一小片陽光中打盹兒。

哈利跨過一疊會自動洗牌的撲克牌，走到小窗前欣賞外面的風景。他看到在下面的原野中，有一小群地精正一個接一個地，偷偷鑽進衛斯理家的樹籬。然後他轉過身來，看到榮恩正用一種幾乎可說是緊張的神情望著他，似乎是在等他發表感想。

「這裡很小，」榮恩急急說道，「不像你在麻瓜家的房間那麼大。而且我又正好住在閣樓惡鬼樓下，他老是吵吵鬧鬧地敲水管和大聲呻吟……」

但哈利卻咧嘴露出一個燦爛的笑容：「這是我到過最棒的一棟房子。」

榮恩連耳朵都變紅了。

4 在華麗與污痕書店裡

洞穴屋的生活跟水蠟樹街可說是天差地遠。德思禮家喜歡讓一切都顯得整齊規律；但衛斯理家卻充滿了意想不到的怪事。哈利第一次走到廚房壁爐架前照鏡子時，那面鏡子突然大喊：「**把襯衫塞好，邋遢鬼！**」著實把他給嚇了一大跳。閣樓裡的惡鬼只要覺得家裡太過安靜，就會開始厲聲哭嚎並亂敲水管，而弗雷和喬治臥房中的小型爆炸，也被視為見怪不怪的家常便飯。不過，哈利卻發現在榮恩家生活最稀奇的一件事，並不是什麼會說話的鏡子或愛摔東西的惡鬼，而是這裡的每個人好像都很喜歡他。

衛斯理太太大驚小怪地檢查他的襪子夠不夠暖，而且每餐至少逼迫他連吃四大盤才肯罷休。衛斯理先生喜歡在晚餐時要哈利坐在他身邊，這樣他就可以用一大堆跟麻瓜生活有關的問題，來對哈利進行疲勞轟炸，纏著要哈利解釋電插頭與郵政服務等麻瓜事物的運作原理。

「**太迷人了！**」他在哈利解說完電話的使用方法後，不禁連聲讚嘆，「**真有創意**，說真的，這些不會魔法的麻瓜為了過活，還真是發明了很多了不起的方法呢。」

哈利在洞穴屋住了大約一個星期之後，終於在一個陽光燦爛的早晨收到霍格華茲的訊息。那天早上，他和榮恩一起下樓吃早餐時，看到衛斯理夫婦和金妮已坐在廚房餐桌邊開始用餐。金妮一看到哈利，就不小心打翻她的麥片粥，粥碗鏗啷一聲摔到地板上。金妮似乎老是在哈利走進房間時打翻東西，她鑽到餐桌下去撿碗，等到她再探出頭時，臉龐已變得像落日般紅得發亮。哈利假裝什麼也沒看見，在餐桌邊坐下來，接過衛斯理太太遞給他的吐司。

「這是學校寄來的信，」衛斯理先生說，把兩個看起來一模一樣，寫著綠色字跡的黃色羊皮紙信封交給哈利和榮恩，「哈利，鄧不利多已經曉得你住到這裡來了，什麼事都逃不過他的眼睛。你們兩個的信也到了。」他又加上一句，而弗雷和喬治也在此時慢吞吞地踱了進來，他們身上依然穿著睡衣。

接下來有好幾分鐘都沒有人開口說話，因為大家全都在專心閱讀他們的信函。哈利的信件吩咐他就像以往一樣，於九月一日抵達王十字車站搭乘霍格華茲特快車。信中還附了一張下學年必備的新教科書清單。

二年級學生請準備：

《標準咒語・二級》，米蘭達・郭汐客著

《與報喪女妖共享休閒時光》，吉德羅・洛哈著

《與惡鬼四處遊蕩》，吉德羅・洛哈著
《與巫婆共度假期》，吉德羅・洛哈著
《與山怪共遊》，吉德羅・洛哈著
《與吸血鬼同行》，吉德羅・洛哈著
《與狼人結伴浪跡天涯》，吉德羅・洛哈著
《與雪人相伴的歲月》，吉德羅・洛哈著

弗雷讀完信，探過頭來望著哈利的書單。

「所以你也得買全套的洛哈著作！」他說，「這位新來的黑魔法防禦術老師顯然是他的書迷，我敢說一定是個女巫。」

說到這裡，弗雷突然瞥見他母親的目光，嚇得他連忙低頭專心塗抹果醬。

「這些書加起來可不便宜呢，」喬治偷瞄了他的父母一眼，「洛哈的書真的非常貴……」

「嗯，我們會想辦法的，」衛斯理太太說，但她的神情顯得相當憂慮，「我想金妮的大部分東西，我們都可以在舊貨店裡買到。」

「喔，所以妳今年要開始到霍格華茲上課囉？」哈利問金妮。

她點點頭，羞得連她豔紅頭髮的髮根都變紅了，而且還在慌亂中把手肘擱到了奶油碟子上。幸運的是，除了哈利之外並沒有任何人發現她的窘態，因為榮恩的哥哥派西恰好就在此時踏進廚房。他已穿戴整齊，而他的霍格華茲級長徽章，也閃閃發亮地別在他的針織無袖緊身上衣上。

「大家早，」派西輕快地說，「今天天氣真好。」

他走向僅剩的一張空椅子，坐下來，但他才剛碰到椅子，就立刻跳起來，從身下拉出一枝毛快掉光的灰色雞毛撢子——至少哈利是這麼以為，但他隨後就發現，這個東西竟然會呼吸。

「愛落！」榮恩喊道，自派西手裡接過那隻軟趴趴的貓頭鷹，再從牠的翅膀下掏出了一封信，「**總算等到了**，他帶來了妙麗的回信。我寫信告訴過她，我們準備到德思禮家去把你救出來。」

他抓著愛落走到後門邊的一根棲木前，想要讓牠站在上面，但愛落卻砰地一聲摔了下來，於是榮恩只好一面嘆道：「可憐哪！」一面順手把牠擱到瀝水板上。接著他就撕開妙麗的信，開始大聲朗讀：

親愛的榮恩，還有可能也在那裡的哈利：

我希望事情進行得還算順利，但願哈利一切平安，而且你在救他出來時，也沒有做出任何犯法的舉動，榮恩，因為這麼做也可能會替哈利惹上麻煩。我真的是非常擔心，所以呢，如果哈利沒事的話，能不能請你立刻通知我一聲，但我想你還是想辦法派另外一隻貓頭鷹過來比較好，因為我覺得你這隻要是再送一次信的話，鐵定會一命嗚呼。

我現在自然是忙著準備學校的功課——

「她怎麼可以這樣？」榮恩嚇得半死，「我們是在放假耶！」

我們會在下個星期三上倫敦去買我的新課本，我們到時候在斜角巷碰面好嗎？

請你一有空就立刻把事情的經過寫信告訴我，隨信奉上我的愛與祝福。

妙麗

「嗯，這樣時間剛好，我們可以在那一天去把你們的東西買齊，」衛斯理太太說，並開始清理餐桌，「今天你們打算上哪裡去？」

哈利、榮恩、弗雷和喬治計畫到山丘上去打發時間，衛斯理家在那裡有一個小牧場。這個地方四周環繞著高聳的樹林，完全阻隔住山下村民的視線，而這代表只要他們不飛得太高，就可以在這裡練習魁地奇。他們不能使用真正的魁地奇球，因為要是它們不小心逃走，飛到村子裡去的話，實在很難跟學校交代；於是他們只好聊勝於無地扔蘋果讓對方去接。他們輪流騎哈利的光輪兩千，並一致公認它的確是最棒的飛天掃帚；而在另一方面，榮恩的古董級流星號卻老是被經過的蝴蝶超車。

五分鐘之後，他們就扛著掃帚，爬上山坡。他們在出發前問派西要不要一起去，但他卻說他沒空。到目前為止，哈利只有在吃飯時才能看到派西；其他時候他都把自己關在房裡。

「真希望我能知道他到底想幹什麼，」弗雷皺著眉頭說，「他完全變了一個人。在你來的前一天，他收到他的考試成績；普等巫測十二級耶，可是他居然沒露出沾沾自喜的討厭相。」

「那是指，普通巫術等級測驗，」喬治看到哈利迷惑的表情，連忙對他解釋，「比爾也是十二級。我們要是再不小心的話，家裡就又會多了一位學生會男主席。我可受不了這種恥辱。」

比爾是衛斯理家的老大，他和二哥查理都已經從霍格華茲畢業。哈利從來沒見過他們，但卻知道查理現在在羅馬尼亞研究龍，而比爾則是在埃及，替妖精銀行古靈閣工作。

「不曉得爸媽今年要怎樣想辦法湊錢，才買得起我們學校要用的東西，」過了一會兒喬治開口說道，「五套洛哈全集！而且金妮還要買長袍、魔杖什麼的……」

哈利一句話也沒說。他感到有些尷尬。在倫敦古靈閣的地下金庫中，存放著他父母留給他的一小筆財富。當然，這些錢只有在魔法世界中才能使用；你沒辦法用加隆、西可和納特到麻瓜商店裡去買東西。他從來沒跟德思禮家提過他的古靈閣銀行存款；他認為，他們對所有魔法事物的恐懼，並不會擴展到一大堆的黃金上面。

* * *

在接下來的這個禮拜三，衛斯理太太一大早就把大家給叫醒。在每個人快速吞下半打培根三明治之後，他們就穿上外套，而衛斯理太太從廚房壁爐架上取下一個花盆，專心地望著裡面。

「快用完了，亞瑟，」她嘆著氣說，「我們今天得再多買一些……啊，好了，客人優先！你先走吧，親愛的哈利！」

然後她把花盆遞給他。

哈利看見他們全望著他。

「這——這要怎麼用？」他結結巴巴地問道。

「他從來沒用呼嚕粉旅行過，」榮恩突然開口，「對不起，哈利，我忘了。」

「從來沒有？」衛斯理太太說，「可是你去年是怎麼到斜角巷去買學校用品的？」

「我是坐地下鐵去的——」

「真的嗎？」衛斯理先生兩眼發光，「那裡有**逃生梯**嗎？到底要怎樣——」

「**現在**別說這些，亞瑟，」衛斯理太太說，「呼嚕粉比地下鐵快多了，可是我的天啊，要是你以前從來沒用過的話——」

「他不會有事的，媽，」弗雷說，「哈利，你先看看我們是怎麼用的。」

他從花盆中捏起一小撮發亮的粉末，走到火爐前，把粉末扔進火中。

火焰發出一聲怒吼，在瞬間變成鮮豔的翡翠綠，並竄得比弗雷還要高，接著他踏入火中，喊道：「斜角巷！」便失去了蹤影。

「你必須把每個字都說得清清楚楚，親愛的，」衛斯理太太告訴哈利，此時喬治已把手探進花盆，「而且你得注意一點，要先找到正確的爐柵才能走出來……」

「正確的什麼？」哈利緊張地追問，此時爐火又再度嘶嘶怒吼，吞噬了喬治的身影。

「這個嘛，那裡有非常多的巫師爐火出口等著你去選擇，懂了吧，不過，你只要把目的地說清楚——」

「他不會有事的，茉莉，不要這樣大驚小怪嘛。」衛斯理先生說，同樣也伸手捏了一小撮呼嚕粉。

「可是親愛的，要是他走丟的話，我們要怎樣對他的阿姨、姨丈交代呢？」

「他們不會在意的，」哈利對她保證，「達力要是聽到我在爬煙囪的時候走丟，他只會笑得滿地打滾，不用擔心他們。」

「這樣的話……好吧……你跟在亞瑟後面，」衛斯理太太說，「現在聽我說，你踏進火中以後，就大聲說出你要去的地方——」

「最好是雙手抱胸。」榮恩勸告。

「而且閉上眼睛，」衛斯理太太說，「有煤灰——」

「拿定主意，不要緊張，」榮恩說，「要不然你可能會掉錯地方——」

「也不要慌慌張張地太早爬出來，先等一下，找到喬治和弗雷以後再出來。」

哈利努力把這些全都牢牢記在心裡，伸手捏了一撮呼嚕粉，走到爐火前方。他做了一次深呼吸，把粉末撒入火焰，然後踏上前去；火焰就好像是一陣溫暖的微風；他張開嘴巴，口中立刻湧進一大堆滾燙的灰燼。

「斜——斜角——巷——」他嗆得連連咳嗽。

他感到自己彷彿被吸入一個巨大的水管洞口。他似乎正在快速旋轉……震耳欲聾的咆哮撞擊他的耳膜……他努力睜大眼睛，但綠色的火焰漩渦，讓他忍不住感到頭暈目眩，胃裡作嘔……他的手肘撞到了某個堅硬的東西，他連忙把手夾緊，身軀仍在不停地旋轉……現在彷彿有無數冰冷的手掌不斷拍打在他的面頰……他瞇起眼睛，透過眼鏡往外窺探，看到一長串模糊不清的壁爐，和後方房間瞬間即逝的光影……他今早吞下的培根三明治在胃裡不停翻攪……他再度閉上眼睛，暗暗希望能趕快停下來，然後……他落到冰冷的石頭地上，跌了個狗吃屎，甚至連眼鏡都撞碎了。

頭昏眼花、渾身瘀青，並沾了滿身煤灰的哈利，小心翼翼地站起身來，伸手扶住他撞壞的眼鏡。這裡只有他一個人，但這裡究竟是**哪裡**，他卻完全摸不著頭緒。他只能看出，自己現在是站在一間陰暗大型巫師商店的石頭壁爐裡面——但放眼望去，這裡顯然沒有任何一樣物品，有可能會被列入霍格華茲學校的必備用品清單。

壁爐附近的一個玻璃箱裡，放著一隻擱在軟墊上的萎縮人手、一副沾滿血跡的撲克牌，和一顆漠然瞪視的玻璃眼球。牆上懸掛著邪惡陰森的面具，櫃台上堆著雜亂的人骨，而天花板上垂吊著布滿尖刺的腐銹工具。更糟的是，哈利透過灰塵密布的商店窗口所看到的那條黑暗狹窄的街道，絕對不是他要去的斜角巷。

他最好盡快離開這個地方。哈利剛才鼻子撞到爐床的地方還在隱隱發疼，就開始輕手輕腳地迅速走向大門，但他才走到一半，玻璃窗外就出現了兩個人影——而其中一個正是當他處於滿身煤灰、眼鏡撞歪，而且還不幸迷路的狼狽窘境時，最不想見到的人——跩哥・馬份。

哈利連忙環顧四周，看到左手邊有一個巨大的黑色櫥櫃；他立刻衝進去，順手拉上門，並留下一條用來偷看外面的細縫。幾秒鐘後，就響起一陣叮叮噹噹鈴聲，馬份走了進來。

跟著進來的必然就是馬份的父親，他有著同樣蒼白且稜角分明的面孔，和同一個模子刻出來的冷漠灰眼睛。馬份先生穿越店面，懶洋洋地打量店中陳列的物品，伸手拉響櫃台上的呼叫鈴，然後轉過頭來望著他的兒子說：「不准亂拿東西，跩哥。」

馬份正伸手準備抓起玻璃眼珠，聽了說道：「我還以為你是要來替我買禮物呢。」

「我說過，我會替你買一根比賽用的飛天掃帚。」他的父親說，漫不經心地用手指輕輕敲擊櫃台。

「我又不是學院代表隊，我要那東西幹嘛？」馬份滿臉不高興，悻悻然地抱怨道，

「哈利波特去年得到了一根光輪兩千，而且還是鄧不利多破例恩准，好讓他代表葛來分多參加比賽。他根本就沒那麼優秀，這完全是靠他的**名氣**……而他為什麼有名呢，只不過是因為他額頭上有一道**笨疤**……」

馬份彎腰觀賞一個擺滿骷髏頭的架子。

「……大家都以為他**聰明**得要命，了不起的**波特**，有一道**寶貝爛疤**和他的**寶貝掃帚**……」

「這些話你去年已經跟我講了超過十二次，」馬份先生說，帶著警告的神情制止兒子繼續說下去，「可是我要提醒你，在現在這種時候，公開表示你不喜歡哈利波特，實在不夠——謹慎，現在我們大多數人都把他當作趕走黑魔王的英雄……啊，波金先生。」

一名彎腰駝背的男子出現在櫃台後方，伸手把臉上油膩膩的頭髮撥到腦後。

「馬份先生，能再見到你實在是太榮幸了，」波金先生用一種跟他頭髮一般黏膩的嗓音說，「真高興呀——馬份少爺也來了——我真是太歡喜啦。需要我替你們服務嗎？這裡有些東西我一定要介紹給你們看看，今天才剛進貨，而且價錢非常公道的——」

「我今天不是來買東西，波金先生，而是賣東西。」馬份先生說。

「賣東西？」波金先生臉上的笑容略略黯淡了一些。

「你應該已經聽說了，魔法部準備開始進行更頻繁的突襲檢查行動。」馬份先生說，從內袋中掏出一卷羊皮紙卷，攤開來遞給波金先生看，「我家裡放了一些——呃——一些可能會讓我尷尬的物品，我是說，要是魔法部突然跑到我家來檢查……」

波金先生戴上一副夾鼻眼鏡，低頭望著清單。

「魔法部應該不至於會來打擾你吧，先生？」

馬份先生撇下嘴唇。

「目前是還沒有。馬份這個名字確實還能得到一定的尊重，不過魔法部變得越來越愛管閒事了。謠傳他們正準備制定一條新的麻瓜保護法案——我敢說這一定是那個一臉乞丐相，瘋狂迷戀麻瓜的白癡亞瑟．衛斯理在背後出的餿主意——」

哈利感到體內升起一股沸騰的怒火。

「——你可以想到，要是再多幾件這類的傻事，就很可能會**出現**——」

「這我懂，先生，我可以了解，」波金先生說，「讓我看看吧……」

「我可不可以買**那個**？」跩哥插嘴問道，伸手指著那隻躺在軟墊上的萎縮人手。

「哎呀，那是光榮之手啊！」波金先生說，連忙拋下馬份先生的清單，急匆匆地趕到跩哥身邊，「只要在裡面塞根蠟燭，它就會發出只有握住它的人才能看見的亮光！這是小偷強盜們的最佳夥伴！你兒子真是有品味哪，先生。」

「我希望我的兒子，將來的成就不只是做個小偷或是強盜。」馬份先生冷冷地表示，而波金先生立刻連聲道歉：「我失言了，先生，我不是那個意思——」

「不過，要是他學校的成績再沒起色的話，」馬份先生用一種更加冷酷的語氣說，「我看他以後大概也就只能從事這類行業。」

「那又不是我的錯，」跩哥不服地頂嘴，「老師全都偏心得要命，他們只喜歡那個妙麗・格蘭傑——」

「你應該為自己的表現感到丟臉，一個不是巫師家庭出身的女孩，竟然樣樣成績都比你出色。」馬份先生厲喝。

「哈！」哈利暗暗叫好，跩哥又羞又怒的表情讓他心裡覺得非常痛快。

「到處都一樣啦，」波金用他甜膩的諂媚語氣說，「現在大家都不把巫師血統當作一回事囉——」

「我可不想跟他們同流合污。」馬份先生說，他細長的鼻翼大大張開。

「當然啦，先生。我也不想啊，先生——」波金先生說，並深深鞠了一個躬。

「好了，現在我們言歸正傳，來看看我的物品清單吧，」馬份先生飛快地說，「我還有急事要辦，波金，我今天得趕去辦件很重要的事。」

他們開始討價還價。哈利提心弔膽地望著馬份一路翻翻揀揀地把玩商品，朝著他的藏身處漸漸逼近。馬份先停下來觀賞一大捆絞刑用繩索，接著再面帶獰笑地閱讀一條華麗貓眼石項鍊的說明卡：「當心：請勿碰觸。被詛咒的項鍊——至今已奪去十九名麻瓜擁有者的性命。」

跩哥轉過頭來，正好瞥見位於他右前方的黑色櫥櫃。他踏上前去……伸手探向門把……

「可以了，」櫃台邊的馬份先生說，「走吧，跩哥！」

踐哥轉身離去，鬆了一口氣的哈利用袖口揩拭額前的冷汗。

「祝你今天平安，波金先生，我明天會在莊園裡等你來取貨。」

店門才剛關上，波金先生的諂媚神情就立刻消失。

「我才祝你今天平安呢，馬份**先生**，要是傳言是真的話，我看你**莊園**裡藏的東西，鐵定比你賣給我的還要多上一倍……」

他沉著臉低聲咒罵，慢慢踱進後面的房間。哈利怕他等一下就會再走回來，所以先等了一分鐘，才躡手躡腳地偷偷溜出櫥櫃，經過陳列的玻璃箱，踏出店門。

他用手扶著壞掉的眼鏡，開始打量周遭的環境。他踏入了一條陰暗的巷道，而道路兩邊似乎全都是販售黑魔法用品的商店。他剛才離開的「波金與伯克氏」看來是其中最大的一間，而在它的正對面，有著一面展示萎縮人頭的櫥窗，再往前走過兩扇店門，就可以看到一個擠滿活生生大黑蜘蛛的籠子。兩名看起來窮酸潦倒的巫師，站在一扇陰暗的店門前緊盯著他瞧，一面還鬼鬼祟祟地咬耳朵說悄悄話。哈利忍不住感到背脊發涼，他連忙快步往前走去，努力扶正眼鏡，心裡懷抱著萬一的希望，暗暗祈禱能趕快找到路離開這個鬼地方。

在一家銷售毒蠟燭的商店上方，懸掛著一面老舊的木頭路牌，告訴他這個地方叫做夜行巷。但這對哈利並沒有任何幫助，因為他從來沒聽過這個地名。他猜想剛才在衛斯理家爐火中時，他大概是因為含了滿嘴的灰燼而沒把街名給說清楚。他努力讓自己鎮定下來，開始思索接下來該怎麼辦。

「你是不是迷路啦，親愛的？」他耳邊突然響起一個陌生的嗓音，嚇得他跳了起來。一個老巫婆站在他面前，手裡端著一個看似堆滿人類手指甲的恐怖盤子。她不懷好意地斜睨著哈利，露出兩排髒兮兮的爛牙。哈利退後一步。

「我沒事，謝謝，」他說，「我只是——」

「**哈利**！你跑到這裡來做什麼？」

哈利的心狂跳了一下。那個老巫婆同樣也嚇了一跳，一大堆手指甲如瀑布般潑到她的腳上，而當她看到遠方那個巨無霸般的身影時，她忍不住發出一連串惡毒的咒罵；霍格華茲的獵場看守人海格，此時正大步朝著他們走過來，甲蟲般的黑眼珠在蓬亂的鬍鬚上方閃閃發亮。

「海格！」哈利鬆了一口氣地哇哇大叫，「我迷路了……呼嚕粉……」

海格一把攫住哈利的衣領，把他從老巫婆身邊拉開，並順勢把她手裡的盤子給撞到地上。當他們沿著蜿蜒曲折的巷道，走向明亮的陽光時，她尖銳的叫罵聲還一直跟在後面窮追不捨。哈利看到遠方出現了一棟相當眼熟的雪白大理石建築：古靈閣銀行。海格已經把他帶到了斜角巷。

「你髒死了！」海格啞聲喝道，粗手粗腳地用力拍打哈利身上的煤灰，差點就把哈利給推進隔壁藥店的龍糞桶裡。「偷偷跑到夜行巷裡去亂晃，我真不敢——那個地方很危險哪，哈利——希望沒人看到你溜到那裡去——」

「**這我知道**，」哈利說，並機警地躲到一旁，避開海格又一次地拍去煤灰，「我告訴過你——我迷路了——那你自己又為什麼要跑到那裡去？」

「**我**是要去找一種專門對付肉食蛞蝓的殺蟲劑，」海格吼道，「牠們快把學校的包心菜給啃光了。你不是自己一個人來的吧？」

「我本來跟衛斯理家的人在一起，可是我跟他們走散了，」哈利解釋，「我現在得去找他們……」

他們一起沿著街道往前走去。

「你怎麼都不給我回信呢？」海格問道，而哈利得用小跑步才能跟上他的步伐（海格那雙大皮靴每跨一步，哈利至少得連跑三步才趕得上）。哈利把多比和德思禮家的事情全都告訴海格。

「該死的麻瓜，」海格怒吼，「我要是早知道的話——」

「哈利！哈利！在這裡！」

哈利抬起頭來，看到妙麗．格蘭傑就站在古靈閣的雪白台階頂端。她連跑帶跳地奔下來與他們會合，濃密的褐髮在風中飛揚。

「你的眼鏡怎麼啦？哈囉，海格……看到你們兩個，我**好高興**唷……你現在要去古靈閣嗎，哈利？」

「等我先找到衛斯理家的人再說。」哈利說。

「這你倒是不用等太久。」海格咧嘴笑道。

哈利和妙麗連忙東張西望。前面那群正在努力擠過人潮、穿越街道朝他們跑過來的人，正就是榮恩、弗雷、喬治、派西和衛斯理先生。

「哈利，」衛斯理先生喘著氣說，「我們一直在祈禱，**希望**你只是早出了一個爐柵……」他揩揩他油亮的禿頭部位，「茉莉急得快瘋了——我想她馬上就會到了。」

「你到底是從哪裡出來的？」榮恩問道。

「夜行巷。」海格沉著臉說。

「**太精采了！**」弗雷和喬治同聲讚嘆。

「那地方我爸媽根本就不准我們去。」榮恩羨慕地說。

「你們最好永遠都別去。」海格吼道。

此時衛斯理太太狂奔的身影出現在他們眼前，她一手抓著晃個不停的手提包，另一手挽著小女兒金妮。

「喔，哈利——喔，親愛的——天知道你會跑到什麼地方哪——」

她大口大口地喘氣，從手提袋裡掏出一把大衣刷，開始替哈利清理身上拍不掉的煤灰。衛斯理先生接過哈利的眼鏡，用他的魔杖輕輕敲了一下，再還給哈利，現在眼鏡看起來就像新的一樣。

「好了，我得走了。」海格說，他的一隻手被衛斯理太太緊抓著不放（「夜行巷！海格，要是你沒找到他的話該怎麼辦？」）「在霍格華茲再見囉！」接著他就大步離去，龐大的身軀在人潮中顯得格外突出，他的肩膀比其他所有人的頭頂還要高出許多。

「你們猜我剛才在波金與伯克氏店裡看到誰了？」當他們一同爬上古靈閣台階時，哈利對榮恩及妙麗說，「馬份和他的父親。」

「魯休思．馬份有買什麼東西嗎？」衛斯理先生在他們背後急急追問。

「沒有，他是去賣東西的。」

「所以他開始擔心了，」衛斯理先生的語氣透出一絲殘酷的滿足，「喔，我真想抓到魯休思．馬份的把柄……」

「你要小心一點，亞瑟，」衛斯理太太立刻接口說，此時他們已在一名妖精守衛的鞠躬迎接之下踏進大門，「那家人不好惹啊，你最好別自不量力，跑去招惹他們。」

「妳覺得我完全不是魯休思．馬份的對手是不是？」衛斯理先生憤慨地質問，但就在下一秒，他的目光就被妙麗的父母給牢牢吸引住，這對夫婦緊張兮兮地站在大理石廳堂周圍的櫃台邊，等著妙麗介紹他們給大家認識。

「你們是**麻瓜**耶！」衛斯理先生高興地說，「我們待會兒一定要一起去喝一杯！你手裡拿的是什麼東西？喔，你正在換麻瓜錢呀。茉莉，快來看哪！」他興奮地指著格蘭傑先生手中的十英鎊。

「等一下我們再到這裡來找妳。」榮恩跟妙麗說，然後衛斯理全家和哈利就在另一名古靈閣妖精的帶領下，出發前往他們的地下金庫。

他們必須搭乘由妖精駕駛的小推車，沿著蜿蜒縱橫的迷你鐵軌，高速駛過銀行下面的地底隧道，最後才能順利抵達地下金庫。在前往衛斯理家金庫的危險旅途中，哈利覺得非常刺激好玩，但是當金庫打開的那一刻，他的心情卻變得比在夜行巷迷路時還要糟糕。裡面只有一小堆銀西可，和唯一一枚金加隆。衛斯理太太背對著大家，一掃而光地把所有錢全都裝進她的手提袋。接著，在走到哈利自己的金庫時，他的心情又比剛才更加難過。他努力用身子遮住裡面的豐富積蓄，匆匆抓了幾把硬幣，塞進一個皮袋裡面。

在回到外面的大理石階梯之後，大家就暫時分手，展開個別行動。派西支支吾吾地表示他要去買一枝新的羽毛筆，弗雷和喬治看到了他們在霍格華茲的好朋友李．喬丹，衛斯理太太和金妮要去一家二手長袍店，衛斯理先生堅持要帶格蘭傑夫婦到破釜酒吧去喝一杯。

「我們大家在一個鐘頭後，到華麗與污痕書店會合，去買你們的教科書。」衛斯理太太囑咐他們，然後就帶著金妮往前走去，「絕對不准給我踏進夜行巷一步！」她朝著雙胞胎遠去的背影吼道。

哈利、榮恩和妙麗沿著蜿蜒的圓石街道，悠哉游哉地慢慢散步。哈利口袋中那些發出輕快叮噹聲響的金幣、銀幣和銅幣，正吵吵鬧鬧地要他趕快把它們花掉，於是他買了三大支草莓和花生奶油冰淇淋。他們就這樣快樂地舔著冰淇淋，在街道上閒晃，瀏覽迷人的商店櫥窗。榮恩趴在「優質魁地奇用品商店」的櫥窗前，用渴望的目光凝視一整套查德利砲彈隊長袍，久久不肯離去，最後還是妙麗看不過去，硬把他給拖到隔壁去買墨水和羊皮紙。他們在「嬉戲與戲謔巫術惡作劇商店」裡，遇到了弗雷、喬治和李・喬丹，這三個人正在愛不釋手地把玩「飛力博士的神奇水燃無熱煙火」。而在一家擺滿破爛魔杖、不穩黃銅天平和髒污舊斗篷的小舊貨店裡，他們看到派西正入迷地閱讀一本又薄又小，而且非常枯燥的書：《功成名就的級長們》。

「**一份關於霍格華茲級長及其未來事業的研究報告**，」榮恩大聲念出封底的介紹，「聽起來倒還滿**吸引人**的……」

「走開。」派西吼道。

「當然啦，派西這個人很有野心，他早就把一切都計畫好了……他想當魔法部長……」榮恩壓低聲音告訴哈利和妙麗，接著他們三個就走出店門，讓派西留下來專心閱讀。

一個鐘頭之後，他們出發前往華麗與污痕書店。他們顯然不是街上唯一想走到那間書店的人，就在快要走到時，他們驚訝地發現，書店門前竟然圍了一大群擁擠的人潮，大家全都在爭先恐後想要盡快擠進去。樓上窗口前掛著一幅巨大的旗幟，清楚宣告出人潮聚集的原因：

吉德羅・洛哈

將於今日中午十二點半到下午四點半

在此舉行他的自傳
《神奇的我》簽書會

「我們可以看到他本人耶！」妙麗尖叫，「喔，我是說，我們書單上的教科書，幾乎全都是他一個人寫出來的呢！」

聚集在這裡的人潮，似乎大部分都是跟衛斯理太太差不多年紀的中年女巫。一個看起來又煩又累的巫師站在門前喊道：「拜託大家冷靜一點，各位女士……那裡不要再擠了……小心不要撞翻旁邊的書……」

哈利、榮恩和妙麗三人奮力擠進書店。一條蜿蜒的長龍從門口一直延伸到書店深處，而吉德羅．洛哈正在那裡忙著替他的作品簽名。他們一人抓了一本《與報喪女妖共享休閒時光》，就偷偷摸摸地溜到隊伍中衛斯理家人和格蘭傑夫婦身邊，和大家一起排隊等待。

「喔，你們來啦，很好，」衛斯理太太說，她的聲音聽起來有些緊張，並不停伸手整理她的頭髮，「我們再過一分鐘就可以看到他了……」

吉德羅．洛哈的身影出現在他們眼前，他坐在一張書桌前，周圍環繞著一圈印著他自己面孔的巨大照片，全都在對著人潮擠眉弄眼，並露出令人目眩的潔白牙齒。真正的吉德羅．洛哈穿著一件跟他眼睛十分相稱的勿忘我藍長袍；他的巫師尖帽俏皮地斜戴在波浪狀的長髮上，顯得非常時髦帥氣。

一個短小精悍、看起來脾氣暴躁的男人，手裡握著一架巨大的黑色照相機，在桌子周圍跳來跳去地拍攝照片，而他的鎂光燈每閃一次，相機就會噴出一團紫色的煙霧。

「那邊不要擋路，」他對榮恩吼道，並繼續往後退，想要找出最好的拍攝角度，「這可是要登上《預言家日報》的照片哪。」

「有什麼了不起。」榮恩說，伸手揉他的腳，他剛才被攝影師踩了一下。

吉德羅・洛哈聽到了他這句話。他抬起頭來，他看到榮恩——接著他就看到了哈利。他瞪大眼睛凝視了一會兒。然後跳了起來，大聲喊道：「這位**該不會**是哈利波特吧？」

人潮迅速讓開，並且興奮地嗡嗡耳語。洛哈撲過來，捉住哈利的手臂，把他拉到人潮前方。群眾爆發出一陣熱烈的鼓掌聲，洛哈拉著臉紅得像龍蝦的哈利，擺出握手的姿勢讓攝影師拍照，而他像發瘋似地拚命猛按快門，讓衛斯理家人的頭頂上籠罩了一團濃密的紫煙。

「要笑甜一點喔，哈利，」洛哈囑咐哈利，而他當然不會忘記露出他耀眼的白牙，「我們兩個加在一起，絕對可以登上頭版。」

等到洛哈終於鬆開哈利的手時，哈利的手指幾乎已完全失去知覺了。正當他想要悄悄溜回衛斯理家人身邊時，卻又被洛哈一手環住肩膀，把他緊緊夾在身邊不讓他走。

「各位先生，各位女士，」洛哈大聲喊道，揮手要大家安靜下來，「這是多麼難得的一刻！而我正好藉著這個絕佳的時機，在此宣布我暫時沒有公開的一個小消息！

「這位年輕的哈利，在今天走進華麗與污痕書店的時候，只是想來購買我的自傳——

而我現在很高興能把這本書獻給他，自然是免費贈送——」群眾再度鼓掌，「不過他**完全沒有想到**，」洛哈繼續說下去，並抓住哈利輕輕搖了一下，害他的眼鏡滑到了鼻尖上，「在不久之後，他能得到的並不只是《神奇的我》這本書而已。事實上，他和他學校的同學們，將會獲得一個真正的，神奇的我。沒錯，各位先生，各位女士，我在此極為喜悅而又非常光榮的宣布，在今年九月，我將會接下霍格華茲魔法與巫術學校——黑魔法防禦術專任老師的教職！」

在群眾大聲喝采歡呼下，哈利傻愣愣地接下吉德羅．洛哈的全套著作。沉甸甸的書本壓得他腳步略微踉蹌，於是他藉機脫身，離開聚光燈下的焦點，退到書店的角落，金妮正站在那裡，身邊擺著她新買的大釜。

「這些給妳，」哈利囁嚅地表示，把手上的書全都倒進大釜，「我的我自己去買——」

「你可真愛出風頭啊，是不是，波特？」有人冷冷說道，而哈利死都不會錯認這個聲音。他挺起身來，發現他的死對頭跩哥．馬份站在面前，臉上帶著慣有的嘲諷笑容。

「**鼎鼎大名**的哈利波特，」馬份說，「甚至連走進書店買本小書，也非要讓這變成一個頭條新聞。」

「少來煩他，這又不是他自己要的！」金妮說。這是她第一次在哈利面前開口講話，她怒目瞪視馬份。

「波特，原來你替自己找了個**女朋友**啊！」馬份慢吞吞地說。金妮的臉紅成了豬肝色，而榮恩和妙麗正好在此時奮力擠過人潮，朝他們走過來，兩人手裡都抱了一大疊的洛哈作品。

「喔，是你呀，」榮恩說，並用一種看到鞋底髒東西的鄙夷目光打量馬份，「我敢說，你在這裡看到哈利，一定是覺得很驚訝吧？」

「不像我看到你走進店裡這麼驚訝，衛斯理，」馬份反唇相譏，「我猜，為了替你們買這些東西，你父母大概得餓一個月的肚子吧。」

榮恩的臉變得跟金妮一樣紅。他也把書全都扔進大釜，朝馬份撲過去，但卻被哈利和妙麗從背後拉住外套。

「榮恩！」衛斯理先生喊道，帶著弗雷和喬治一起擠過來，「你們在幹什麼？簡直是瘋了，我們快到外面去吧。」

「喔，喔，喔──亞瑟．衛斯理。」

說話的人是馬份先生。他站在跩哥身邊，一手搭住兒子的肩膀，露出一模一樣的嘲諷笑容。

「魯休思。」衛斯理先生說，冷冷地點了一個頭。

「我聽說，魔法部最近可忙得很呢，」馬份先生說，「一連串的突擊搜查行動……我想他們應該有付你加班費吧？」

他把手伸進金妮的大釜，從一堆光澤閃亮的洛哈作品中，抽出一本又舊又破的《初學者的變形指南》。

「顯然是沒有，」他說，「我的天哪，要是他們連像樣的酬勞都不付給你，你又何必讓自己這樣辱沒巫師的名聲呢？」

衛斯理先生的臉紅得比榮恩或金妮更加厲害。

「我們對於怎樣才算是辱沒巫師名聲有完全不同的看法，馬份。」他說。

「完全正確，」馬份先生說，他淺色的雙眼轉向那對帶著憂慮神情、站在一旁觀看的格蘭傑夫婦，「看看你找的這些同伴，衛斯理……我本來還以為你們家早就落到了最底層，不可能再繼續墮落下去了呢──」

忽然鏗啷一聲，金妮的大釜飛了起來；衛斯理先生撲向馬份先生，把他逼得連連後退，撞倒了後面的書架。十來本厚重的符咒書砰通砰通地掉落在他們頭頂上；弗雷和喬治喊了一聲：「抓住他，爸！」衛斯理太太厲聲尖叫：「不，亞瑟，不要這樣！」群眾慌慌張張地逃向後方，撞翻了更多的書架；「紳士們，拜託──求求你們！」店員大叫，然後，一個洪亮的嗓音蓋住了所有喧鬧：「住手，那裡的紳士們，快住手──」

海格正奮力越過一大片書海朝他們走來。才一眨眼，他就把打成一團的衛斯理先生和馬份先生拉開。衛斯理先生嘴唇多了一道裂傷，而馬份先生也被一本《毒蕈百科全書》打黑了眼睛。他手裡依然握著金妮的變形學舊課本，他把書遞到金妮面前，眼中閃著怨毒的光芒。

「這裡，女孩——把妳的書拿去吧——妳父親就只能買得起這樣的貨色——」

他用力掙脫海格的掌握，對跩哥使了個眼色，就昂首闊步地踏出店門。

「你少理他，亞瑟，」海格說，順手拉拉衛斯理先生的長袍，差點就把他給拎得兩腳離地，「這家人腐敗至極，大家都知道。馬份的話不值一聽，壞傢伙，就是這麼回事。現在走吧——我們先離開這個地方再說。」

店員似乎是想要攔下他們，但他的頭甚至還不及海格的腰，所以他大概覺得自己還是謹慎一點比較保險。他們快速走到街上，格蘭傑夫婦嚇得發抖，而衛斯理太太卻氣得發狂。

「你可真是替你的孩子們立下了一個**好**榜樣……在大庭廣眾面前**吵嘴打架**……真不知道吉德羅．洛哈先生會**怎麼**想……」

「他樂得很呢，」弗雷說，「我們離開的時候，妳難道沒聽到他說的話嗎？他在問那個《預言家日報》的傢伙，可不可以把打架也寫進報導裡去——說這也算是一種宣傳。」

但他們多少感到有些沮喪，一群人沒精打采地回到破釜酒館的爐火邊，哈利、衛斯理全家以及今日採購的所有物品，將要在此藉由呼嚕粉返回洞穴屋。格蘭傑全家卻要從酒吧另一邊走出去，回到麻瓜街道。他們互相道別，衛斯理先生又忍不住開口跟他們討教公共巴士站的使用方法，但接著他就瞥見衛斯理太太的臉色，嚇得他趕緊閉上嘴巴。

哈利先取下眼鏡，扔進口袋裡放好，然後才伸手取呼嚕粉。這絕對不是他最喜歡的一種旅行方式。

5 渾拚柳

暑假在不經意間迅速接近尾聲，哈利感到假期實在結束得太快了。他很想趕快回到霍格華茲上課，但在洞穴屋度過的這一個月，卻是他這輩子最快樂的一段時光。他只要一想到下次回到水蠟樹街時，德思禮家會用什麼方法來歡迎他，就忍不住開始嫉妒榮恩。

在他們開學前一天晚上，衛斯理太太變出了一頓豐盛大餐，哈利最愛吃的食物樣樣不缺，而且餐後甜點還是令人垂涎的糖蜜布丁。弗雷和喬治最後用一場精采的飛力煙火表演，來為這個夜晚畫上一個完美的句點；無數紅色與藍色的小星星，在廚房的天花板與牆壁之間彈來跳去，整整延續了半個小時才逐漸消失。接著就該喝杯熱巧克力，上床睡覺了。

第二天早上，他們在出門前花了很長的時間進行準備。他們天才剛亮就爬下床，但不知怎的，事情卻還是多得做不完。衛斯理太太臭著臉衝來衝去，忙著尋找備用的襪子和羽毛筆；整個早上大家老是在樓梯上狹路相逢，互不相讓，不是這個衣服穿了一半，就是那個手裡抓了塊吐司；而衛斯理先生在扛著金妮的大行李箱，越過庭院走向汽車時，不小心被一隻突然竄出的笨雞絆倒，差點摔斷了脖子。

哈利完全看不出他們這八個人、六個大行李箱、兩隻貓頭鷹和一隻老鼠，要怎樣才能塞進這輛狹小的福特安格里亞汽車。不過，他會這麼認為，自然是因為他還不曉得，衛斯理先生其實早就在車裡偷加了一些特殊裝置。

「千萬不能告訴茉莉唷。」他低聲囑咐哈利，打開後車廂，顯露出用魔法加大的寬敞空間，要塞進六個行李箱絕對不成問題。

等到大家終於全部擠上車之後，衛斯理太太回頭往後座瞥了一眼，看到哈利、榮恩、弗雷、喬治和派西五個人舒舒服服地並肩坐在一起，絲毫不顯擁擠，她不禁嘆道：「這些麻瓜懂的**其實**比我們以為的要多，你說是不是？」她和金妮一起坐在前座，而這裡更是長得像是一條公園長椅，「我的意思是，從外表看來，你絕對想不到裡面竟然會這麼寬敞，對不對？」

衛斯理先生發動引擎，車輪緩緩滾出庭院，而哈利依依不捨地回過頭來，想要看這棟房子最後一眼。他還來不及感傷地懷想，自己要到什麼時候才能再看到洞穴屋，車子就又回到了屋前：喬治忘了帶他的飛力煙火。五分鐘之後，車子還沒滑出庭院，又忽地停了下來，讓弗雷趕緊跑去拿他的飛天掃帚。正當他們好不容易快開上高速公路時，金妮卻尖叫著說她忘了帶她的日記。等到她重新爬回車上，時間已經快來不及了，而大家的脾氣也變得越來越暴躁。

衛斯理先生瞥了一下手錶，然後轉過頭來望著他的妻子。

「茉莉，親愛的——」

「**不行**，亞瑟。」

「不會被別人看到的。這個小按鈕其實是我安裝的隱形發射器——它可以讓我們隱形飛到天空——然後我們就可以躲到雲層上飛啦。我們在十分鐘之內就可以到達，絕對不會有人聽明到……」

「我說不行就是**不行**，亞瑟，現在可是大白天耶。」

他們在十一點差一刻抵達王十字車站。衛斯理先生一下車就連忙衝到街道對面，拉了幾輛手推車過來放他們的行李箱，然後大家就急匆匆地走進車站。

哈利在去年坐過霍格華茲特快車，但麻煩的是，你得先想辦法登上麻瓜看不見的九又四分之三月台。這也就是說，你必須穿越第九和第十月台中間的堅固路障。你不用擔心會撞傷，但走的時候必須非常小心，絕對不能讓麻瓜發現你忽然就變不見了。

「派西先走。」衛斯理太太說，她緊張地抬頭看著上方的大鐘，他們現在必須在五分鐘之內，讓大家全數通過路障，而且還得故作輕鬆，絕對不能慌慌張張地引起別人注意。

派西踏著輕快的腳步走上前去，然後失去蹤影。衛斯理先生緊跟在他的後面，接下來是弗雷和喬治。

「我現在帶金妮一起走，你們兩個跟在後面。」衛斯理太太吩咐哈利和榮恩，隨即抓著金妮的手向前走去。才一眨眼，她們就不見了。

「我們一起走吧，只剩下一分鐘了。」榮恩對哈利說。

哈利先檢查行李箱上嘿美的鳥籠放得夠不夠穩，再把手推車掉過頭，面對前方的路障。他這次覺得非常有把握；這可比什麼呼嚕粉要安全舒服多了。他們兩人都彎身向前，趴在手推車把手上，對準目標朝著路障走去，並逐漸加快速度。在距離路障幾呎遠的地方，他們開始放足狂奔，然後——

砰！

兩輛手推車同時撞上了路障，並用力彈向後方。榮恩的行李箱撲通一聲掉了下來，哈利一個不穩跌倒在地，而嘿美的籠子飛了出去，摔到光可鑑人的地板上，把牠氣得拍著翅膀到處亂滾，發出憤怒的刺耳尖叫。他們身邊立刻聚集了一圈圍觀的人潮，而一名站在附近的警衛大聲吼道：「你們這是在幹什麼？」

「手推車出了點問題。」哈利喘著氣說，揉著肋骨站起身來。榮恩連忙跑去把嘿美撿起來，牠剛才的表現實在太過搶眼，旁觀的人潮忍不住七嘴八舌地指責他們虐待動物。

「我們為什麼會過不去？」哈利悄聲詢問榮恩。

「我也不曉得——」

榮恩慌亂地東張西望，大約有十來個好奇的麻瓜依然在看他們。

「我們快要趕不上火車了，」榮恩低聲說，「我不知道入口為什麼會突然封起來……」

哈利抬頭望著牆上的大鐘，感到胃部一陣緊縮。十秒……九秒……

他小心翼翼地把推車推到路障前，用盡全身力氣往前推，但前方的金屬還是依舊堅硬。

三秒鐘……兩秒鐘……一秒鐘……

「開走了，」榮恩似乎被嚇呆了，「火車已經走了，要是我爸媽沒辦法走回來找我們怎麼辦？你身上有帶麻瓜錢嗎？」

哈利發出一陣空洞的乾笑。「德思禮家大概有六年沒給過我零用錢了。」

榮恩把耳朵貼在冰冷的路障上。

「什麼也聽不見，」他緊張地說，「我們現在該怎麼辦？我不曉得還要再等多久，我爸媽才會回來找我們。」

他們環顧四周，還是有些人在看他們，這主要是因為嘿美仍在不停尖叫。

「我想我們還是先到汽車那去等好了，」哈利說，「我們已經引起太多人的注意——」

「哈利！」榮恩的眼睛亮了起來，「汽車！」

「怎麼啦？」

「我們可以開車飛去霍格華茲！」

「可是我覺得——」

「我們被困住了，對吧？而且我們必須趕去學校，你說是不是？就算是未成年的巫師，在碰到真正非常緊急的狀況時，也還是可以使用魔法的，我記得限制法令第十九還是其他哪一條是這麼說的……」

哈利的慌亂在剎那間轉變為興奮。

「你會開嗎？」

「沒問題，包在我身上，」榮恩把推車轉向出口，「好了，我們走吧，動作快一點，這樣我們就可以跟上霍格華茲特快車。」

於是他們開始穿越好奇的麻瓜人潮，走出車站，回到停放福特安格里亞汽車的小路。

榮恩掏出魔杖，朝車蓋上輕敲了幾下，打開像山洞般寬敞的後車廂。他們把行李箱重新扛進去，把嘿美安置在汽車後座，然後鑽進前座坐好。

「檢查路上有沒有人在偷看。」榮恩說，再敲了一下魔杖發動引擎。哈利從窗口探出頭去：前方主要大路上的汽車川流不息，但他們這條小街上卻一個人也沒有。

「可以了。」他說。

榮恩按下儀表板上的銀色小按鈕，他們周圍的汽車在剎那間完全消失——而他們自己也是一樣。哈利可以意識到屁股下的座墊在不停震動，聽到引擎轟隆隆的怒吼，感覺到膝上雙手的溫度和鼻上眼鏡的重量，但根據他目前所看到的景象判斷，他現在顯然只剩下一對光溜溜的眼珠子，飄浮在離地一、兩呎高的半空中，望著一條停滿汽車的污灰街道。

「出發囉。」右方傳來榮恩的聲音。

地面與兩旁骯髒的建築物迅速退去，隨著汽車升高而漸漸失去蹤影；在短短幾秒之內，整個霧氣朦朧卻又燈光閃爍的倫敦城，就被遠遠拋在他們腳下。

接著響起一陣爆裂聲，而汽車、哈利和榮恩又重新出現。

「啊哈，」榮恩伸手猛戳隱形發射器，「故障了——」

兩人一同用力敲打按鈕。汽車立刻消失，但轉眼間卻又忽隱忽現地恢復原狀。

「抓緊了！」榮恩喊道，抬腳用力踏向油門；他們衝進鬆軟的低雲層，而周遭的一切立刻變得又灰又霧。

「現在該怎麼辦？」哈利說，眨眼望著從四面八方朝他們圍過來的濃厚雲層。

「我們得先找到火車，才知道該往哪個方向開。」榮恩說。

「那就再降下去吧——快點——」

他們重新落到雲層下方，轉過身來，瞇起眼睛望著地面。

「我看到它了！」哈利喊道，「就在前面，那裡！」

霍格華茲特快車在下方向前奔馳，看起來就像是一條猩紅色的小蛇。

「正北方，」榮恩檢查儀表板上的羅盤，「好了，我們只要每隔半個小時左右檢查一次就行了。抓緊……」他們衝進雲層，一分鐘之後，他們就破雲而出，駛入一片耀眼的陽光。

這是一個完全不同的世界。車輪滾過鬆軟濃厚的雲海，天空是一片明亮無垠的大藍，慵懶地躺在炫目的白熱太陽下。

「我們現在只要當心別撞到飛機就行了。」榮恩說。

他們互望了一眼，然後開始放聲大笑；他們笑到肚子發疼，過了好久還是停不下來。

他們好像是突然跳進了一個奇幻的夢境。哈利忍不住暗暗嘆道，這樣才是最理想的旅行方式：駕著一輛灑滿暖亮陽光的汽車，駛過白雲塑成的滾滾渦漩與塔樓，隨時可以把手伸到汽車雜物櫃裡，在裝得滿滿的糖果盒中抓顆太妃糖解饞，而最棒的是，他們還可以在心裡得意洋洋地想像，在他們駕著飛車，又酷又炫地降落在城堡前的寬闊草坪上時，弗雷和喬治臉上那種又妒又羨的滑稽表情。

他們逐漸深入北方，每隔一段時間就降下雲層，檢查火車的前進方向，但每次降落到雲層下方時，眼前所出現的景象，都跟先前完全不同。倫敦城很快就被遠遠拋在後面，下方的風景變成一片端整美觀的青翠農田，然後再逐漸轉換成微帶紫色的英格蘭廣大荒野，點綴著玩具似教堂的村莊，與爬滿彩蟻般汽車的大城市。

不過，在經過好幾個鐘頭平靜無波的飛行之旅後，哈利不得不承認，原先的新鮮感與樂趣已漸漸消退。太妃糖讓他們嘴巴渴得要命，而他們車上卻找不到一滴水喝。他和榮恩都已經熱得脫下了套頭毛衣，但哈利的T恤還是溼得整個黏貼在背椅上，眼鏡也老是因汗水而滑落到鼻尖。他現在已經對那些變化多端的雲朵完全失去興趣，並開始想念下方幾哩處的火車，在那裡，你隨時都可以找到一位推著食物車的矮胖女巫，向她買一杯冰涼的南瓜汁解渴。他們剛才**為什麼**會無法穿越障礙，登上九又四分之三月台呢？

「總該到了吧？」這樣開了幾個鐘頭之後，連榮恩也忍不住低聲抱怨，此時太陽已漸漸沉入他們腳下的雲海，將白雲染成深粉紅色，「再下去檢查一次火車好嗎？」

火車仍在他們下方，正蜿蜒駛過一座白雪覆頂的山峰，雲海下的世界比上面陰暗多了。

榮恩踩動油門，準備再加速衝到雲層上方，但他腳一踩下去，引擎就發出可怕的哀鳴。

哈利和榮恩緊張地互看了一眼。

「大概是使用過度，引擎有點累吧，」榮恩說，「以前從來沒出現過這樣的情形……」

於是他們兩人都假裝沒注意到這回事，但引擎的哀鳴變得越來越大聲，而天色也開始逐漸轉黑，漆黑的夜空中立刻綻放出閃爍的繁星。哈利重新穿上他的套頭毛衣，努力不去注意擋風板上的自動雨刷，它們現在正在虛弱地搖動，似乎是在進行無聲的抗議。

「就快到了，」榮恩說，但這話似乎並不是在告訴哈利，反倒像是在安慰汽車，「現在就快到了。」說完他還神經兮兮地伸手拍拍儀表板。

不久之後，當他們再次降到雲層下方時，他們必須瞇起眼睛努力觀看，才能在黑暗中搜尋到一個他們熟悉的地標。

「**那裡！**」哈利突然大喊，把榮恩和嘿美都嚇得跳了起來，「就在前面！」

遠方那棟如剪影般浮現在黑暗地平線盡頭，聳立於湖邊巍峨峭壁上的建築，正就是塔樓成群的霍格華茲城堡。

但汽車卻在此時開始劇烈顫抖並失速墜落。

「好了啦，」榮恩柔聲安撫汽車，並抓住方向盤微微搖晃了一下，「就要到啦，不要這樣嘛——」

引擎發出刺耳的呻吟，汽車引擎蓋下方冒出了幾道細細的白煙。在他們往湖泊的方向飛去時，哈利不禁緊緊抓住座墊。

汽車猛然一震，並開始激烈地晃動。哈利往窗外瞥了一眼，看到光滑如鏡的黑色湖面已逼近眼前，跟他們只剩下大約一哩的距離。榮恩握著方向盤的指關節已開始泛白，汽車又是一陣晃動。

「**不要這樣嘛**。」榮恩喃喃自語。

他們飛到了湖泊上方……城堡就在前面……榮恩踩下油門。

在一陣響亮的金屬噹啷聲，和一聲劈啪碎裂聲之後，引擎就完全停止運轉。

「噢喔。」榮恩說，車中突然變得異常安靜。

汽車頭傾向下方。他們開始墜落，以越來越快的速度衝向堅固的城牆。

「**不不不不不！**」榮恩喊道，並急忙轉動方向盤；車身在空中轉了一個大彎，在與黑暗石牆只隔幾吋遠的地方驚險掠過，飛過漆黑的溫室，然後越過菜圃，飛向黑黝黝的草坪，並不斷向下墜落。

榮恩的手完全離開方向盤，從後口袋掏出他的魔杖。

「**停！停！**」他吼道，用魔杖猛敲儀表板和擋風玻璃，但車卻依然在垂直下降，地面迅速逼近眼前……

「**小心那棵樹！**」哈利喝道，縱身撲向方向盤，但已經來不及了——

劈哩咔啦。

隨著一聲震耳欲聾的金屬木頭碰撞聲，他們狠狠撞上粗壯的樹幹，重重跌落到地面上。縐成一團的引擎蓋下開始湧出滾滾濃煙，嘿美嚇得尖聲怪叫，哈利頭上剛才撞到擋風板的地方，腫起一個像高爾夫球一樣大，而且痛得要命的大包，而在他右方的榮恩，卻發出一聲低沉而絕望的呻吟。

「你還好吧？」哈利焦急地問道。

「我的魔杖，」榮恩的聲音在顫抖，「看看我的魔杖。」

它幾乎折成了兩半；頂端軟趴趴地垂掛下來，顯然只剩下幾根粗纖維在努力支撐，才不至於整個斷掉。

哈利張開嘴，想要安慰榮恩，說他相信到學校以後一定可以修得好。但他連一個字都還來不及說，就有某個東西用一種鬥牛似的衝力猛撞他身旁的車門，害他往旁邊撲倒在榮恩身上，接著車頂上也被狠狠敲了一下。

「這是怎麼回事——」

榮恩倒抽了一口氣，透過擋風板呆呆望著前方，而哈利回過頭來，正好看到一條粗如巨蟒的樹枝用力朝汽車揮過來。他們剛才撞到的那棵樹，正在對他們發動攻擊。它的樹幹彎成幾近九十度的直角，無數根多瘤的枝條從四面八方朝汽車盡力竄過來。

「啊啊啊！」榮恩失聲驚呼，另一條扭動的粗枝猛然一捶，把榮恩身邊的車門給撞凹；在一堆手指般細枝如冰雹般的密集攻勢之下，擋風板被震得不停晃動，而一根如破城槌般的粗枝瘋狂地猛捶車頂，把它撞得越來越往下凹——

「逃吧！」榮恩大叫，用全身的力量去撞車門，但在下一秒，另一根樹枝就使出一記毒辣的上鉤拳，把他給撞到哈利腿上。

「我們完蛋了！」他望著凹陷的車頂嘆道，但汽車底座就在此時突然開始震動——引擎又再度點燃。

「**倒車！**」哈利喊道，汽車咻地一聲迅速後退。那棵樹依然試著想要打倒他們，在車子全速退到它抓不到的地方時，它甚至還奮不顧身地猛撲過來，樹根發出嘎吱嘎吱的聲音，差點兒就把自己給連根拔起。

「這次，」榮恩喘著氣說，「可真夠驚險的了。幹得好，乖汽車。」

然而，那輛汽車現在顯然已是忍無可忍。在兩聲刺耳的鏗啷聲後，車門忽地敞開，而哈利感到他的座墊忽然往旁一歪：接著他就趴倒在潮溼的泥地上。一陣乒乒乓乓的聲音告訴他，車子正在把他們的行李趕出後車廂。嘿美的籠子被高高拋起並震得裂開；牠拍著翅膀飛了出來，氣得哇哇大叫，頭也不回地往城堡方向疾飛而去。然後，那輛被整得坑坑疤疤、擦痕累累，並冒出滾滾白煙的汽車，就轟隆隆地駛入漆黑的夜色，並用後車燈閃耀出憤怒的光芒。

「回來！」榮恩揮著他的破魔杖在它背後喊道，「爸會殺了我的！」

但汽車只是用它的排氣管重重哼了一聲，就完全失去了蹤影。

「我們怎麼會**這麼**倒楣？」榮恩難過地嘆道，彎腰撿起掉在地上的老鼠斑斑，「森林裡有這麼多樹，我們卻偏偏撞到了一棵會攻擊人的怪樹。」

他回過頭來再瞥了那株古木一眼，看到它還在張牙舞爪地揮動它的樹枝。

「走吧，」哈利疲倦地說，「我們最好快點趕到學校……」

這完全不是他們原先想像的那種又酷又炫、風頭十足的登場方式。他們勉強撐起僵硬、冰冷、瘀青的身軀，抓住行李箱把手，拖著它爬上長滿青草的斜坡，走向城堡的橡木大門。

「我想宴會一定已經開始了，」榮恩說，把行李箱放在前門台階底下，躡手躡腳地先繞到旁邊，抬頭望著一扇燈火輝煌的窗戶，「嘿，哈利，快過來看——是分類儀式！」

哈利連忙趕過去，跟榮恩一同望著餐廳中的景象。

在四張坐滿學生的長餐桌上空，飄浮著無以數計的蠟燭，把桌上的金盤金杯照得閃閃發亮。而上方那面總是反映出戶外天空的魔幻天花板，也嵌滿了閃爍生輝的星星。

哈利的目光越過霍格華茲的黑色帽林陣，看到一列臉色發白的一年級新生，正在排隊走進餐廳。金妮也站在隊伍裡面，她那頭鮮豔的衛斯理家招牌紅髮，使她顯得格外醒目，而麥教授，一名梳著嚴整髮髻、掛著眼鏡的女巫，正把著名的霍格華茲分類帽，放在新生前方的一張凳子上。

每一年開學時，這頂補釘斑斑、處處磨損，並且髒得要命的舊帽子，都會把新生們區隔分類，分派到四個不同的霍格華茲學院（葛來分多、赫夫帕夫、雷文克勞與史萊哲林）。哈利現在還清楚記得，一年前他戴上分類帽，等著帽子在他耳邊大叫出最後決定時的緊張心情。在那令人提心吊膽的短短幾秒中，他非常害怕帽子會把他分配到史萊哲林，大部分的黑巫師與黑女巫都是這個學院出身的——但他後來被分到了葛來分多，與榮恩、妙麗，以及其他衛斯理家兄弟們作伴。在上個學期，哈利和榮恩替葛來分多打敗連續衛冕六年的史萊哲林，贏得當年的學院盃冠軍。

一個非常瘦小、有著鼠灰色頭髮的男孩被叫出隊伍，他走到前面，把分類帽戴到頭上。哈利的目光越過他飄向校長鄧不利多教授，他坐在教職員餐桌邊觀看分類儀式，他的銀白色長鬚與半月形眼鏡在燭光下閃閃發亮。哈利看到在跟鄧不利多隔著兩、三個座位的地方，坐著身穿水藍色長袍的吉德羅．洛哈，而體積龐大，毛髮蓬亂的海格陪坐在餐桌末端，正高舉著酒杯痛快豪飲。

「你看……」哈利低聲對榮恩說，「教職員餐桌上有一個空位……石內卜在哪裡？」

賽佛勒斯．石內卜是哈利最不喜歡的老師，而哈利恰好也是石內卜最不喜歡的學生。這位冷酷無情、尖酸刻薄，除了他自己學院（史萊哲林）的學生之外、沒有任何人喜歡他的石內卜教授，是魔藥學專任教師。

「說不定他生病了！」榮恩滿懷希望地說。

「他可能已經**辭職**了，」哈利說，「因為他這次**還是**當不成黑魔法防禦術老師！」

「還有，他可能是被**解雇**了！」榮恩熱心地繼續猜測，「對吧，反正大家都很討厭他——」

「或者也可能是，」他們背後突然響起一個非常冰冷的聲音，「他是在等著要聽你們兩位解釋，你們為什麼沒有坐上學校的火車。」

哈利轉過身去。在他眼前，那個黑袍被冷風吹得微微擺動的人影，正就是賽佛勒斯・石內卜。他是一名膚色蠟黃的瘦削男子，有著尖尖的鷹鉤鼻和一頭油膩膩的齊肩黑髮，而現在他臉上那種不懷好意的笑容，讓哈利一看就曉得他們這次是遇上大麻煩了。

「跟我來。」石內卜說。

哈利和榮恩甚至不敢偷看對方一眼，就乖乖隨著石內卜爬上台階，踏入迴音裊裊的寬敞入口大廳。這裡點著許多明亮的火把，一陣令人垂涎的食物香味從餐廳飄送出來，但石內卜卻領著他們避開溫暖與光亮，走下一列通往地牢的狹窄石梯。

「進去！」他在一條冰冷通道上停下腳步，拉開旁邊的門，指著裡面喝道。

他們一走進石內卜的辦公室，就忍不住開始發抖。陰暗的牆壁旁排列著擺滿大玻璃罐的置物架，罐中漂浮著各式各樣的噁心東西，而哈利現在根本沒心情去看它們的名稱。壁爐黑漆漆的，裡面什麼也沒有。石內卜關上房門，轉過頭來望著他們。

「所以說呢，」石內卜柔聲說道，「對著名的哈利波特，和他忠心耿耿的跟班衛斯理來說，火車顯然是不夠稱頭。你們弄出**那麼大**的聲音，就是故意要出風頭，是不是啊，孩子？」

「不是這樣的，先生，是因為王十字車站的路障，它——」

「閉嘴！」石內卜冷酷地說，「你們在那輛汽車上動了什麼手腳？」

榮恩嚇得倒抽了一口氣。這並不是哈利第一次懷疑石內卜會讀心術，但沒過多久，當石內卜攤開今天的《預言家晚報》時，哈利就明白是怎麼回事了。

「你們被看到了，」他嘶聲說，伸手指著報上的頭條：福特安格里亞飛車嚇壞麻瓜。他開始大聲朗讀新聞內容：「『倫敦的兩名麻瓜，堅稱他們看到一輛舊汽車從郵政塔上方飛過……今日中午在諾福克地區，海蒂．貝莉絲太太在晾衣服時……皮布爾斯的安格．佛利特先生前去向警方報告……』，總共有六、七個麻瓜看到。我記得，**你**的父親好像就是在麻瓜人工製品濫用局上班吧？」他說，抬起頭來望著榮恩，臉上的笑容變得更加不懷好意，「哎呀呀……是他自己的兒子哪……」

哈利現在的感覺，簡直就像是肚子被那棵瘋樹的粗枝痛毆了一拳。要是有人發現衛斯理先生對那輛汽車施了魔法……他之前完全沒想到這點……

「在我巡邏校園的時候，我注意到，有一棵非常珍貴的渾拚柳，好像被人嚴重傷害。」石內卜繼續說下去。

「**我們**才是被那棵鬼樹嚴重傷害呢——」榮恩衝口而出。

「**閉嘴！**」石內卜再次喝道，「真可惜，你們不是我學院的學生，我無權決定開除你們。我現在就去找個**有權**做這快樂決定的人過來，你們在這裡等著吧。」

哈利和榮恩面面相覷，兩人的臉色都是一片慘白。哈利再也不覺得餓了，他現在只感到噁心反胃。他努力不去看石內卜書桌後架子上，那個漂浮在綠色液體中的大型黏答答怪玩意兒。就算石內卜是去找葛來分多學院的導師麥教授過來處理，他們的處境也不見得會好到哪裡去。她或許是比石內卜公平一些，但她這個人還是非常嚴格，絕對不會輕易放過他們。

十分鐘之後，石內卜返回辦公室，而麥教授也跟著他一起走進來。哈利過去也曾在幾個場合中看過麥教授發脾氣，但他若不是忘了她的嘴唇可以變得多薄，就是他以前從來沒看到她這麼生氣過。她一走進來就舉起魔杖，哈利和榮恩兩人都嚇得縮到一旁，但她只是朝空空的壁爐揮了一下，那裡就立刻出現一團溫暖的火焰。

「坐下。」她說，而他們兩人重新回到爐火邊坐下。

「給我解釋清楚。」她說，她的鏡片閃耀出不祥的亮光。

榮恩開始述說他們的遭遇，而他一開口就抱怨車站的路障不讓他們通過。

「……所以我們真的是別無選擇，教授，我們沒辦法坐上火車呀。」

「你們為什麼不派貓頭鷹送信給我們？我想**你**應該有貓頭鷹吧？」麥教授冷冷地問哈利。

哈利張大嘴望著她。經她這麼一說，他才想到，這的確是大多數人採取的解決方法。

「我——我沒有想到——」

「這，」麥教授說，「是所有人都想得到的解決方法。」

門外傳來一陣敲門聲，而從來沒顯得這麼高興過的石內卜，立刻起身去開門。門外站的是校長鄧不利多。

哈利嚇得全身都變僵了。鄧不利多的表情顯得出奇地凝重。他垂下他那歪歪扭扭的長鼻子，用銳利的目光逼視他們，而哈利突然覺得，他寧願和榮恩留在森林裡被渾拚柳痛毆。

辦公室中變得鴉雀無聲，過了許久之後，鄧不利多才開口說：「請解釋你們為什麼要做這種事。」

如果他生氣吼叫的話，哈利心裡還會覺得好過些。他聲音中所透出的失望，讓哈利感到非常難過。由於某種原因，他完全不敢正視鄧不利多的眼睛，因此他在說話時一直盯著自己的膝蓋。他把一切全都告訴鄧不利多，但卻沒說出那輛魔法飛車是衛斯理先生的東西，刻意讓整件事聽起來就好像他和榮恩恰好在車站外發現了一輛飛車。他知道鄧不利多一眼就可以看穿他的伎倆，但鄧不利多卻完全不曾追問跟車子有關的任何問題。等到哈利說完以後，他只是繼續透過鏡片盯著他們。

「我們現在就去收拾東西。」榮恩用一種絕望的語氣說。

「你在說什麼，衛斯理？」麥教授吼道。

「咦，你們不是要開除我們嗎？」榮恩說。

哈利立刻抬頭望著鄧不利多。

「今天不會，衛斯理先生，」鄧不利多說，「但我必須讓你們牢牢記住，你們這次犯了非常嚴重的錯誤。我今晚會寫信通知你們的家人，同時我也必須警告你們，下次要是再犯的話，我就別無選擇，只好真的開除你們了。」

石內卜臉上的表情，活像是聽到聖誕節突然被取消似的。他清清喉嚨說：「鄧不利多教授，這兩個男孩故意藐視未成年巫師魔法限制法，而且還嚴重毀損一棵價值連城的樹木……這類的舉動自然……」

「要給他們怎麼樣的處罰，應該是由麥教授來作決定，賽佛勒斯。」鄧不利多平靜地表示，「他們是她學院的學生，這應該是她的責任。」他的目光轉向麥教授，「我得回去參加宴會了，米奈娃，我有些事情要向學生宣布。來吧，賽佛勒斯，那裡有一種看起來很好吃的卡士達塔，我想趕快去嚐嚐。」

石內卜先惡狠狠地瞪了哈利和榮恩一眼，才大搖大擺地走出辦公室，把事情留給麥教授處理。她現在還在兇巴巴地瞪著他們，看起來就像是一隻發怒的老鷹。

「你最好快到醫院廂房去，衛斯理，你在流血。」

「這沒什麼，」榮恩說，慌張地用袖子擦眼睛上方的傷口，「我想去看我妹妹被分到哪個學院——」

「分類儀式已經結束了，」麥教授說，「你妹妹也分到了葛來分多。」

「喔，太棒了。」榮恩說。

「提到葛來分多嘛——」麥教授沒好氣地說，但哈利卻趕緊插嘴道：「教授，在我們坐上車的時候，學期還沒有正式開始，所以——葛來分多真的不應該因為這件事被扣分，妳說是不是？」說完之後，他不禁擔憂地望著她。

麥教授用銳利的眼神緊盯著他，但他一眼就看出，她其實是在拚命忍笑。不管怎樣，至少她的嘴唇看起來沒那麼薄了。

「我不會扣葛來分多分數，」她說，而哈利的心情立刻為之一鬆，「不過，我要罰你們兩個勞動服務。」

這比哈利原先以為的要好太多了。至於鄧不利多要寫信給德思禮家這回事，對他來說根本就不算什麼。哈利心裡很清楚，他們看了只會覺得可惜，因為渾拚柳沒真的把他給打死。

麥教授再度舉起魔杖，朝石內卜的書桌揮了一下。**啵**的一聲，餐桌上出現了一大盤三明治、兩個銀杯，和一大罐冰南瓜汁。

「你們先在這裡吃點東西，然後就直接回寢室吧，」她說，「我現在得回去參加宴會了。」

她走出辦公室，而門一關上，榮恩就輕輕吹了一聲口哨。

「我還以為我們這次死定了呢。」他說，順手抓起一個三明治。

「我也是。」哈利也抓了一個開始大嚼。

「你說我們是不是運氣很背？」塞了滿嘴雞肉火腿的榮恩嘰哩咕嚕地說，「弗雷和喬治至少開那輛車出去過五、六次，**他們**從來沒被麻瓜看到，」他嚥下口中的食物，然後又咬了一大口，「我們**為什麼**沒辦法通過路障？」

哈利聳聳肩。「不過，從現在開始，我們必須特別小心，」他說，仰頭灌下一大口南瓜汁，「真希望我們能參加宴會……」

「她根本就不想讓我們露面，怕我們太出風頭。」榮恩自以為是地表示，「她不想讓大家覺得，開飛車到學校來是件很聰明的事。」

等到他們吞下無數個三明治（盤子不斷自動重新裝滿），終於吃飽喝足之後，他們起身走出辦公室，踏上通往葛來分多塔的熟悉路途。城堡顯得安靜異常，宴會似乎已經結束了。他們經過喋喋不休的畫像與吱嘎作響的盔甲，爬上陰暗狹窄的石梯，最後終於抵達那條隱藏著葛來分多塔秘密入口的走廊，入口就藏在一幅穿著粉紅絲綢禮服的超胖女人畫像後面。

「通關密語？」她在他們走近時問道。

「呃──」哈利說。

他們還沒見到葛來分多的級長，所以並不曉得今年的新密語，但沒過多久救兵就出現了。他們聽到背後響起一陣急促的腳步聲，立刻回過頭去，看到妙麗正朝他們衝過來。

「原來你們在**這裡**！你們剛才跑到**哪裡**去了？我聽到最**荒唐**的謠言──有人說你們

摔壞了一輛**飛車**，所以被學校開除了。」

「這個嘛，我們沒有被開除啦。」哈利叫她放心。

「所以說，你們真的是開**飛車**到學校？」妙麗說，她的語氣聽起來簡直就跟麥教授一模一樣。

「少跟我們訓話，」榮恩不耐煩地說，「快點把通關密語告訴我們。」

「是『肉垂鳥』啦，」妙麗沒好氣地答道，「可是這並不是——」

但她的話卻立刻被打斷，胖淑女畫像在此時忽然敞開，接著就響起一陣熱烈的掌聲。葛來分多學生們好像全都沒睡，大家擠在圓形交誼廳裡，站在歪倒的桌子和場陷的扶手椅上，等著迎接他們到來。幾隻手臂伸出洞口，把哈利和榮恩拉了進去，而單獨留在外面的妙麗，也只好跟著爬到裡面。

「太厲害了！」李．喬丹喊道，「真是神來之筆！多麼精采的出場表演啊，開著一輛飛車去撞渾拚柳，這足夠大家談論好幾年了！」

「真有你的！」一個從來沒跟哈利說過話的五年級學生讚道；有人佩服地拍拍他的背，就好像他剛贏得馬拉松冠軍似的。弗雷和喬治擠過人潮走到他們面前，異口同聲地說：「你那時候為什麼不把我們叫回去呢，嗄？」榮恩的臉脹得通紅，不好意思地咧嘴傻笑，但哈利卻發現有一個人的表情看起來非常不高興。派西鶴立雞群地站在一堆興奮的一年級新生中間，看他的樣子好像正準備擠過來責罵哈利和榮恩。哈利用手肘輕輕頂了榮恩一下，並往派西的方向點了點頭，榮恩立刻會意。

「我們要上樓了——有點累。」他說，他們兩個人擠過人群，越過房間，走向通往螺旋梯和寢室的房門。

「晚安。」哈利回過頭對妙麗喊了一聲，她的臉色就跟派西一樣難看。

他們費了一番工夫，才擠到交誼廳的另一邊，沿路上不斷有人讚許地拍他們的背，一直到踏上螺旋梯之後，他們才好不容易清靜下來。他們急匆匆地直接衝到樓上，跑到他們舊寢室的大門前，看到門上現在掛上了一個寫著「二年級」的牌子。他們走進這個熟悉的圓形房間，裡面有著又高又窄的窗戶，和五張懸掛著紅色天鵝絨帷幕的四柱大床。他們的行李箱已經送到，放置在他們的床腳邊。

榮恩心虛地對著哈利咧嘴傻笑。

「我知道我不應該覺得得意或是高興，可是——」

寢室大門忽然敞開，其他的二年級學生西莫．斐尼干、丁．湯馬斯，和奈威．隆巴頓走了進來。

「**不敢相信**！」西莫微笑著說。

「酷斃了！」丁說。

「太厲害了！」奈威滿懷敬畏地說。

哈利再也忍不住了，他同樣也咧嘴笑了出來。

6 吉德羅・洛哈

但是到了第二天，哈利卻幾乎一次也沒笑過。從他們到餐廳吃早餐開始，事情就變得越來越糟。在魔法天花板（今天是一片昏暗的淺灰）下，四張長餐桌上堆滿了一碗碗麥片粥、一盤盤醃鯡魚、堆積如山的吐司麵包，和取之不盡的煎蛋和培根。哈利和榮恩走到葛來分多餐桌旁，在妙麗身邊坐下，她現在正把一本攤開的《與吸血鬼同行》靠在牛奶罐邊專心閱讀。她向他們說「早安」時的語氣顯得不太自然，而哈利一聽就曉得她的氣沒全消，還在對他們飛車闖進校園的行徑感到不滿。但在另一方面，奈威・隆巴頓卻興高采烈地跟他們打招呼。奈威是一個老愛闖禍的圓臉男孩，同時也是哈利這輩子見過記性最差的人。

「郵件馬上就要到了——我想奶奶應該會把一些我忘了帶的東西寄過來。」

哈利才剛低下頭來望著他的麥片粥，頭上就響起一片窸窸窣窣的聲音，上百隻貓頭鷹忽然川流不息地飛了進來，在餐廳四處盤旋，把信件和包裹扔給激動吵鬧的人群。一個鼓鼓的大包裹掉到奈威頭上，而才一眨眼，就有某個大大灰灰的東西，撲通一聲墜入妙麗的牛奶罐，把牛奶和羽毛濺到他們身上。

「**愛落！**」榮恩說，一把抓住愛落的腳，把這頭髒兮兮的貓頭鷹給拎了出來。愛落倒在餐桌上昏死過去，兩腳抬向空中，嘴裡銜了一個溼答答的紅信封。

「喔，不——」榮恩倒抽了一口氣。

「別擔心，他還活著。」妙麗說，用指尖輕輕戳了愛落一下。

「我不是說他——是**那個東西**。」

榮恩指著那個紅色信封。哈利覺得它看起來沒什麼特別，但榮恩和奈威卻緊張地盯著它瞧，就好像它隨時都可能會爆炸似的。

「怎麼啦？」哈利說。

「她——她寄給我一封『吼叫信』。」榮恩虛弱地說。

「你最好趕快把它拆開，」奈威膽怯地在他耳邊說，「你不這麼做的話，情況會變得更糟。我奶奶上次寄給我一封，我沒理它，然後它就——」他嘆了一口氣，「實在是太恐怖了。」

哈利的目光從那兩張嚇呆的面孔轉向紅色信封。

「什麼是吼叫信？」哈利問。

但榮恩全部的注意力全都集中在那封信上，現在信封邊緣已經開始微微冒煙。

「拆吧，」奈威勸他，「反正幾分鐘就結束了……」

榮恩伸出一隻顫抖的手，把信從愛落嘴裡拉出來，然後一把撕開。奈威連忙用手指塞住耳朵，在下一秒，哈利就知道他為什麼要這麼做了，剛開始他還以為那封信爆炸了呢。

一陣驚天動地的大吼撼動了整個餐廳，震得連天花板上的粉末都掉了下來。

「……把車子偷走，就算你被開除，我也不會覺得驚訝，你等著吧，看我逮到你以後，要怎麼修理你。我敢說，你在偷車的時候，絕對沒停下來想一想，我和你父親發現車子不見時是什麼樣的心情……」

衛斯理太太的怒吼聲比平常還要大上百倍，震得桌上的碗盤、湯匙喀嗒喀嗒響，並在石牆間迴盪出隆隆迴音。整個餐廳的人全都扭過身來，想要看清楚是哪個倒楣鬼收到了一封咆哮信，而榮恩羞得整個身子從椅子上滑落下去，只剩下一截紫紅色的額頭露在外面。

「……昨晚收到鄧不利多的來信，你的父親差點羞愧而死，我們辛辛苦苦撫養你長大，可不是要你做這樣的搗蛋鬼，你和哈利兩個可能會死啊……」

哈利本來就一直在擔心，不知道咆哮信什麼時候會提到他的名字。他努力做出沒事的表情，假裝沒聽到那個震得他耳膜發疼的聲音。

「……令人厭惡至極，你的父親現在得面對工作單位的調查，這完全是你的錯，而你要是膽敢再犯一點錯，我們就親自到學校把你帶回家。」

餐廳中一片死寂。紅色信封從榮恩手裡掉落下來，立刻起火燃燒，縐縮成一團灰燼。哈利和榮恩目瞪口呆地坐著發愣，彷彿才剛被一陣大海嘯沖過似的。有幾個人縱聲大笑，而慢慢地，餐廳又重新響起原先的交談聲。

妙麗合上《與吸血鬼同行》，垂首望著榮恩的頭頂。

「好了，我不曉得你自己是怎麼想的，榮恩，可是你——」

「不准妳說我活該！」榮恩厲喝。

哈利推開他的麥片粥，他的肚子因為內疚而感到一陣灼痛。衛斯理先生必須面對工作單位的調查，當衛斯理夫婦在暑假好心收留他，為他做了這麼多事之後……

但他並沒有時間去深思這個問題；麥教授走到葛來分多餐桌邊，開始分發課程時間表。哈利接過時間表，看到他們今天首先要去跟赫夫帕夫合上兩堂藥草學。

哈利、榮恩和妙麗一同走出城堡，穿越菜圃，往溫室的方向走去，那裡栽培著各式各樣的神奇植物。那封咆哮信至少有一個好處：妙麗現在好像覺得，他們兩個已受到足夠的懲罰，所以態度又變得非常友善了。

在快到達溫室時，他們看到一大群學生站在門外，等著芽菜教授來開門。哈利、榮恩和妙麗才剛加入他們，就看到芽菜教授大步穿越草坪的身影，而新來的老師吉德羅・洛哈也跟在她的身邊。芽菜教授的懷裡捧了一大堆繃帶，而哈利又感到一陣良心的苛責，忍不住朝遠方的渾拚柳瞥了一眼，看到它現在有好幾根樹枝都裹滿了吊帶。

芽菜教授是個矮胖的女巫，披垂的頭髮上戴著一頂補釘斑斑的帽子；她身上總是沾了一大堆泥巴，而手指甲髒得足以把佩妮阿姨給嚇昏。相反地，吉德羅・洛哈卻穿著一塵不染的天藍色飄逸長袍，閃閃發亮的波浪狀金髮上，斜戴著一頂歪得恰到好處的天藍金邊帽子。

「喔，大家好！」洛哈喊道，微笑望著聚集的學生，「我剛剛才對芽菜教授示範醫治渾拚柳的正確方法！不過，我不希望大家誤以為，我的藥草學比她還要厲害！我不過是恰好在旅遊的時候，遇見過幾種這類的異國植物……」

「今天在三號溫室上課，孩子們！」芽菜教授說，她的臉上帶著明顯的不悅神情，完全不像她平常那種愉快爽朗的模樣。

學生開始興奮地耳語。他們以前只到一號溫室上過課——三號溫室裡面栽培著一些更有趣，但也更危險的植物。芽菜教授從皮帶上取下一支大鑰匙，把門打開。哈利聞到一陣溼泥與肥料的氣味，另外還摻雜了一種濃郁的芳香，似乎是垂掛在天花板下的傘狀巨花所發出的香味。在他正準備跟著榮恩和妙麗走進去的時候，洛哈卻突然伸手攔住了他。

「哈利！我想跟你說幾句話——我只耽擱他一、兩分鐘的時間，我想妳應該不會介意吧，芽菜教授？」

根據芽菜教授緊皺的眉頭判斷，她顯然是相當介意，但洛哈卻立刻接口說：「謝啦。」然後就當著她的面關上溫室大門。

「哈利，」洛哈搖著頭說，大大的白牙在陽光下閃閃發亮，「哈利，哈利，哈利呀。」

一頭霧水的哈利完全不知該如何回應。

「在我聽到——嗯，這當然是我的錯，我真恨不得狠狠踹自己一腳。」

哈利根本聽不懂他到底在說什麼。他正想開口詢問，洛哈卻又繼續說了下去：「這真是讓我大吃一驚，飛車到霍格華茲！不過，當然啦，我馬上就想通，你為什麼要這麼做了。這樣才能大出風頭嘛。哈利，哈利，**哈利呀**。」

他在不說話的時候，都有辦法展示出他燦爛的白牙，這簡直就是一種驚人的特技。

「我讓你嘗到出名的甜頭了，是不是？」洛哈說，「害你也染上了這種**毒癮**，跟我一起上了報紙頭版後，你等不及想要再嘗嘗這樣的滋味。」

「喔——不是的，教授，你看——」

「哈利，哈利，哈利呀，」洛哈說，並伸手抓住哈利的肩膀，「**我了解**。你只要一嘗過這樣的滋味，心裡自然會想要更多——這都怪我，真不該把這樣的念頭放進你的腦袋——不過聽我說，年輕人，你再怎麼樣，也不能用**開飛車**這種方法來引人注意啊。暫時冷靜一下，好嗎？等你長大以後多得是時間。沒錯，沒錯，我知道你心裡在想什麼！『他當然覺得沒什麼啦，反正他已經是一個國際知名的巫師了嘛！』可是我在十二歲的時候，也跟你現在一樣呀，只不過是個平凡的無名小卒。說實話，我必須承認，我甚至比你還要再平凡一些！我是說，現在至少有些人聽過你的名字了吧，對不對？就因為你跟『那個不能說出名字的人』有點關係！當然啦，這比不上連續五年衛冕『《女巫週刊》最迷人笑容獎』那麼風光，像在下我一樣——但這至少是一個**開始**嘛，哈利，至少是一個**開始**嘛。」

他親暱地朝哈利眨眨眼，就大搖大擺地離去。哈利目瞪口呆地愣了幾秒鐘，才忽然想起他應該趕快進溫室上課，於是他打開大門，悄悄溜了進去。

芽菜教授站在溫室正中央，身邊放了一張支架長椅，長椅上擺了二十來副不同顏色的耳罩。等到哈利走到榮恩與妙麗中間站好之後，她開口說：「我們今天要替魔蘋果換盆。現在，誰可以告訴我，魔蘋果有哪些特性？」

不出大家所料，妙麗的手馬上高高舉起。

「魔蘋果，又稱毒參茄，是一種藥效非常強的解藥，」妙麗說，她顯然就像往常一樣，早就把課本全都生吞活剝地裝進腦袋裡，「通常是用來讓被變形或是受詛咒的人恢復原形。」

「非常好，葛來分多加十分。」芽菜教授說，「魔蘋果是大部分解毒劑都會用到的主要材料，但在另一方面，它也具有相當的危險性。誰能告訴我這是為什麼？」

妙麗的手才剛消失在哈利鏡片後方，就又立刻重新舉起。

「魔蘋果的哭聲，對聽到的人來說有致命的危險。」妙麗流利地答道。

「完全正確，再加十分。」芽菜教授說，「大家注意聽我說，我們這裡的魔蘋果年紀還很小。」

她指著旁邊的一排深碟子說，而大家立刻衝到前方，想要看清楚一點。大約一百株紫綠色的叢生小植物，整齊地排列在碟子裡。哈利覺得它們看起來貌不驚人，而且就算他想破腦袋，也猜不出妙麗說的魔蘋果「哭聲」是什麼意思。

「每人拿一副耳罩。」芽菜教授說。

大家爭先恐後地跑上前去，想要先搶到一副既不是粉紅色、也沒有茸茸軟毛的耳罩。

「在我叫你們戴上耳罩的時候，大家要特別注意，你的耳朵必須被**完全**遮住，」芽菜教授說，「等到可以安全摘下耳罩的時候，我會對你們豎起大拇指。好了——**戴上耳罩。**」

哈利把耳罩戴到頭上，它們完全阻隔了外界的聲音。芽菜教授自己戴上一副毛茸茸的粉紅耳罩，捲起長袍袖子，牢牢抓住其中一株植物，用力往上拔。

哈利發出無聲的驚呼。

破土而出的並不是植物的根，而是一個沾滿泥巴且非常醜陋的小嬰兒。叢生的葉簇就長在他的頭頂上，他有著布滿斑點的慘綠皮膚，而他正在用全身的力氣尖聲狂叫。

芽菜教授從桌子底下取出一個大花盆，把魔蘋果壓到裡面，用潮溼的黑色堆肥把他埋住，只剩下頭上的葉簇露在外面。芽菜教授拍掉手上的泥土，對大家豎起大拇指，並摘掉自己的耳罩。

「我們的魔蘋果現在還只是小幼苗，所以他們的哭聲並不會致命。」她平靜地說，好像她剛才做的事，就跟替秋海棠澆水一樣稀鬆平常，「不過，他們還是**可以**讓你連續昏迷好幾個小時，而我可以確定，你們沒有人會希望在開學第一天就因故缺席，所以大家在動手工作的時候，必須先把你的耳罩安全戴好。等到可以摘掉的時候，我會通知你們的。

「四個人負責一碟——這裡有足夠的花盆讓大家取用——堆肥就放在那邊的袋子裡——

但是要小心毒觸手，牠們有牙齒。」

她說完就朝一株長滿尖刺的深紅色植物狠狠拍了一下，嚇得牠趕緊收回偷偷爬到她肩膀上的長觸鬚。

哈利、榮恩和妙麗跟一名鬈髮的赫夫帕夫男生分到同一組，哈利知道他是誰，但卻從來沒跟他說過話。

「我是賈斯汀．方列里，」他開朗地表示，並熱情地與哈利握手，「我知道你是誰，當然啦，有名的哈利波特嘛……而妳是妙麗．格蘭傑——樣樣拿第一的模範生（妙麗也跟他握手問好，並露出高興的微笑），還有榮恩．衛斯理，你不就是那輛飛車的主人嗎？」

榮恩並沒有笑，他顯然還在想著那封咆哮信。

「那個洛哈真是了不起，你說是不是？」在他們開始把龍糞堆肥填入花盆時，賈斯汀愉快地說，「真是個非常勇敢的傢伙。你們讀過他的書了嗎？要是我被一個狼人困在電話亭裡，我一定嚇死了，但是他卻可以保持冷靜，然後——就給牠致命的一擊——實在是**太厲害了**。

「我本來都已經要進入伊頓公學[1]念書了，後來能改到霍格華茲來上學，我真是高興死了。當然啦，我媽是有點失望，不過，在我把洛哈的書借給她看以後，我想她就可以了解，家裡要是有個受過完整訓練的巫師，那真的是非常有用……」

接下來他們就沒機會再聊天了。他們重新戴上耳罩，並且得打起全副精神，才有辦法去對付那些難纏的魔蘋果。芽菜教授示範的時候，看起來好像簡單得很，但事實卻完全相反。這些魔蘋果不喜歡離開泥土，但出來之後卻也不想再回到裡面。他們狂踢亂扭，揮舞他們尖銳的小爪子，並齜牙咧嘴地做出一副兇相；哈利花了整整十分鐘，才好不容易把一棵特別肥壯的魔蘋果塞進花盆裡去。

等到下課的時候，哈利就跟其他所有人一樣，被整得汗流浹背、全身痠痛，並沾了滿身的泥巴。他們慢吞吞地踱回城堡，匆匆洗了一個澡，然後這群葛來分多學生們又趕下樓，去上下一堂的變形學課。

麥教授的課通常難度都比較高，但今天這堂課卻顯得特別困難。哈利去年學會的東西，早就在暑假中忘得精光。他原本該把一隻甲蟲變成鈕釦，但結果他的魔杖戳來指去，就是沒法瞄準，不過甲蟲倒是被他嚇得在桌上四處亂竄，著實好好運動了一番。

榮恩的情況比哈利更慘。他借了一些魔法膠帶，把他的魔杖黏牢，但它實在壞得太厲害了，根本不可能完全修好。它總是突然莫名其妙地發出劈劈啪啪的聲音，要不然就是冒出火花，而每當榮恩試圖對他的甲蟲施展變形術時，它就會用一陣帶有臭蛋味的灰色濃煙把他給完全吞沒。困在霧中什麼也看不清的榮恩，不小心用手肘把甲蟲壓得稀爛，只好厚著臉皮再去要了一隻，麥教授自然是很不高興。

1. Eton College，英國著名的男子公學，威廉王子即就讀於此。

聽到午餐鈴聲響起時，哈利不禁大大鬆了一口氣，他的腦袋現在就好像是一塊被搾乾的海綿。大家陸續走出教室，最後只剩下他和榮恩兩個人，榮恩生氣地用魔杖用力敲打書桌。

「蠢材……沒用的……東西……」

「寫信回家再要一根新的好了。」哈利聽到魔杖發出一連串像鞭炮似的爆炸聲，忍不住提出建議。

「喔，沒錯，然後再收到一封咆哮信，」榮恩說，把正在吱吱怪叫的魔杖塞進他的袋子，「**魔杖會斷掉完全是你自己的錯**──」

他們走到餐廳吃午餐，在那裡榮恩的心情也絲毫沒有好轉，因為妙麗得意地對他們展示她在變形學課中製造出的一把大衣鈕釦。

「我們今天下午要上什麼課？」哈利趕緊轉變話題。

「黑魔法防禦術。」妙麗不假思索地答道。

「**怎麼**？」榮恩質問，伸手抓起她的課程表，「莫非妳早就把所有洛哈上課的時間，全都牢牢記在心裡啦？」

妙麗一把搶回課程表，羞得連髮根都紅了。

他們吃完午餐之後，就走到陰暗的天井。妙麗坐在石階上，再度埋首閱讀她的《與吸血鬼同行》。哈利和榮恩有一搭沒一搭地站著聊天，談些關於魁地奇的閒話，過了幾分鐘之後，哈利才察覺到有人在盯著他看。他抬起頭來，看到昨晚那個試戴分類帽的瘦小鼠灰髮男孩，正像定住似地望著哈利發愣。他手裡抓著一個看起來像是普通麻瓜照相機的東西，而哈利一發現他，他的臉就立刻變得通紅。

「欸，哈利嗎？我是──我是柯林．克利維，」他提心弔膽地說，並試探性地往前跨了一步，「我也是葛來分多的學生。你覺得──可不可以──我可以替你拍一張照片嗎？」他說，並滿懷希望地舉起了照相機。

「一張照片？」哈利茫然地重複。

「這樣我就可以證明，我真的見過你呀。」柯林．克利維渴望地說，又側身往前挪了幾步，「你的事我全曉得，大家一天到晚都在談論你的故事，說你是怎樣逃過『那個人』的魔掌，他又是怎樣突然失蹤。我還聽說，你額上到現在還有一道閃電形的疤痕哩（他的目光沿著哈利的髮線來回搜尋）。而且跟我同寢室的一個男孩說，只要我用魔法藥水沖洗底片，照片上的人就會**動**欸。」說到這裡，柯林興奮地打了個哆嗦，並深深吸了一口氣，「這真是**太棒了**，你說是不是？在接到霍格華茲的信以前，我從來不曉得，原來我會做的那些怪事，事實上就是魔法。我爸是牛奶商，他也完全不敢相信這是真的，所以我拍了一大堆照片寄回家給他看。要是我能拍到一張你的照片，那就更棒了──」他用懇求的目光望著哈利，「能不能讓我站在你旁邊，請你朋友替我們拍一張合照？還有，能不能請你在上面簽個名？」

「**簽名照**？你在發**簽名照**嗎，波特？」

跩哥．馬份尖酸刻薄的聲音在天井中激起響亮的迴音。他站在柯林背後，兩邊站著他在霍格華茲的固定拍檔：他那兩位長相兇惡的大塊頭死黨，克拉和高爾。

「大家快來排隊呀！」馬份對著人群吼道，「哈利波特在發簽名照囉！」

「胡說，我才沒有呢，」哈利握緊拳頭憤怒地說，「你給我閉嘴，馬份。」

「你根本就是在嫉妒！」柯林尖聲喊道，他的整個身體甚至還沒有克拉的脖子粗。

「**嫉妒**？」馬份說，他現在已經沒必要再大聲喊叫了；天井裡有一半的人都在凝神傾聽，「我有什麼好嫉妒的？我可不希望我額頭上有條噁心的爛疤，謝了。不過呢，我倒是怎麼也想不通，讓自己的額頭差點裂成兩半，到底有什麼了不起呀。」

克拉和高爾吃吃傻笑。

「你滾去吃蛞蝓吧，馬份。」榮恩生氣地說。克拉和高爾的笑聲立刻停止，開始摩拳擦掌地擺出恐嚇的架式。

「小心一點，榮恩．衛斯理，」馬份冷笑著說，「你實在不應該再惹麻煩，要不然你的媽咪就得趕到學校來帶你回家囉。」他尖起嗓子，怪腔怪調吼道：「**你要是膽敢再犯規**——」

旁邊一群史萊哲林五年級生捧場地放聲大笑。

「衛斯理也需要一張簽名照呢，波特，」馬份露出不懷好意的假笑，「這可比他們家的整棟房子還要值錢哪。」

榮恩抽出他用魔法膠帶黏牢的魔杖，但妙麗卻叭一聲合上她的《與吸血鬼同行》，低聲警告：「小心！」

「怎麼啦，這是怎麼啦？」吉德羅．洛哈正大步朝他們走來，天藍色的長袍在身後翩翩飄動，「是誰在發簽名照啊？」

哈利正準備開口解釋，卻立刻被洛哈打斷，他伸手環住哈利的肩膀，愉快地大聲說：「這還用問嗎？我們又碰面了，哈利！」

哈利被洛哈緊緊夾在身邊，心裡又羞又怒，氣得臉都脹紅了，而馬份卻趁這機會得意洋洋地溜回人群中。

「那就這樣吧，克利維先生，」洛哈對柯林露出燦爛的笑容，「一張雙人照，這樣總該滿意了吧？而且我們**兩個**都會替你簽名唷。」

柯林連忙抓起他的照相機，拍了一張照片，而下午的上課鐘聲也在此時響起。

「大家解散吧，快去上課。」洛哈對人群喊道，然後帶著哈利走回城堡，而被緊夾在他身邊的哈利，卻恨不得能趕快用消失咒把自己給變不見。

「哈利呀，我要給你一個智慧的建議，」在他們兩人從側門踏入城堡之後，洛哈用一種慈父般的口吻說，「剛才在克利維面前，多虧有我替你打圓場——只要他也把我給拍進照片，你的同學們就不會覺得你這個人太臭屁……」

哈利結結巴巴地企圖辯解，但洛哈根本不聽，只是硬拖著他經過一排睜大眼睛望著他們的學生隊伍，登上一列樓梯。

「讓我告訴你吧，在你人生的這個階段，就大剌剌地公開送簽名照，實在是很不聰明——坦白說，看起來顯得有些自大呢，哈利。將來你或許也可能會跟我一樣，不論走到哪裡，身邊都得帶著一大疊簽名照隨時發送，可是呢——」他發出一陣輕笑，「我想你現在還差得遠囉。」

他們踏進洛哈上課的教室之後，他才終於把哈利放開。哈利用力把身上的長袍扯平，直接走向最後一排座位。他一坐下，就忙著把洛哈的七本書疊在面前，這樣他就可以不必去看洛哈本人了。

其他學生們吵吵鬧鬧地走進教室，榮恩和妙麗同樣也走到最後一排，分別坐在哈利的兩邊。

「你的臉燒得可以煎蛋囉，」榮恩說，「你最好祈禱不要讓柯林遇到金妮，要不然他們一定會成立一個哈利波特迷俱樂部。」

「閉嘴。」哈利厲喝。他最怕的就是讓洛哈聽到什麼「哈利波特迷俱樂部」之類的話。

等到全班都坐下來之後，洛哈就大聲清清喉嚨，大家立刻安靜下來。他伸出手來，抓起奈威．隆巴頓桌上的《與山怪共遊》，舉起來對大家展示封面那張擠眉弄眼的玉照。

「我，」他指著照片說，並同樣也擠了擠眼睛，「吉德羅．洛哈，梅林勳章第三級巫師，黑魔法防禦術聯盟榮譽會員，以及『《女巫週刊》最迷人笑容獎』五次冠軍得主——但通常我並不會提到這個。我可不是靠**微笑**來驅除女妖精的！」

他停下來等待捧場的笑聲，但只有幾個人露出敷衍的微笑。

「我看到大家都買了我的作品全集——非常好。我們今天就先來做個小小的測驗，沒什麼好擔心的——只不過是檢查一下大家讀了多少，真正吸收了多少……」

他發完試卷之後，就回到講台前宣布：「你們有三十分鐘的作答時間。現在——**開始！**」

哈利低下頭來看他的考卷：

1. 吉德羅．洛哈最喜歡什麼顏色？
2. 吉德羅．洛哈的秘密野心是什麼？
3. 根據你個人的看法，哪一樣才是吉德羅．洛哈目前最傑出的成就？

類似的問題洋洋灑灑地填滿了三大張試卷，而最後一題是：

54. 吉德羅．洛哈的生日是哪一天，而他最想要的生日禮物又是什麼？

半個鐘頭之後，洛哈把試卷收齊，然後就當著大家的面翻閱檢查。

「嘖、嘖——你們竟然沒有一個人記得，我最喜歡的顏色是紫丁香色，我在《與雪人相伴的歲月》裡有提到這一點。有幾位同學應該把《與狼人結伴浪跡天涯》拿出來再仔細讀一遍——我在第十二章中，清楚地表示我最想要的生日禮物就是，魔法世界的人能夠跟不會魔法的人和平共處——不過，我當然也不會拒絕一大瓶歐登牌陳年火燒威士忌！」

他又故作淘氣地對大家擠擠眼。榮恩現在用一種不敢相信的錯愕神情望著洛哈；坐在第一排的西莫．斐尼干和丁．湯馬斯，因為憋笑而忍不住全身抖動；但在另一方面，妙麗卻全神貫注地傾聽，並在洛哈提到她名字時嚇得跳了一下。

「……不過，這位妙麗．格蘭傑小姐卻曉得我的秘密野心是除盡世上一切邪惡，和推出我自己的美髮魔藥系列產品——真是個好女孩！哎呀——」他翻過她的試卷，「是滿分呢！哪一位是妙麗．格蘭傑小姐？」

妙麗舉起一隻微微顫抖的手。

「太棒了！」洛哈露出高興的微笑，「真是太優秀了！葛來分多加十分！好了，現在讓我們言歸正傳……」

他彎下腰來，從他的講桌下面取出一個蓋上布罩的大籠子，放到桌上。

「現在注意聽我說——我要先給你們一些警告！我的工作就是要教會大家一些絕招，好用來對付魔法世界中最邪惡齷齪的生物！大家也許會發現，你們將會在這間教室裡，被迫去面對自己最強烈的恐懼，但只要有我在場，你們就絕對不會受到任何傷害。而我對大家只有一個要求，那就是盡量保持安靜。」

哈利不由自主地從書堆後面探出頭來，仔細地盯著那個大鳥籠。洛哈慎重地把一隻手放在布罩上，丁和西莫現在已不再偷笑了，坐在第一排的奈威嚇得縮成一團。

「請大家絕對不要尖叫，」洛哈用一種低沉凝重的聲音說，「這可能會激怒他們。」

等到全班都鴉雀無聲地望著那個籠子時，洛哈一把掀開了布罩。

「是的，」他用一種戲劇化的語氣說，「**剛逮到的康瓦耳郡綠仙**。」

西莫．斐尼干再也忍不住了，他從鼻孔噴出一陣哼哼唧唧的笑聲，甚至連洛哈也沒辦法再欺騙自己，把這當作是恐懼的尖叫。

「怎麼啦？」他微笑望著西莫。

「嗯，他們並不是——他們並不是非常——**危險**，對不對？」西莫強忍住笑地答道。

「不要這麼確定！」洛哈說，他豎起一根手指，對著西莫連連搖動，「他們一壞起來可難纏得很，簡直就是一群狡猾的小惡魔！」

綠仙有著電藍色的皮膚，大約有八吋高，長了一張尖嘴猴腮的面孔，聲音高亢尖銳，聽起來活像是一大堆鸚鵡在吵架。布罩一掀開，他們就開始吱吱喳喳地大吵大鬧，發瘋似地到處活蹦亂跳，把欄杆搖得喀嗒喀嗒響，並對所有靠近他們的人做出醜陋的鬼臉。

「好吧，」洛哈大聲說，「我們這就來看看，你們怎樣對付他們！」然後他把籠子打開。

這簡直就像是群魔亂舞的煉獄。綠仙像火箭似地朝四面八方衝來撞去，有兩隻抓住奈威的耳朵，把他拎到了半空中。有幾隻直接撞碎窗戶逃了出去，把碎玻璃撒到窗邊的學生身上。剩下的則用一種比瘋犀牛更有效率的手段，開始進一步地摧毀這間教室。他們抓起墨水瓶，朝著學生們亂潑亂灑、把書本和紙張撕成碎片、扯下牆上的海報圖片、倒出垃圾桶裡的髒東西、搶過背包書本，從砸碎的窗口扔出去；在短短幾分鐘之內，教室裡就有一半學生都躲到了書桌底下，而奈威卻是整個人掛到了天花板的大燭台上，無助地在空中搖來盪去。

「大家快動手呀，把他們給抓回去，快把他們抓回去呀，只不過是幾隻綠仙嘛……」洛哈喊道。

他捲起袖子，揮舞他的魔杖吼道：「皮斯克皮克斯・皮斯特諾米！」

這顯然一點用也沒有；其中一隻綠仙搶過洛哈的魔杖，把它扔到了窗外。洛哈嚇得倒抽了一口氣，趕緊躲到他的書桌底下，及時躲過被奈威壓成爛泥的命運，因為就在下一秒，奈威就隨著鬆脫的大燭台，重重摔到地上。

下課的鐘聲響起，大家就像逃命似地湧向出口。在教室變得較為安靜之後，洛哈站起身來，正好瞥見快要走到門邊的哈利、榮恩和妙麗三人，他匆匆說了一句：「好吧，那就請你們三位替我把剩下的綠仙逮回籠子裡。」接著就快步擠過他們踏到門外，並迅速關上大門。

「**我真不敢相信**，怎麼會有他這種人？」榮恩怒吼，他的耳朵被剩下的一隻綠仙狠狠咬了一口。

「他只不過是想給我們一些實際練習的機會嘛。」妙麗說，隨手用一個漂亮的定身咒讓兩隻綠仙變得不能動彈，再輕輕鬆鬆地把他們抓起來塞進籠子。

「**實際練習**？」哈利說，滿頭大汗地追捕一隻特別難捉，而且還不斷伸舌頭挑釁的綠仙，「妙麗，他根本就不曉得自己在幹什麼。」

「胡說，」妙麗說，「你自己也讀過他的書——看看他做過多少了不起的事情……」

「那可都是他**自己**說的。」榮恩低聲抱怨。

7 麻種與耳語

哈利在接下來的幾天中，有大半時間都在躲人。每當他看到吉德羅．洛哈出現在遠方的走廊，他就會逃命似地趕緊溜走。但要躲開柯林．克利維卻沒那麼容易，這傢伙似乎早就把哈利的上課時間背得滾瓜爛熟。柯林生活中最令他激動興奮的休閒活動，似乎就是一天至少六、七次開口問道：「欸，哈利嗎？」然後再聽到：「哈囉，柯林。」作為回答，完全不管哈利的聲音聽起來有多不耐煩。

嘿美一直到現在，還在為那場飛車災難生哈利的氣，而榮恩的魔杖依然頻頻故障，並在週五早上達到前所未有的最高峰。當時他們正在上符咒課，魔杖忽然從榮恩手裡飛了出去，不偏不倚地打中瘦弱的孚立維老教授的眉心，害他長出一個又大又腫的綠色疔瘡。因此，在這樣衰運連連的情況下，當週末終於到來時，哈利自然是感到相當高興。他和榮恩及妙麗約好在週六早上去海格家玩。但是，哈利卻在預定起床時間的好幾個鐘頭前，就被葛來分多魁地奇隊長奧利佛．木透給搖醒。

「幹嘛啊？」哈利昏昏沉沉地問道。

「魁地奇訓練！」木透說，「快起來！」

哈利瞇著眼睛望向窗外，粉紅與淡金色的天空籠罩著一層薄薄的霧氣。現在他已完全清醒過來，而且怎麼也想不透，剛才在這麼吵鬧的鳥叫聲中，自己怎麼還可能睡得著。

「奧利佛，」哈利抱怨道，「現在天才剛亮欸。」

「完全正確，」木透說。他是一名高大魁梧的六年級生，而他的雙眼現在散發出狂熱的光芒，「這是我們全新訓練計畫中的一部分。快點，抓起你的掃帚，我們就立刻出發，」木透熱忱地說，「其他球隊都還沒有開始練習，我們會成為今年第一支開始起跑的球隊……」

哈利伸伸懶腰，並微微打了一個寒顫，然後就認命地爬下床，開始翻找他的魁地奇球袍。

「好漢子，」木透說，「十五分鐘之內在球場見。」

等到哈利找到他的猩紅色球袍，並套上保暖的斗篷之後，他先匆匆寫了一張紙條給榮恩交代自己的去向，然後就扛著他的光輪兩千，走下螺旋梯到達交誼廳。他才剛走到畫像洞口，就聽到背後響起一陣叭噠叭噠的腳步聲；是柯林．克利維從螺旋梯上衝了下來，照相機在胸前劇烈晃動，手裡還緊抓著某個東西。

「我剛剛好像聽到有人在樓梯上叫你的名字，哈利！看看我這裡是什麼！我把它洗出來了，我想要給你看看——」

哈利困惑地低下頭來，望著那張柯林湊到他鼻子下的照片。一個會動的黑白洛哈，正在用力拉扯某個人的手臂，而哈利一眼就認出那是他自己的手。他很高興地發現，照片中的自己在拚命地掙扎，死都不肯被拖進相片中露面。而就在哈利觀看的時候，洛哈終於支撐不住鬆開了手，重重跌倒在地，靠在相片的白色框框邊不停喘氣。

「你可以替我簽名嗎？」柯林渴望地問道。

「不可以，」哈利斷然拒絕，緊張地往四周瞥了一眼，檢查附近有沒有人偷聽，「對不起，柯林，我在趕時間——魁地奇訓練。」

說完他就趕緊爬出畫像洞口。

「喔！哇！等等我呀！我從來沒看過魁地奇球賽！」

柯林也跟著他爬出洞口。

「那沒什麼好看的，你一定會覺得很無聊。」哈利趕緊勸道，但柯林根本不理他，臉上散發出興奮的光芒。

「你是一百年來最年輕的學院魁地奇代表隊球員，對不對，哈利？我沒說錯吧？」柯林用小跑步緊跟在哈利身邊，「你一定是非常厲害。我從來沒騎掃帚飛過耶，那會不會很難啊？這是你自己的掃帚嗎？這是最棒的型號嗎？」

哈利不曉得該怎樣才能擺脫他，這簡直就像是身邊多了一個囉哩巴嗦的影子。

「我其實不太清楚魁地奇要怎麼打，」柯林氣喘吁吁地說，「它真的要用到四個球嗎？是不是真的有兩個球在場上飛來飛去，想要把球員從掃帚上打下來？」

「沒錯，」哈利疲倦地表示，耐著性子開始解釋魁地奇的複雜規則，「這種球叫做搏格。每支球隊各有兩名打擊手，他們會用一根棒子把搏格打到別的地方去。弗雷和喬治就是葛來分多的打擊手。」

「那其他球呢？」柯林問道，他一直張大嘴盯著哈利，所以不小心腳底一滑，跌跌撞撞地往前衝了一會兒，才好不容易穩住腳步。

「這個嘛，快浮——最大的紅球——是用來射門得分的。每支球隊各有三名追蹤手，他們把快浮傳來傳去，設法把它射進球場兩端的球門柱——球場兩邊各有三根加上球框的高柱子。」

「那第四個球——」

「——是金探子，」哈利說，「它非常小，速度又很快，所以很難抓得到。但這就是搜捕手的工作，因為一場球賽只有在金探子被抓到以後，才能正式宣告結束。所以呢，不管是哪一隊的搜捕手抓到金探子，他都可以替自己球隊額外贏得一百五十分。」

「你就是葛來分多的搜捕手，對不對？」柯林敬畏地說。

「沒錯，」哈利說，現在他們已踏出城堡，穿越沾滿露珠的草坪，「另外還有一名守門手，他負責守護球門。就是這樣，沒別的了。」

但柯林卻不肯死心，在他們沿著綠草如茵的斜坡，走到下方球場的路途中，他還是死纏著哈利不停問東問西，而哈利一直到踏進更衣室以後，才好不容易甩掉他。柯林尖著嗓子在他背後喊道：「我去找個好位子，坐下來看你們練習，哈利！」然後就飛快地衝向看台。

其他的葛來分多球員們都已經到齊了，木透是其中唯一一個看起來完全清醒的人。弗雷和喬治．衛斯理雙眼浮腫、滿頭亂髮地坐在椅子上發愣，四年級的西亞．史賓特坐在他們旁邊打瞌睡，頭不斷地點向背後的牆壁。她的追蹤手同伴凱娣．貝爾和莉娜．強生，肩並肩地坐在她對面的椅子上輪流打呵欠。

「你總算來了，哈利，怎麼這麼慢呢？」木透活潑地說，「現在，在我們真正踏上球場之前，我想先跟大家談談。因為我花了整個暑假，設計出一份全新的訓練計畫，我相信它一定可以讓情況大為改觀……」

木透舉起一張巨大的魁地奇球場平面圖，上面用各種不同顏色的墨水畫了許多線條、箭號與十字記號。他抽出魔杖，往圖板上輕敲了一下，箭號就開始像毛毛蟲似地在圖上不停蠕動。在木透長篇大論地解釋他的新戰術時，弗雷．衛斯理的頭慢慢垂到了西亞．史賓特的肩膀上，並開始大聲打呼。

第一張圖板花了將近二十分鐘才解說完畢，但木透緊接著又抽出第二張，然後是第三張。在木透冗長沉悶的嘮叨聲中，哈利逐漸陷入一種神遊物外的恍惚狀態。

「就是這樣，」過了許久許久以後，木透終於做下結論，而哈利立刻從在城堡大嚼美味早餐的白日夢中回過神來，「夠清楚嗎？有沒有問題？」

「我是有一個問題，奧利佛，」喬治應聲答道，他前一秒才剛從睡夢中驚醒過來，「你為什麼不趁著昨天大家都清醒的時候，把這些告訴我們呢？」

木透很不高興。

「現在，你們給我聽好，」他說，怒目瞪視全體球員，「我們去年本來應該拿到魁地奇冠軍的。我們是全校陣容最堅強的隊伍，但很不幸地，由於某種我們無法控制的原因……」

哈利在他的位子上不安地扭動。在去年最後一場比賽時，他昏迷不醒地躺在醫院廂房裡，害葛來分多少了一名球員，並因此而遭受到三百年來最嚴重的慘敗。木透花了一段時間，才重新控制住自己的情緒。去年的慘敗，顯然在他心裡留下極大的陰影。

「所以呢，在這一年，我們要展開比以前更嚴格的魔鬼訓練……好了，我們走吧，去把我們的新理論化作實際的行動！」木透喊道，抓起他的掃帚，一馬當先地踏出更衣室，而他那群四肢僵硬、呵欠連連的隊員們，也隨著他走了出去。

他們在更衣室裡耽擱了太多時間，現在球場的草地上雖依然籠罩著一層殘餘的霧氣，但太陽卻已升到了天空。哈利一踏進球場，就看到坐在看台上的榮恩和妙麗。

「你們還沒結束嗎？」榮恩不敢相信地問道。

「根本還沒開始，」哈利說，羨慕地望著榮恩和妙麗從餐廳帶出來的吐司和果醬，「木透剛剛在跟我們講解新的戰略。」

他跨上掃帚，兩腳一蹬，像箭一般地竄到空中。冰涼的晨風拍打他的面頰，使他精神為之一振，這可比木透冗長的演說要有效多了。重返魁地奇球場的感覺實在是太棒了，他加緊馬力，用全速在球場邊緣飛了一圈，和弗雷與喬治進行空中賽跑。

「那個喀嗒喀嗒的怪聲音是哪裡來的？」弗雷在他們疾飛繞過轉角時喊道。

哈利低頭望著看台。柯林坐在最上面一排座位上，高舉著照相機，一張接一張地拍個不停，按快門的聲音在這荒涼的球場中顯得格外響亮。

「看這裡，哈利！這裡！」他尖聲喊道。

「那是誰啊？」弗雷問道。

「不曉得。」哈利說謊，並全速往前衝刺，恨不得離那個柯林越遠越好。

「怎麼回事？」木透皺眉問道，掠過空中朝他們飛來，「那個一年級新生為什麼要拍照片？我不喜歡這樣。他很可能是史萊哲林派來的間諜，想要刺探出我們的新訓練計畫。」

「他是葛來分多的學生。」哈利立刻答道。

「而且史萊哲林根本就不需要什麼間諜，奧利佛。」喬治說。

「你為什麼會這麼說？」木透沒好氣地質問。

「因為他們已經親自跑到這裡來了。」喬治指著下面說。

幾名穿著綠袍的人影踏進球場，他們手裡都握著一枝掃帚。

「我真不敢相信！」木透暴跳如雷地吼道，「我早就登記好，今天該歸我們使用球場。去看看我們要怎麼處理這檔事。」

木透隨即衝向地面，在盛怒中降落的力道稍稍比往常重了一些，因此他在跨下掃帚時身軀微微晃了一下。哈利、弗雷和喬治也降落下來。

「福林！」木透朝著史萊哲林隊長吼道，「現在是我們的練習時間！我們特別為這一大早就起床！你們現在就給我離開！」

馬科．福林身材甚至比木透還要魁梧。他回答時臉上的表情活像是個狡猾的山怪：「這裡大得很呢，夠我們大家一起用了，木透。」

莉娜、西亞和凱娣同樣也降落下來。史萊哲林球隊並沒有女孩子——這些高壯的男球員並肩站在一起，面對葛來分多的球員，露出成年男人般色迷迷的神情。

「可是我已經登記包下這個球場了！」木透說，憤怒地噴灑出一陣陣口水雨，「我已經把這裡包下來了！」

「啊，」福林說，「可是我這裡有一張石內卜教授親自簽名的紙條：我，石內卜教授，在此特別允許史萊哲林球隊在今日使用魁地奇球場，讓他們著手訓練他們的新搜捕手。」

「你們找到新的搜捕手？」木透氣急敗壞地問道，「他在哪裡？」

從他們面前六個高大的人影背後，走出了第七名相對之下顯得相當瘦小的男孩，他蒼白的尖臉上，掛著一個得意的微笑。那正是跩哥・馬份。

「你不是魯休思・馬份的兒子嗎？」弗雷嫌惡地望著馬份說。

「這還真湊巧，你竟然會提到馬份的父親，」福林說，史萊哲林全體球員臉上的微笑也變得更加露骨，「現在就讓你們來好好欣賞一下，馬份先生送給史萊哲林球隊的慷慨禮物。」

七個人一起舉起飛天掃帚。七根光澤閃亮的嶄新把柄，和七組「光輪兩千零一號」的金色字母，就這樣清晰地呈現在葛來分多球員面前，在清晨的陽光下散發出華麗炫目的光輝。

「上個月才剛出的最新型號，」福林滿不在乎地說，伸手彈去他掃帚柄上的一小塊灰塵，「我相信它的性能絕對是大大超越舊的兩千系列。而至於古董級的狂風牌產品呢，」他對弗雷和喬治露出不懷好意的笑容，他們兩人手裡都抓著一把狂風五號，「根本連它的一根枝條都比不上。」

葛來分多球員們一時間說不出話來。馬份笑得越來越得意，甚至連他那冷漠的眼睛都瞇成了兩條細縫。

「喔，你們看，」福林說，「有人非法侵入球場囉。」

榮恩和妙麗越過草坪朝他們走來，看看他們究竟在幹什麼。

「這怎麼回事？」榮恩問哈利，「你們為什麼還不開始練習？而且**他**跑到這裡來做什麼？」

榮恩望著馬份，立刻注意到他身上穿著史萊哲林的魁地奇球袍。

「我可是史萊哲林的新搜捕手呢，衛斯理，」馬份沾沾自喜地說，「大家正在欣賞我父親送給球隊的飛天掃帚。」

榮恩張大嘴巴，吃驚地望著面前那七把最高檔的飛天掃帚。

「很棒吧，是不是？」馬份越說越順口，「不過呢，葛來分多球隊也可以想辦法存點銀子，把那些蹩腳貨全都換掉。你們可以把這幾把狂風五號送去拍賣，我想博物館應該會出價標下來。」

史萊哲林球員們高聲狂笑。

「至少葛來分多的球員，沒必要花錢把自己**買**進球隊，」妙麗反唇相譏，「**他們**憑的全都是真本事。」

馬份臉上的得意神情再也掛不住了。

「這裡沒人問妳的意見，妳這個骯髒的小麻種。」他厲聲咒罵。

哈利立刻看出，馬份一定是說了一個非常難聽的字眼，因為他話一出口，全場就一片嘩然。福林必須趕緊撲到馬份面前，替他擋住弗雷和喬治的拳頭，西亞高聲尖叫：「**你太過分了！**」而榮恩將手伸進長袍，掏出他的魔杖，吼道：「我要讓你為這句話付出代價，馬份！」然後用力揮向躲在福林手臂下的馬份臉上。

體育場裡響起一陣迴音裊裊的轟隆聲，而一道綠色炫光從魔杖把柄反方向射出，不偏不倚地打到榮恩的腹部，震得他滾到後方的草地上。

「榮恩！榮恩！你沒事吧？」妙麗哭喊。

榮恩張嘴想要說話，但卻一個字都說不出來，反而打了一個大嗝，從嘴裡吐出了幾隻蛞蝓，掉落到他自己的大腿上。

史萊哲林球員們笑得快癱過去了。福林抱著肚子，整個身體全靠掃帚支撐才沒有倒下去。馬份趴在地上，用拳頭猛捶地板。葛來分多球員全都圍繞在榮恩身邊，他仍然在不停嘔出閃閃發光的大蛞蝓，看來好像沒人想去碰他。

「我們最好先把他扶到海格家，那是最近的地方。」哈利對妙麗說，她勇敢地點點頭，於是他們兩人一起把榮恩拉了起來。

「這是怎麼啦，哈利？發生什麼事啦？他生病了嗎？不過你一定可以把他給治好，對不對？」柯林從他的最高排座位跑下來，隨著他們一起踏出球場，跟在他們身邊亂轉。榮恩又是一陣狂嘔，更多的蛞蝓淌落到他的胸前。

「喔，」柯林嘆道，入迷地舉起他的照相機，「能不能請你把他扶好，擺個姿勢，哈利？」

「你給我滾開，柯林！」哈利生氣地說。他和妙麗扶著榮恩離開體育場，穿越校園走向森林邊緣。

「就快到了，榮恩，」妙麗說，獵場看守人的小木屋已出現在眼前，「你很快就會沒事的……就要到了……」

在他們只剩二十呎就可以到達海格家時，大門忽然敞開，但出現的人並不是海格，而是今天穿著一襲淡紫長袍的吉德羅．洛哈，他大搖大擺地走出小木屋大門。

「快點，躲到後面。」哈利輕聲說，拉著榮恩躲到附近的一叢灌木後面。妙麗跟著躲進去，但顯然不太情願。

「你要是知道該怎麼做的話，這其實簡單得很！」洛哈大聲告訴海格，「如果你需要幫忙，你知道在哪裡可以找到我！我會送你一本我的作品——你這裡竟然連一本也沒有，真是讓我嚇了一跳。我今晚就找一本簽好名，再送過來給你。就這樣吧，再見了！」然後他就大步往城堡走去。

哈利一直等到洛哈的背影消失之後，才拉著榮恩離開藏身的灌木，走到海格的大門前，他們急急敲門。

海格立刻把門打開，臉色看起來非常不高興，但他一看清門外站的是誰，就立刻露出笑容。

「正在想你們什麼時候才會來看我呢——進來，快進來呀——剛剛還以為洛哈教授又跑回來了。」

哈利和妙麗扶著榮恩跨過門檻，踏進這個只有一個房間的小木屋，房間角落擺著一張超大的巨床，另一邊擱著一盆劈啪作響的溫暖爐火。哈利把榮恩扶到椅子上坐好，並把事情經過大致描述了一番，海格好像覺得榮恩的蛞蝓問題沒什麼大不了的。

「吐出來總比吞進去好嘛，」他愉快地說，砰通一聲把一個大銅盆擱在榮恩面前，「把牠們全都吐出來吧，榮恩。」

「我看除了等它自動停止之外，也實在沒有其他辦法可想，」妙麗望著趴在臉盆上的榮恩，忍不住擔憂地說，「能夠及時施展這個符咒真的很不簡單，可是用一根斷掉的魔杖……」

海格在房間裡走來走去，忙著替他們準備茶點。他的獵豬犬牙牙則黏在哈利身邊，把口水滴到他的身上。

「洛哈到這裡來找你做什麼，海格？」哈利搔著牙牙的耳朵問道。

「來教我怎樣除掉井裡的水怪，」海格吼道，順手移開桌上那隻毛被拔掉一半的公雞，放下茶壺，「難道他以為我連這都不會嗎？接著他又開始吹牛，說他怎樣除掉一個報喪女妖。他要是有一句真話，我就把我的水壺給吞到肚子裡去。」

海格從來沒開口批評過霍格華茲的老師，因此哈利忍不住驚訝地望著他。但是，妙麗卻用一種比往常高上一個調門的聲音反駁道：「我覺得你這麼講不太公平，鄧不利多教授一定是認為他是這個工作的最佳人選——」

「這工作就**只有**他一個人肯做哪，」海格說，遞給他們一大盤糖蜜太妃糖，而可憐的榮恩卻只能對著他的臉盆連連乾嘔，「就只能找到他**一個**。現在要找肯教黑魔法的人是越來越困難囉，這工作根本就沒有人想要去做，懂了吧？大家都覺得它很不吉利。我們來算算看，到現在好像還沒有一個可以做得長的。好了，現在告訴我，」海格說，突然把頭湊到榮恩面前，「你剛才是想要詛咒誰呀？」

「馬份用一個怪字罵妙麗，那一定是個很難聽的字眼，因為大家都氣得要命。」

「那**真的**是很難聽，」榮恩啞聲說，他終於從桌下探出頭來，看起來臉色蒼白，額上淌滿冷汗，「馬份叫她『麻種』，海格——」

榮恩說完就趴了下去，嘴裡又湧出另一陣蛞蝓潮。海格氣得暴跳如雷。

「他敢！」他對著妙麗吼道。

「他當然敢啦，」她說，「可是我不曉得這是什麼意思。不過我當然可以感覺得到，那真的是一個很無禮的稱呼……」

「那是他所能想出最侮辱人的一個字眼，」榮恩喘著氣說，又重新挺起身來，「麻種是對於麻瓜出身——就是指父母不會魔法的人，一種最不堪、最惡劣的稱呼。有些巫師——例如馬份家——認為自己比別人更高貴更優秀，因為他們是人們所謂的純種，」他打了一個小嗝，但這次只有一隻小蛞蝓落到了他的手掌上。他把牠扔進臉盆，再繼續說下去，「不過我們其他人都知道，這其實根本就沒有什麼差別。看看奈威．隆巴頓吧——他可是個道道地地的純種唷，但他甚至連個大釜都擺不穩。」

「而且他們也還沒發明出一個我們妙麗學不會的符咒。」海格驕傲地說，讓妙麗羞得臉上泛出鮮豔的紫紅色。

「用這個字眼罵人真的是非常可惡，」榮恩說，用顫抖的手擦了擦他汗溼的額頭，「意思就是劣種，懂了吧，平凡的血統，這真是瘋了。何況現在大部分的巫師都是混血，要是我們沒跟麻瓜通婚的話，我們早就絕種了。」

接著他又是一陣乾嘔，重新趴到了桌子底下。

「好吧，我不怪你想要去詛咒他，榮恩，」海格在蛞蝓掉落在臉盆裡的撲通聲中大聲表示，「不過，你的魔杖逆火打到自己，說不定還是一件好事哩。要是你真的詛咒了魯休思．馬份的兒子，他一定會衝到學校裡來大吵大鬧，這樣你至少沒給自己惹上麻煩。」

哈利原本應該會對海格說，有什麼麻煩會比嘴裡冒出一大堆蛞蝓還要嚴重，但現在他的嘴卻被糖蜜太妃糖給牢牢黏住。

「哈利，」海格沒頭沒腦地喊道，彷彿是突然想到了一件事，「我有事要找你算帳。我聽說你在發簽名照，我怎麼沒拿到啊？」

哈利氣得咬牙切齒。

「我才**沒有**發什麼簽名照呢，」他氣沖沖地說，「要是洛哈再這樣到處造謠——」

但接著他就發現海格在大笑。

「我只是開玩笑啦，」他說，親暱地拍拍哈利的背，把哈利推得一頭栽倒在餐桌上，「我當然知道你沒有。我告訴洛哈你才不需要哩，你就算什麼都不做，也會比他有名。」

「我想他聽了一定很不高興。」哈利說，揉著下巴挺起身來。

「他當然不高興啦，」海格說，眼中閃爍著淘氣的光芒，「接著我又告訴他，我從來沒看過他的書，所以他就氣得跑回去啦。吃塊糖蜜太妃糖吧，榮恩？」他詢問重新抬起頭來的榮恩。

「不用了，謝謝，」榮恩虛弱地說，「我想我還是別冒這個險。」

「出去看我種的東西。」海格看到哈利和妙麗喝完最後一口茶，就迫不及待地表示。

在海格房子後面的小菜圃中，長了許多哈利這輩子見過最大的南瓜，每一顆都像巨岩一樣壯碩龐大。

「長得不賴吧，是不是？」海格高興地說，「這是替萬聖節宴會種的，到時候應該長得夠大了。」

「你到底餵它們吃了什麼？」哈利問。

海格回過頭去，看看附近有沒有人在偷聽。

「這個嘛，我只是給了它們——那個，呃——一點點幫助。」

哈利注意到，海格的粉紅花傘就靠在小木屋的後牆上。在這之前，他就有足夠的理由相信，這把雨傘絕對不像它外表那麼單純；事實上，他有一種很強烈的感覺，認為海格以前在學校用的魔杖就藏在裡面。海格應該是不能使用魔法的，他在三年級的時候被霍格華茲開除，但哈利從來不曉得是為了什麼原因——只要一提到這件事，海格就會突然變成聾子，直到他們改變話題後才會恢復正常。

「我想，這該是暴食咒吧，對不對？」妙麗半是不以為然，半是覺得有趣地問道，「好吧，你真的是讓它們長得很不錯。」

「你妹妹也是這麼說的，」海格對榮恩點點頭，「我昨兒個碰到她。」海格促狹地斜睨了哈利一眼，鬍鬚也開始微微抖動，「她說，她只是剛好逛到這裡，可是呢，我看得出她其實是想在我家碰到某個人唷，」他朝哈利眨眨眼，「對了，我看**她**也很想拿到一張簽名——」

「喔，閉嘴。」哈利說。榮恩噗哧一聲笑了出來，把蛞蝓撒到地上。

「小心點兒！」海格吼道，趕緊拖著榮恩遠離他的寶貝南瓜。

午餐時間就快到了，而哈利從早上到現在只吃了一點糖蜜太妃糖，所以他迫不及待地想趕快回到學校去用餐。他們跟海格告別，散步走回城堡。榮恩在路上偶爾還會打個小嗝，但現在只會嘔出一、兩隻小蛞蝓了。

他們才剛踏進涼爽的入口大廳，耳邊就響起一個聲音：「原來你們在這裡，波特，衛斯理。」麥教授朝他們走過來，神情顯得十分嚴肅，「你們兩個要在今天晚上進行勞動服務。」

「請問我們要做什麼，教授？」榮恩問道，並緊張地忍住一個大嗝。

「**你**要去獎品陳列室跟飛七先生一起擦銀器，」麥教授說，「而且不准使用魔法，衛斯理——這是很吃力的工作。」

榮恩倒抽了一口氣。阿各．飛七是學校的管理員，學生全都很討厭他。

「至於你呢，波特，你必須協助洛哈教授回信給他的書迷。」麥教授說。

「喔，不——我可不可以也去獎品陳列室擦銀器？」哈利不顧一切地問道。

「當然不行，」麥教授抬起眉毛，「洛哈教授特別指定要你幫忙。八點整開始，兩個都不許給我遲到。」

哈利和榮恩懷著沉重的心情，垂頭喪氣地走進餐廳。妙麗跟在他們後面，臉上掛著一副「**誰叫你們要違反校規**」的表情。哈利覺得他的餡餅並沒有想像中那麼好吃，而他和榮恩都感到這是他們這輩子所吃過最糟的一餐。

「飛七一定會逼我在那裡待一整夜，」榮恩悶悶不樂地說，「不能使用魔法！那個房間至少有一百個獎盃，我又不太會做麻瓜的清潔工作。」

「我寧願跟你對調，」哈利用空洞的聲音說，「這些事我在德思禮家練習過幾百次了。幫洛哈回書迷的信……那簡直就是一場惡夢……」

週六下午的時間似乎過得特別快，好像還沒過多久，時鐘的指針就忽然走到了七點五十五分，而哈利拖著沉重的腳步，沿著三樓走廊走到了洛哈的辦公室。他咬緊牙關，舉手敲門。

房門立即敞開，洛哈高興地低頭對他微笑。

「哎呀，小壞蛋來囉！」他說，「進來，哈利，快進來。」

在明亮燭光的照耀下，哈利看到有無數裱框精美的洛哈照片，在牆上發出閃爍的光芒。其中有幾張照片上，甚至還有著洛哈的簽名，另外桌上也擱著一大疊簽名照。

「你可以替我寫信封地址！」洛哈告訴哈利，彷彿這是一種天大的恩賜，「第一封是要寄給葛蕾蒂．哥傑，祝福她——她是我的頭號書迷。」

時間變得像蝸牛一般緩慢。哈利把洛哈的話當作耳邊風，不時用「嗯」、「對」和「耶」來敷衍應答，偶爾他也會聽進一些「名氣是一個不可靠的朋友，哈利」或是「名人就是名人所做的事，記住這一點」這類的句子。

蠟燭越燒越矮，搖曳不定的燭光，在牆上眾多望著他的會動洛哈面孔上跳躍舞動。哈利抬起痠痛的手，移向他感覺中的第一千個信封，寫上薇若妮卡．斯梅利的地址。現在一定就快要到可以離開的時間了，哈利可憐兮兮地想著，拜託時間快點到吧……

他突然聽到了某種聲音——某種除了燭火劈啪聲與洛哈吹牛閒話之外的聲音。那是一個嗓音，一種令人冷入骨髓的嗓音，一種帶著駭人冰冷怨毒的嗓音。

「來吧……到我這裡來吧……讓我撕裂你……讓我把你撕成碎片……讓我殺了你……」

哈利嚇得跳了起來，而薇若妮卡．斯梅利的地址也因此染上一個淡紫色的大污點。

「**什麼**？」他大聲說。

「我知道！」洛哈說，「這代表穩坐六個月的排行榜冠軍！打破所有銷售紀錄！」

「我不是指這個，」哈利慌亂地說，「是那個聲音。」

「對不起？」洛哈顯得十分困惑，「你說什麼聲音？」

「那個──那個聲音說──難道你沒聽見嗎？」

洛哈非常驚訝地望著哈利。

「你**到底**在說什麼呀，哈利？你大概是睏了吧？我的天哪──看看現在幾點了──我們在這裡快待了四個鐘頭了！我真是不敢相信──時間過得真快，你說是不是？」

哈利並沒有回答。他正豎起耳朵，仔細傾聽那個嗓音，但接下來他就什麼也沒聽見，只隱約感覺到洛哈在他耳邊嘮嘮叨叨，說他一定很希望每次被罰勞動服務時，都可以得到像現在一樣的特別優待。哈利暈頭轉向地離開了房間。

現在已接近深夜，而葛來分多交誼廳裡幾乎看不到一個人影。哈利直接上樓回到寢室，榮恩還沒有回來。哈利換上睡衣，爬上床靜靜等待。半個鐘頭之後，榮恩終於揉著右手臂走進來，並將一股強烈的擦銀劑氣味帶入黑暗的房間。

「我的每一塊肌肉都疼得要命，」榮恩發出呻吟，虛脫似地倒在床上，「他逼我用鞣皮把一個魁地奇獎盃連擦了十四遍，他才覺得滿意。然後我又倒楣地把蛞蝓吐到一個學校特殊貢獻獎盃上，害我花了好大好大的工夫，才把黏液完全去掉……你跟洛哈的情形怎麼樣？」

為了避免吵醒沉睡的奈威、丁和西莫，哈利刻意壓低聲音，把他聽到的聲音一五一十地告訴榮恩。

「而洛哈說他完全沒聽到？」榮恩說，哈利可以在月光下看到他緊皺的眉頭，「你覺得他是在說謊嗎？可是我想不通——就算是有人隱形的話，他至少也得先把門打開呀。」

「這我知道，」哈利躺在他的四柱大床上，望著上面的罩篷，「我自己也想不通。」

8 忌日宴會

十月悄悄到來，為校園與城堡抹上一層潮溼的寒意。護士長龐芮夫人為了全校師生爆發的感冒大流行而忙得不可開交。她特製的胡椒嗆魔藥雖然是藥到病除，但卻會讓喝下的人耳朵連冒好幾個鐘頭的白煙。原先病歪歪的金妮．衛斯理，在派西的逼迫下灌進了幾口藥水，源源不絕的煙霧從她鮮豔的紅髮下湧出，看起來好像整個頭都在燃燒。

子彈大的雨珠滴滴答答地敲打城堡窗戶，一連下了好幾天都不曾停止；湖水高漲，花床變成泥濘的小溪，而海格的南瓜脹得跟花棚一樣大。不過，奧利佛．木透對於固定集訓課程的狂熱，卻不曾被雨水給澆熄，而就是因為如此，哈利才會在萬聖節前幾天、一個狂風暴雨的星期六下午，渾身溼透、沾滿污泥地返回葛來分多塔。

即使沒有風雨，這也不能算是一堂快樂的集訓課程。被派遣去史萊哲林刺探敵情的喬治和弗雷，親眼看到了光輪兩千零一號的驚人高速。他們向大家報告，說史萊哲林球隊看起來就像是七個淡綠色的污點，如噴射機般在空中衝來衝去。

當哈利叭噠叭噠地走過無人的長廊時，卻遇到了某個看起來跟他一樣心事重重的人。

差點沒頭的尼克，也就是葛來分多塔的駐塔幽靈，正憂鬱地望著窗外，低聲喃喃自語：

「……條件不符……就只差個半吋，要是……」

「哈囉，尼克。」哈利說。

「哈囉，哈囉。」差點沒頭的尼克應聲答道，並猛然一驚地回過頭來。他鬈曲的長髮上戴著一頂綴著羽飾的華麗帽子，身上穿著一件圍著白色縐領的短上衣，巧妙地隱藏住他那幾乎斷成兩段的脖子。他像煙霧一般透明，而哈利的目光可以穿透他的身體，看到外面漆黑的夜空與滂沱的豪雨。

「你看起來好像有心事，年輕的波特。」尼克說，順手折好一張透明的信紙，塞進他的緊身上衣。

「你也是。」哈利說。

「啊，」差點沒頭的尼克優雅地揮揮他的手，「不算是什麼重要的事——我並不是真的很想要參加……只是想申請看看，但顯然我是『條件不符』。」

儘管他的語氣似乎完全不當一回事，但他臉上卻帶著極端沉痛的表情。

「可是你難道不覺得，」他的怨氣突然爆發，並把信從口袋裡掏了出來，「一個被一把鈍斧連劈了四十五下的幽靈，總該有資格參加無頭騎士狩獵吧？」

「喔，當然啦。」哈利說，他知道自己應該立刻附和。

「我是說，我當然比誰都希望，這件事能做得又快又乾淨，而我的頭也可以完全掉下來，你懂吧？這樣就可以讓我免掉許多痛苦，也不用受到那麼多嘲笑，可是……」差點沒頭的尼克抖開信紙，憤怒地大聲朗讀。

「我們只能接受頭和身體完全分家的獵人。你應該可以理解，除了真正無頭的成員之外，其他人是沒辦法參與馬背丟人頭的把戲和人頭馬球這類的活動。因此，我們必須非常遺憾地在此通知你，你的條件並不符合我們的規定。謹此奉上最深的祝福，派屈克．迪藍尼－波德莫爾爵士。」

差點沒頭的尼克忿忿不平地把信塞回原處。

「就只剩半吋皮膚和肌腱纖維還連在脖子上，哈利！大部分人都會覺得這已經夠好了，當然可以稱得上是無頭，可是，喔，不行，這對頭完全斷掉的迪藍尼－波德莫爾爵士來說，顯然還是不夠資格。」

差點沒頭的尼克一連做了好幾次深呼吸，然後用一種平靜多了的語氣說：「那麼——是什麼事讓你煩心？我可以幫得上忙嗎？」

「不行，」哈利說，「除非你曉得，我們能在哪裡弄到七根免費的光輪兩千零一號，讓我們在跟史萊——」

哈利接下來的話，就被他腳踝附近響起的尖銳貓叫聲給完全蓋住。他低下頭來，看到一對像燈一樣大的黃色眼睛。那是拿樂絲太太，是管理員阿各．飛七養的乾瘦灰貓，同時也是他與學生長期戰爭中的得力助手。

「你最好快點離開這裡，哈利，」尼克急促地說，「飛七現在心情很壞。他得了流行性感冒，而有個三年級學生，又不小心把青蛙腦噴到了五號地牢的天花板上；他花了整個早上才清理乾淨，要是他看到你把泥巴滴得到處都是……」

「好。」哈利說，並立刻避開拿樂絲太太譴責的目光往前走去，但卻已經來不及了。阿各・飛七和他的臭貓之間似乎有一種神秘的連結，可以引領他立刻找到正確的方位。他突然從哈利右手邊的掛毯後冒了出來，氣喘咻咻地四處張望，忙亂地搜尋現行犯。他的頭上包著一條厚厚的格子圍巾，鼻子看起來又紫又腫。

「這麼髒！」他指著從哈利魁地奇球袍上滴下來的一攤泥水坑，雙下巴的贅肉連連抖動，眼珠子嚇人地暴凸出來，「弄得這麼亂七八糟，髒得要命！我受夠了，我告訴你！跟我來，波特！」

於是哈利只好沮喪地跟差點沒頭的尼克揮手道別，隨著飛七重新走下樓梯，在地板上印下雙倍的泥腳印。

哈利以前從來沒到過飛七的辦公室；這是所有學生都避之唯恐不及的地方。這個房間陰暗污穢，而且沒有窗戶，唯一的照明設備是懸掛在低矮天花板上的一盞油燈。空氣中殘留著一股淡淡的炸魚腥味，牆邊排列著一圈木頭檔案櫃；哈利可以從上面的標籤看出，裡面放的是所有曾被飛七處罰過學生們的詳細資料。弗雷和喬治・衛斯理兩人擁有一整個專用抽屜。飛七書桌後面的牆上，掛著許多保養良好、光澤閃亮的手銬腳鐐，大家都曉得他一直在求鄧不利多允許他把學生倒吊在天花板上。

飛七從書桌上的筆罐中抓起一枝羽毛筆，開始乒乒乓乓地四處翻找，搜尋羊皮紙。

「糞便，」他憤怒地喃喃自語，「大攤熱滾滾的龍鼻涕……青蛙腦……老鼠腸……我受夠了……非得**殺雞儆猴**才行……表格在哪裡……沒錯……」

他從書桌抽屜抽出一大捲羊皮紙，攤開放在面前，並將他長長的黑羽毛筆浸入墨水瓶。

「**姓名**……哈利波特。**罪名**……」

「那只不過是一點點泥巴！」哈利說。

「對你來說那只是一點點泥巴，小子，可是對我來說，那代表整整一個小時的額外清洗工作！」飛七喊道，一滴鼻涕在他的蒜頭鼻上噁心地晃動，「**罪名**……弄髒城堡……**建議刑責**……」

飛七揩揩他水龍頭似的紫鼻，瞇起小眼盯著哈利，而哈利屏息等待最後的判決。

但就在飛七提筆欲書的時候，辦公室天花板上突然響起一陣驚天動地的**碰撞聲**，把油燈震得喀嗒喀嗒響。

「**皮皮鬼**！」飛七吼道，忿忿地摔下筆，他壓抑已久的怒氣終於找到一個宣洩的出口，「我這次一定要逮到你，我一定要逮到你！」

飛七完全沒回過頭來瞥哈利一眼，就毅然決然地衝出辦公室，拿樂絲太太也隨著他竄了出去。

皮皮鬼是學校裡的吵鬧鬼，一個淘氣搗蛋、在空中飛來飛去的麻煩角色，他生存的目的就是為了要製造災難與禍患。哈利並不怎麼喜歡皮皮鬼，但現在卻忍不住感激他及時替自己解圍。不論皮皮鬼做了什麼（聽起來他這次好像是摔壞某個非常龐大的東西），哈利滿懷希望地想著，只要他能把飛七的注意力從自己身上引開就行了。

哈利認為他最好還是待在這裡等飛七回來，於是他坐到書桌後一張蟲蛀的破椅上靜靜等待。桌上除了那張填了一半的表格外，只擺了另外一件東西：一個巨大、帶有光澤，上面寫著銀色字跡的紫色信封。哈利迅速瞄了房門一眼，檢查飛七有沒有走回來，然後就拿起信封低頭閱讀：

速成咒術

初學者魔法函授課程

哈利的好奇心被挑了起來，於是他輕輕打開信封，從裡面抽出一大捆羊皮紙。上面用更加華麗繁複的銀色字跡寫著：

你感到與現代魔法世界格格不入嗎？發現自己總是找藉口避免施展簡單的符咒嗎？你曾經因為悲慘的魔杖技巧而受到嘲笑嗎？

這裡為你提供一個解答！

速成咒術是一種全新發明、萬無一失、立即見效，並容易學習的課程。至今已有數百位男巫與女巫自速成咒術教學法獲得莫大的助益！

塔普罕的Z.葊麻夫人來信表示：

「我永遠也背不住任何咒文，而我調製的魔法藥劑，老是成為全家的笑柄！現在，在上了一期速成咒術之後，我變成了宴會的焦點人物，而朋友們也搶著向我索取我的閃光水秘方！」

迪茲伯里的D. J.普洛德魔法師說：

「我太太常常嘲笑我差勁的符咒，但是在上了一個月神奇的速成咒術課程之後，我成功地把她變成了一頭犛牛！謝謝你，速成咒術！」

哈利越看越覺得有趣，忍不住快速翻閱剩下的內容。飛七為什麼會想要去上速成咒術課程？難道他不是一位合格的巫師嗎？哈利才剛讀到「第一章：握住你的魔杖——一些有用的小秘訣」，門外就響起一陣窸窸窣窣的腳步聲，顯然是飛七回來了。哈利趕緊把羊皮紙塞回信封，他才剛把信封扔回書桌，房門就突然敞開。

飛七臉上帶著得意洋洋的勝利神情。

「那個消失櫥櫃可是珍貴得不得了哪！」他滿面春風地告訴拿樂絲太太，「我們這次一定可以把皮皮鬼趕出校門，我的甜心。」

他的目光落到哈利臉上，隨後迅速飄向桌上的速成咒術信封，而哈利現在才發現，信封目前的位置跟原來的地方足足差了兩呎。

飛七的慘白臉在瞬間變成了磚紅色，哈利準備好迎接另一波憤怒颶風的吹襲。飛七拖著腳走到書桌前，一把抓起信封扔進抽屜。

「你有沒有──你看了沒──？」他語無倫次地急急追問。

「沒有。」哈利立刻撒謊答道。

飛七長滿疙瘩的雙手緊握在一起。

「要是讓我知道你偷看了我的私人……那不是我的……是替一個朋友拿的……無論如何……不管怎樣……」

哈利吃驚地望著他；飛七過去從來沒這麼激動過，他的眼珠子凸了出來，鬆垮的面頰上浮現出格子圍巾也無法遮掩的抽搐青筋。

「非常好……走吧……不准洩漏一個字……不是你想的那樣……不過要是你沒看的話……你現在就走吧……我得寫一份關於皮皮鬼的檢舉報告……走吧……」

哈利簡直不敢相信自己的好運，他立刻衝出辦公室，連跑帶跳地衝過走廊，重新爬到樓上。沒有受到任何處分地逃出飛七辦公室，這大概已創下了學校前所未有的紀錄。

「哈利！哈利！那有用嗎？」

差點沒頭的尼克從一間教室飛了出來。哈利看到他背後躺著一堆巨大黑金色櫥櫃的殘骸，顯然是從非常高的地方摔下來的。

「我叫皮皮鬼把這摔到飛七辦公室上面，」尼克急急問道，「我想也許能引開飛七——」

「原來是你呀？」哈利感激地說，「沒錯，那真的很有用，他居然沒罰我勞動服務。謝謝你，尼克！」

他們兩人一起向前走去。哈利注意到，差點沒頭的尼克手上，依然抓著那封派屈克爵士的回絕信。

「無頭騎士狩獵這件事，有什麼我可以幫忙的地方嗎？」哈利說。

差點沒頭的尼克突然停下腳步，而哈利一時收不住腳，直接穿越他透明的身體走向前方。他真希望自己沒這麼做，感覺就好像是走進了一陣冰寒的冷雨。

「不過**有件事**你可以幫我的忙，」尼克興奮地說，「哈利——不知道我這樣會不會要求太多——還是算了，你不會想要——」

「你要我做什麼？」哈利問道。

「這個嘛，這個萬聖節是我的第五百年忌日。」差點沒頭的尼克說，他挺直身軀，顯得非常高貴莊嚴。

「喔，」哈利說，他不太確定自己究竟該露出憂傷或是高興的神情，「是的。」

「我會找間寬敞些的地窖辦一場宴會，全國各地的朋友都會趕來替我慶祝。如果你能夠參加的話，我一定會覺得非常**光榮**。當然啦，我也非常歡迎衛斯理先生和格蘭傑小姐——不過，我想你應該比較想去參加學校宴會吧？」他不安地望著哈利。

「不，」哈利連忙答道，「我會去的——」

「我的好孩子！哈利波特，要來參加我的忌日宴會！另外，」他遲疑了一會兒，神情顯得十分激動，「你認為，你**有沒有可能**跟派屈克爵士提一聲，說你覺得我真的是非常恐怖，絕對可以把人嚇得半死？」

「當——當然可以啦。」哈利說。

差點沒頭的尼克對他露出高興的微笑。

* * *

「一個忌日宴會？」妙麗起勁地喊道，現在哈利已梳洗完畢並換好衣服，與妙麗及榮恩三人一起坐在交誼廳裡，「我敢打賭，世上沒多少活人參加過這樣的宴會——那一定是非常迷人！」

「為什麼有人會想要為自己死掉的那一天舉行慶祝會？」榮恩說，他正在寫他的魔藥學作業，脾氣變得非常壞，「只要一聽到死這個字，我心裡就覺得很不舒服……」

雨珠依舊在滴滴答答地拍擊窗戶，窗外的世界一片漆黑，但室內卻是一片明亮歡樂。火光照亮無數鬆軟的扶手椅，而大家坐在椅子上看書、聊天、做功課，或是做些其他的事。比方說，弗雷和喬治．衛斯理現在就在進行一場實驗，看看要是餵火蜥蜴吃飛力煙火，結果會出現什麼樣的情況。弗雷從一堂奇獸飼育學課程中，「救出」了一頭鮮橘色的火生蜥蜴，而牠現在正趴在書桌上微微冒煙，四周圍了一圈好奇的觀眾。

哈利正要把飛七和速成咒術的事告訴榮恩和妙麗，那隻火蜥蜴就突然颼地一聲衝到空中，飛快地繞著房間不斷旋轉，並劈哩啪啦地吐出一連串巨大的火花。派西怒罵喬治和弗雷直到啞嗓的滑稽景象，從火蜥蜴口中吐出橘紅火雨的壯觀奇景，以及牠在一聲爆炸巨響後，溜入爐火中消失不見的有趣畫面，讓哈利在不知不覺中，把飛七和速成咒術忘得一乾二淨。

* * *

等到萬聖節來臨時，哈利開始為自己輕率答應去參加忌日宴會而感到後悔。學校其他人全都高高興興地去參加他們的萬聖節宴會，餐廳裡已布置好跟往年一樣的活蝙蝠裝飾，海格的大南瓜也刻成了大得足夠讓三個成年人坐在裡面的燈籠，而且聽說鄧不利多還特別請了一個骷髏舞團，來替大家表演助興呢。

「既然答應了就要做到，」妙麗用一種毫無商量餘地的口吻提醒哈利，「是你**自己**說要去參加忌日宴會的。」

於是，在晚上七點，哈利、榮恩和妙麗在經過金盤蠟燭閃爍著邀請大家進入的擁擠餐廳時，只能目不斜視地過門不入，直接衝下樓梯，走向地窖。

通往差點沒頭的尼克忌日宴會的通道，同樣也排滿了蠟燭，但卻完全沒有一絲歡樂的氣氛：這些全都是又細又長的漆黑小蠟燭，並散發出陰森的藍色光芒，甚至連他們自己生氣勃勃的面孔，也被抹上一層如鬼魅般的幽光。他們每往前走上一步，氣溫就變得更低一些。在哈利忍不住打了個寒顫，並裹緊身上的長袍時，他忽然聽到了一種詭異的聲音，就好像是有一千根指甲在同時刮響一個巨大的黑板。

「這該不會是**音樂**吧？」榮恩低聲問道。他們繞過一個轉角，就看到了差點沒頭的尼克，他站在一扇掛著黑色天鵝絨帷幕的門前迎接他們。

「我親愛的朋友們，」他悲嘆道，「歡迎，歡迎……真高興你們能夠過來……」

他摘下他綴著羽飾的帽子，鞠躬請他們進去。

這是一幅不可思議的奇景。地窖裡擠滿了數百個珍珠白的透明人影，大部分都飄浮在一個擁擠的舞池附近，隨著黑色天鵝絨舞台上樂隊所演奏的音樂——一種由三十把音樂鋸子發出的恐怖顫音——跳起了華爾滋。枝形吊燈架上的上千枝顏色更黑的蠟燭，灑落下深藍色的魅光。他們呼出的氣息凝成一團白霧，感覺就像是踏進了一個大型冷凍庫。

「我們要不要先逛一圈？」哈利提議，希望這樣至少可以讓他的腳變得暖和一些。

「小心不要從他們身上穿過去。」榮恩緊張兮兮地說，然後他們就開始沿著舞池邊緣向前走去。他們途中經過一群容顏慘澹的修女、一個捆著鐵鍊的邋遢男人，以及胖修士，這位活潑開朗的赫夫帕夫鬼魂，正在跟一名額頭上冒出半截箭頭的騎士聊天。他們也看到了血腥男爵，一個枯槁憔悴，渾身沾滿銀色血跡，看起來非常刺眼的史萊哲林幽靈，而哈利毫不驚訝地發現，其他所有幽靈都刻意跟他保持一大段距離。

「喔，不，」妙麗說，並突然停下腳步，「轉回去，快轉回去，我可不想跟愛哭鬼麥朵講話——」

「誰？」哈利問道，此時他們已立刻開始往回走。

「她在二樓女生廁所裡面作祟。」妙麗說。

「她在**廁所**裡面作祟？」

「沒錯。那間廁所已經有一整年不能用了，因為她很愛鬧脾氣，動不動就讓廁所淹大水。我只要能夠避免，就絕對不會走進那個地方，想想看，在你急著要上廁所的時候，她卻在你耳朵邊哭個不停，那真的是非常恐怖——」

「你們看，有食物欸！」榮恩說。

在地窖的另一邊擺著一張長餐桌，上面同樣也鋪著黑色天鵝絨桌布。他們高興地往前走去，但沒過多久就嚇得停下腳步。那股味道實在是太噁心了，美麗的銀盤上擺著腐爛的大魚、大圓盤上堆滿了烤成焦炭的蛋糕，另外還有一大鍋長蛆的肚包碎臟、一片長滿綠黴的乳酪，而在餐桌的正中央，有著一個墓碑形狀的巨大灰色蛋糕，上面用焦油似的糖霜寫著：

敏西－波平敦的尼古拉斯爵士
死於一四九二年十月三十一日

哈利驚訝地望著一個圓滾滾的胖幽靈走到桌前，蹲伏著穿越餐桌，他的嘴巴大大張開，不偏不倚地穿過一條發臭的鮭魚。

「你穿過的時候可以嚐到味道嗎？」哈利問他。

「幾乎可以。」幽靈憂傷地說，然後就輕輕飄走了。

「我想他們是故意讓食物腐爛，讓氣味變得強烈一些。」妙麗發表心得，並捏住鼻子，彎下腰來仔細觀察那鍋爛掉的肚包碎臟。

「我們可以走了嗎？我有點想吐。」榮恩說。

但是他們還沒來得及轉身，一個小男人就突然從餐桌下飛出，停在他們前方的半空中。

「哈囉，皮皮鬼。」哈利小心翼翼地說。

跟周圍的其他幽靈一比，吵鬧鬼皮皮鬼的確顯得很不一樣，他既不蒼白也不透明。他頭上戴著一頂鮮橘色的宴會帽，脖子上繫了一個難看的領結，寬大邪氣的臉上掛著一個惡作劇的笑容。

「嚐一點吧？」他膩聲說。遞給他們一碗長滿黴菌的花生。

「不，謝了。」妙麗說。

「剛剛聽妳提到可憐的麥朵，」皮皮鬼說，眼中閃著戲謔的光芒，「妳對可憐的麥朵**真沒禮貌**。」他深深吸了一口氣，大聲吼道，「**喂！麥朵！**」

「喔，不要這樣，皮皮鬼，求求你不要把我說的話告訴她，她聽了會很難過的。」妙麗焦急地低聲求饒，「我不是那個意思，我並不覺得她——呃，哈囉，麥朵。」

一個矮胖的幽靈女孩已經飄了過來，她有著一張超級苦瓜臉，哈利這輩子從來沒見過臉這麼臭的人，而且這張臉還被直硬的頭髮和厚重的珍珠白鏡片給遮住了一大半。

「什麼事？」她慍怒地問道。

「妳好嗎，麥朵？」妙麗用一種故作愉快的語氣說，「真高興能在廁所以外的地方見到妳。」

麥朵吸吸鼻子。

「格蘭傑小姐剛剛還談到妳呢——」皮皮鬼狡獪地附在麥朵耳邊通風報信。

「我只是說——說——說妳今天晚上看起來氣色真好。」妙麗說，並狠狠瞪著皮皮鬼。

麥朵懷疑地打量妙麗。

「妳在嘲笑我。」她說，她透明的小眼睛裡立刻湧出一大泡銀色的淚水。

「沒有——真的沒有——我剛才是不是說麥朵看起來氣色真好？」妙麗說，用手肘往哈利和榮恩的肋骨上各撞了一下。

「喔，沒錯……」

「她真的是這麼說的……」

「少騙我了，」麥朵哽咽地說，斗大的淚珠沿著她的面龐淌落下來，而皮皮鬼卻躲到她背後高興地咯咯輕笑，「妳以為我不曉得別人在背後怎麼叫我嗎？肥豬麥朵！醜八怪麥朵！可憐、愛哭、苦瓜臉麥朵！」

「妳漏掉了『豆花臉』。」皮皮鬼低聲告訴她。

愛哭鬼麥朵突然放聲大哭，頭也不回地飛出地窖。皮皮鬼緊跟在她的後面，用發霉的花生丟她，並大聲喊著：「**豆花臉！豆花臉！**」

「喔，天哪。」妙麗難過地說。

差點沒頭的尼克現在掠過人群，朝他們飄過來。

「玩得開心嗎？」

「喔，很開心。」他們同聲撒謊。

「來的人還挺多的，」差點沒頭的尼克驕傲地說，「哭寡婦還從肯特郡千里迢迢地趕來參加……我的演講時間快到了，我最好先去跟樂隊說一聲……」

但樂隊剛好就在這一刻忽然停止演奏。全體樂手和地窖中其他所有人，在聽到一陣狩獵的號角聲響起時，就立刻變得鴉雀無聲，並興奮地東張西望。

「喔，我們的貴賓到了。」差點沒頭的尼克不悅地說。

地窖的一面牆上接二連三地冒出十二頭鬼馬，每頭上面都坐著一名無頭騎士。群眾瘋狂地鼓掌叫好；哈利也忍不住開始拍手，但他一看到尼克的臉色，就識相地立刻把手放下來。

鬼馬飛奔著衝入舞池中央，停下來開始立定跳躍；前排一個高大的鬼魂，原先是把他長滿鬍鬚的頭顱夾在腋下，讓頭顱自顧自地吹號角，而現在他從馬背上跳了下來，把他的頭高高舉到空中，俯視群眾的頭頂（這讓大家全都笑得樂不可支），然後大步走到差點沒頭的尼克面前，把頭壓回脖子上。

「尼克！」他吼道，「你好嗎？頭還掛在那裡是不是呀？」

他發出熱誠的粗聲大笑，並拍拍差點沒頭的尼克的肩膀。

「歡迎，派屈克。」尼克不自然地說。

「有活人耶！」派屈克爵士瞥見哈利、榮恩和妙麗，就故作害怕地慘叫了一聲，而且還假裝嚇得跳了起來，害那顆剛裝好的頭又滾到了地上（大家更是快要笑翻了）。

「非常有趣。」差點沒頭的尼克沉著臉說。

「別理尼克！」派屈克爵士的頭在地上大叫，「他還在為我們不讓他參加狩獵的事心裡不高興！不過我說啊——你們自己看看這個傢伙——」

「我覺得，」哈利看到尼克臉上意味深長的表情，連忙慌張地接口說，「尼克真的是非常——恐怖，而且又很——呃——」

「哈！」派屈克爵士的頭吼道，「這一定是他要你這麼說的！」

「能不能請大家注意一下，我要開始演說了！」差點沒頭的尼克大聲宣告，大步走向講台，踏入一圈冰藍的光暈中。

「我已故的君主，各位先生，各位女士，在此我謹以最深沉的憂傷……」

但在這之後，就再沒人肯聽他說下去了。派屈克爵士和其他的無頭騎士，展開了一場精采的人頭曲棍球比賽，引得大家全都轉過頭來欣賞球賽。差點沒頭的尼克一開始還刻意提高嗓門，想要重新贏回他的觀眾，但是在派屈克爵士的頭在熱烈喝采聲中從他頭頂掠過之後，他終於完全死心，打消了這個念頭。

哈利現在覺得非常冷，肚子更是餓得咕嚕咕嚕叫。

「我再也受不了了。」榮恩喃喃說道，牙關嘎扎嘎扎地打顫，樂隊又重新開始演奏，而幽靈們也迅速湧進舞池。

「我們走吧。」哈利同意。

他們走向大門，沿路上不停對所有看他們的人點頭微笑。一分鐘之後，他們就匆匆趕回那條排滿黑蠟燭的通道。

「說不定甜點還沒吃完。」榮恩滿懷希望地說，率先走向通往入口大廳的樓梯。

然後哈利就聽到了。

「……撕裂……撕成碎片……殺……」

這就是他曾在洛哈辦公室中聽到的聲音，一個冰冷殘酷的嗓音。

他跌跌撞撞地晃了幾步，然後停了下來，趴在石牆上仔細傾聽，並慌亂地東張西望，瞇起眼睛上下打量這條燈光昏暗的通道。

「哈利，你怎麼啦——？」

「又是那個聲音——暫時不要說話——」

「……餓了……這麼久……」

「聽！」哈利急急喊道，但榮恩和妙麗卻只是呆呆地望著他。

「……殺戮……殺戮的時候到了……」

那個嗓音變得越來越微弱。哈利感覺到它正在移動——往上移動。他抬頭凝視漆黑的天花板，心中湧出一種摻雜了恐懼與興奮的複雜感覺。它怎麼可能往上移動呢？難道它是一個魅影，所以石頭天花板根本就擋不住它？

「這裡！」他大喊，並立刻衝上樓梯，走進入口大廳。但在這裡休想聽到任何聲音，從餐廳透出來的萬聖節宴會吵鬧聲，讓整個大廳都充滿了響亮的回音。哈利全速衝上大理石階梯，榮恩和妙麗叭噠叭噠地緊跟在他的身後。

「哈利，我們到底要——」

「**噓！**」

哈利豎起耳朵。他聽到在遠方，在樓上的某個角落，幽幽響起那個越來越微弱的嗓音：「……我聞到了血味……**我聞到了血味！**」

他的胃部一陣痙攣。「它就要去殺人了！」他大喊，無視於榮恩和妙麗迷惑的神情，他一步跨三級地衝上下一列階梯，並努力在自己響亮的腳步聲中繼續追蹤那個嗓音。

哈利飛快地在整個三樓跑了一大圈，榮恩和妙麗氣喘吁吁地跟在他後面，他們直到繞過最後一個轉角，踏入最後一條無人的通道時，才終於停下腳步。

「哈利，這到底是在**幹嘛**呀？」榮恩說，伸手擦去臉上的汗水，「我什麼也沒聽到啊……」

但妙麗突然倒抽了一口氣，驚恐地指著走廊前方。

「**你們看！**」

前方的牆上有著某個閃閃發亮的東西。他們慢慢向前走去，在黑暗中瞇起眼睛，努力想要看清楚些。在前方兩扇窗戶之間的牆上，離地一呎處的地方，塗抹著幾行字跡，在火把照耀下散發出閃爍的幽光。

密室已經打開。
傳人的仇敵們，當心了。

「那是什麼——掛在下面的是什麼東西？」榮恩說，他的聲音微微有些顫抖。

在他們慢慢接近的時候，哈利突然腳底一滑，差點摔倒在地：地上有一大攤水。榮恩和妙麗及時扶住他，他們就這樣緊盯著字跡下方的一個黑影，一步步地挪向牆上的訊息。接著他們三人就同時看出了那是什麼東西，並嚇得連忙跳向後方，濺得水花四射。

拿樂絲太太，管理員養的貓，被自己的尾巴倒吊在火把支架上。她的身體僵硬得像塊木頭，眼睛睜得又大又凸。

在接下來的幾秒鐘，他們震驚得動彈不得，然後榮恩開口說：「我們快離開這裡吧。」

「我們是不是應該想辦法去救——」哈利不安地提議。

「相信我，」榮恩說，「我們可不希望在這裡被別人看到。」

但現在已經太遲了。遠處響起一陣像暴雷般的隆隆聲，而他們一聽就曉得宴會已經結束了。在他們這條走廊的兩端，同時響起數百雙腳爬上樓梯的雜沓聲，以及吃飽喝足的人所特有的高聲喧譁。沒過多久，學生們就吵吵鬧鬧地自兩邊湧進走廊。

所有的說笑聲、腳步聲，與一切細微聲響，都在領先的人看到那頭倒吊的貓時突然安靜下來。兩旁的學生們在轉眼間變得鴉雀無聲，並爭先恐後擠上前來望著那幅恐怖的畫面，現在只剩下哈利、榮恩和妙麗三人孤零零地站在走廊中央。

然後某個人的喊叫聲劃破了寂靜。

「傳人的仇敵們，當心了！下一個就輪到妳了，麻種！」

那是跩哥·馬份。他擠到了人潮前方，冷漠的雙眼閃閃發光，總是面無血色的臉孔也脹得通紅，他望著那幅倒吊僵硬貓影的可怕畫面，咧嘴綻出了一個獰笑。

9

牆上的字跡

「這裡怎麼啦？怎麼回事啊？」

被馬份叫聲引過來的阿各．飛七，現在正又推又撞地擠過人群。然後他看到了拿樂絲太太，嚇得後退了一步，驚駭至極地抓住自己的臉。

「我的貓！我的貓！拿樂絲太太怎麼了？」他慘叫。

然後他暴凸的金魚眼轉向了哈利。

「**是你！**」他尖叫，「**就是你！**你謀殺了我的貓！你殺死了她！我要殺了你！我要——」

「**阿各！**」

鄧不利多已趕到現場，後面還跟著其他幾位教師。短短幾秒鐘之內，他就像風一般地掃過哈利、榮恩和妙麗身邊，把拿樂絲太太從火把支架上解了下來。

「跟我來，阿各。」他說，「你們也是，波特先生，衛斯理先生，格蘭傑小姐。」

洛哈熱心地踏到前方。

「我的辦公室最近，校長——就在樓上——請不要客氣——」

「謝謝你，吉德羅。」鄧不利多說。

沉默的人群讓出一條通路讓他們經過。洛哈帶著一副興奮謹慎的神情，急匆匆地緊跟在鄧不利多身後，麥教授和石內卜也尾隨離去。

他們一踏入洛哈陰暗的辦公室，牆壁上立刻出現某種騷動；哈利瞥見有幾個照片中的洛哈慌亂地逃離畫框，避到看不見的地方，而且頭上還帶著髮捲。真正的洛哈本人點燃書桌上的蠟燭，然後站到後方。鄧不利多把拿樂絲太太放在光滑的桌面上，開始進行檢查。哈利、榮恩和妙麗緊張地互望了一眼，退到燭光照耀不到的陰暗角落，坐在椅子上默默觀看。

鄧不利多歪扭的長鼻，差點就貼到了拿樂絲太太的毛皮上。他透過半月形的眼鏡仔細檢查，細長的手指在她身上又按又戳。麥教授的眼睛瞇成了兩道細縫，腰彎得幾乎就跟鄧不利多一樣低。石內卜站在他們背後，半個身子藏在陰影中，臉上掛著一副非常怪異的表情：看起來就好像是在努力憋笑。而洛哈在他們身邊不停兜圈子，嘮嘮叨叨地提出各種意見。

「這一看就知道她是被咒死的——大概是變形酷刑咒吧。這我見得多囉，真可惜當時我不在場，要不然我就可以施展一種專門的解咒術來救她一命……」

洛哈的評論不時被飛七痛苦的乾嚎所打斷。他消沉地癱在書桌旁的座椅中，把臉埋在手中，不敢去看拿樂絲太太的慘狀。一直很討厭飛七的哈利，看了這幅景象也不由得對飛七興起一絲同情，但他卻更為自己感到難過。要是鄧不利多真的相信飛七的說詞，那他這次就鐵定會被開除了。

鄧不利多低聲念誦嘰哩咕嚕的怪話，並用魔杖輕敲拿樂絲太太的身體，但卻什麼也沒發生：她看起來依舊像是一個新做好的標本。

「……我記得我在瓦加杜古碰過類似的情形，」洛哈說，「當時發生一連串的攻擊事件，我的自傳裡有詳細記載這整個故事。我把各式各樣的護身符分給當地村民，事情就立刻迎刃而解……」

在他說話時，牆上的眾多洛哈照片全在點頭附和，其中有一張忘了脫掉頭上的髮網。最後鄧不利多終於挺直身軀。

「她沒死，阿各。」他柔聲說。

正叨叨絮絮、如數家珍地報告他所有豐功偉業的洛哈，一聽到這句話就立刻閉上嘴巴。

「沒死？」飛七哽咽地說，透過手指縫偷瞄了拿樂絲太太一眼，「那她為什麼這樣——這樣硬邦邦呢？」

「她是被石化了，」鄧不利多說，（「啊！我也剛好想到！」洛哈說。）「不過現在，我沒辦法確定……」

「問**他**！」飛七厲聲尖叫，把他滿是淚痕的髒臉轉向哈利。

「二年級學生是沒有能力做出這種事的，」鄧不利多堅定地表示，「這必須用到最高深的黑魔法——」

「是他做的，就是他！」飛七啐道，他下垂的面頰脹成了紫色，「你看看他在牆上寫了什麼！他發現——在我的辦公室裡——他知道我是一個——我是一個——」飛七的面孔恐怖地抽搐，「他知道我是一個『爆竹』！」他終於說出口了。

「我從來沒**碰過**拿樂絲太太！」哈利大聲辯解，不安地意識到大家全都在望著他，甚至連牆上的眾多洛哈也不例外，「而且我根本不曉得『爆竹』是什麼東西。」

「放屁！」飛七怒吼，「他看到了我的速成咒術信！」

「請容我發表一下意見，校長。」陰影中傳出石內卜的聲音，而哈利心中不祥的預感變得越來越強烈；他非常確定，石內卜說的話對他絕對不會有任何好處。

「波特和他的朋友們，也許真的是不巧在錯誤的時間，走到錯誤的地點，」他說，嘴角微微泛出一絲冷笑，表示他對這一點相當懷疑，「不過我們這裡有一些疑點必須澄清。他們為什麼會出現在樓上的走廊？他們為什麼不去參加萬聖節宴會？」

哈利、榮恩和妙麗七嘴八舌地開始解釋關於忌日宴會的情形，「……那裡有好幾百個幽靈，他們全都可以替我們作證——」

「但為什麼不在離開之後，馬上趕過來參加宴會呢？」石內卜說，黑眼睛在燭光中閃閃發亮，「為什麼反而要走到樓上走廊來呢？」

榮恩和妙麗一起轉頭望著哈利。

「因為——因為——」哈利說，他的心怦怦狂跳；他隱隱感到，要是他表示自己是被一個除了他之外，沒有任何人聽得見的無形嗓音引到出事地點，聽起來必然是非常牽強不合理，「因為我們覺得很累，想要上床睡覺。」他說。

「連晚餐都不吃嗎？」石內卜說，憔悴的面孔上閃過一絲勝利的微笑，「我想幽靈應該不會在宴會中，供應適合活人吃的食物吧。」

「我們不餓。」榮恩大聲說，但接著他的肚子就發出響亮的咕嚕聲。

石內卜的笑容變得更加明顯。

「我認為，校長，波特並沒有完全說實話。」他說，「或許在他準備告訴我們整個故事之前，先剝奪他的某些特權，會是個不錯的主意。我個人是認為，他要是不肯乖乖說出實情，就應該先取消他的葛來分多魁地奇代表隊資格。」

「說真的，賽佛勒斯，」麥教授沒好氣地說，「我完全看不出，有什麼理由不讓這孩子打魁地奇。這隻貓又不是被飛天掃帚敲破了腦袋，而且也沒有任何證據證明波特有犯錯啊。」

鄧不利多用銳利的目光緊盯著哈利。在他閃亮淡藍色雙眸的逼視之下，哈利感到就像是被X光掃射般地無所遁形。

「在證實有罪之前都是無辜的，賽佛勒斯。」他堅決地表示。

石內卜看起來非常生氣，飛七也是一樣。

「我的貓被石化了！」他哇哇大叫，眼珠子暴凸出來，「我至少要看到一些懲罰！」

「我們會有辦法把她治好的，阿各。」鄧不利多耐心地解釋，「芽菜教授最近設法弄到了一些魔蘋果，等到它們長成之後，我就會找人調配一劑可以讓拿樂絲太太復元的魔藥。」

「這工作就交給我吧，」洛哈插嘴說，「這種藥我至少調配過上百次了，我只要在睡覺時隨手一揮，就可以完成一劑魔蘋果還原魔藥——」

「對不起，」石內卜冷冷地說，「但我認為，本人才是這個學校的魔藥學教授。」

接下來是一段非常尷尬的沉默。

「你們可以走了。」鄧不利多告訴哈利、榮恩和妙麗。

他們趕緊走出房間，雖不敢拔腿就跑，但卻用最快的步伐向前疾走。等他們走到洛哈辦公室樓上時，就順勢彎進一間空的教室，並靜靜關上房門。哈利瞇眼望著他朋友們的面孔。

「你們覺得，我應該把我聽到怪聲音的事告訴他們嗎？」

「不，」榮恩毫不遲疑地答道，「即使是在魔法世界裡，聽到別人聽不見的聲音，也不能算是一個好徵兆。」

榮恩嗓音中的某種意味，讓哈利忍不住問道：「可是你應該相信我吧，是不是？」

「我當然相信，」榮恩連忙答道，「不過——你必須承認，這真的是很詭異……」

「我知道這很詭異，」哈利說，「這整件事都非常詭異。牆上的字跡到底是什麼意思？**密室已經打開**……這到底是在說什麼呀？」

「我可以告訴你，這讓我模模糊糊地想到了一些事，」榮恩緩緩地說，「我記得，以前好像有人告訴過我一個關於霍格華茲密室的故事……大概是比爾吧……」

「那『爆竹』又是指什麼？」哈利說。

他驚訝地發現，榮恩竟然噗哧一聲笑了出來。

「這個嘛——這其實並不好笑——不過既然是飛七的話……」他說，「爆竹是指那些巫師家庭出身，但卻完全沒遺傳到半點魔法天賦的人。正好是麻瓜出身的巫師的相反詞，但爆竹其實是很少見的。如果飛七真的想要跟速成咒術函授學校學魔法的話，那我可以判定他一定就是個爆竹。這可以解釋很多事情，比方說，他為什麼會這麼痛恨學生。」榮恩露出滿意的微笑，「因為他看我們眼紅。」

遠處傳來悠揚的鐘聲。

「午夜了，」哈利說，「我們最好趕快上床睡覺，免得讓石內卜找到別的藉口來陷害我們。」

* * *

在接下來的幾天之中，整個學校除了拿樂絲太太受害事件之外，幾乎不再談論其他任何話題。飛七的古怪行徑更是讓大家沒辦法忘了這回事，他老是在出事地點來回踱步，大概是覺得兇手很可能會再回到現場。哈利看到他用「史高太太的全效神奇除污劑」擦拭牆上的字跡，但結果卻一點用也沒有；石牆上的字跡還是跟以前一樣閃亮。飛七要是沒守在犯罪現場，就一定是紅著眼睛埋伏在走廊附近，再突然衝出來撲向被嚇一跳的學生，用「呼吸太大聲」或是「看起來很高興」之類的理由罰他們勞動服務。

拿樂絲太太的不幸似乎讓金妮．衛斯理感到非常難過，榮恩說她從小就特別愛貓。

「可是妳根本就等於不認識拿樂絲太太嘛，」榮恩安慰她，「說真的，她不在其實對我們還比較好呢。」金妮的嘴唇微微顫抖，「這類事在霍格華茲並不常見，」榮恩對她保證，「他們一定會逮到那個闖禍的神經病，馬上把他給趕出校門。我只希望他在被開除之前，能來得及先把飛七給石化。我只是在開玩笑啦——」榮恩看到金妮的臉刷地一下變成慘白，慌得趕緊再加上一句。

攻擊事件同樣也對妙麗造成了一些影響。妙麗成天埋首書堆並不是什麼特別稀奇的事，但她現在簡直就是除了讀書之外，其他什麼事都不管了。哈利和榮恩成天逼問她為什麼要這麼用功，但她只是隨便敷衍幾句，從來沒給過任何像樣的答案，而他們兩人一直到接下來的這個星期三，才終於明白這到底是怎麼回事。

哈利當時在上魔藥學課時耽擱了不少時間，因為石內卜命令他留下來清除桌上的管蟲。在草草吃過午餐以後，他就爬上樓，準備到圖書館跟榮恩會合。他在路途中看到賈斯汀．方列里，也就是跟他們同上藥草學的赫夫帕夫男孩，正迎面朝他走過來。哈利才剛張開嘴準備打招呼，但賈斯汀一瞥見他，就立刻掉過頭去，朝相反的方向倉皇逃跑。

哈利在圖書館後區找到了榮恩，他正忙著用捲尺測量他的魔法史作業。丙斯教授要他們以〈歐洲巫師的中世紀議會〉為題，寫一篇三呎長的報告。

「我真不敢相信，我竟然還差八吋……」榮恩忿忿地說，鬆手放開他的羊皮紙，紙張立刻重新捲成一個捲軸，「妙麗的字那麼小，她卻整整寫了四呎七吋長。」

「她在哪裡？」哈利問道，順手抓起捲尺，開始測量他自己的作業。

「在那裡的某個地方吧。」榮恩指著連綿不斷的書架說，「她正在找另一本書看。我想她大概是想在聖誕節之前，把整個圖書館的書全都看完。」

哈利把賈斯汀．方列里一看到他就跑走的事告訴榮恩。

「真不曉得這種事你幹嘛要介意，我覺得他根本就是個笨蛋，」榮恩說，手裡忙著在紙上亂塗亂畫，並儘可能用最大的字體書寫，「只會說些洛哈有多了不起之類的廢話——」

妙麗從兩排書架間冒出來。她的表情看起來非常煩躁，似乎終於準備要跟他們好好談一談了。

「所有的《霍格華茲：一段歷史》全都被借光了，」她說，坐到榮恩和哈利身邊，「而且還得排隊等上兩個禮拜才能借到。我真希望沒把我那本留在家裡，可是行李箱裡裝滿了洛哈的書，我根本就沒辦法塞得下。」

「妳幹嘛要找那本書？」

「就跟所有想借它的人一樣，」妙麗說，「用來研究密室的傳說。」

「那是什麼？」哈利反射性地問道。

「我就只知道這些，其他記不得了，」妙麗咬著嘴唇說，「我翻了一大堆書，全都找不到這個故事——」

「妙麗，妳的報告借我看一下。」榮恩看看錶，氣急敗壞地說。

「不行，我才不要呢，」妙麗說，態度突然變成非常嚴肅，「你本來有整整十天的時間，你為什麼不早點寫呢？」

「我只要再多加兩吋就行了，快點……」

鈴聲響起，榮恩和妙麗一面繼續吵嘴，一面走向魔法史教室。

魔法史是他們課程表中最枯燥乏味的一門課。授課的丙斯教授是他們唯一的一位幽靈老師，而到目前為止，課堂中發生過最刺激的一件事，就是他直接從黑板冒出來的出場儀式。這位教授非常衰老，人又乾癟萎縮，而很多人都說，他其實根本就沒注意到自己已經死了。他只不過是有天早上起床時，把他的身體留在教師休息室爐火前座椅中忘了帶走而已；在那之後，他的日常生活就從未有過絲毫變化。

今天的課程就像往常一樣沉悶。丙斯教授攤開他的講義，開始用一種像古老真空吸塵器般平板單調的嗓音念個不停，沒過多久，幾乎全班都陷入一種恍惚的出神狀態，偶爾才會突然回過神來，抄下一個人名或是一個日期，然後又迅速墜入夢鄉。他這樣念了大約半個鐘頭之後，教室中發生了某件前所未有的怪事，妙麗舉手發問。

丙斯教授正在講述一段關於一二八九年國際魔法師大會的超級沉悶演說，他錯愕地抬起頭來，神情顯得非常驚訝。

「這位——呃——格蘭特小姐？」

「我叫格蘭傑，教授。我想問的是，不曉得能不能請你告訴我們，一些關於密室的事情。」妙麗口齒清晰地表示。

原本嘴巴微張，望著窗外發愣的丁．湯馬斯，聽到這句話立刻猛然一驚地回過神來；文姐．布朗的頭從臂彎中抬了起來，而奈威的手肘也滑下了書桌。

丙斯教授連連眨眼。

「我負責的科目是魔法史，」他用一種不帶任何情感的咻咻哮喘聲說，「我處理的是**事實**，格蘭傑小姐，而不是神話和傳說。」他用一種像是粉筆折斷的聲音清清喉嚨，然後再繼續說下去，「在當年九月，一個由薩丁尼亞魔法師組成的附屬委員會——」

他結結巴巴地停了下來，妙麗的手又開始在空中搖晃。

「格蘭特小姐？[2]」

「求求你，先生，傳說不是都有事實作為基礎嗎？」

丙斯教授望著她的神情是如此驚愕，而哈利十分確定，不論是在這位教授的生前或是死後，過去從來沒有哪個學生膽敢打斷他的演說。

「這個嘛，」丙斯教授緩緩地說，「沒錯，的確可以這麼說。」他目不轉睛地望著妙麗，彷彿以前從來沒正眼看過一個學生，「不過，妳所提到的傳說，卻是一個**聳人聽聞**，甚至可說是**荒唐可笑**的故事……」

但全班學生現在都豎起耳朵，不肯漏掉丙斯教授說的任何一個字。他用昏花的老眼望著大家，每一張面孔都在熱切地注視著他。哈利可以看出，大家這種異乎尋常的濃厚興趣，讓他飄飄然地完全棄甲投降。

「喔，很好，」他緩緩地說，「讓我想想……密室……

「當然，大家都知道，霍格華茲是在一千年前——確切日期已不可考——由那個時代四名最偉大的巫師與女巫所創辦成立的。目前的四個學院，即是以他們的名字命名：高錐客．葛來分多，海加．赫夫帕夫，羅威娜．雷文克勞，與薩拉札．史萊哲林。他們在麻瓜窺探不到的地方，共同建造了這座城堡，因為那時還是個魔法為普通人所深深恐懼的時代，而巫師與女巫也遭受到無數的迫害。」

他停下來，用昏濛的目光環視整個教室，然後再繼續說下去：「在剛開始那幾年，四位創辦人合作無間，一同尋找具有魔法天賦的小孩，把他們帶到城堡裡來接受教育。但接著他們就開始因意見不合而產生摩擦，史萊哲林與其他三人之間，逐漸出現難以彌補的裂痕。史萊哲林希望對獲准入學的學生們，做更進一步的**篩選淘汰**，他認為，魔法學習應該僅限於血統純正的魔法家庭。他不願意讓有麻瓜血統的孩子們入學，認為他們完全不可信賴。過了一段時間之後，史萊哲林和葛來分多因為這個問題而爆發嚴重的衝突，而史萊哲林也因此而離開學校。」

丙斯教授再度停下來，高高噘起嘴唇，看起來活像是一頭長滿皺紋的老陸龜。

「可信的歷史資料，就只有告訴我們這麼多，」他說，「但是真正的實情，卻一直被異想天開的密室傳說所掩蓋。這個故事是說，史萊哲林在城堡裡建造了一個密室，而其他創辦人卻對此一無所知。

「根據這個傳說，史萊哲林為這個密室加上了封印，這樣在他真正的傳人來到學校之前，就沒有任何人能夠打開這個房間。只有這名傳人才能破解密室的封印，釋放出裡面的恐怖東西，並利用牠來除掉校中所有不配學習魔法的人。」

在他說完這個故事之後，教室裡變得一片死寂，但卻跟往常丙斯教授課堂中那種昏昏欲睡的沉靜完全不同。教室中的氣氛顯得有些焦躁不安，而大家全都目不轉睛地繼續望著

2. 丙斯教授經常叫錯學生的名字。

他，希望能再多聽他講一些。丙斯教授似乎有點兒不高興。

「這整件事簡直是荒謬絕頂，」他說，「當然，校方也多次展開行動，想要找到密室存在的證據，而負責人全都是學識最淵博的女巫與巫師。它根本就不存在，這只是一個荒唐的故事，專門用來嚇那些容易上當的人。」

妙麗的手又高高舉起。

「先生——請問你剛剛指的密室『裡面的恐怖東西』究竟是什麼？」

「一般認為，那應該是一種只有史萊哲林傳人才有辦法控制的怪獸。」丙斯教授用他平板尖細的嗓音答道。

學生們緊張地面面相覷。

「我告訴你們，這東西根本就不存在，」丙斯教授說，開始翻閱他的講義，「既沒有密室，也沒有怪獸。」

「可是，先生，」西莫·斐尼干說，「如果說，只有史萊哲林的真正傳人才能打開那個房間，那麼其他人當然**不可能**找得到嘛，你說是不是？」

「胡說，荒唐，」丙斯教授開始加重語氣，「要是連好幾代的霍格華茲校長和女校長都找不到那個東西——」

「不過，教授，」芭蒂·巴提高聲喊道，「你說不定得用黑魔法才有辦法打開它——」

「一個巫師**不去使用**黑魔法，並不就代表他**不會**，潘尼費澤小姐，」丙斯教授厲聲說，「我再重複一遍，如果像鄧不利多之類的——」

「說不定你得跟史萊哲林有血緣關係才打得開，所以鄧不利多才沒有成功——」丁・湯馬斯正準備長篇大論地闡述他的觀點，但丙斯教授顯然已忍無可忍。

「討論到此為止，」他聲色俱厲地說，「這是一個神話！它根本就不存在！完全沒有一丁點兒的證據可以證明，史萊哲林曾經建過什麼秘密房間，他甚至連個秘密掃帚櫥櫃都沒建過咧！我真後悔告訴你們這個愚蠢的故事！現在，如果大家都準備好的話，就讓我們重新回到**歷史**，回到扎實、可信、有證可循的**事實**！」

而在短短五分鐘之內，教室又重新變得跟往常一般地死氣沉沉。

* * *

「我早就覺得那個薩拉札．史萊哲林是個變態的老瘋癲，」榮恩告訴哈利和妙麗，他們現在正努力穿越下課後的擁擠走廊，趕在晚餐前先把包包放回寢室，「可是我從來不曉得，那些純正血統之類的無聊事，原來就是他一手搞出來的。就算你付錢請我去，我死都不要進他的學院。說真的，要是分類帽當初想把我分到史萊哲林的話，我二話不說，立刻就打包跳上火車，直接回家去算了……」

妙麗熱烈地點頭附和，但哈利卻一言不發，感到心開始往下沉。

分類帽曾認真考慮要把**他**分到史萊哲林，但他從來沒把這件事告訴榮恩和妙麗。當時的情形依然像昨日一般清晰，一年之前，在他把分類帽套到頭上時，一個細小的聲音就在他耳邊輕輕響起。

「你可以有一番很了不起的成就，你知道，你腦袋裡該有的一樣不缺，而史萊哲林可以幫助你登上巔峰，這一點是不用懷疑的——」

可是哈利當時已聽到史萊哲林的惡名，知道它培育出許多黑巫師，因此他在心裡拚命地想著：「不要史萊哲林！」而分類帽接著就說：「還是不要？好吧，如果你這麼確定的話……那就最好是去葛來分多……」

他們被夾在人群中慢慢向前移動，而柯林．克利維正好被推擠著經過他們身邊。

「是你呀，哈利！」

「哈囉，柯林。」哈利反射性地答道。

「哈利——哈利——我們班上有個男生說你是——」

但柯林實在太過瘦小，完全無法抗拒那股推著他湧向餐廳的人潮；他們聽到他在遠處尖叫：「下次再談囉，哈利！」接著他就不見了。

「他們班上的男生到底說了你什麼？」妙麗好奇地問道。

「我想，大概說我是史萊哲林的傳人吧。」哈利說，回想起賈斯汀．方列里午餐時一看到他就嚇得往回跑的畫面，他的心又往下沉了幾吋。

「這些人不管是什麼荒唐怪事，他們全都相信。」榮恩厭惡地說。

人潮逐漸散去，現在他們終於可以毫無阻礙地爬上樓梯。

「妳**真的**相信這裡有一個密室嗎？」榮恩問妙麗。

「我不曉得，」她蹙眉答道，「鄧不利多沒辦法治好拿樂絲太太，而這讓我想到，攻擊她的兇手很可能不是——好吧——不是人類。」

在她說話的時候，他們正好繞過一個轉角，突然發現無意中已走到攻擊事件的出事地點。他們停下腳步，默默望著前方。眼前的景象幾乎跟出事當晚一模一樣，只是少了一頭倒吊在火把支架上的僵硬貓身。牆邊擱著一把空椅，椅子上方仍然有著一排發亮的字跡：

「密室已經打開。」

「飛七就是坐在這裡守株待兔。」榮恩喃喃說。

他們面面相覷，走廊上一個人也沒有。

「順便刺探一下情報，也沒什麼壞處。」哈利說，他放下包包，趴到地上，慢慢爬著搜尋線索。

「燒焦的痕跡！」他說，「這裡——還有這裡——」

「你們快點過來看！」妙麗說，「這很奇怪……」

哈利站了起來，走到靠近牆上字跡的窗戶前面。妙麗指著最上面的玻璃板，大約有二十幾隻蜘蛛正在上面急急奔走，顯然是急著想要從玻璃上的一小道裂縫爬出去。一條細長的銀線如繩索般地垂吊下來，看來牠們剛才全都是利用這線爬上來，好趕快逃到外面去。

「你們以前看過蜘蛛表現出這樣的行為嗎？」妙麗好奇地問道。

「沒有，」哈利說，「你看過嗎，榮恩？榮恩？榮恩？」

他回過頭來，看到榮恩退得遠遠的，而且臉上還帶著一副恨不得趕快逃走的害怕表情。

「怎麼啦？」哈利問道。

「我——不——喜歡——蜘蛛。」榮恩緊張地說。

「這我怎麼從來都不知道，」妙麗驚訝地望著榮恩，「你在上魔藥學的時候常常會用到蜘蛛啊……」

「死的我無所謂，」榮恩說，目光小心地落向別處，就是不肯往蜘蛛窗戶瞥上一眼，「我就是受不了牠們動的樣子……」

妙麗吃吃竊笑。

「這一點也不好笑！」榮恩沒好氣地說，「妳要是想知道的話，我可以告訴妳，在我三歲的時候，弗雷把我的——我的泰迪熊變成一隻噁心的大蜘蛛，因為我不小心弄壞了他的玩具飛天掃帚。換成是妳，妳一定也會覺得很不舒服。想想看，妳正高高興興地抱著妳的泰迪熊，而它卻突然多出了好多條腿……」

他再也說不下去，並忍不住打了個哆嗦。妙麗顯然還是在努力憋著不笑出來，哈利知道他們最好是快點換個話題，於是他說：「記不記得上次地板上到處都是水？到底水是從哪裡流出來的？現在已經被人擦乾了。」

「水大概是在這個地方，」榮恩說，現在他終於鎮定下來，往前走了幾步，經過飛七的椅子，然後用手比著說：「高度大概跟這扇門底差不多。」

他正準備抓住那黃銅門把，但卻突然像被燙到似地縮回了手。

「怎麼回事？」哈利說。

「不能進去，」榮恩暴躁地說，「這是女生廁所。」

「喔，榮恩，裡面不會有人的，」妙麗說，站起身來走到他們旁邊，「這是愛哭鬼麥朵的地方，來吧，我們進去看看。」

她不管門上那個巨大的「故障」標誌，直接打開門走了進去。

這是哈利這輩子見過最陰暗、最淒慘的一個洗手間。在一面裂痕密布、污跡斑斑的大鏡子下方，排著一列坑坑疤疤的石頭水槽。地面非常潮溼，微微反射出燭台上幾截蠟燭頭所散發出的微弱幽光。廁所的木門斑駁脫落，處處刮痕，甚至還有一扇門整個鬆脫，顫巍巍地垂落下來。

妙麗把手指舉到唇前，直接走向最後一間廁所，她一走到就開口說：「哈囉，麥朵，妳好嗎？」

哈利和榮恩也湊過去看。愛哭鬼麥朵飄浮在馬桶水槽上方，正忙著擠下巴上的青春痘。

「這可是一間**女生**廁所欸，」她說，狐疑地打量榮恩和哈利，「**他們**又不是女生。」

「的確不是，」妙麗點頭附和，「我只是想讓他們看看這裡有多——呃——多漂亮。」

她含混地揮手指向髒兮兮的舊鏡子和溼答答的地板。

「問她有沒有看到什麼。」哈利用唇語告訴妙麗。

「你在偷偷摸摸說些什麼？」麥朵盯著哈利說。

「沒什麼，」哈利連忙答道，「我們只是想問——」

「我希望大家不要再背著我說悄悄話了！」麥朵用一種哽咽的哭聲說，「你該知道，雖然我是個**死人**，可是我還是有感覺呀。」

「麥朵，沒有人想要讓妳難過，」妙麗說，「哈利只是——」

「沒有人想要讓我難過！說得可真好聽！」麥朵哭喊，「我生前在這裡已經過得夠悲慘了，現在甚至連死後都不得安寧！」

「我們只是想問妳，最近有沒有看到什麼怪事？」妙麗急急說道，「因為在萬聖節那天，有一隻貓就在妳家大門外受到攻擊。」

「那晚妳有看到任何人靠近這附近嗎？」哈利問。

「這我沒注意到，」麥朵用一種戲劇化的語氣說，「那天皮皮鬼傷透了我的心，我回到這裡準備**自殺**。然後，當然啦，我想起來我其實已經——已經——」

「已經死了。」榮恩好心地替她說完。

麥朵發出一陣悲慘的哀鳴，忽然竄到空中，飛快地倒轉身來，一頭栽進馬桶，濺得他們全身是水，接著她就不見了。但從她哽咽的哭聲判斷，她大概正躲在排水管裡的某處休息。

哈利和榮恩張大嘴巴站著發愣，但妙麗只是無奈地聳聳肩說：「說實話，麥朵這樣已經可以算是心情不錯了……好了，我們走吧。」

哈利才剛把麥朵的哭聲關在門後，耳邊就響起一聲嚇得他們三人全跳起來的大吼。

「**榮恩！**」

派西．衛斯理直挺挺地站在樓梯頂端，胸前的級長徽章閃閃發亮，臉上掛著一副無比震驚的神情。

「那是**女生**洗手間！」他喘著氣說，「**你**到裡面去做什麼——？」

「只是去看看，」榮恩聳聳肩，「找點兒線索什麼的……」

派西鼓起胸膛，他的神態讓哈利立刻回想起衛斯理太太的怒容。

「立刻——離開——這裡——」他說，大步走到他們面前，揮手趕他們走，「你難道**不曉得**這看起來很不像話嗎？趁大家吃晚飯的時候跑到這裡來……」

「我們為什麼不能到這裡來？」榮恩氣沖沖地說，突然停下腳步，生氣地瞪著派西，「聽著，我根本沒動過那隻貓的一根寒毛！」

「我也是這麼告訴金妮，」派西兇巴巴地說，「可是她好像還是以為你馬上就要被開除了。我從來沒看到她這麼傷心過，連眼睛都哭腫了。你做什麼之前，最好先替**她**想想，所有的一年級新生都為這件事激動得要命——」

「**你**根本不是關心金妮，」榮恩說，現在他氣得連耳根都紅了，「**你**只是怕我連累你，害你當不成男學生會主席。」

「葛來分多扣五分！」派西摸著他的級長徽章斷然表示，「我希望這可以給你一點教訓！別再去做什麼無聊的**偵探工作**了，要不然我就乾脆寫信去跟媽告狀！」

說完他就大步離去，他的後頸就跟榮恩的耳根一樣紅。

＊＊＊

當天晚上在交誼廳裡，哈利、榮恩和妙麗儘可能坐得離派西越遠越好。榮恩的心情還是很壞，老是不小心把他的符咒作業弄髒。他心不在焉地掏出魔杖想要清除污痕，但卻反而讓羊皮紙起火燃燒。榮恩氣得七竅冒煙，啪地一聲合上他的《標準咒語（二級）》，而哈利驚訝地發現，妙麗竟然也立刻跟進。

「到底會是誰呢？」她用一種平靜的語氣說，似乎只是在延續剛才未完的話題，「是誰想要把所有的爆竹和麻瓜後代趕出霍格華茲？」

「讓我們來想想看，」榮恩故作迷惑地說，「在我們認識的人裡面，有誰把麻瓜後代看做無用的人渣？」

他望著妙麗。妙麗回望他，臉上露出不敢相信的神情。

「如果你指的是馬份——」

「我當然是在指他啦！」榮恩說，「妳自己也聽到他說的話：『下一個就輪到妳了，麻種！』好吧，妳只要看看他那張噁心的老鼠臉，就知道除了他還會有誰——」

「馬份是史萊哲林的傳人？」妙麗懷疑地說。

「看看他的家庭吧，」哈利同樣也合上書本，「他們全都是史萊哲林畢業的，他自己也老是拿這點自吹自擂。他們說不定就是史萊哲林的後代，他的父親就已經夠邪惡的了。」

「他們很可能早在幾世紀前就拿到密室的鑰匙了！」榮恩說，「就這樣代代相傳，由父親傳給兒子……」

「嗯，」妙麗謹慎地說，「我想這是有可能的……」

「可是我們要怎樣才能證明呢？」哈利沉著臉說。

「或許有個辦法可用，」妙麗緩緩地說，先飛快地朝派西瞥了一眼，然後再把聲音壓得更低，「當然啦，這麼做相當困難，而且也很危險，非常非常危險。我想，我們至少得一連犯上五十條校規。」

「所以說呢，再過一、兩個月，您大小姐要是突然願意解釋的話，就會告訴我們的，是不是啊？」榮恩沒好氣地說。

「好吧，」妙麗平靜地說，「我們要做的是，想辦法混進史萊哲林交誼廳，讓馬份認不出我們是誰，再當面問他幾個問題。」

「這怎麼可能嘛。」哈利說，而榮恩縱聲大笑。

「當然可能，」妙麗說，「我們只要想辦法弄到一些變身水就行了。」

「那是什麼東西？」榮恩和哈利異口同聲地問道。

「石內卜幾個禮拜以前在課堂上提到過——」

「妳以為我們在魔藥學上除了聽石內卜講課之外，就沒別的事好做了嗎？」榮恩低聲抱怨。

「這種魔藥可以讓你變成另外一個人呢，仔細想想看吧！我們可以變成三個史萊哲林學生啊，沒有人看得出那是我們變的。馬份說不定什麼都肯告訴我們，他現在很可能就在史萊哲林交誼廳裡，得意洋洋地拿這件事來吹牛呢，要是我們能聽到就好了。」

「我覺得這個叫變身水的東西，聽起來不太可靠，」榮恩皺著眉說，「要是我們變不回來，永遠都長得像是三個史萊哲林學生，那該怎麼辦？」

「它的藥效只能維持一段時間就會消退，」妙麗不耐煩地揮著手說，「可是要拿到藥方卻困難得很。石內卜說只有在一本叫做《超強魔藥》的書裡才找得到，可是那一定是放在圖書館的禁書區。」

要借禁書區的書只有一個方法：你必須拿到一張師長親筆簽名的許可證。

「說真的，除了坦白招認說我們想要調配這種魔藥之外，」榮恩說，「好像也編不出其他藉口來借這本書。」

「我在想，」妙麗說，「如果我們假裝好像只是對它的理論有興趣，說不定還有一絲希望……」

「喔，算了吧，沒有老師會這麼容易上當，」榮恩說，「他們又不是白癡……」

10 瘋搏格

自從上次的綠仙災難事件之後，洛哈教授就再也沒有把任何活的生物帶到教室。相反地，他只是對大家朗讀他的作品，有時甚至還重新搬演其中一些較為戲劇化的段落。他常常指明要哈利擔任演出的助手；到目前為止，哈利已經被迫演過中了胡言亂語咒而被洛哈成功治癒的外西凡尼亞村民，得了重傷風的雪人，和一個被洛哈修理過後變得只能吃生菜的吸血鬼。

在這節黑魔法防禦術課堂上，哈利又被硬拖到講台前，扮演一個狼人。要不是哈利心中別有所圖，必須努力讓洛哈維持好心情的話，他一定死都不肯做這麼丟臉的事。

「叫得真像，哈利——非常好——接下來呢，請大家不要懷疑，我忽然撲過去——就像這樣——砰地一聲把他摔到地上——沒錯——我用一隻手按住他，另一隻手掏出魔杖，指著他的咽喉——然後我拚命擠出我最後的一絲力量，施展超級複雜困難的化人咒——他發出一聲淒厲的慘叫——快叫啊，哈利——再大聲一點兒——很好——毛皮消失——尖牙縮短——他又重新變回人類。簡單，但卻非常有效——在這之後，又有另一個村莊將永遠不會忘記我的名字，並因為我解救他們脫離每月固定的狼人攻擊，而把我奉為救苦救難的大英雄。」

下課鈴聲響起，洛哈站了起來。

「作業：以我打敗瓦加瓦加狼人的英勇事蹟為題作一首詩！寫得最好的人，可以得到一本我親筆簽名的《神奇的我》作為獎品！」

同學紛紛走出教室，哈利回到最後一排座位，榮恩和妙麗坐在那裡等他。

「準備好了嗎？」哈利低聲問道。

「等到人走光再說，」妙麗緊張地答道，「可以了……」

她起身走向洛哈的講桌，手裡緊捏著一張紙條，哈利和榮恩緊跟在她的身後。

「呃——洛哈教授？」妙麗結結巴巴地說，「我想要——向圖書館借這本書，只是拿來作課外的參考教材。」她遞出紙條，她的手微微顫抖，「但問題是，它是放在圖書館的禁書區，所以我需要一位老師簽名許可——我非常確定，這本書可以幫助我了解你在《與惡鬼四處遊蕩》裡提到的慢性毒液……」

「啊，《與惡鬼四處遊蕩》！」洛哈說，接過妙麗的紙條，並對她露出燦爛的微笑，「可以說是我個人最偏愛的一本書。妳喜歡嗎？」

「喔，非常喜歡，」妙麗熱切地說，「實在是太精采了，特別是你用計把最後一隻惡鬼困在濾茶器裡的那一段……」

「好吧，我想，我來幫今年最傑出的學生一點兒小忙，應該不會有人介意才對。」洛哈露出溫暖的笑容，順手掏出一枝巨大的孔雀羽毛筆，「怎樣，很漂亮吧，是不是？」他說，完全誤解了榮恩臉上的嫌惡表情，「我通常都只有在給書簽名的時候才捨得用。」

他在紙條上畫了一個龍飛鳳舞的花體簽名，然後遞給妙麗。

「所以說，哈利呀，」在妙麗用發僵的手指折好紙條，扔進手提袋的時候，洛哈興致勃勃地跟哈利攀談，「這季的第一場魁地奇球賽明天就要開打了，我說得沒錯吧？葛來分多對上史萊哲林，對吧？我聽說你是一個相當有用的球員，我自己以前也是一個搜捕手呢，他們還要我去參加國家代表隊的球員甄選，可是我寧願把我的生命奉獻給掃除黑暗勢力的偉大事業。不過話說回來，你如果需要任何私人訓練的話，請不要跟我客氣，我一直都很願意把我的專業知識傳授給能力較差的球員……」

哈利喉嚨中發出一陣含混的咕嚕聲，然後就趕緊跟著榮恩和妙麗走出教室。

「我簡直不敢相信，」在他們三人檢查紙條上的簽名時，哈利忍不住開口說，「他甚至沒**看**我們到底要借哪本書。」

「那是因為他是個沒腦袋的白癡。」榮恩說，「但誰又在乎呢？反正我們達到目的了。」

「他才**不是**沒腦袋的白癡呢。」妙麗尖聲反駁，他們開始用小跑步衝向圖書館。

「就只是因為他說妳是今年最傑出的學生……」

他們連忙壓低聲音，踏入寂靜無聲的圖書館。圖書館長平斯夫人是一個脾氣暴躁的瘦女人，長得活像是一頭營養不良的兀鷹。

「《超強魔藥》？」她懷疑地重複說一遍，伸手想接過妙麗的紙條，但妙麗死都不肯鬆手。

「我只是在想，可不可以讓我保留這張紙條？」她提心弔膽地問道。

「喔，好了啦，」榮恩說，一把搶過她的紙條，塞到平斯夫人手中，「我們會替妳弄到另一張洛哈簽名的。妳隨便拿個東西在洛哈面前放上幾秒，他都會替妳簽上他的大名。」

平斯夫人把紙條湊到燈下，似乎是下定決心非得找出一絲偽造的痕跡，但最後紙條還是安然通過檢查。她沿著高聳書架間的通道慢慢走開，幾分鐘之後，再抱著一本看起來好像已經發霉的大書走回來。妙麗小心翼翼地把書放進她的手提袋，然後他們就走出圖書館，儘可能讓自己不要走得太快，或是露出一絲心虛的表情。

五分鐘之後，他們又再度躲進愛哭鬼麥朵的故障洗手間裡。妙麗不顧榮恩的強烈反對，辯說沒有任何心理正常的人會踏進這個地方，所以可以保證他們絕對安全，不會受到任何干擾。愛哭鬼麥朵關在最後一間廁所隔間裡大哭大鬧，但他們跟她是井水不犯河水，誰也不理誰。

妙麗小心翼翼地翻開《超強魔藥》，而他們三人開始彎腰閱讀那些霉跡斑斑的書頁。

他們才瞥了一眼，就立刻明白它為什麼會被關在禁書區。其中有些魔藥的效果，甚至只要一想到就會讓人感到毛骨悚然，而且書中還有許多非常噁心的插圖，其中包括一個內臟全都攤在外面的男人，和一個頭上長了好幾雙手臂的女巫。

「在這裡，」妙麗興奮地說，翻到了印著「變身水」標題的書頁。上面有著許多插圖，仔細描繪變身的過程，而哈利看了之後不禁暗暗希望，這些人臉上那種超級痛苦的表情，純粹只是畫家的想像。

「我從來沒見過這麼複雜的魔藥，」妙麗仔細研究藥方，「草蜻蛉、水蛭、斑點老鸛草、節草，」她指著藥方成分表喃喃念誦，「很好，這些很容易弄到，學生儲藏櫃裡就有，我們可以自己去拿。喔，你們看，雙角獸的角粉——不曉得哪裡才找得到這種東西……非洲樹蛇的蛇蛻——這也相當難找——另外自然還得加上，我們想變成的人身上的一點東西。」

「妳說什麼？」榮恩的反應非常激烈，「妳這話是什麼意思？什麼叫做我們想變的人身上的一點東西？**休想**叫我喝裡面加了克拉腳趾甲的東西……」

妙麗就像沒聽見似地繼續說下去。

「我們現在還不用去擔心這個，因為那是要到最後才加進去……」

榮恩轉過來望著哈利，氣得說不出話來，但哈利擔心的卻是另外一件事。

「妳知道這樣我們得偷多少東西嗎，妙麗？非洲樹蛇的蛇蛻，學生儲藏室裡絕對不會有這種東西。我們該怎麼辦呢？難道要偷偷闖進石內卜的私人儲藏室嗎？我想這並不是個好主意……」

妙麗啪地一聲合上書本。

「好吧，要是你們兩個想要臨陣脫逃的話，沒關係。」她說，她的雙頰浮現出兩團明顯的紅暈，眼睛變得比平常更加明亮，「你們應該曉得，**我**自己也不想去觸犯校規。可是**我**覺得，去恐嚇麻瓜出身的學生，這種行為可比燉煮一鍋高難度魔藥要嚴重多啦。不過，你們要是真的不想弄清楚到底是不是馬份，我現在就去找平斯夫人，把這本書還給她……」

「我從來沒想到，竟然會輪到妳來勸我們去犯校規，」榮恩說，「好吧，就這麼辦吧。不過絕對不能用腳趾甲，知道嗎？」

「到底要花多久時間才能做好？」哈利問道，妙麗現在又高高興興地重新攤開書本。

「這個嘛，因為斑點老鸛草必須在月圓之夜摘取，而草蜻蛉得一連燉上二十一天……我想，要是我們能順利拿到所有材料，大概一個月就可以完成了。」

「一個月？」榮恩說，「那時候說不定已經有一半的麻瓜後代都被馬份給石化了！」他瞥見妙麗的眼睛又不祥地瞇了起來，於是他識相地趕緊加上一句，「不過這是我們目前能想到最棒的主意，我想就動手去做好了。」

不過，在妙麗先出外檢查附近是否安全，以免被人撞見他倆踏入女生廁所時，榮恩卻連忙低聲告訴哈利：「你明天乾脆想辦法把馬份踢下掃帚算了，這樣就可以替我們省掉不少麻煩。」

* * *

在星期六早上，哈利一大早就醒了，躺在床上想著即將來臨的魁地奇球賽。他覺得很緊張，主要是擔心葛來分多輸球之後木透的沮喪與怒火，但同時他也害怕去面對一支騎著高價豪華掃帚的球隊。他從來沒有這麼強烈地想要贏過史萊哲林，他這樣輾轉反側，胃部翻攪地躺了半個鐘頭後，終於爬下床來，穿上衣服，決定早點下樓去吃早餐。他在餐廳裡發現，其他葛來分多球員們全都圍在一張空的長餐桌邊，大家看起來都相當緊張，沒什麼心思交談。

接近十一點的時候，全校師生開始紛紛走向魁地奇球場。這是一個悶熱潮溼的日子，空氣中隱隱透出一絲雷雨欲來的訊息。榮恩和妙麗趕在哈利踏進更衣室之前跑過來祝他好運，球員們換上猩紅色的葛來分多球袍，然後坐下來聽木透慣例的賽前精神訓話。

「史萊哲林用的飛天掃帚的確是比我們好，」他一開頭就說，「這我們沒必要否認。不過，我們掃帚上坐的人，卻比他們優秀多了。我們受過比他們更嚴格的訓練，我們風雨無阻地固定到球場練習飛行——」（「說得真是太對了，」喬治・衛斯理喃喃抱怨，「我從八月開始就沒真正乾過。」）「——而我們馬上就要讓他們感到後悔，當初真不該讓那個小鼻涕蟲馬份，花錢把自己給買進球隊。」

木透轉過頭來望著哈利，胸膛依舊在激動地起伏。

「這就交給你了，哈利，讓他們看看，搜捕手需要的不只是一個有錢老爸而已。趕在馬份之前抓到金探子，否則就戰到死為止，哈利，因為我們今天非贏不可，一定要贏。」

「所以不要感到太大壓力，哈利。」弗雷對他眨眨眼說。

在他們踏進球場時，觀眾席中立刻出現一陣鼓譟，大多是鼓掌歡呼聲，因為雷文克勞和赫夫帕夫的學生們，同樣也急著想要看到史萊哲林落敗，但落單的史萊哲林學生也不甘示弱，發出了相當響亮的喝倒采噓聲。魁地奇老師胡奇夫人要求福林和木透握手，他們雖乖乖照辦，但卻一面怒目互瞪，一面下死勁捏對方的手。

「聽我的哨子，」胡奇夫人說，「三……二……一……」

他們在觀眾的喧譁聲中起飛，十四名球員迅速飛向灰沉沉的天空。哈利飛得比大家都高，瞇起眼睛四處搜尋金探子的蹤影。

「你沒事吧，醜疤頭？」馬份喊道，咻地一聲從他腳下竄過去，似乎是故意要炫耀他掃帚的速度有多快。

哈利沒時間回答，就在那一刻，一個沉重的黑搏格朝他猛衝過來；他驚險萬分地避開它的攻擊，距離近得甚至可以感覺到被它弄亂了頭髮。

「只差一點就被打到了，哈利！」喬治說，抓著他的球棒掠過哈利身邊，準備把搏格送到一名史萊哲林球員面前。哈利看到喬治用力揮棒，把搏格打向阿尊．布希，但搏格卻在半空中自動掉頭轉向，再度衝向哈利。

哈利連忙側身落到掃帚下，及時避開攻擊，而喬治又揮了一棒，故意把它送去打馬份。但這次也是一樣，搏格就像迴力鏢似地突然轉向，瞄準哈利的頭飛撞過來。

哈利加緊馬力，全速飛向球池另一端。他可以聽到搏格在身後急急追趕的咻咻聲，這到底是怎麼回事？搏格通常是不會像這樣緊盯住一個球員不放的，它們照理說應該是全場亂飛，一視同仁地想把所有球員全都撞下掃帚……

弗雷．衛斯理已飛到球池另一端等著對付搏格，哈利及時閃開，讓弗雷撲過來對搏格揮出致命的一擊，搏格被打出場外。

「把它給解決掉啦！」弗雷興奮地喊道，但他高興得太早了，哈利對這個搏格來說彷彿就像是磁鐵似的，在下一秒，它就再度發動攻勢，把哈利逼得全速飛馳逃命。

現在開始下雨了，哈利感到豆大的雨點打在他臉上，濺溼了他的眼鏡。他原本完全不曉得目前的球場戰況，但此時耳邊卻傳來播報員李．喬丹的聲音：「史萊哲林以六十比零領先。」

史萊哲林的高檔飛天掃帚顯然發揮了功用，而那枚發瘋的搏格又無所不用其極地想要把哈利從掃帚上打下來。弗雷和喬治現在像保鏢似地把哈利夾在中間，因此除了他倆揮舞的手臂之外，哈利根本什麼也看不到，連去搜尋金探子的機會都沒有，更別說是去抓到它了。

「有人——對這個——搏格——動了——手腳——」弗雷忿忿抱怨，朝那個對哈利發動第二次攻擊的搏格全力揮出一棒。

「我們必須要求暫停。」喬治說，他一面極力防範瘋搏格撞斷哈利的鼻子，一面手忙腳亂地朝木透比手勢。

木透顯然接受到他的訊息，胡奇夫人的哨聲響起，而哈利、弗雷和喬治立刻衝向地面，一路上仍在極力躲避那個瘋搏格的攻擊。

「到底怎麼回事？」木透在葛來分多球員聚齊之後開口問道，而史萊哲林卻圍在一旁大聲嘲笑，「我們簡直是被痛宰得毫無招架之力。弗雷、喬治，在那個搏格阻止莉娜射門得分的時候，你們兩個跑到哪裡去了？」

「我們在離她二十呎的高空，阻止另一個搏格謀殺哈利，奧利佛。」喬治沒好氣地說，「有人對它動了手腳——它整場比賽都緊纏著哈利不放，完全沒有去攻擊過其他人。這一定是史萊哲林幹的好事。」

「可是在我們上次練習過以後，這兩個搏格就一直鎖在胡奇夫人的辦公室裡，而且在我們練習的時候，它們也沒什麼不對勁啊……」木透焦慮地說。

胡奇夫人朝他們走過來。哈利可以越過她的肩膀，看到史萊哲林球員們正在吃吃竊笑，並對著他指指點點。

「聽我說，」哈利看到她越走越近，立刻開口表示，「有你們兩個老是在我旁邊飛來飛去，除非金探子自動停到我袖子上，否則我一輩子也休想逮到它。你們回去跟其他球員會合吧，讓我一個人來對付那個瘋搏格。」

「別傻了，」弗雷說，「它會害你摔斷脖子的。」

木透的目光從哈利身上轉向衛斯理兄弟。

「奧利佛，這真是瘋了，」西亞·史賓特生氣地說，「你不能讓哈利一個人去對付那個東西呀，我們請他們檢查——」

「要是我們現在喊停，這場比賽就等於是自動棄權！」哈利說，「我們不能只是因為一個發瘋的搏格，就這樣認命地輸給史萊哲林！快點，奧利佛，叫他們不要管我了！」

「這全都是你的錯，」喬治憤怒地數落木透，「說什麼『抓到金探子，否則就戰到死為止』——竟然灌輸他這種愚蠢的觀念！」

胡奇夫人走到他們身邊。

「現在可以繼續進行比賽了嗎？」她問木透。

木透望著哈利臉上的堅決神情。

「好吧，」他說，「弗雷、喬治，你們聽到哈利的話了——不要去煩他，讓他自己去對付那個搏格。」

現在雨下得越來越大。胡奇夫人的哨聲一響，哈利就全速竄到空中，並立刻聽到搏格在身後追趕的嘶嘶風聲。哈利越飛越高，在空中翻滾俯衝、呈螺旋狀上升，如遊龍般地蜿蜒前進，並接連翻了好幾個筋斗。他感到有些暈眩，一直不敢睜大眼睛。搏格從上方惡狠狠地衝下來，哈利連忙側身一翻，倒掛在掃帚上，雨水溼糊了他的鏡片，並竄進他的鼻孔。他聽到下方群眾的哄笑聲，知道自己看起來一定非常蠢，幸好那個瘋搏格相當笨重，沒辦法像他那麼靈活地快速轉變方向。他開始沿著體育場四周，展開一場有如雲霄飛車般的飛行之旅，並瞇起眼睛，透過銀色雨幕眺望葛來分多的球門柱，看到阿尊・布希試圖闖過木透的防守射門……

耳邊竄過的一陣颼颼聲告訴哈利，他又一次地逃過了瘋搏格的攻擊。他順勢在空中一個鷂子翻身，往對面飛過去。

「你在練習跳芭蕾舞啊，波特？」馬份喊道，他看到哈利為了閃躲搏格，被迫在空中笨手笨腳地做了一次大旋轉。哈利全速向前飛行，搏格在他身後幾呎處緊追不放，然後，哈利回頭狠狠瞪了馬份一眼，就在此時，他突然看到了它，那個**金探子**。它就在馬份左耳上方幾吋的地方兜圈子——而忙著嘲笑哈利的馬份，顯然根本就沒注意到它。

在那令人痛苦的一刻，哈利進退兩難地停在半空中，完全不敢放手衝向馬份，怕他會因此抬起頭來而發現到金探子。

砰！

他在空中停頓得太久了，搏格終於擊中他，狠狠撞向他的手肘，而哈利感到他的手被撞斷了。手臂的劇痛讓他忍不住眼前發黑，一個失神從溼透的掃帚上滑了下來，只剩下一隻腿勾在掃帚柄上，右手軟綿綿在空中晃來盪去。搏格又掉頭衝過來，再度對他發動攻擊，這次目標正對著他的臉。哈利奮力歪向一旁及時躲過，而在他恍惚的意識中，現在只剩下一個清晰的念頭：**去找馬份**。

他俯身穿越雨水與痛楚交織而成的雙層迷霧，高速衝向下方那張微泛白光的譏嘲面孔，看到上面的眼睛因恐懼而大大張開：馬份以為哈利是要來攻擊他。

「你這是幹什麼——」他失聲驚呼，連忙掉頭避開哈利。

哈利將他唯一能夠使力的手鬆開掃帚，奮力往前一抓。他感到他的手指握住了冰冷的金探子，但他現在等於只是用兩條腿夾住掃帚，在下方群眾的驚呼聲中，哈利開始筆直朝下墜落，並努力撐著不要昏厥過去。

他砰通一聲落入泥地，濺得污水四飛，然後滾下掃帚。他的手軟趴趴地拗向一邊，角度顯得十分怪異。他在劇痛中迷迷糊糊地聽到，彷彿在非常遙遠的地方，響起了一陣喧鬧的喝采歡呼聲。他努力集中視線，望著握在他未受傷手中的金探子。

「啊哈，」他咕噥了一聲，「我們贏了。」

然後他就昏死過去。

他甦醒過來，雨水落在他的臉上，而他依然躺在泥濘的球場中，有某個人正俯身望著他。他看到一排閃亮的牙齒。

「喔，不，你別來。」他呻吟著說。

「聽不懂他在說什麼，」洛哈大聲告訴圍擠在他們身邊焦急的葛來分多學生們，「不用擔心，哈利，我正要替你治好斷掉的手。」

「**不要！**」哈利說，「我這樣就可以了，謝謝……」

他掙扎著想要坐起來，但他的手實在痛得太厲害了。他聽到附近響起一陣熟悉的咔嗒聲。

「我可不要這樣拍照，柯林。」他大聲說。

「躺好，哈利，」洛哈安撫地說，「只是一個簡單的小符咒，這我用過無數次了。」

「我為什麼不能直接去醫院廂房？」哈利咬著牙說。

「我們真的是應該趕快把他送到那裡去，教授，」變成泥人似的木透說，雖然他的搜捕手受了重傷，但他還是忍不住高興得咧嘴而笑，「漂亮的一抓，哈利，真的是非常精采，我個人認為，這是你最傑出的一次表現。」

哈利越過周圍濃密的人腿森林，瞥見弗雷和喬治·衛斯理，正在跟那個瘋搏格繼續纏鬥，努力把這個仍在死命掙扎的瘋球關進盒子裡去。

「大家退後一步。」洛哈說，並捲起他玉綠色長袍的袖口。

「不——不要——」哈利虛弱地抗議，但洛哈卻不由分說地開始轉動他的魔杖，而在下一秒，魔杖的尖端就直接指向哈利的手臂。

一種很不舒服的怪異感覺，從哈利的肩膀一路蔓延到他的指尖，那就好像是他的手臂被戳了一個大洞，而裡面的氣全都洩了出來。他根本不敢去看到底發生了什麼事，他閉上眼睛，面孔轉向一旁，刻意避開他的斷手，但上方人群的駭異驚呼，以及柯林．克利維猛按快門的咔嗒聲，讓他了解到，他最深的恐懼已變成了事實。他的手臂不再疼痛——但卻也變得一點感覺也沒有了。

「啊，」洛哈說，「沒錯。是的，有時的確是會出現這種情形。不過重點是，現在已經沒有斷骨了。那才是大家該注意的事。好了，哈利，現在慢慢走到醫院廂房去吧——衛斯理先生、格蘭傑小姐，請你們送他去好嗎？——而龐芮夫人可以——呃，這個——把你打理得整齊一些。」

哈利一站起身來，就覺得身體不太平衡。他先深深吸了一口氣，鼓起勇氣低頭望著他的右手。他看到的景象讓他差點兒就再度昏過去。

從他長袍袖口伸出來的東西，看起來活像是一隻肉色的厚橡皮手套。他試著移動手指，沒有任何反應。

洛哈並沒有治好哈利的斷骨，他是把骨頭全都除掉了。

* * *

龐芮夫人自然是非常不高興。

「你應該直接過來找我的！」她大發雷霆，握著那條在半個鐘頭之前，還是一條有用臂膀的可憐癱軟殘骸，「骨頭摔斷我只要花一秒就治好了——可是要它們重新長出來——」

「可是妳還是能治得好吧，對不對？」哈利絕望地問道。

「我當然可以治得好，可是會很痛，」龐芮夫人不悅地說，順手扔給哈利一套睡衣，「你今天得在這裡過夜……」

榮恩拉上哈利病床周圍的布簾，開始幫他換睡衣，而妙麗待在布簾外等待。榮恩花了一番工夫，才好不容易把那條沒有骨頭的橡皮手臂塞進袖子裡去。

「妳現在還有辦法替洛哈說話嗎，妙麗，啊？」榮恩隔著布簾喊道，用力把哈利無力的手指拉出袖口，「哈利要是想要除掉骨頭，他自然會開口要求的。」

「每個人都有可能會犯錯，」妙麗說，「而且現在手也不痛啦，對不對，哈利？」

「是不痛了，」哈利說，「可是也什麼都不能做了。」

他轉身躺到床上，受傷的手臂不由自主地在床上彈了好幾下。

妙麗和龐芮夫人繞過布簾走到床邊，龐芮夫人拿著一個貼著「生骨藥」標籤的大瓶子。

「你今天晚上會不太好受，」她說，倒了一燒杯冒煙的藥水遞給哈利，「重新長骨頭是一件很不舒服的事。」

喝生骨藥同樣也是很不舒服。哈利一喝下去，就感到嘴巴和喉嚨一陣灼痛，讓他嗆得連連咳嗽。龐芮夫人不以為然地數落了幾句危險的運動和不中用的老師，就轉身離開病房，讓榮恩和妙麗留下來服侍哈利喝水。

「不管怎麼說，我們贏了。」榮恩說，並開心地咧嘴而笑，「你抓金探子的那一招真是精采極了，馬份那張臉……看起來好像氣得想要殺人！」

「我想知道，他到底對那個搏格動了什麼手腳？」妙麗沉著臉說。

「我們可以把這列進我們的問題表，等到喝了變身水以後再一起問他。」哈利躺回枕頭上，「我希望它的味道會比這鬼東西好一些……」

「你忘了那還得加進一些史萊哲林的噁心東西嗎？開什麼玩笑——」榮恩說。

醫院廂房的大門突然被推開。一大群髒兮兮、溼淋淋的葛來分多球員們，全都湧進來探望哈利。

「飛得太漂亮了，哈利，」喬治說，「我剛剛看到馬科．福林在對馬份大吼大叫，說什麼金探子就在他頭上，他卻豬頭到完全沒有發現。馬份好像被罵得很不高興。」

他們帶了一些蛋糕、糖果和幾瓶南瓜汁過來，大家圍坐在哈利的病床邊，正準備開一場愉快的小型宴會，但龐芮夫人卻勃然大怒地衝進來吼道：「這個孩子需要休息，他得重新長出三十三根骨頭！出去！**出去！**」

於是哈利又變成了獨自一個人，沒有任何事來轉移注意力，好讓他暫時忘掉癱軟手臂上那種針刺般的劇痛。

＊＊＊

幾個鐘頭之後，哈利在一片漆黑中突然驚醒過來，並忍不住發出微弱的呼痛聲：他的手臂上現在好像刺滿了無數的大玻璃碎片。在那一瞬間，他還以為自己是被痛醒的。然後，他才嚇一跳地察覺到，黑暗中有某個人正在用海綿擦拭他的額頭。

「走開！」他大聲說，過了一會又喝道：「**多比！**」

家庭小精靈那對跟網球一樣大的眼睛，在黑暗中目不轉睛地望著他，一滴眼淚沿著他又長又尖的鼻子滑落下來。

「哈利波特回到了學校，」他悲傷地低語，「多比不斷不斷地警告哈利波特。啊，先生呀，你為什麼不肯聽多比的勸告呢？哈利波特錯過火車的時候，他為什麼不乾脆回家去呢？」

哈利奮力撐起頭來，並用力推開多比的海綿。

「你跑到這裡來做什麼？」他說，「你怎麼知道我錯過了火車？」

多比的嘴唇微微顫抖，而哈利立刻被勾起了疑心。

「原來是**你**！」他一個字一個字地慢慢說，「是**你**在暗中搞鬼，故意弄壞路障不讓我們通過！」

「是這樣沒錯，先生。」多比用力點頭，兩隻大耳朵啪答啪答地拍動，「多比躲起來偷看哈利波特，然後再把入口封死，而多比事後必須用熨斗燙手來懲罰自己——」他抬起手來，十根長手指上全都裹滿了繃帶，「——可是多比並不在乎，先生，因為他以為哈利波特已經安全了。但多比做夢也**沒想到**，哈利波特竟然會用另外的方法趕到學校！」

他的身體激烈地前後擺動，並用力搖晃他那醜陋的頭顱。

「在多比聽到，哈利波特已經回到霍格華茲的時候，他震驚得連主人的飯都燒焦了！多比這輩子從來沒挨過這麼嚴厲的鞭打，先生呀……」

哈利頹然倒回到他的枕頭上。

「你差點就害我跟榮恩被學校開除。」他惡狠狠地說，「你最好趕在我骨頭長好之前快點滾開，要不然我可能會掐死你。」

多比露出虛弱的微笑。

「這些威脅要殺死多比的話，多比早就聽習慣了，先生。多比在家裡一天至少會聽到五次。」

他用身上髒枕頭套的衣角用力擤鼻涕，他看起來是這麼的可憐，哈利的怒氣在不知不覺中慢慢地消失。

「你為什麼要穿那種東西？」他好奇地問道。

「這個嗎，先生？」多比抓著枕頭套說，「這是我們家庭小精靈的奴隸標誌，先生。多比只有在主人賞給他衣服穿的時候，才能獲得自由，先生。我服侍的這家人在這方面非常小心，連一隻襪子也不肯交給多比，先生。因為多比只要拿到一隻襪子，他就可以獲得自由，永遠離開他們的屋子。」

多比擦拭他鼓凸的眼睛，突然正色說道：「哈利波特**必須**回家！多比以為他的搏格可以讓——」

「**你的**搏格？」哈利的怒氣又再度升起，「你這話是什麼意思，為什麼說是**你的**搏格？是**你**對那個搏格動了手腳，故意讓它來殺死我嗎？」

「不是要殺死你呀，先生，絕對不會殺死你的！」多比震驚地說，「多比是想救哈利波特的命呀！寧可受重傷被送回家，也比繼續待在這裡好啊，先生！多比只是想讓哈利波特傷重得必須回家休養呀！」

「喔，就只是這樣嗎？」哈利生氣地說，「我想你也不打算告訴我，你**為什麼**希望我受重傷被送回家？」

「啊，要是哈利波特知道就好了！」多比難過地呻吟，更多的淚水滴落在他破舊的枕頭套上，「他不曉得，他對我們這些卑微的奴隸，這些魔法世界裡的賤民有多麼重要！多比永遠不會忘記，在『那個不能說出名字的人』力量最強的時候，這個世界是什麼樣子，先生！我們家庭小精靈被看得豬狗不如哪，先生！當然，多比現在還是被看得豬狗不如，先生，」他坦白承認，用枕頭套擦乾臉上的眼淚，「但一般說來，先生，在你打敗『那個不能說出名字的人』以後，我們的處境真的是大大改善了，哈利波特活了下來，而黑魔王失去法力，那等於是一個新的黎明到來，先生。而對我們這些原本以為黑暗時代永不會結束的人來說，哈利波特就像是一座散發光明的希望燈塔，先生……可是現在，霍格華茲馬上就會發生非常恐怖的事，說不定現在已經發生了，而多比絕對不能讓哈利波特待在這個地方。因為現在歷史就要再度重演，現在密室就要再一次被打開——」

多比突然嚇得完全呆住，然後一把抓起哈利床頭櫃上的水罐，用力砸向自己的腦袋，栽到床下失去了蹤影。一秒鐘之後，他重新爬到床上，目光渙散，口中念念有辭：「多比不乖，多比真是不乖……」

「所以說真的**有**一個密室囉？」哈利低聲問道，「而且——你剛才是不是說，它**以前**就被打開過？快**告訴**我，多比！」

多比的手又悄悄挪向水罐，而哈利連忙抓住小精靈骨瘦如柴的手腕，「可是我又不是麻瓜後代——密室為什麼會對我有危險？」

「啊，先生，不要再問了，求求你不要再問可憐的多比了。」小精靈結結巴巴地說，他的眼睛在黑暗中顯得格外巨大，「有人計畫在這個地方進行邪惡的陰謀，但在壞事發生的時候，哈利波特絕對不能待在這裡。回家去吧，哈利波特。回家去吧，哈利波特絕對不能被牽扯進這件事，先生，那實在是太危險了——」
「是誰，多比？」哈利說，他牢牢抓住多比的手腕，以免他又拿水罐砸自己的腦袋，「是誰把它打開的？上次打開它的又是什麼人？」
「多比不能說呀，先生，多比真的不能說，多比絕對不能說出這件事！」小精靈哇哇尖叫，「回家吧，哈利波特，回家去吧！」
「我哪裡也不去！」哈利厲聲說，「我有一個好朋友是麻瓜後代，要是密室真的已經被打開的話，她會是第一批受害的人……」
「哈利波特為了他的朋友，而不顧自己的性命！」多比帶著一種憂傷的狂喜幽幽嘆道，「多麼高貴！多麼英勇啊！但是他必須先救自己，他必須這麼做，哈利波特絕對不能——」
多比突然住口，他蝙蝠似的大耳朵微微抖動。哈利同樣也聽到了，門外的走廊上傳來一陣迅速逼近的腳步聲。
「多比得走了！」小精靈驚恐地輕聲說，在一聲響亮的劈啪聲之後，被哈利緊握住的瘦削手腕就變成了空氣。他倒回床上，眼睛緊盯著醫院廂房的漆黑入口，傾聽越來越近的腳步聲。
在下一刻，鄧不利多就倒退著走進病房，他穿著一件長長的羊毛睡袍，頭上戴著一頂睡帽，他搬著一個看起來像是雕像的東西。麥教授緊接著出現，分工合作地抬著雕像的腳，他們兩人一起把它抬到一張床上。

「去找龐芮夫人。」鄧不利多輕聲說，而麥教授快步經過哈利床邊，立刻失去蹤影。哈利靜靜躺在床上，假裝沉睡不醒。他聽到急促的交談聲，然後麥教授又匆匆走回來，後面緊跟著龐芮夫人，她正忙著在睡衣外再套上一件羊毛衫。他聽到一陣刺耳的吸氣聲。

「發生了什麼事？」龐芮夫人輕聲詢問鄧不利多，彎腰望著安置雕像的睡床。

「又出事了，」鄧不利多說，「米奈娃發現他倒在樓梯上。」

「他身邊有一串葡萄，」麥教授說，「我們猜他大概是想要溜到這裡來探望哈利。」

哈利的胃部一陣劇烈的痙攣。他小心地慢慢把頭抬高幾吋，想要看清床上的雕像。一道月光灑落在雕像呆滯的臉龐上。

那是柯林．克利維。他的眼睛睜得大大的，雙手僵硬地舉向前方，手裡依然抓著他的照相機。

「被石化了？」龐芮夫人輕聲問道。

「是的，」麥教授說，「我真不敢去想……要不是阿不思正好走下樓來喝熱巧克力，天知道還會發生什麼事……」

他們三人低頭凝視柯林，然後鄧不利多彎下腰來，掰開柯林僵硬的手指，取出他的照相機。

「你覺得他會不會拍到兇手的照片？」麥教授焦急地問道。

鄧不利多沒有回答，他撬開照相機背後的殼。

「我的天啊！」龐芮夫人說。

一陣嘶嘶作響的煙霧從照相機裡冒了出來，三張床外的哈利立刻聞到塑膠燒焦的嗆鼻臭味。

「融化了，」龐芮夫人詫異地說，「完全融化了……」

「這究竟**代表**什麼，阿不思？」麥教授急急追問。

「這代表，」鄧不利多說，「密室真的又被打開了。」

龐芮夫人用手摀住嘴巴。麥教授望著鄧不利多。

「可是阿不思……你確定嗎……是**誰**呢？」

「問題不在於是誰打開的，」鄧不利多說，目不轉睛地盯著柯林，「該問的是，究竟是**如何**打開的……」

而哈利望著麥教授茫然的面孔，知道她同樣也是一頭霧水。

11 決鬥社

哈利在週日早上醒來時，看到寢室內充滿了明亮的冬日陽光，而他手臂的骨頭雖已完全長好，但感覺還是非常僵硬。他連忙坐起身來，伸長脖子望著柯林的病床，但那裡就跟昨天哈利換睡衣時一樣，床邊圍了一圈高高的布簾，什麼也看不到。龐芮夫人一發現他醒了，就急匆匆地端著早餐盤走過來，然後開始拉著哈利的臂膀手指彎來拗去，檢查他的復元狀況。

「完全好了，」她說，哈利正在笨拙地用左手喝麥片粥，「吃完早餐以後，你就可以走了。」

哈利盡快穿好衣服，立刻跑向葛來分多塔，急著想要把柯林和多比的事告訴榮恩和妙麗，但他們卻不在那裡。於是哈利又趕出去找他們，訝異地猜想他們到底會跑到什麼地方，而且心裡微微有些受傷的感覺，他們好像一點也不關心他的骨頭長好了沒有。

哈利經過圖書館的時候，派西．衛斯理正好閒晃著走出來，心情顯然比他們上次碰面時要好多了。

「喔，哈囉，哈利，」他說，「昨天你飛得真漂亮，真的是非常漂亮。學院盃積分目前是由葛來分多領先——你替我們贏了五十分！」

「你有沒有看到榮恩或是妙麗？」哈利問道。

「沒有，我沒看到他們，」派西臉上的笑容黯淡下來，「我只希望榮恩現在不要又偷偷溜進另一間**女生廁所**……」

哈利努力擠出一陣乾笑，等到派西的背影消失之後，就直接衝向愛哭鬼麥朵的洗手間。他完全想不通，榮恩和妙麗有什麼理由要再跑到那個地方，但在確定飛七和級長們都不在附近之後，哈利一打開洗手間大門，就聽到一間緊鎖的隔間中傳來他倆的聲音。

「是我。」他說，順手關上洗手間的大門。隔間裡面響起一陣噹啷聲，一陣濺水聲，以及一聲驚呼，而他看到妙麗的眼睛透過鑰匙孔往外偷窺。

「**哈利！**」她說，「你差點兒把我們給嚇死。進來吧——你的手好了嗎？」

「好了。」哈利說，然後擠進那間廁所。馬桶上擱著一個破舊的大釜，而根據釜下劈劈啪啪的聲音判斷，哈利知道他們在下面點了火。用魔法變出可以攜帶的防水火球，是妙麗的拿手絕招之一。

「我們本來要去找你，不過後來還是決定先開始調製變身水，」榮恩說，而哈利再往裡面擠了幾吋，才好不容易把廁所門重新鎖上。「我們覺得這裡是最安全的地方。」

哈利開始告訴他們柯林的事，但妙麗卻打斷他的話：「這我們已經曉得了，我們今天早上聽到麥教授跟孚立維教授談起這件事，那就是我們為什麼決定盡快開始——」

「我們越早從馬份的嘴裡套出實話越好，」榮恩厲聲說，「你知道我是怎麼想的嗎？上次魁地奇比賽之後，他心裡一直很不高興，所以就故意拿柯林來出氣。」

「另外還有一件事，」哈利說，望著妙麗把一大捆節草撕成碎片，扔進大釜裡去，「多比昨天半夜跑來找我。」

榮恩和妙麗驚訝地抬起頭來。哈利把多比告訴他的事情——或者該說是不小心透露的事情——全都一五一十的轉述給他們聽，榮恩和妙麗聽得嘴巴大張。

「密室**以前**就被打開過？」妙麗問道。

「這樣就對了，」榮恩用一種得意洋洋的語氣說，「那一定是魯休思．馬份，他以前在這裡念書的時候打開了密室，現在他又把打開房間的方法，傳授給他的寶貝踐哥。事情不是很明顯嗎？不過，我真希望多比有告訴你，裡面到底關了什麼樣的怪獸。我倒想知道，它怎麼有辦法在校園裡偷偷摸摸地到處亂晃，卻從來沒被人發現過呢？」

「說不定它可以隱形，」妙麗說，順手把水蛭按到釜底，「要不然就是很會偽裝——佯裝成一副盔甲或是其他東西，我在書上看過有一種百變魔……」

「妳書看得太多了，妙麗。」榮恩說，把死掉的草蜻蛉倒在釜底的水蛭上面。他把倒光的草蜻蛉空袋揉成一團，轉過頭來望著哈利。

「所以說，原來是多比害我們沒坐上火車，而且還讓你摔斷了手……」他連連搖頭，

「你知道嗎，哈利？要是他再不停止這類想要救你一命的蠢花招，他遲早會把你給害死。」

＊＊＊

到了星期一早上，柯林．克利維受到攻擊，並像死人一樣躺在醫院廂房的消息，立刻傳遍了整個校園。學校裡的氣氛變得十分凝重，並出現各式各樣的謠言，大家也不可避免地開始互相懷疑。一年級新生現在不管走到哪裡，都是成群結隊地緊緊黏在一起，害怕自己只要一落單，就會受到怪物的攻擊。

金妮．衛斯理在上符咒課時，剛好坐在柯林．克利維的隔壁，她現在的情緒顯得非常不穩定，而哈利同時也感到，弗雷和喬治雖然努力逗她開心，但卻完全用錯了方法。他們兩人輪流變成渾身是毛或是長滿疔瘡的噁心模樣，再冷不防地從雕像後跳出來嚇她。最後派西終於忍無可忍，氣得面紅耳赤、破口大罵，表示要寫信給衛斯理太太，告訴她金妮晚上開始做惡夢，他們才停止這種淘氣的舉動。

這段時間，學生們悄悄避開師長的耳目，在校園中颳起一陣買賣護身符、避邪物與其他各類保護設施的熱潮。奈威．隆巴頓買了一個有強烈臭味的綠色大洋蔥、一根紫水晶柱，和一條腐爛的蠑螈尾巴，但買了之後，其他葛來分多男生卻笑他多此一舉，說他根本不會遇到危險：他是血統純正的巫師後代，絕不可能會受到攻擊。

「他們第一個找上的就是飛七，」奈威說，他的圓臉上寫滿了恐懼，「而大家都曉得，我其實跟爆竹也沒差多少。」

＊＊＊

在十二月的第二個禮拜，麥教授跟往常一樣，過來登記決定留在學校過聖誕節的學生名單。哈利、榮恩和妙麗在她的單子上簽了姓名；他們早就聽說馬份今年要留下來過節，這個不尋常的可疑舉動讓他們感到又驚又喜。他們正好可以藉這個機會，乘著假期的大好時機，用變身水從他口中套出實情。

不幸的是，變身水目前只完成了一半。他們還需要雙角獸角粉和非洲樹蛇皮才能大功告成，但這兩樣東西，卻只有在石內卜的私人儲藏室裡才能找得到。哈利自己是覺得，要是他在偷東西的時候被石內卜當場逮到，那他還不如直接去找史萊哲林的傳奇怪獸決鬥。

「我們現在需要的是，」妙麗在週四下午輕快地表示，待會兒他們就要連上兩堂魔藥課，「一個聲東擊西、調虎離山的妙計。然後我們就可以派個人溜進石內卜的辦公室，拿我們需要的東西。」

哈利和榮恩緊張兮兮地望著她。

「我想最好還是由我動手去偷東西，」妙麗用一種實事求是的口吻繼續說下去，「你們兩個要是再惹上麻煩，就一定會被開除，但我卻完全沒有任何不良紀錄。所以你們要做的只是，想辦法製造一場大混亂，讓石內卜至少在五分鐘之內沒辦法分心。」

哈利露出虛弱的微笑。在石內卜的魔藥課堂上故意製造混亂，他還不如直接去戳一頭睡龍的眼睛來得乾脆。

魔藥課是在一間巨大的地窖裡上課，星期四下午的課程一切如常，書桌上放置著黃銅天平和一罐罐的藥材，而二十個大釜在木頭書桌間咕嘟咕嘟地冒著白煙。石內卜在煙霧中來回梭巡，尖酸刻薄地批評葛來分多學生們的表現，讓史萊哲林學生們樂得吃吃竊笑。石內卜最偏愛的學生跩哥・馬份，一直故意把河豚眼睛彈到哈利和榮恩身上，但他倆知道只要自己一開始反擊，甚至連聲「不公平」都來不及說，就立刻會被罰勞動服務。

哈利知道他的膨脹藥水調得太稀了，但現在他心裡卻掛念著更重要的事情。他正在等妙麗的信號，甚至連石內卜停下來，嘲笑他的藥水稀得像清水時，他也只是把這些話當作耳邊風。等到石內卜掉頭離開，走過去用兇樣嚇奈威時，妙麗才迎上哈利的目光，微微點了點頭。

哈利連忙蹲下身來，躲到他的大釜後面，從口袋中掏出一個弗雷的飛力煙火，飛快地用魔杖輕戳了一下。煙火開始發出嘶嘶滋滋的聲音，哈利知道他現在是分秒必爭，於是他站起身來，瞄準方向，把煙火拋向空中；煙火正中目標，不偏不倚地落入高爾的大釜。

高爾的魔藥砰地一聲爆炸，潑得到處都是。被膨脹藥水濺到的人，立刻發出淒厲的慘叫。馬份臉上沾到了一些，才一眨眼，他的鼻子就脹得跟氣球一樣大；高爾用手摀住眼睛，搖搖晃晃地衝來衝去，他的眼睛腫得像是兩個大晚餐盤，而石內卜吼著叫大家安靜下來，想要先搞清楚到底是怎麼回事。哈利看到妙麗在混亂中悄悄溜出了大門。

「安靜！**安靜！**」石內卜怒吼，「被藥水濺到的人，快到我這裡來喝一點放氣水。等我逮到那個搗蛋鬼……」

馬份忙不迭地跑上前去，臉上那個脹得像小型甜瓜的鼻子，害他的頭沉甸甸地垂到胸前，哈利看到這樣的景象，憋笑憋得都快要內傷了。班上有一半同學都狼狽地走到石內卜講桌前，有人拖著兩條像是大木棍似的手臂，有人嘴唇腫大得沒辦法開口說話，而就在這混亂的一刻，哈利看到妙麗又偷偷溜進了地窖，她的長袍前襟看起來鼓鼓的。

等到大家都灌下解藥，而各式各樣的腫脹也完全消退之後，石內卜快步走到高爾的大釜前，撈出一團焦黑縐縮的煙火餘燼。教室內立刻變得鴉雀無聲。

「要是給我逮到這個搗蛋鬼，」石內卜輕聲說，「我**保證**一定要讓他滾出校門。」

哈利努力調整面部表情，做出一個他自以為是的困惑神情。石內卜直勾勾地盯著他看，而當下課鈴聲終於在十分鐘之後響起時，哈利忍不住感到如獲大赦。

「他知道是我，」哈利在他們三人匆匆趕回愛哭鬼麥朵的洗手間之後，對榮恩和妙麗說，「我看得出來。」

妙麗把新到手的材料扔進大釜，開始用力攪拌。

「再兩個禮拜就可以完成了。」她快樂地說。
「反正石內卜又不能證明是你，」榮恩勸哈利放心，「他要到哪裡去找證據？」
「我總覺得石內卜這個人有點邪門。」哈利說，藥水已開始咕嘟咕嘟地冒泡。

* * *

一個禮拜之後，哈利、榮恩和妙麗在經過入口大廳時，看到有一小群人擠在布告欄旁邊，凝視一張剛釘上去的羊皮紙。西莫・斐尼干和丁・湯馬斯揮手叫他們過去，兩人的表情都十分興奮。
「他們要成立一個決鬥社！」西莫說，「今天晚上舉行第一次聚會。我倒是滿想學點兒決鬥招數，說不定可以在這段時間裡派上用場……」
「怎麼，你以為史萊哲林的怪獸會跟你決鬥嗎？」榮恩說，但他同樣也興致勃勃地望著那張布告。
「好像還滿有用的，」他在走去吃晚餐時告訴哈利和妙麗，「我們要不要去看看？」
哈利和妙麗也都相當心動，因此在當晚八點，他們三人又匆匆趕回餐廳。長餐桌已失去蹤影，而牆邊出現了一座上方飄浮著數千枝明亮蠟燭的金色舞台。天花板又再度變成一片漆黑的天鵝絨，而全校大半學生似乎都擠到了這裡，他們手裡拿著魔杖，表情顯得非常興奮。

「不知道要找誰來教我們？」妙麗說，他們三人側身擠過喧譁的人群，「我聽說孚立維年輕的時候是個決鬥高手，說不定是他。」

「只要不是——」哈利還來不及說完，就忍不住發出一聲呻吟。吉德羅·洛哈大步踏上舞台，一襲深紫色長袍使他顯得格外華麗耀眼，而跟在後面的正是終年一身黑的石內卜。

洛哈揮手示意大家安靜下來，並大聲喊道：「圍過來！圍過來！大家都聽得見嗎？你們全都聽得清楚我的聲音嗎？非常好！

「現在請注意聽我說，鄧不利多教授已批准我成立這個小小的決鬥社，讓我為大家提供有用的訓練，這樣你們在有需要的時候，才能像我一樣，在面對無數大小驚險事件時，都有足夠的能力來保護自己——至於我個人冒險史的完整細節，請大家參閱我所有已出版的著作。

「讓我在此為大家介紹我的助手石內卜教授，」洛哈說，臉上綻放出一個燦爛的笑容，「他跟我說，他自己也懂得一點點的決鬥技巧，而且在我們正式開始之前，他願意冒險來協助我進行一場示範演出。現在聽我說，我可不想讓你們這些孩子們擔心——在我對付過他以後，你們還是可以保有你們的魔藥學老師，千萬不要害怕！」

「讓他們兩個同歸於盡不是更好嗎？」榮恩附在哈利耳邊說。

石內卜的上唇抿了起來。哈利真不曉得洛哈現在怎麼還笑得出來；要是石內卜像這樣盯著**他**的話，他早就嚇得落荒而逃，跑得越遠越好。

洛哈和石內卜轉過身來，面對面地彼此鞠躬行禮；至少洛哈這方面是沒有失禮，他揮動雙手，擺出漂亮花稍的鞠躬姿勢，但石內卜卻只是暴躁地猛點了一下頭，然後他們用握劍的姿勢將魔杖舉向前方。

「大家現在看到，我們擺出公訂的決戰姿勢，舉起我們的魔杖，」洛哈告訴沉默的群眾，「在我數到三的時候，我們將會開始施展我們的第一個符咒。當然啦，我們兩個都無意殺死對方。」

「這我可不敢確定，」哈利喃喃自語，望著露出森森白牙的石內卜。

「一——二——三——」

他們兩人同時舞動魔杖，揮到肩膀上方。石內卜喊道：「去去，武器走！」一道炫目的猩紅光芒激射而出，而洛哈被衝得離地飛起：他往舞台背後飛去，用力撞向牆壁，再滑落下來，四肢攤平地躺在地上。

馬份和其他幾個史萊哲林學生拍手叫好，妙麗卻憂心忡忡地踮起腳尖。「他沒事吧？」她摀住嘴巴尖聲問道。

「管他的。」哈利和榮恩異口同聲地答道。

洛哈跌跌撞撞地站起來，他的帽子掉了下來，波浪狀金色鬈髮也變得到處亂翹。

「好了，現在大家已經見識過了！」他說，拖著蹣跚的腳步重新踏上講台，「那是一個繳械咒——你們看到，我失去了我的魔杖——啊，謝謝妳，布朗小姐。沒錯，用這個符咒來對大家示範演出，真的是非常棒的念頭，石內卜教授，不過，希望你不要介意我這麼說，你的準備動作太明顯了，讓我一眼就看出你打算施展這個符咒。我要阻止你可說是易如反掌，不過我想讓他們見識一下，也是很有幫助的……」

石內卜現在看起來簡直想要殺人，洛哈可能也注意到了，因為他連忙改口說：「示範到此結束！我現在要走下講台，替大家進行分組。石內卜教授，是不是也能請你幫忙我……」

他們走入人群，開始替學生們分組配對。洛哈把奈威和賈斯汀．方列里配成一組，但石內卜卻直接走向哈利和榮恩。

「我想，現在該是拆開這對夢幻組合的時候了，」他譏嘲地說，「衛斯理，你跟斐尼干一組。波特——」

哈利下意識地走向妙麗。

「我可不這麼想，」石內卜冷笑地說，「馬份先生，過來吧。讓我們看看，你要怎麼對付這位鼎鼎大名的波特。而格蘭傑小姐妳呢——妳跟布洛德小姐一組。」

馬份大搖大擺地走過來，臉上掛著不懷好意的假笑。一名史萊哲林女生緊跟在後面，她的長相讓哈利聯想起他在《與巫婆共度假期》中看到的一張照片。她看起來壯碩而呆板，厚重的下巴誇張地突出。妙麗膽怯地朝她微微一笑，但她卻完全沒有反應。

「面對你的夥伴！」洛哈喊道，並重新踏上講台，「然後鞠躬行禮！」

哈利和馬份只微微低了一下頭，眼睛一直緊盯著對方的面孔。

「魔杖就定位！」洛哈喊道，「在我數到三的時候，施展你的符咒來解除對手的武裝——**只能解除武裝**——我們不希望出現任何意外。一……二……三……」

哈利將魔杖揮到肩膀上方，但馬份在才數到「二」的時候，就冷不防發動攻擊：哈利被符咒狠狠擊中，感到頭上好像被一個平底鍋用力敲了一下。他頭昏眼花地搖晃了一會兒，但除此之外似乎並無大礙，因此他並未浪費時間，就毫不猶豫地舉起魔杖，指著馬份喊道：「哩吐三卜啦！」

一束銀色的光芒射中馬份的胃部，他立刻彎下腰來，不停地喘氣。

「**我說過只能解除武裝！**」洛哈滿臉驚恐地越過交戰的人潮喊道，馬份已經不支跪倒：哈利是用呵癢咒來對付他，而他現在笑得完全無法動彈。哈利遲疑了一會兒，隱隱感到對已經倒在地上的馬份下咒，似乎不夠光明磊落，但這卻是個天大的錯誤。馬份大口大口地喘氣，舉起魔杖指著哈利的膝蓋，努力擠出一句：「塔朗泰拉跳！」而在下一刻，哈利的雙腿就開始不由自主地亂彈亂跳，做出跳快舞的動作。

「住手！快住手！」洛哈尖叫，但石內卜卻已出面掌控全局。

「止止，魔咒消！」他吼道。哈利的雙腿停止跳舞，馬份也不再狂笑，兩人終於可以抬起頭來。

眼前的景象籠罩著一層淡綠色煙霧。奈威和賈斯汀平躺在地上，累得連連喘氣；榮恩扶著面如死灰的西莫，為他秀逗魔杖幹的好事連連道歉；但妙麗和米莉森．布洛德卻依然在纏鬥不休，米莉森緊夾住妙麗的頭，害妙麗痛得輕聲哭泣，她們兩人的魔杖都被擱在地上。哈利跳上前去，用力把米莉森拉開。這實在是相當困難，她的塊頭比哈利大多了。

「天哪，我的天哪！」洛哈說，開始連走帶跳地穿越人群，一一檢視這場決鬥所造成的後果。「起來吧，麥米蘭……小心一點，法賽特小姐……用力按住，很快就會止血了，布特……

「我想，我最好是趕快教教大家，該怎樣**封鎖住**不懷好意的符咒。」洛哈站在餐廳中間說，神情顯得十分狼狽。他飛快地瞄了石內卜一眼，看到那對黑眼睛發出異樣的光芒，就連忙把視線轉開，「讓我們徵求一組自願示範的夥伴——隆——巴頓和方列里，你們兩位可以嗎？」

「我認為這不是個好主意，洛哈教授，」石內卜說，他像一隻邪惡大蝙蝠似地滑行過來，「隆巴頓這傢伙就算是施展最簡單的符咒，也有辦法惹出一場大禍。到時候，我們就算想把方列里送到醫院廂房去，找到的殘骸大概連個小火柴盒也裝不滿。」奈威粉紅色的圓臉變得更紅了，「馬份和波特怎麼樣？」石內卜不懷好意地笑道。

「這主意太棒了！」洛哈說，示意哈利和馬份走到大廳中間，而群眾們紛紛後退，讓位給他們。

「現在聽我說，哈利，」洛哈說，「在跩哥用魔杖指著你的時候，你就**這樣**做。」他舉起他自己的魔杖，企圖做出某種複雜的搖擺動作，但卻不小心把魔杖給掉在地上。洛哈連忙撿起魔杖說：「哇哈——我的魔杖有點兒興奮過度啦。」石內卜在一旁露出得意的笑容。

石內卜走到馬份身邊，彎下腰來附在他耳邊說了幾句悄悄話，馬份同樣也露出得意的笑容。哈利緊張地抬頭望著洛哈說：「教授，你能不能再對我示範一次那個封鎖咒？」

「怕了嗎？」馬份刻意壓低聲音，因此洛哈並沒有聽見他的話。

「沒那麼容易。」哈利從齒縫中蹦出一句。

洛哈愉快地拍拍哈利的肩膀。「照我那樣做就行了，哈利！」

「哪樣做，丟掉魔杖嗎？」

但洛哈假裝沒聽見。

「三——二——一——開始！」他喊道。

馬份立刻舉起魔杖喝道：「蛇蛇攻！」

他的魔杖頂端立刻爆出火花，哈利嚇呆地望著一條長長的黑蛇從火花中竄出來，跌落到他們兩人中間的地板上，再迅速直立起來，擺出攻擊的姿勢。人群尖叫著避開，清出一大片空地。

「別動，波特。」石內卜懶洋洋地說，顯然十分欣賞這幅哈利呆呆面對一條發怒黑蛇的畫面，「我來除掉牠……」

「讓我來！」洛哈喊道。他揮動魔杖指向黑蛇，發出一聲驚天動地的巨響；那條蛇非但沒有消失，反而咻地飛到離地十呎的高空，再砰地一聲重重摔到地上。這條被激怒的蛇發出憤怒的嘶聲，扭動身軀滑向賈斯汀·方列里，並再度豎起頭來，露出尖牙，準備發動攻擊。

哈利無法確定是什麼因素促使他這麼做，他甚至不曾意識到，自己究竟是在何時決定採取行動。他只曉得他的雙腿就像裝上兩個滑輪似地，帶著他迅速移到前方，而他像呆子般地朝著黑蛇猛喊道：「離開他！」然後黑蛇居然奇蹟似地——不可思議地——應聲倒在地板上，變得非常溫順馴良，活像是一條粗粗的黑色水管，而牠的目光現在也已轉向哈利。哈利感到他的恐懼在瞬間消退，他曉得這條蛇現在已不會再攻擊任何人了，但至於他如何知道這一點，他卻完全無法解釋。

他抬頭望著賈斯汀，並咧嘴而笑，他原本以為會看到賈斯汀露出安心，或是迷惑，甚至是感激的神情——但卻完全沒想到竟然會是生氣與害怕。

「你這是在幹什麼？」賈斯汀吼道，而在哈利還來不及開口之前，他就一溜煙地衝出餐廳。

石內卜踏上前來，揮了一下魔杖，而黑蛇立刻消失，只剩下一小團黑色煙霧。石內卜望著哈利的目光也變得很不一樣，那是一種帶著審慎評估意味的銳利眼神，讓哈利感到很不舒服。他同時也隱隱察覺到，牆壁周圍開始響起一陣不祥的耳語，然後他感覺到有人在背後拉他的長袍。

「好了，」榮恩貼在他耳邊說，「走吧——**快點**……」

榮恩拉著他走出餐廳，妙麗緊跟在他們身邊。在他們踏出大門時，兩旁的人潮迅速退開，就好像是害怕被傳染到什麼怪病似的。哈利完全想不出這到底是怎麼回事，而榮恩和妙麗也並未開口解釋，他倆一言不發地拖著他爬上空盪盪的葛來分多交誼廳。然後榮恩把哈利推到一張扶手椅上，問道：「你是一個爬說嘴，你為什麼不告訴我們？」

「我是一個什麼？」哈利說。

「**一個爬說嘴**！」榮恩說，「你可以跟蛇交談！」

「這我知道，」哈利說，「我是說，這其實是我第二次做這種事。我以前有一次在動物園，不小心放出了一條蟒蛇去攻擊我的表哥達力——這件事一時也說不清——不過那隻蟒蛇告訴我，牠從來沒去過巴西，而我不曉得怎麼搞的就把牠給放了出來，詳細情形連我自己也弄不清楚。那時候我還不知道自己是個巫師……」

「一隻蟒蛇告訴你牠從來沒去過巴西？」榮恩虛弱地喃喃重複。

「那又怎樣？」哈利說，「我敢說這裡有一大堆人都聽得懂。」

「喔，才不呢，他們聽不懂的。」榮恩說，「那不是一項常見的天賦，哈利，而且很不好。」

「有什麼不好？」哈利說，開始覺得有點生氣，「大家到底是哪根筋不對勁？聽我說，要不是我叫那隻蛇不要攻擊賈斯汀——」

「喔，原來你跟牠說的是這個呀？」

「你這是什麼意思？你當時也在場啊……你有聽到我說的話嘛。」

「我只聽到你說了一串爬說語，」榮恩說，「也就是蛇的語言。誰曉得你到底說了什麼，難怪賈斯汀會慌成那副德行，聽起來就好像你在慫恿蛇去做什麼壞事似的，你知道，那真的是讓人覺得毛骨悚然。」

哈利驚訝地張嘴望著他。

「我說的是另一種語言？可是——我搞不懂——既然我不曉得自己會說這種語言，我怎麼有辦法開口去講呢？」

榮恩搖搖頭。他和妙麗兩個的表情都好像家裡死了人似的，哈利完全看不出這為什麼會讓他們那麼害怕。

「能不能請你們告訴我，阻止一隻大臭蛇去咬掉賈斯汀的腦袋，這有什麼錯呢？」他說，「既然賈斯汀逃過了一劫，不用去加入無頭騎士狩獵隊，那我究竟是用什麼**方法**救了他，又有什麼關係呢？」

「有關係的，」妙麗終於悄聲說道，「因為能夠跟蛇交談，正是薩拉札·史萊哲林最有名的特點，那就是史萊哲林學院為什麼用蛇做象徵標誌的原因。」

哈利的嘴巴大大張開。

「完全正確，」榮恩說，「現在全校學生都會開始以為，你是他的曾曾曾曾孫……」

「我才不是呢。」哈利說，突然感到一陣無法解釋的驚恐。

「你會發現你很難去證明這一點，」妙麗說，「他是一千年以前的人，而且就我們目前所知道的事情推斷，你很可能就是。」

* * *

哈利當晚在床上躺了好幾個鐘頭都睡不著。他透過他四柱大床的帷幕空隙，望著飄過塔樓窗口的白色雪花，默默思索各種問題。

他真的**有可能**是薩拉札·史萊哲林的後代嗎？不管怎樣，他畢竟對他父親的家族一無所知，德思禮家總是禁止他詢問任何有關他巫師親戚的問題。

哈利試著輕輕用爬說語說幾句話，但一個字也說不出來。他好像只有在跟蛇面對面的時候，才有辦法使用這種語言。

「但我是**葛來分多**的學生呀，」哈利想著，「要是我真的有史萊哲林的血統，分類帽是不會把我分到這裡的……」

「**啊**，」他腦中響起一個討厭的小聲音，「可是分類帽本來是**想要**把你分到史萊哲林的，你忘了嗎？」

哈利翻了一個身。他明天會在上藥草學的時候碰到賈斯汀，而他決定要向賈斯汀解釋，他當時是叫蛇走開，而不是慫恿牠發動攻擊，而這一點（他憤怒地想道，氣得猛搥他的枕頭）隨便哪個白癡都應該可以想得通。

* * *

但是，在第二天早上，昨夜開始落下的雪花，已發展成一場狂烈的暴風雪，而這個學期的最後一堂藥草學課也因此取消：芽菜教授想要替魔蘋果穿襪子裹圍巾，這是一項非常困難的行動，而她不願假手任何人。現在最重要的就是讓魔蘋果快點長大，好讓拿樂絲太太和柯林．克利維復活。

哈利坐在葛來分多交誼廳的爐火旁邊，悶悶不樂地想著這件事，而榮恩和妙麗則利用這段空出的課堂時間下一盤巫師棋。

「看在老天的份上，哈利，」妙麗說，她現在脾氣很壞，因為榮恩的一個主教剛把她的騎士打下馬匹，拖到棋盤外面，「要是這件事對你真的那麼重要的話，你乾脆直接去**找**賈斯汀算了。」

於是哈利站起身來，爬出畫像洞口，猜想賈斯汀目前可能去的地方。

城堡比平常白天陰暗許多，因為每一扇窗口都飄舞著厚重的灰色雪片。哈利被凍得發抖，慢慢走過正在上課的教室，並豎起耳朵傾聽上課的情形。麥教授正在對某個人大吼大叫，而聽起來好像是因為這個人把他的朋友變成了一隻獾。哈利努力忍住偷看的衝動，繼續往前走去，他突然想到，賈斯汀也許會利用這段時間趕些功課，於是決定先到圖書館去找找看。

圖書館後頭果然坐了一群原本應該去上藥草學課的赫夫帕夫學生，但他們好像並不是在寫功課。哈利站在兩排又高又長的書架中間望過去，可以看到他們的頭緊緊湊在一起，似乎正在進行熱烈的討論。他看不清賈斯汀是不是也在那裡，就在他朝他們走去的時候，一些話語飄進了他的耳中，使得他連忙停下腳步，躲在隱形書區靜靜傾聽。

「所以呢，」一個肥壯的男孩正在說，「我叫賈斯汀躲在我們寢室裡不要出來。我的意思是，如果波特已經把他列為下一個目標，那他這陣子最好還是盡量不要露面的好。當然啦，自從賈斯汀自己說溜了嘴，對波特透露他是麻瓜後代以後，他就知道這一類的事遲早都會發生。賈斯汀明明白白地**告訴**波特，他差點兒就要去伊頓公學念書了。這可不是一件你可以隨便拿來跟史萊哲林傳人炫耀的事，你們說對不對？」

「那麼你是真的認為，那就**是**哈利囉，阿尼？」一個綁兩條辮子的金髮女孩不安地問道。

「漢娜，」肥壯男孩正色說道，「他是一個爬說嘴呀。大家都曉得那是黑巫師的標誌，妳聽過有哪個正派巫師可以跟蛇說話嗎？史萊哲林自己就有個外號叫蛇舌頭。」

聽完之後群眾一片嘩然，而阿尼繼續說下去：「還記得牆上的字跡寫了什麼嗎？**傳人的仇敵們，當心了**。波特跟飛七起了一些衝突，接著飛七的貓就受到攻擊。那個一年級新生克利維，在魁地奇比賽的時候惹毛了波特，拍了幾張他躺在泥巴裡的狼狽照片，接著我們就聽到克利維受到攻擊。」

「可是他人一直都很好啊，」漢娜半信半疑地說，「況且，是他讓『那個人』消失不見的。他應該沒那麼壞吧，對不對？」

阿尼神秘兮兮地壓低聲音，赫夫帕夫學生們又圍得更攏了，哈利悄悄挪近了一點，好聽清楚阿尼的話。

「沒有人曉得，他為什麼有辦法逃過『那個人』的攻擊。我的意思是，事情發生的時候，他還只是個嬰兒。照理說，他應該是被炸得粉身碎骨才對呀。在面對那麼惡毒的詛咒時，只有一個法力高強的真正黑巫師，才有辦法逃過一劫。」他的聲音再度沉了下來，變成微弱的耳語，「**那**說不定就是『那個人』為什麼第一個就想動手殺他的原因，他不希望出現另一個黑魔王來跟他**競爭**。我真不曉得，波特這傢伙到底還藏了哪些其他的魔力？」

哈利再也聽不下去了。他大聲清清喉嚨，從書架後面走了出來。如果他不是這麼憤怒的話，他就會發現眼前的畫面其實相當滑稽：赫夫帕夫學生們一看到他，所有人就好像全都突然被石化，而阿尼的臉也立刻失去了血色。

「哈囉，」哈利說，「我要找賈斯汀．方列里。」

赫夫帕夫學生們最大的恐懼顯然已得到了證實，他們全都滿臉驚恐地望著阿尼。

「你要找他幹什麼？」阿尼用顫抖的聲音問道。

「我想要跟他解釋，關於決鬥社那隻蛇的真正情形。」哈利說。

阿尼咬著他泛白的嘴唇，再深深吸了一口氣，然後才開口說：「我們當時都在場，我們都親眼看到事情是怎麼回事。」

「那麼你應該注意到，在我跟蛇說過話以後，牠就停止攻擊了吧？」哈利說。

「我看到的只是，」阿尼說話時雖然聲音顫抖，但依然頑固地表示，「你說了幾句爬說語，而且趕蛇去咬賈斯汀。」

「我才沒有趕蛇去咬他呢！」哈利說，氣得連聲音都抖了，「我連**碰**都沒碰他一下！」

「你只是不小心失手罷了，」阿尼說，「順便告訴你一聲，」他急急加上一句，「你要是想調查我的家族血統，我們家祖宗八代全都是貨真價實的女巫跟巫師，我的血統就跟大家一樣純正，所以——」

「我才懶得管你是什麼血統！」哈利惡狠狠地說，「我有什麼理由要去攻擊麻瓜後代？」

「我聽說你非常恨那些跟你住在一起的麻瓜。」阿尼立刻答道。

「跟德思禮家的人住在一起，要不去恨他們是完全不可能的，」哈利說，「我倒想讓你自己去試試看。」

他轉過身來，頭也不回地衝出圖書館，使得正在擦拭一本大符咒書鍍金封面的平斯夫人，用譴責的目光狠狠瞪了他一眼。

哈利沿著走廊盲目地往前疾走，在盛怒中幾乎沒有注意到自己走到了什麼地方。最後他一頭撞上某個高大堅固的東西，害他整個身子猛然彈向後方，撞到了牆上。

「喔，哈囉，海格。」哈利抬起頭來說。

海格的臉孔被一頂沾滿雪花的羊毛保暖頭巾給完全遮住，但根據那披著鼴鼠皮外套、填滿大半個走廊的龐然巨軀推斷，這除了他之外不會有別人。他戴著手套的巨掌拎著一隻死雄雞。

「沒事吧，哈利？」他一把扯下保暖頭巾，好開口跟哈利說話，「你怎麼沒去上課呢？」

「停課。」哈利站起身來說，「你跑到這裡來做什麼？」

海格舉起那隻軟趴趴的雄雞。

「這是這學期第二隻被殺的，」他解釋道，「兇手不是狐狸，也不像是會吸血的妖怪，我要來請校長准我在雞籠附近下個符咒。」

他皺起他沾滿雪花的粗濃眉，仔細打量著哈利。

「你真的沒事吧？你看起來好像很生氣，而且有心事。」

哈利實在沒心情去重複阿尼和其他赫夫帕夫學生們剛才說的話。

「沒什麼，」他說，「我得走了，海格。下一堂是變形學課，我要先上樓去拿變形學課本。」

他往前走去，心裡仍在掛念著阿尼剛才說的話。

「自從賈斯汀自己說溜了嘴，對波特透露他是麻瓜後代以後，他就知道這一類的事遲早都會發生……」

哈利咚咚咚地頓足衝上樓梯，轉入另一條走廊。這裡顯得格外陰暗，從鬆脫窗框透進來的冰寒強風，早已把牆邊的火炬全都吹熄。他才走了一半，腳下就絆到某個躺在地板上的東西，害他跌了個狗吃屎。

他轉過頭來，瞇眼望著那個害他絆倒的東西，突然感到他的胃好像在瞬間融化消失。

賈斯汀．方列里躺在地板上，整個人顯得僵硬冰冷，臉上掛著一個凝固的驚駭神情，雙眼茫然地瞪著天花板。但事情並未就此結束，在他旁邊還有另一個人影，哈利這輩子從來沒見過這麼詭異的畫面。

那是差點沒頭的尼克，現在他已不再是透明的珍珠白，而是一團黑撲撲的煙霧。他一動也不動地平躺飄浮在離地六吋的半空中，整個頭掉落下來懸掛在脖子上，臉上也掛著跟賈斯汀一模一樣的驚駭神情。

哈利站了起來，他的呼吸變得又急又淺，心臟像鼓槌似地猛敲肋骨。他慌亂地環顧這條空盪盪的走廊，看到有一排蜘蛛正在倉皇逃竄，急著想要避開那兩具詭異的屍體。這裡唯一能聽到的聲音，就只有兩旁教室中教師們模糊的講課聲。

他可以逃走，這樣就沒有任何人會曉得他到過這裡，但他不能放他們兩人躺在那裡不管……他必須去找人來幫忙。有人會相信他跟這件事完全無關嗎？

就在他驚惶失措地呆站原處時，他右手邊的一扇門砰地敞開，愛吵鬧的皮皮鬼從裡面飛了出來。

「怎麼，這不是波裡波多嘛！」皮皮鬼咯咯笑道，從哈利身邊竄過去，並順手打歪了他的眼鏡，「波特在打什麼主意？波特為什麼偷偷摸摸躲在——」

正在半空中翻筋斗的皮皮鬼突然停了下來，擺出頭下腳上的姿勢。當他看到了賈斯汀和差點沒頭的尼克時，忽地彈了起來，用力吸了一口氣，在哈利還來不及阻止之前，他就大聲尖叫道：「**出事啦！出事啦！又出事啦！現在活人和鬼魂都不安全囉！大家趕快逃命吧！出出出出事啦！**」

砰——砰——砰，走廊兩旁的門陸續敞開，人潮湧了出來。在接下來漫長的幾分鐘，是一場完全失控的超級混亂場面，賈斯汀隨時都有被踏成肉泥的危險，而且老是有人站到差點沒頭的尼克的煙霧裡面。在師長們喊著要大家安靜下來的時候，哈利發現自己被擠得貼到牆邊動彈不得。麥教授快步跑過來，後面緊跟著她班上的學生，其中有個人的頭髮還是帶著像獾一樣的黑白條紋。她揮動魔杖，發出一聲巨響，大家立刻安靜下來，然後她命令所有人馬上回到自己的教室去上課。在人潮散得差不多之後，阿尼和其他赫夫帕夫學生們氣喘吁吁地趕到了現場。

「**當場被捕！**」阿尼喊道，他的臉色變得慘白，用戲劇化的姿勢指著哈利。

「別再說了，麥米蘭！」麥教授嚴厲地說。

皮皮鬼在大家頭頂上空興奮地上下跳動，現在他露出邪惡的笑容，俯視下方的景象；皮皮鬼向來都非常喜愛混亂。在教師們彎身察看賈斯汀和差點沒頭的尼克的狀況時，皮皮鬼突然放聲高歌：

「喔，哈利，你這個垃圾，喔，看看你幹的好事。
你要把學生全都殺光，你覺得這是件趣事——」

「夠了，皮皮鬼！」麥教授怒吼道，而皮皮鬼朝哈利伸了一下舌頭，呼嘯著轉身飛走了。

孚立維教授和教天文學的辛尼區教授，一起把賈斯汀抬到醫院廂房，但好像沒有人曉得該拿差點沒頭的尼克怎麼辦。最後，麥教授用魔法憑空變出了一把大扇子，她把扇子交給阿尼，吩咐他把差點沒頭的尼克搧到樓上去。阿尼聽從指示，用扇子搧著像條安靜黑氣墊船似的差點沒頭的尼克向前走去。現在只剩下哈利和麥教授兩個人。

「跟我來，波特。」她說。

「教授，」哈利立刻說，「我發誓我絕對沒有——」

「這件事我已經處理不了了，波特。」麥教授斷然答道。

他們一言不發地繞過一個轉角，然後她在一個又大又醜的石像鬼前停下腳步。

「檸檬雪寶！」她說。這顯然是一個通關密語，因為那個石像鬼突然活了過來，並跳到一旁，而它後面的牆壁也裂成了兩半。哈利雖然非常害怕即將到來的一切，但眼前的景象依然讓他看得目瞪口呆。牆壁後面有一列不斷向上移動的螺旋梯，看起來就像是一道超長的電動手扶梯。哈利和麥教授踏上樓梯時，他聽到背後的牆壁砰地一聲再度緊閉。他們繞著圓圈不斷向上攀升，升得越來越高，最後，開始感到微微暈眩的哈利，終於看到前方出現了一扇光澤閃亮的橡木大門，上面有一個鷹面獅身獸形狀的黃銅門環。

他知道他被帶到了哪裡，這必然就是鄧不利多住的地方。

12 變身水

他們離開石頭螺旋梯，踏到門前，麥教授輕輕敲門。大門無聲地敞開，他們走進去。麥教授吩咐哈利待在這裡等候，然後就拋下他，一下子便不見人影了。

哈利環顧四周，有一件事可以確定：在哈利今年去過的所有師長辦公室中，鄧不利多的辦公室顯然是最有趣的一間。如果他現在不是因為擔心被趕出校門而感到心神不寧，他一定會很高興能有機會到這裡來逛逛。

這是一個寬敞美觀的圓形房間，充滿了許多怪異有趣的小聲音。一張細腿餐桌上，擺了一些稀奇古怪的銀色儀器，它們在桌上不停滴溜溜地兜圈子，並噗哧噗哧地噴出許多小團煙霧。牆上掛滿了過去歷任校長與女校長們的畫像，他們現在全都待在畫框中打盹兒，並發出輕微的鼾聲。另外還擺了一張有著爪狀桌腳的大書桌，而在書桌背後的架子上，擱著一頂又髒又破的巫師帽——分類帽。

哈利遲疑了一會兒，他先謹慎地朝牆上那些熟睡的男巫女巫們瞥了一眼，要是他趁現在把分類帽拿下來再戴一次，不至於會有什麼壞處吧？他只是想弄清楚……只是想要確定，分類帽**並沒**把他分錯地方。

他靜悄悄地繞過書桌，取下架上的分類帽，慢慢套到他的頭上。這頂帽子太大了些，整個垂下來遮蓋住他的眼睛，就跟他上次試戴時的情形完全一樣。哈利凝視帽子黑暗的內部，靜靜等候，然後他耳邊響起了一個細細的聲音：「你在想什麼，哈利波特？」

「呃，是的，」哈利喃喃說道，「呃——很抱歉來麻煩你——我想要問——」

「你想知道我有沒有把你分錯學院，」帽子機伶地接口說，「沒錯……你的確是非常難以歸類的一個案例。不過我還是堅持我原先的看法——」哈利的心雀躍不已，「——你在史萊哲林**會**表現得很不錯的。」

哈利的胃猛然沉了下去。他一把抓住帽尖，把它扯了下來。它軟趴趴地躺在他的手中，顯得格外骯髒破爛。哈利把它放回架子，心裡覺得很不舒服。

「你錯了。」他對著那頂不動並沉默的帽子大聲喊道，它沒有任何反應。哈利退向後方，默默打量著它，然後他背後響起一陣好像嘴巴被封住的嗚嗚怪聲，驚得他連忙回過身去。

這裡並不是只有他一個人，在門後一根金色棲木上，站著一頭看起來非常衰老的鳥，牠的外表活像是一頭毛被拔掉一半的火雞。哈利望著牠，而那隻鳥也兇巴巴地回瞪，並再度發出牠那古怪的嗚嗚啼聲。哈利覺得牠看起來好像病得很重，牠的雙眼黯淡無光，而就在哈利望著牠的時候，牠的尾巴又多掉了兩根羽毛。

哈利才不安地想到，現在好了，要是鄧不利多的寵物鳥，恰好選在只有他一個人在辦公室的時候死翹翹，那他真的是跳到黃河都洗不清了，接著那隻鳥就突然開始起火燃燒。

哈利嚇得大叫，連忙退到書桌後面。他慌亂地四處搜尋，想要找到一杯水來滅火，但卻什麼也沒有。在這短短的時間中，那隻鳥就變成了一團火球，牠發出一聲淒厲的尖叫，在轉眼間化成一堆悶燒的灰燼。

辦公室的大門就在此時被推開，鄧不利多走了進來，神情顯得十分憂鬱。

「教授，」哈利屏息說道，「你的那隻鳥——我完全不知道該怎麼辦——牠就這樣燒了起來——」

哈利驚訝地發現，鄧不利多竟然露出微笑。

「也差不多該到時候了，」他說，「這幾天他看起來糟透了，我一直勸他快點動身。」

他望著哈利臉上的驚愕神情，忍不住咯咯輕笑。

「佛客使是一隻鳳凰，哈利。鳳凰在死亡時會化成火焰，然後再從灰燼中浴火重生。你看他……」

哈利低下頭來，正好看到一隻皺巴巴的新生幼雛從灰燼中探出頭來，看起來就跟那隻死掉的一樣醜怪。

「真可惜你是在燃燒日見到他，」鄧不利多坐在書桌後面說，「他大部分時候都是很漂亮的，有著非常美麗的紅金色羽毛。鳳凰真的是非常迷人的生物，牠們載得動非常沉重的東西，牠們的眼淚可以治病，而且牠們也是非常**忠心**的寵物。」

在佛客使突然著火所帶來的驚嚇中，哈利完全忘了自己跑到這裡來的原因，但是，當鄧不利多坐在書桌後的高背椅上，用那對足以穿透人心的淡藍雙眼盯著他看的時候，他就全部都記起來了。

但鄧不利多還來不及再開口說話，辦公室大門就被一股巨大的蠻力撞開，海格闖了進來，他的雙眼散發出狂野的光芒，他的保暖頭巾顫巍巍地頂在凌亂的黑髮上，而他的手中依然拎著那隻死掉的雄雞。

「不是哈利啊，鄧不利多教授！」海格焦急地說，「在那個孩子被發現的**前幾秒鐘**，我還跟哈利說過話欸，他絕對不可能有時間去做壞事啊，先生……」

鄧不利多想開口說話，但海格卻不住口地大吼大叫，並激動地揮舞手中的雄雞，把雞毛撒得到處都是。

「……不可能是他啊，需要的話，我可以到魔法部面前去發誓，給他作證……」

「海格，我──」

「……你抓錯人啦，先生，我**知道**哈利絕對不會──」

「**海格！**」鄧不利多大聲說，「我**並不認為**哈利是攻擊他們的兇手。」

「喔，」海格說，雄雞軟綿綿地垂下來貼在他的腿邊，「好吧，那我這就到外面去等，校長。」

然後他就很不好意思地走了出去。

「你不認為是我，教授？」哈利滿懷希望地複誦，鄧不利多正忙著清理書桌上的雞毛。

「是的，哈利，我不認為是你，」鄧不利多說，但他的神情又變得十分憂鬱，「不過，我還是想要跟你談一談。」

鄧不利多邊思索邊研究他十根長手指的指尖狀況，而哈利緊張兮兮地在一旁等待。

「我必須問你，哈利，你有沒有事情想要跟我說，」他和藹地說，「任何事都行。」

哈利不曉得該說些什麼。他想到了馬份的話：「下一個就輪到你了，麻種！」還有那鍋在愛哭鬼麥朵的洗手間裡慢慢熬煮的變身水。然後他想到了他曾聽到過兩次的無形嗓音，並記起榮恩當時曾說：「即使是在魔法世界裡，聽到別人聽不見的聲音，也不能算是一個好徵兆。」他同時也想到了那些關於他的閒言閒語，還有他自己那與日俱增的恐懼，擔心他與薩拉札．史萊哲林之間，或許真有某種關連……

「沒有，」哈利說，「什麼也沒有，教授。」

* * *

賈斯汀與差點沒頭的尼克雙雙遭受攻擊的慘劇，使得原先的緊張不安轉變成真正的恐慌。奇怪的是，差點沒頭的尼克的命運，似乎最能引起大家的關切與憂慮。什麼東西才可能把幽靈變成那副德行，大家不解地互相詢問；是什麼樣的恐怖力量，才有辦法去傷害一個已經死掉的人？另外，校園中也颳起一陣搶著預定霍格華茲特快車車位的熱潮，大家都希望能回家去過個平安的聖誕假期。

「照這個速度看來，最後大概只有我們會留下來過節，」榮恩對哈利及妙麗說，「我們、馬份，還有克拉和高爾。這可真是個愉快的假期啊。」

不管馬份做什麼全都有樣學樣的克拉和高爾，同樣也登記要留下來過節，但哈利很高興大部分的人都會離開學校。他已經厭倦了人們在走廊上碰到他時，老是兜個大圈子遠遠地繞過去，就好像他隨時都會長出獠牙或是噴射劇毒什麼的；他也厭倦了在他經過時人們的嗡嗡耳語、指指點點，以及恐懼的噓聲。

不過，弗雷和喬治倒覺得這整件事非常好玩。他們老是一溜煙地跑過來，在哈利前面踏著軍步替他開路，嘴裡還大聲嚷著：「快讓位給史萊哲林的傳人哪，超級邪惡的巫師就要在此通過啦……」

派西對他們這種行徑非常不以為然。

「這**不是**一件可以拿來開玩笑的事。」他冷冷地說。

「喔，不要擋路，派西，」弗雷說，「哈利現在有急事要辦。」

「沒錯，他得趕去密室，和他那長著獠牙的僕人喝下午茶呢。」喬治說完就放聲大笑。

金妮也覺得這一點也不有趣。

「喔，**不要！**」她哭喊道，這是每當弗雷大聲詢問哈利誰是他下一個攻擊目標，或是喬治假裝用一大瓣蒜片驅趕哈利時，金妮所會出現的必然反應。

哈利一點也不在意；其實這樣還讓他心裡覺得舒服一些，這表示弗雷和喬治至少還覺得，把他當作史萊哲林傳人這件事相當荒唐可笑。不過他們的搞笑舉動似乎激怒了跩哥·馬份，他每次看到雙胞胎的表演時，臉色就會變得越來越難看。

「這是因為他恨不得能**大聲**宣告，他才是真正的傳人，」榮恩故作內行地推斷，「你也知道，只要有人在任何方面勝過他，他就會恨得要死。他幹了那麼多齷齪的勾當，結果名聲卻全都落到你的身上。」

「這種情形不會維持太久的，」妙麗用一種滿意的語氣說，「變身水快要完成了。現在我們馬上就可以從他嘴裡套出實話了。」

＊　＊　＊

學期終於宣告結束，而一種跟戶外積雪一樣深的寂靜，完全籠罩住整座城堡。哈利發現，這不但沒有讓他感到沮喪，反而還使他心裡充滿了安詳寧靜，同時，他也很高興能跟妙麗及衛斯理家人，一同接管整座葛來分多塔。這表示在他們大聲玩爆炸牌時，不會再引起別人抗議，而且還可以私下練習決鬥招數。弗雷、喬治和金妮不想跟衛斯理夫婦到埃及去看比爾，因此也決定留在學校過節。派西很看不慣他們這些他所謂的孩子氣舉動，所以他待在葛來分多交誼廳裡的時間並不多。他曾經傲慢地對他們表示，**他**之所以選擇在學校過聖誕節，只是因為身為級長的他，在學校有難的時候，有責任留下來替師長們分憂。

聖誕節早晨來臨時，戶外是一片白茫茫的冰雪世界。獨自占據整間寢室的榮恩和哈利，在一大早就被妙麗給吵醒，她闖進他們寢室時早已穿戴整齊，手上抱著要送給他們兩人的聖誕禮物。

「起床。」她大聲說，順手把窗簾拉開。

「妙麗——妳不能進到這裡來呀。」榮恩說，伸手擋住炫目的光線。

「祝你聖誕快樂，」妙麗說，扔給他一份禮物，「我在一個鐘頭前就起床，跑去在藥水裡多加了一些草蜻蛉，藥水已經完成了。」

哈利坐了起來，立刻變得非常清醒。

「妳確定？」

「非常確定，」妙麗說，她把灰鼠斑斑推到一旁，挪出空位坐到哈利的四柱大床邊，「我們如果要採取行動的話，我認為今晚會是最恰當的時機。」

就在此時，嘿美從窗口飛了進來，牠的嘴裡叼著一個非常小的包裹。

「哈囉，」在牠飛落到哈利床上時，哈利忍不住高興地說，「妳現在終於肯理我啦？」

牠親暱地輕咬哈利的耳朵，這對哈利來說，可比牠送來的包裹要珍貴百倍。那是德思禮家寄來的，他們送給哈利一根牙籤，另外還附上一張紙條，要他問問老師，看他暑假是不是也可以留在霍格華茲不要回去。

哈利其他的聖誕禮物就令人滿意多了。海格送給他一大罐糖蜜軟糖，哈利決定先把它擱在爐火邊，等它融化變軟了再吃；榮恩送給他一本叫做《與砲彈隊一同飛翔》的書，內容是關於榮恩最喜歡的一支魁地奇球隊的趣事；而妙麗替他買了一枝用老鷹羽毛做的高級羽毛筆。哈利拆開最後一個禮物，看到裡面有一件衛斯理太太送的簇新手織套頭毛衣，和一個大李子蛋糕。他拿起她寄來的卡片，想到衛斯理先生那輛在撞上渾拚柳之後就不知去向的汽車，以及他和榮恩正在計畫進行的下一波犯規行動，心裡忍不住又湧出一股罪惡感。

＊　＊　＊

所有的人，甚至連那些擔心稍後得灌下變身水的人，全都會暫且拋開一切，盡情享受霍格華茲的聖誕晚宴。

餐廳看起來華麗而壯觀。除了十二株覆蓋著白霜的聖誕樹，和天花板上那些縱橫交錯、用冬青與槲寄生編成的漂亮飾帶之外，還有著無數自天花板緩緩飄落、用魔法變幻出的溫暖乾燥雪花。鄧不利多帶領著大家唱了幾首他最鍾愛的頌歌，海格每灌下一大杯蛋酒，就會變得比先前更加聒噪吵鬧。派西沒發現弗雷偷偷在他的級長徽章上動了手腳，把「級長」兩字變成「蠢貨」，還一頭霧水地追問大家為什麼要笑個不停。跩哥．馬份坐在大老遠的史萊哲林餐桌，大聲挖苦哈利的新套頭毛衣，但哈利卻一點也不生氣。如果事情順利的話，馬份再過幾個鐘頭就會受到懲罰了。

哈利和榮恩還沒吃完他們的第三盤聖誕布丁，就被妙麗推著離開餐廳，去為他們今晚的計畫做沙盤推演。

「我們還缺一些你們要變成的人身上的東西，」妙麗用一種實事求是的口吻說，好像這只不過是叫他們到超級市場去買包洗衣粉，「而且事情很明顯，你們最好是能拿到克拉和高爾身上的東西；他們是馬份的死黨，他絕對不會對他們隱瞞任何事情。而且我們還得花點心思，在我們質問馬份的時候，不要讓真的克拉和高爾闖進來。

「這些我全都想好了，」她無視於哈利和榮恩嚇呆的臉孔，若無其事地繼續說下去，並舉起兩個大大的巧克力蛋糕，「我會在這兩個蛋糕裡面，加上一些最普通的安眠藥水。你們兩個只要確定讓克拉和高爾發現蛋糕就行了，你們也曉得他們有多貪吃，他們一定會把蛋糕吞進去的。他們一睡著，你們就拔幾根他們的頭髮，然後把他們藏到掃帚櫃裡去。」

哈利和榮恩面面相覷，兩人都流露出懷疑的神情。

「妙麗，我不認為——」

「這可能會出非常嚴重的差錯呀——」

但妙麗眼中閃出一種堅決冷峻的光芒，看起來跟麥教授幾乎一模一樣。

「少了克拉和高爾的頭髮，藥水等於是半點用也沒有，」她聲色俱厲地說，「你們到底**想不想**去盤問馬份？」

「喔，好吧，好吧，」哈利說，「那妳呢？妳要去拔誰的頭髮？」

「我早就準備好了！」妙麗愉快地說，從口袋裡掏出一個小瓶子，讓他們看裝在裡面的一小根毛髮，「你們記得我上次在決鬥社跟米莉森．布洛德打了一架嗎？她在想要掐死我的時候，不小心掉了一根頭髮在我的長袍上！而且她已經回家去過聖誕節了——所以我只要跟史萊哲林的人說，我突然改變主意回到學校就行了。」

當妙麗匆匆趕去愛哭鬼麥朵洗手間再次檢查藥水時，榮恩帶著一臉被判死刑的表情望著哈利。

「你聽過比這更容易出差錯的計畫嗎？」

* * *

但哈利和榮恩卻驚訝萬分地發現，這個計畫的第一階段，竟然就像妙麗說的一樣順利。他們在聖誕節茶會之後，就埋伏在空蕩蕩的入口大廳等待克拉和高爾，這兩個貪吃鬼現在還在餐廳裡大吃大嚼，急著把第四盤乳脂鬆糕全都塞進肚子裡去。哈利已經把巧克力蛋糕擱到了樓梯扶手上，在瞥見克拉和高爾快要從餐廳走出來時，哈利和榮恩就趕緊躲到大門邊的盔甲後面藏好。

「你們怎麼會這麼笨哪？」榮恩狂喜地低語，望著克拉眉開眼笑地對高爾指著蛋糕，然後一把抓起。他們兩人咧嘴露出愚昧的笑容，把蛋糕整個塞進他們的大嘴。在接下來的一段時間中，他們兩人只是貪吃地專心咀嚼，臉上還掛著一副得意洋洋的勝利表情，但沒過多久，他們的表情雖然完全沒變，但卻突然雙腿一軟，往後栽倒在地。

但要把他們拖過大廳，再藏到櫥櫃裡面，就沒有這麼容易了。等到終於把他們拖到水桶和拖把間塞好之後，哈利就在高爾的額頭上用力扯下一根粗硬短毛，而榮恩也拔了幾根克拉的頭髮。他們另外還偷了他們的鞋子，因為他們自己的鞋子對高爾和克拉的腳來說太小了，根本就不可能塞得進去。接著他們就全速奔向愛哭鬼麥朵的洗手間，心裡還在為剛才的舉動感到驚魂未定。

妙麗攪拌大釜的廁所，冒出一陣陣漆黑的濃煙，讓他們幾乎什麼都看不見。哈利和榮恩撩起長袍摀住鼻子，輕輕敲響廁所的門。

「妙麗？」

他們聽到門鎖的摩擦聲，而妙麗探出頭來，她滿臉發光，神情顯得急躁不安。他們聽到她身後那鍋如糖蜜般濃稠的藥水，正發出**咕嘟咕嘟**的冒泡聲。馬桶圈上已經擺好三個大玻璃杯。

「你們拿到了嗎？」妙麗屏息問道。

哈利把高爾的頭髮遞給她看。

「很好。我剛剛溜到洗衣房，偷了這幾件備用長袍，」妙麗抓著一個小袋子說，「你們在變成克拉和高爾以後，就得換穿大尺寸的長袍了。」

他們三人低頭望著大釜。靠近些看，這鍋藥水就像是一大攤微微冒泡的濃稠黑泥。

「我可以確定，我每一個部分都沒有出錯，」妙麗說，緊張兮兮地重新翻閱《超強魔藥》污跡斑斑的書頁，「照書上的說法，好像是應該——在我們把它喝下去以後，再過一整個鐘頭的時間才會恢復原形。」

「現在該怎麼做？」榮恩輕聲問道。

「我們先把它分別裝進三個玻璃杯，然後再加進頭髮。」

妙麗用杓子把大坨大坨的魔藥舀進每一個玻璃杯，然後，她用顫抖的手搖動瓶子，把米莉森．布洛德的頭髮倒進第一個玻璃杯。

魔藥發出像水壺燒開似的響亮嘶聲，並瘋狂地連連冒泡。在轉眼間，它就變成了一種噁心的黃色。

「噁——米莉森．布洛德精油，」榮恩滿臉嫌惡地盯著那杯魔藥，「我敢說這味道一定很噁心。」

「把你們的也加進去吧。」妙麗說。

哈利把高爾的頭髮扔進中間的玻璃杯，而榮恩也把克拉的毛髮放進最後一個杯子裡面。兩個杯子同時開始冒泡並發出嘶聲：高爾那杯變成像鼻膿般的土黃色，而克拉那杯則是一種非常深的暗褐色。

「等一下，」哈利喝道，提醒正準備伸手拿杯子的榮恩和妙麗，「我們最好別在這裡喝，等到我們變成克拉和高爾以後，這裡根本就塞不下我們，況且米莉森．布洛德也不是什麼苗條的綠仙。」

「說的有理，」榮恩說，並把門打開，「我們一人一間好了。」

哈利小心翼翼地端著他的變身水，生怕潑出了一小滴，慢慢移進中間的廁所。

「準備好了嗎？」他喊道。

「準備好了！」榮恩和妙麗的聲音答道。

「一……二……三……」

哈利捏住鼻子，狂吞了兩大口，把魔藥全都灌進肚子裡去。它的味道有點像是煮了太久的包心菜。

他的肚子立刻感到一陣劇痛，就好像他剛才吞下的是一堆活蛇──他彎腰抱住肚子，心裡想著不知道待會兒會不會想吐──然後一股燒灼感自他的胃部迅速蔓延至他的手指與腳趾尖。接下來，當他趴在地上喘氣的時候，體內突然出現一種恐怖的融化感，他全身皮膚都像熱蠟似地啵啵冒泡，而他的手掌就這樣活生生地在他眼前開始膨脹，手指變粗，指甲拓寬，指關節像螺栓似地高高凸起。他的肩膀痛苦地往兩邊拉扯延伸，而額前的刺痛告訴他，那裡有粗硬的短髮垂下來搭在他的眉毛上。他的長袍就像被撐破的桶子似的，在他胸膛加厚變寬時綳出了破洞，腳上那雙至少小了四個尺寸的鞋子讓他痛得死去活來……

一切忽然在瞬間結束，就像開始時一般突然。哈利趴在冰冷的石頭地板上，傾聽麥朵在最後一間廁所裡發出像念經似的惱怒咕噥聲。他費了好大的勁才踢掉鞋子，站了起來。所以這就是當高爾的感覺了，他用顫抖的大手，脫掉現在只及腳踝的舊長袍，換上妙麗偷來的衣服，再穿上高爾像船一樣的大鞋。他伸手想要撥開眉前的亂髮，但卻只摸到額上一片鐵絲般的粗短硬毛。然後他才發現，他的眼鏡讓他視線變得模糊，高爾顯然並沒有近視。他取下眼鏡，揚聲喊道：「你們兩個好了嗎？」他的嘴裡發出高爾暗啞的嗓音。

「好了，」他聽到右手邊傳來克拉低沉的咕嚕聲。

哈利打開門，走到布滿裂痕的鏡子前。高爾用一對凹陷無神的眼睛回望著他，他抓抓耳朵，高爾也同樣照做。

榮恩的門敞開。他們互相凝視。除了看起來有點蒼白和吃驚之外，從那馬桶蓋似的髮型，到那雙像人猿般的長手臂，眼前的榮恩簡直就跟克拉一模一樣。

「這真是令人不敢相信，」榮恩說，走到鏡子前按按克拉的塌鼻子，「**不敢相信**。」

「我們該走了，」哈利說，鬆開緊箍住高爾肥厚手腕的錶帶，「我們還得先找到史萊哲林的交誼廳，我只希望我們可以找到人跟……」

榮恩一直在目不轉睛地望著哈利，而他忍不住開口說：「你不曉得看到高爾在**思考**，那種感覺有多詭異。」他用力捶妙麗的門，「快點，我們得走了……」

一個又高又尖的嗓音答道：「我——我想我還是別去好了。你們走吧，不要管我。」

「妙麗，我們知道米莉森．布洛德長得很醜，可是不會有人曉得那是妳啦。」

「不——我是說真的——我想我還是別去的好。你們兩個快走吧，不要再浪費時間了。」

哈利滿臉困惑地望著榮恩。

「**這樣**就比較像高爾了，」榮恩說，「每次老師把他叫起來問問題時，他就是這種表情。」

「妙麗，妳沒事吧？」哈利揚聲問道。

「沒事——我沒事……快走吧——」

哈利看看手錶，他們寶貴的六十分鐘已經過去五分鐘。

「那我們待會兒再回來找妳，好嗎？」他說。

哈利和榮恩小心翼翼地打開洗手間大門，先確定附近並沒有人在，才悄悄溜出門外，出發上路。

「你的手不要這樣晃個不停，」哈利低聲叮囑榮恩。

「嗄？」

「克拉的手都是緊貼著身體，看起來有點僵硬……」

「像這樣嗎？」

「沒錯，好多了。」

他們走下大理石階梯。他們現在最需要的就是找到一個史萊哲林學生，好跟著他一起走到史萊哲林的交誼廳，但卻偏偏一個人也看不到。

「現在該怎麼辦？」哈利輕聲詢問。

「我記得史萊哲林學生都是從那裡走上來吃早餐。」榮恩指著通往地窖的入口說。他話才剛說完，一個長鬈髮女孩就從地窖入口走了出來。

「對不起，」榮恩快步趕到她面前說，「我們忘了該怎麼走到我們的交誼廳。」

「你說什麼？」女孩板著臉答道，「**我們**的交誼廳？**我**是雷文克勞的學生。」

她往前走去，途中還疑心地回過頭來望著他們。

哈利和榮恩趕緊沿著石梯走向黑暗的地窖，克拉和高爾的大腳重重撞擊地面，使得他們的腳步聲顯得格外響亮，而他們不禁開始感到，事情並沒有他們想像中那麼容易。

迷宮般的迂迴通道中完全看不到一個人影。他們不斷向前走去，逐漸深入學校的地底世界，每隔幾分鐘就低頭看看錶，檢查他們究竟還剩下多少時間。在足足前進了一刻鐘，而他們兩人都開始感到絕望時，他們終於聽到前方出現了一陣騷動。

「哈！」榮恩興奮地說，「現在總算碰到一個史萊哲林學生了！」

一個人影從旁邊的房間走了出來，但是，在他們匆匆迎上前去時，他們的心卻立刻沉了下來。那並不是史萊哲林的學生，那是派西。

「你跑到這裡來做什麼？」榮恩驚訝地問道。

派西露出受到冒犯的神情。

「這，」他板著臉說，「不關你的事。你叫克拉，對吧？」

「誰——喔，沒錯。」榮恩說。

「好了，回你們寢室去吧，」派西嚴厲地說，「在最近這段時間裡，獨自在黑漆漆的走廊上四處亂晃，是很不安全的。」

「**你自己**還不是。」榮恩提醒他。

「我，」派西挺起胸膛說，「可是一位級長啊。沒有任何東西會攻擊**我**的。」

哈利和榮恩背後突然響起一個迴音裊裊的嗓音。跩哥・馬份懶洋洋地朝他們晃過來，而這是哈利這輩子第一次覺得很高興能看到馬份。

「原來你們在這裡呀，」他望著他們，用他慢吞吞的語氣說，「你們兩個剛才是不是一直都待在餐廳裡面大吃大喝？我到處找你們，我這裡有個非常有趣的東西要拿給你們看。」

馬份用令人不快的目光盯了派西一眼。

「你又跑到這裡來做什麼，衛斯理？」他不屑地說。

派西顯然受到了侮辱。

「你必須對學校的級長表現出起碼的敬意！」他說，「我不喜歡你的態度！」

馬份冷笑一聲，示意哈利和榮恩跟著他走。哈利差點開口向派西道歉，但幸好及時打住。他和榮恩緊緊跟在馬份後面，等到他們三人轉進下一條通道之後，馬份開口說：「那個彼得・衛斯理──」

「是派西。」榮恩不假思索地更正。

「不管他叫什麼，」馬份說，「我注意到，他最近老是鬼鬼祟祟地在這附近亂晃。我想我知道他有什麼目的，他以為他可以靠他自己一個人的力量，逮到史萊哲林的傳人。」

他發出一聲不屑的譏笑，哈利和榮恩興奮地互使眼色。

馬份在一面光禿禿的潮溼石牆前面停下腳步。

「新的通關密語是什麼？」他問哈利。

「呃──」哈利說。

「喔，對了──**純種**！」馬份沒等哈利回答就喊道，而一面隱匿在牆中的石門立刻靜靜滑開。馬份大步踏進去，哈利和榮恩緊跟在他的身後。

史萊哲林交誼廳是一個狹長低矮的地下房間，牆壁與天花板都是用粗石鑿成，並用鐵鍊懸掛著許多盞慘綠色的圓形燈。在他們前方那座雕工華麗的壁爐架下，有著一盆劈啪作響的溫暖爐火，幾名史萊哲林學生如剪影般地圍坐在爐火邊的雕刻椅中。

「在這裡等一下，」馬份對哈利和榮恩說，示意他們坐到遠離爐火的兩張空椅上，「我上去把它拿下來——那是我父親剛寄給我的——」

哈利和榮恩心裡暗暗猜測馬份究竟要拿什麼東西給他們看，表面上卻乖乖坐下來，盡力擺出一副回到家似的自在神情。

馬份在一分鐘之後就回到交誼廳，手裡握著一個看起來像是剪報的東西。他把它遞到榮恩面前。

「這可以讓你痛快地大笑一場。」他說。

哈利看到榮恩震驚地瞪大眼睛。他飛快地讀完剪報，拚命擠出一聲乾笑，再把它遞給哈利。

這是一篇從《預言家日報》剪下來的新聞報導，上面寫著：

魔法部案情

魔法部麻瓜人工製品濫用局的主管亞瑟・衛斯理，在今日因用魔法改造一輛麻瓜汽車而誤觸法網，被判繳納五十加隆的罰金。

魯休思・馬份先生，乃該魔法車於今年初墜毀處——霍格華茲魔法與巫術學院的理事之一，他在今天公開要求衛斯理先生遞出辭呈。

「衛斯理讓魔法部顏面掃地，」馬份先生對我們的記者表示，「他顯然沒有資格來擬定我們的法律，而他那荒唐的麻瓜保護法案也應立即廢止。」

衛斯理先生並未對此發表任何評論，但他的妻子卻出面叫記者滾開，否則她就要放出她家的惡鬼來對付記者。

「怎樣？」馬份在哈利把剪報還給他時性急地追問，「你難道不覺得好笑嗎？」

「哈，哈。」哈利乾笑了兩聲。

「亞瑟．衛斯理愛麻瓜愛得要命，他根本就應該把他的魔杖折成兩半，跑去當麻瓜算了。」馬份輕蔑地說，「光看衛斯理家人的舉動，你絕對想不到他們竟然會是純種。」

榮恩的臉——或者應該說是克拉的臉——憤怒地扭曲。

「你是怎麼啦，克拉？」馬份厲聲問道。

「肚子痛。」榮恩咕噥一聲。

「好吧，那你就到醫院廂房去，替我狠狠踢那些麻種一人一腳。」馬份吃吃竊笑，「你知道，我實在覺得很奇怪，《預言家日報》為什麼直到現在，還沒報導任何校園攻擊事件的消息，」他若有所思地繼續說下去，「我猜，大概是鄧不利多用關係把消息給壓了下來。要是事情還不趕快停止的話，他八成就要被解雇囉。我父親總是說，鄧不利多是這地方有史以來最大的禍害，他愛那些麻瓜後代呀。一個適任的校長，是絕對不會讓克利維那類的智障入學的。」

馬份舉起手來，假裝拿著一架隱形照相機拍個不停，並開始殘忍但卻精準地模仿出柯林的模樣：「波特，我可以替你拍張相嗎，波特？我可以請你簽名嗎？我可以舔你的鞋跟嗎，波特？」

他垂下手來，盯著哈利和榮恩。

「你們兩個是**怎麼**了？」

雖然時間遲了些，哈利和榮恩還是設法硬擠出一陣乾笑，但這樣馬份似乎就滿意了；大概克拉和高爾平常就很遲鈍，反應本來就會慢半拍。

「聖人波特，麻種的朋友，」馬份緩緩說道，「他也是另一個缺乏正當巫師意識的人，要不然他就不會成天跟那個自以為了不起的麻種格蘭傑混在一起，而大家還以為**他**就是史萊哲林的傳人咧！」

哈利和榮恩屏息等待：馬份接下來就要告訴他們，他自己才是真正的傳人了，但是——

「我真**希望**我能知道那究竟是**誰**，」馬份暴躁地說，「我可以助他們一臂之力呀。」

榮恩的嘴巴大大張開，使得克拉的臉看起來甚至比平常更加愚昧。幸運的是，馬份並未注意到他的異樣，而心思敏捷的哈利連忙接口說：「你一定曉得幕後的主謀是誰……」

「你知道我不曉得，高爾，我到底得告訴你多少次你才記得住？」馬份吼道，「而且上次密室被打開時的情形，我父親連**半點**都不肯跟我說。當然啦，那是五十年前的事，那時候他還沒進學校，不過他全都知道得一清二楚，而且他告訴我，他最好是什麼都不說，因為我要是知道太多的話，就會引起別人的懷疑。不過我倒是曉得一件事：上次密室被打開的時候，有一個麻種**死掉**了。所以我敢說，這次遲早有人會被殺死……我希望最好是那個格蘭傑。」他嘴角泛起一絲惡意的微笑。

榮恩握緊克拉的大拳頭。哈利知道榮恩要是忍不住揍了馬份的話，他們就會前功盡棄，露出馬腳，因此他連忙用警告的目光瞪了榮恩一眼，並開口說：「那你知不知道，上次那個打開密室的人被抓到了沒有？」

「喔，知道啊……那傢伙被開除了，」馬份說，「現在大概還被關在阿茲卡班。」

「阿茲卡班？」哈利困惑地說。

「阿茲卡班——**巫師的監獄**啊，高爾，」馬份說，不敢相信地盯著哈利，「說真的，你要是再這樣遲鈍下去的話，你會越來越退化的。」

他煩躁不安地挪動身軀，換了個姿勢說：「我父親叫我什麼都別管，讓史萊哲林的傳人放手去執行計畫。他說這個學校需要好好整頓一下，除掉所有的骯髒麻種，但千萬不能讓自己牽扯進去。這是當然的，他現在已經有太多事情要煩心了。你們知道，魔法部上個禮拜突然跑到我家莊園來突襲檢查嗎？」

哈利努力在高爾駑鈍的面孔上擠出一個關心的表情。

「就是這樣……」馬份說，「幸運的是，他們沒找到多少東西。我父親有一些非常珍貴的黑魔法收藏品，幸好我們家客廳地板下也藏了一個自己的密室——」

「呵！」榮恩說。

馬份轉頭望著他。哈利同樣也盯著他看。榮恩的臉脹得通紅，甚至連他的頭髮也開始泛紅。他的鼻子同樣也在慢慢變長——他們的時間到了。榮恩正在變回他自己，而根據榮恩突然拋給哈利的驚駭眼神，哈利知道他自己必然也是一樣。

他們兩人同時跳了起來。

「得去要些肚子痛的藥吃。」榮恩咕噥一聲，未再多做解釋，就快步衝過史萊哲林的交誼廳，撲向石牆出口，沿著通道向前狂奔。他們心裡存著萬一的希望，暗暗祈禱馬份不要發現事情不太對勁。哈利可以感覺到他的雙腳在高爾的大鞋中滑來滑去，而在身材縮回原狀之後，他得提起長袍才不至於被絆倒；他們乒乒乓乓地跑上樓，踏進漆黑的入口大廳，聽到他們關克拉和高爾的掃帚櫥裡傳出悶悶的撞擊聲。他們把兩雙大鞋留在櫥櫃門口，就穿著襪子全速衝上大理石階梯，奔向愛哭鬼麥朵的洗手間。

「好吧，其實這也不能算是完全浪費時間，」榮恩喘著氣說，順手帶上洗手間的大門，「我知道我們還沒有找到兇手，不過我明天就要寫信給爸，叫他去檢查一下馬份家客廳的地板。」

哈利走到布滿裂痕的鏡子前檢查自己的面孔，他已經完全恢復正常了。他戴上眼鏡，而榮恩用力捶著妙麗藏身的廁所大門。

「妙麗，出來吧，我們有好多事情要跟妳說——」

「走開！」妙麗尖叫。

哈利和榮恩面面相覷。

「怎麼啦？」榮恩說，「妳現在一定已經恢復原形了嘛，我們都……」

但愛哭鬼麥朵冷不防地從廁所門上冒了出來，哈利從來沒看到她這麼高興過。

「哇啊啊啊啊，你們等著看吧，」她說，「實在是太**恐怖**了！」

他們聽到門鎖彈開的聲音，而妙麗用長袍罩住頭，哭著走了出來。

「這是幹什麼？」榮恩狐疑地說，「莫非妳臉上還留著米莉森的鼻子什麼的？」

妙麗放下長袍，而榮恩驚得往後栽進了水槽裡。

她的臉上覆蓋著一層黑色的毛皮。她的眼睛變成了黃色，髮叢中冒出兩隻又長又尖的耳朵。

「那是一根貓——貓毛！」她哭喊道，「米——米莉森．布洛德一——一定有養貓！而且這種魔——魔藥是不能拿來做動物變身用的！」

「啊喔。」榮恩說。

「大家一定會用**很難聽**的話來嘲笑妳唷。」麥朵快樂地說。

「沒事的，妙麗，」哈利連忙說，「我們現在就帶妳去醫院廂房，龐芮夫人向來都不會問太多問題……」

他們花了很長的一段時間又勸又哄，才好不容易讓妙麗離開洗手間。愛哭鬼麥朵用一陣發自內心的哄笑聲催促他們趕緊上路。

「快去讓大家瞧瞧妳長出了一條**尾巴**！」

13 絕密日記

妙麗在醫院廂房裡住了好幾個禮拜。在聖誕假期過後，其他學生返回學校時，她的失蹤在校園中引發了一陣沸騰的謠言，大家理所當然地把她當作攻擊事件的另一名受害者。每天都有很多學生排隊經過醫院廂房大門，用盡各種方法想要瞄到妙麗一眼，因此龐芮夫人只好再度取出掛簾，圍在妙麗床邊，免得她因為毛臉被人看見而感到難堪。

哈利和榮恩每天晚上都會去看她，新學期開始以後，他們每天都替她送來當日的功課。

「要是我臉上長出鬍鬚的話，我一定會暫時休息，完全不碰功課。」榮恩有天晚上忍不住開口說，並順手把一疊書本倒在妙麗的床頭櫃上。

「別傻了，榮恩，我必須跟上進度啊。」妙麗活潑地說。自從她臉上的黑毛完全消失，而眼睛也慢慢恢復褐色之後，她的心情已大為改善，「我想你們大概還沒找到什麼新線索吧？」她刻意壓低聲音，以免讓龐芮夫人聽到。

「沒有。」哈利悶悶不樂地答道。

「我本來還以為**鐵定**是馬份呢。」榮恩說，這句話他已經說了不下百次了。

「那是什麼東西？」哈利指著妙麗的枕頭問道，枕下露出了一截金色的不明物體。

「只是一張慰問卡！」妙麗慌張地答道，伸手想要把卡片塞回去，但榮恩的動作卻比她更快。他拉出卡片，輕輕打開，開始大聲朗讀：

「送給格蘭傑小姐，祝妳早日康復，關心妳的老師，梅林勳章第三級巫師，黑魔法防禦聯盟榮譽會員，《女巫週刊》最迷人笑容獎五次得主，吉德羅．洛哈教授上。」

榮恩抬頭望著妙麗，露出厭惡的表情。

「妳把這玩意兒放在**枕頭下**睡覺？」

幸好龐芮夫人正好帶著妙麗晚上的藥匆匆趕到，才讓她逃過一劫，不用去回答這個尷尬的問題。

「你說這個洛哈，是不是你見過最會討好賣乖的傢伙？」榮恩走出病房之後對哈利說。他們兩人開始踏上樓梯，準備返回葛來分多塔。石內卜開給他們一大堆作業，多得讓哈利忍不住覺得，等到他功課全都做完以後，他說不定都已經升上六年級了。榮恩才剛開口抱怨，說剛才忘了問妙麗豎髮藥水裡面要加幾根老鼠尾巴，他們就聽到樓上傳來一陣憤怒的咆哮。

「是飛七。」哈利低聲說，他們快步衝上樓去，躲在角落，豎起耳朵傾聽。

「該不會是又有人出事了吧？」榮恩緊張地說。

他們靜靜站在原地，把頭歪向飛七聲音的方向，他的語氣聽起來有點歇斯底里。

「……又丟給我更多的工作！整整擦了一夜，就好像我還不夠忙似的！不，我已經忍無可忍了，這次我非得去找鄧不利多……」

他的腳步聲漸漸遠去，然後他們聽到遠方傳來一聲摔門聲。

他們把頭探出牆角，飛七剛才顯然是在他平常的守望地點站崗：他們現在又重新回到拿樂絲太太的出事地點。他們一眼就看出，飛七剛才為什麼會氣得大吼大叫。地上有一大攤淹沒了大半個走廊的積水，而且水似乎還在繼續從愛哭鬼麥朵洗手間門下滲出來。現在飛七已不再狂叫，因此他們才能聽到，從洗手間牆壁後傳來麥朵迴音裊裊的大哭聲。

「**現在**她又怎麼啦？」榮恩說。

「我們進去看看吧。」哈利說，於是他們把長袍撩到腳踝上方，涉過一大片積水，走到那扇掛著「故障」標誌的門前，像往常一樣視而不見地走了進去。

愛哭鬼麥朵平常的哭聲就已經夠嚇人的了，可是她現在甚至哭得比以前更大聲更厲害，她好像是躲在她平常棲身的馬桶裡面。洗手間裡一片漆黑，因為在方才那陣大洪水沖過時，牆壁和地板都被浸得溼透，而蠟燭自然也不可倖免地完全熄滅。

「妳怎麼啦，麥朵？」哈利問道。

「是誰？」水中傳來麥朵可憐兮兮的咕噥聲，「是誰又要來拿東西丟我了？」

哈利踩水走到她的廁所隔間前說：「我幹嘛要拿東西丟妳？」

「不要問我，」麥朵尖叫，忽地從馬桶中冒了出來，把更多的水潑到早已溼透的地板上，「我在這裡，只管我自己的事，沒惹到任何人，但卻有人覺得拿書本丟我很好玩……」

「可是就算有人拿東西丟妳，妳也不會痛啊，」哈利試圖跟她講理，「我的意思是，那只會直接從妳的身體穿過去，對不對？」

他說錯話了。麥朵氣鼓鼓地挺起身來，高聲尖叫道：「大家全都來拿書丟麥朵呀，因為**她**根本就沒有感覺！穿過她肚子得十分！穿過她的頭得五十分！很好，哈，哈，哈！多麼好玩的遊戲啊，我竟然都**沒**想到！」

「到底是誰拿東西丟妳了？」哈利問道。

「**我**不曉得……我只是坐在馬桶下面思索死亡，它就突然從我的頭頂上穿了下來。」麥朵怒沖沖地瞪著他們，「它就在那裡，被水沖出來了。」

哈利和榮恩順著麥朵的手指望過去，目光落到了水槽底下。那裡有一本又薄又小的書，它有著破爛的黑色書皮，看起來就跟洗手間裡的所有東西一樣潮溼。哈利走上前去，準備把它撿起來，但榮恩卻猛然揮手攔住了他。

「幹嘛？」哈利說。

「你瘋了嗎？」榮恩說，「那東西可能很危險呀。」

「**危險**？」哈利大笑著說，「別扯了，它怎麼可能會危險？」

「有些事你聽了大概會嚇一跳，」榮恩說，並擔憂地望著那本書，「那些被魔法部沒收充公的書——我聽爸說的——其中有一本書，看了會把你的眼睛給燒壞。而所有看過《魔法師十四行詩抄》的人，以後一輩子都得用打油詩的韻律說話。另外，巴斯那裡有個老女巫，她有一本怪書，你只要一打開來看就得**永遠看下去**！你不管走到哪裡，都得把鼻子埋在書裡，而且還只能用一隻手做所有的事。還有——」

「好了，我懂你的意思了。」哈利說。

那本小書靜靜躺在地板上，看起來溼答答的，一點也不特別。

「不過，我們總得先拿起來看看，才知道是怎麼回事嘛。」他逮住空隙從榮恩身邊繞過去，把書從地上撿起來。

哈利立刻看出這是一本日記，而根據封面那個褪色的年代標誌，它顯然已經有五十年的歷史了。他急切地打開日記，在第一頁中，他只能看出一個字跡模糊的簽名：T. M.瑞斗。

「等一下，」榮恩說，他小心翼翼地走過來，站在哈利背後探頭張望，「我聽過這個名字……T. M.瑞斗在五十年前，得過一個學校特殊貢獻獎。」

「你怎麼會曉得這種事？」哈利吃驚地問道。

「因為在勞動服務的時候，飛七逼我把他的獎牌擦了至少五十次，」榮恩用憎恨的語氣說，「我就是把蛞蝓吐到它上面。要是你花了一個鐘頭的時間，才好不容易把一個名字上的黏液擦乾淨，這名字你就算想忘也忘不了呢。」

哈利撥開黏在一起的書頁，全都是一片空白。裡面完全找不到一行筆跡，甚至連「瑪貝阿姨的生日」或是「三點半看牙醫」之類的記錄也沒有。

「他從來沒用過它。」哈利失望地說。

「我覺得很奇怪，為什麼有人會想把它給沖掉呢？」榮恩好奇地說。

哈利把書翻過來，看到背後印著一個倫敦佛賀路經銷商的名字。

「他一定是個麻瓜後代，」哈利若有所思地說，「這樣他才有可能會跑到佛賀路去買日記……」

「好吧，反正它對你沒什麼用處，」榮恩說，然後他壓低聲音，「把它扔過麥朵的鼻子，你就可以得五十分。」

但哈利卻還是把日記放進口袋。

* * *

到了二月初，妙麗終於鬍鬚消失、尾巴不見，臉上光滑無毛地搬出醫院廂房。在她搬回葛來分多塔的第一天晚上，哈利就把T. M.瑞斗的日記拿給她看，並把發現它的經過一五一十地告訴她。

「哇，它說不定有隱藏的力量呢。」妙麗熱心地接過日記，開始仔細檢查。

「要是它有的話，那它真是藏得太好了，」榮恩說，「說不定它是害羞呢。我真不曉得，你幹嘛不乾脆把它扔掉呢，哈利？」

「我倒是想知道，為什麼會有人**想要**把它給扔掉，」哈利說，「而且我也很好奇，瑞斗究竟是對霍格華茲做了什麼特殊貢獻，才有可能得到那個獎。」

「可能性多著呢，」榮恩說，「也許他通過了普等巫測三十級檢定考試，或是從大烏賊嘴裡救出一位老師。也說不定是他謀殺了麥朵，這等於是幫了所有人一個大忙……」

但哈利可以從妙麗臉上的異樣神情看出，她顯然跟他想到了同一件事。

「怎麼啦？」榮恩問道，目光在其他兩人臉上來回梭巡。

「嗯，密室在五十年前被打開過，對不對？」哈利說，「馬份是這麼說的。」

「沒錯……」榮恩緩緩答道。

「而**這本日記**也有五十年歷史了。」妙麗說，並激動地伸手輕敲日記。

「那又怎樣？」

「喔，榮恩，你醒醒吧，」妙麗厲聲喝道，「我們知道，上次打開秘密房間的人，是在**五十年前**被學校開除。而我們也知道，這個 T. M. 瑞斗是在**五十年前**得到了一個學校特殊貢獻獎。這樣說好了，瑞斗會得獎，是不是因為他**逮到了史萊哲林的傳人**？他的日記說不定可以讓我們解開所有謎團：密室在哪裡？該怎樣把它打開？而裡面又住了什麼樣的怪獸？這次所有攻擊事件的主謀，當然不希望自己被人看到啦，你說是不是？」

「這個推論真是太精采了，妙麗，」榮恩說，「可惜卻有個微不足道的小漏洞。**他的日記根本連一個字也找不到。**」

但妙麗卻從袋子裡掏出她的魔杖。

「他說不定用了隱形墨水！」她輕聲說。

她用魔杖往日記上輕輕敲了三下說：「阿八拉象！」

什麼也沒發生。妙麗卻不死心地再把手探進她的袋子，掏出一個像鮮紅橡皮擦的東西。

「這是現形擦，是我在斜角巷買到的。」她說。

她用力擦「一月一日」那一頁，還是什麼也沒有。

「我告訴你們，這裡面什麼也找不到的，」榮恩說，「我看瑞斗只不過是在聖誕節得到一本日記禮物，可是他根本就懶得去寫。」

* * *

哈利完全無法解釋，甚至連他自己都搞不懂，他為什麼不乾脆把瑞斗的日記給扔掉。事實上，雖然他心裡**知道**日記裡什麼也沒寫，但他依然常常下意識地把它拿起來翻翻，彷彿那是一本他讀到一半、很想繼續看完的小說。同時，哈利雖然非常確定，自己過去從來沒聽過T. M. 瑞斗這個名字，但它似乎對他具有某種意義。瑞斗彷彿就像是一個他遺忘已久的童年好友，但這實在太荒謬了。拜達力所賜，哈利在到霍格華茲上學前，從來沒有過任何朋友。

但不管怎樣，哈利已下定決心，要去找出瑞斗這個人的更多資料，因此，他利用第二天的下課時間，到獎品陳列室去檢查瑞斗的特殊貢獻獎牌，跟他同去的還有興致勃勃的妙麗，與死不信邪的榮恩。榮恩認定他們絕不會在那裡找到任何線索，甚至還對他們表示，他上次在獎品陳列室消磨的時光，早就足夠他回味一輩子了。

瑞斗那面擦拭得晶瑩閃亮的金色盾形獎牌，被塞在角落的一個展示櫃裡，上面並未刻上他得獎的原因（「還好沒刻，要不然這玩意兒就會更大，到現在我都還擦不完呢。」榮恩說）。不過，他們另外在一枚表揚魔法成就的舊獎章上，和一張過去歷任男學生主席的名單中，都找到了瑞斗的名字。

「他聽起來很像派西，」榮恩說，並嫌惡地皺起鼻子，「級長，男學生主席——說不定還每科都是班上第一名哩。」

「你這樣說，好像那是一件壞事似的。」妙麗用一種有些受傷的語氣埋怨道。

* * *

太陽又開始將微弱的光芒灑落在霍格華茲，城堡中的氣氛已不再像先前那般絕望。在賈斯汀和差點沒頭的尼克出事之後，校園就沒再出現任何攻擊事件，而龐芮夫人也高興地向大家報告，說魔蘋果現在開始變得多愁善感且神秘兮兮，這表示他們就快要脫離童年了。

「等到他們的青春痘全都消失，就可以準備再替他們重新換盆，」哈利有天下午聽到她體貼地安慰飛七，「在換盆移植以後，再過一陣子，就可以把他們採下來熬藥。拿樂絲太太很快就會回到你身邊的。」

也許史萊哲林的傳人現在已經失去勇氣，哈利默默思索。在整個學校全都提高警覺，並開始互相懷疑以後，打開密室所必須冒的風險，自然也變得越來越大。裡面那頭不知道是什麼樣的怪獸，現在說不定都已經安安穩穩地躺下來，準備再冬眠個五十年……

但赫夫帕夫的阿尼．麥米蘭卻沒有這麼樂觀。他依然深信兇手就是哈利，並一口咬定哈利在決鬥社聚會時不小心「露出馬腳」。皮皮鬼同樣也是專幫倒忙，他動不動就在走廊中突然竄到人潮上方，開始放聲高歌：「喔，哈利，你這個垃圾……」現在他甚至還發明了一套固定舞步來搭配這首歌。

吉德羅．洛哈似乎認為，攻擊事件之所以會銷聲匿跡，完全是他一個人的功勞。有一天，在葛來分多學生們排隊準備上變形學課時，哈利無意間聽到洛哈對麥教授得意地吹噓。

「我想應該不會再有問題了，麥教授，」他說，擺出一副彼此心照不宣的神情敲敲自己鼻子，再意味深長地眨眨眼，「我認為，這次那個密室是真的被鎖緊囉。罪犯大概是看出，我遲早都會逮到他的。所以呢，他很明智地就此罷手，免得我用嚴厲的手段來對付他。

「妳知道嗎，現在學校最需要的，就是辦一場鼓舞士氣的熱鬧活動，讓大家把上學期的不快回憶全都忘光！我現在暫且賣個關子，不過我心裡已經有譜了……」

他又敲敲他的鼻子，然後大搖大擺地離去。

洛哈鼓舞士氣的計畫，在二月十四日早餐時正式揭曉。哈利前一天晚上練魁地奇練到很晚，所以沒有睡飽，在他匆匆跑下樓梯前往餐廳時，其實已經有點遲到了。在他剛踏進餐廳的那一刻，他還以為自己走錯地方了。

牆壁上掛滿了巨大而刺眼的鮮豔粉紅色花朵，更可怕的是，另外還有著無數心形五彩碎紙，不斷地從淡藍天花板上飄落下來。哈利走向葛來分多餐桌，榮恩帶著厭惡的神情坐著發愣，而妙麗卻好像突然智商降低，吃吃傻笑個不停。

「這是怎麼回事？」哈利隨口問了一句，就坐了下來，捻掉他培根上的五彩碎紙。

榮恩指著師長的餐桌，顯然是厭惡到根本就懶得再多說一句。洛哈穿著一襲刻意搭配室內裝飾的鮮豔粉紅色長袍，揮舞著雙手示意大家安靜下來。坐在他兩旁的老師們看起來全都表情僵硬，哈利可以從他的座位，看到麥教授的面頰上爆出了一條青筋，石內卜的表情活像是剛被逼灌下一大杯生骨藥。

「情人節快樂！」洛哈喊道，「容我在此感謝，那四十六位已經寄卡片給我的朋友！沒錯，正是在下我，冒昧地在這裡，為大家準備了一個小小的驚喜——而且還不只是這樣喔！」

洛哈拍拍手，十二名長相兇惡的小矮人，就從餐廳門口列隊走了進來。而且他們還不只是普通的小矮人，洛哈替他們全都戴上了金色翅膀，手裡還各握著一把豎琴。

「我友善的送卡小愛神！」洛哈笑吟吟地說，「他們今天一整天，都會忙著在校園裡走來走去，替大家送情人節卡片！而且還有更好玩的唷！我很確定，我的同事們也樂意與我共襄盛舉。大家可以去問問石內卜教授，該怎麼樣調製愛情魔藥呀！而且我還可以在此對大家透露，孚立維教授是我見過的巫師裡面，最厲害的一位魔法媚術專家，真是頭狡猾的老狐狸！」

孚立維教授把臉埋進手裡，石內卜露出一副若是有人膽敢向他乞討愛情魔藥，他就非得逼這個人喝下毒藥的猙獰相。

「拜託，妙麗，妳快告訴我，那四十六個人裡面應該沒有妳吧？」榮恩在他們離開餐廳去上第一堂課時問道。妙麗突然開始非常專心地翻包包找她的課程表，假裝什麼也沒聽見。

在接下來一整天，小矮人不停地闖進教室送情人節卡，把老師給煩得要命，而到了下午，在葛來分多學生爬上樓去上符咒課的時候，其中一個小矮人趕上了哈利。

「喂，你！『阿利波特』！」一個長得特別討厭的小矮人喊道，並蠻橫地用手肘撞開人群，擠到哈利身邊。

哈利一想到，他必須在包括金妮．衛斯理在內的一大群一年級生面前，接受小矮人送來的情人卡，就忍不住羞得全身發燙。他想要逃跑，但他才往前走了兩步，小矮人就惡狠狠地踢開旁邊的人，趕上前去擋住哈利的去路。

「我這裡有一張音樂卡要送給『阿利波特本人』。」小矮人說，並帶有恐嚇意味地轟然撥響他的豎琴。

「**拜託不要在這裡**。」哈利噓聲說，想要立刻逃走。

「**站住！**」小矮人咕嚕一聲，一把抓住哈利的袋子，把他給拖了回來。

「放開我！」哈利厲吼，用力扯動他的袋子。

他的袋子在一聲響亮的撕裂聲中裂開。他的書本、魔杖、羊皮紙和羽毛筆全都掉到地上，而他的墨水瓶整個摔碎，把他的東西全都弄髒了。

哈利趴在地上爬來爬去，想要趕在小矮人開始放聲高歌前，把所有東西全都撿起來放好，這使得走廊上的人潮暫時堵塞。

「這裡是怎麼啦？」他耳邊傳來跩哥．馬份懶洋洋的冷漠嗓音。哈利忙亂地把所有東西塞進他裂開的袋子，想趕在馬份聽到他的音樂情人節卡以前趕快逃走。

「這裡到底在吵什麼？」另一個熟悉的聲音問道，原來是派西．衛斯理駕到。

哈利急得失去了理智，不顧一切地想要拔足狂奔，但小矮人卻一把抱住他的腿，害他重重摔倒在地上。

「好了，」小矮人坐在哈利的腳踝上說，「這是你的歌唱情人節卡。」

「他的眼睛綠得像是新鮮的醃蛤蟆，
他的頭髮黑得像是牆上的黑板哪，
我希望他變成我的人，因為他是這麼的神，
他就是打倒黑魔王的英雄頂呱呱。」

哈利恨不得立刻變成空氣消失，他願意拿古靈閣的全部藏金來作為交換。他鼓起勇氣，在其他所有人的瘋狂大笑聲中緩緩站了起來，他的雙腳被剛才那小矮人的重量壓得發麻，而派西．衛斯理在一旁聲嘶力竭地努力驅散群眾，其中有些人甚至還笑出了眼淚。

「你們離開吧，快走啊，上課鈴在五分鐘前就響了，快去上課，現在就去。」他揮手趕走了幾個低年級生，「你**也**一樣，馬份。」

哈利回過頭來瞥了一眼，正好看見馬份彎腰抓起了某個東西。他滿臉奸笑地把它拿給克拉和高爾看，而哈利立刻看出，他拿到的是瑞斗的日記。

「還來。」哈利平靜地說。

「不知道波特在裡面寫了什麼？」馬份說，他顯然並沒有注意到封面的年代，還以為他拿到的是哈利自己的日記。旁觀的人群立刻變得鴉雀無聲，金妮的目光從日記轉向哈利，臉上露出驚駭的神情。

「把它交出來，馬份。」派西嚴厲地說。

「先讓我看看再說。」馬份答道，並挑釁地朝哈利揮動日記。

派西說：「身為一名學校的級長──」但哈利已經忍不住發火了，他掏出魔杖喊道：「去去，武器走！」而就像石內卜對付洛哈時的情形一般，馬份也眼睜睜地望著日記從他的手裡射出去，飛到空中，被榮恩笑著一把接住。

「哈利！」派西大聲說，「不准在走廊上施展魔法，你這樣我必須去向老師報告！」

但哈利才不在乎呢，他總算給了馬份一次教訓，就算他們要扣葛來分多五分也無所謂。馬份看起來氣得要命，而當金妮經過他身邊，準備回教室上課時，他滿懷惡意地對著她吼道：「我看波特並不怎麼喜歡妳的情人節卡！」

金妮用手摀住臉，狂奔著跑進教室。榮恩怒喝一聲，同樣也掏出了魔杖，但卻被哈利及時阻止。他可不想讓榮恩花整堂符咒課的時間來吐蛞蝓。

在他們到達孚立維教授上課的教室時，哈利才注意到，瑞斗的日記有點不太對勁。他其他所有書本全都溼答答的，沾滿了猩紅色的墨水，但那本日記卻跟墨水打翻前一樣乾爽潔淨。哈利想要把這告訴榮恩，但榮恩的魔杖卻又開始作怪，從頂端冒出一個又一個的紫色大泡泡，而他現在顯然對其他事情都提不起任何興趣。

＊　＊　＊

當天晚上，哈利在其他室友回房間前就早早上床睡覺。這部分是因為他沒辦法聽弗雷和喬治再把「他的眼睛綠得像是新鮮的醃蛤蟆」重唱一遍，但除此之外，他也想要再檢查一次湯姆瑞斗的日記，而他曉得，榮恩一定會覺得他是在浪費時間。

哈利坐在他的四柱大床上，翻閱空白的書頁，裡面完全找不到一絲猩紅色墨水的痕跡。然後他從床頭櫃裡取出了一瓶新墨水，把羽毛筆伸進瓶中，沾了一點滴在日記的第一頁上。

微微閃亮的墨水在頁面上只停留了一秒鐘，就好像被紙張吸進去似的，忽然完全消失。哈利懷著興奮的心情，再用筆沾了一點墨水，寫下：「我的名字叫哈利波特。」

字跡在頁面上發出短暫的光芒，接著又在瞬間消失，完全沒留下一絲痕跡。然後，奇怪的事終於發生了。

頁面上再度浮現出哈利自己滴下的墨水，但卻變成了一行他並未寫過的文字。

「哈囉，哈利波特。我的名字叫湯姆．瑞斗。你是怎麼找到我的日記的？」

這段字跡也是一出現就迅速消失，但接著哈利就迫不及待地寫下另一行文字。

「有人想要把它沖到馬桶下。」

他急切地等待瑞斗的回音。

「幸好我是用比墨水更持久的方法來記錄我的回憶，不過我早就曉得，有人不想讓任何人讀到這本日記。」

「請問這是什麼意思？」哈利寫道，在激動中不小心把頁面弄髒了一大塊。

「我是說，這本日記中記載了許多恐怖事情的回憶。那些被刻意掩蓋的事情，那些曾經發生在霍格華茲魔法與巫術學校的事情。」

「我現在就是在這個地方，」哈利連忙寫道，「我就在霍格華茲，而恐怖的事情已經發生了。你知道任何關於密室的事情嗎？」

他的心怦怦狂跳。瑞斗的回音很快就出現了，這次他的筆跡變得較為潦草，似乎他也急著要把他所知道的事情全都說出來。

「我當然知道密室的事。我還在這裡念書時，學校告訴我們，那只是一個傳說，密室根本就不存在，但那是個謊言。在我五年級的時候，密室曾經被打開過，而裡面的怪獸攻擊了幾名學生，最後甚至奪去一個人的性命。我逮到了那個打開密室的人，他立刻被學校開除，但當時的校長狄劈教授，卻認為家醜不可外揚，因此禁止我說出實話。他們編出了另一套說辭，說那個女孩是在一場怪誕的意外中不幸喪生。他們為了安撫我，還頒給我一個閃閃發亮、雕工精緻的漂亮紀念品，並警告我守緊口風，不得洩漏任何消息。但我曉得，這件事很可能會再度發生。那頭怪獸依然活著，而那個有能力釋放牠的人，並沒有被關進監獄。」

哈利急急抓起筆來振筆疾書，差點就把墨水瓶打翻。

「現在它已經再度發生了。到目前為止，已經發生了三次攻擊事件，好像完全沒有人曉得背後的主謀是誰。上次的兇手是誰？」

「如果你願意的話，我可以顯示給你看。」瑞斗答道，「你不用只看我的文字，我可以帶你進入我抓到他那天晚上的記憶。」

哈利感到猶豫，提筆停在日記上方，遲遲無法下筆。瑞斗這麼說是什麼意思？他怎麼可能被帶領進入他人的記憶？他緊張地朝寢室門外瞥了一眼，外面已開始漸漸轉黑，等到他再度望著日記時，正好看到頁面上浮現出新的字跡。

「讓我顯示給你看。」

哈利這次只遲疑了半秒鐘，就提筆寫下了兩個字：

「好吧。」

日記便開始像是被狂風吹襲似快速翻動，在六月中旬部分停了下來。哈利張大了嘴，望著那個框住六月十三日日期的小方塊，似乎在瞬間變成了一個迷你電視螢幕。他用微微顫抖的手拿起日記，把眼睛貼在那個小窗口前，而他還來不及察覺究竟發生了什麼事，他就不由自主地開始傾向前方。窗口迅速擴張，他感覺到他的身體離開床鋪，一頭栽進書頁上的入口，陷入一團色彩與光影的漩渦。

他感到他的雙腳踏到堅實的地面，他站起來，忍不住微微發抖，而周遭朦朧不清的形影，也在剎那間變得異常清晰。

他一眼就看出自己到了什麼地方。這個掛滿沉睡人物畫像的圓形房間，正就是鄧不利多的辦公室——但那個坐在書桌後的人卻不是鄧不利多。那是一個乾癟皺縮、看起來非常虛弱的巫師，他的頭頂幾近全禿，只剩下幾小簇白髮，而他現在正就著燭光專心閱讀一封信。哈利從來沒看過這個人。

「對不起，」他用顫抖的聲音說，「我不是故意要來打擾你……」

但那個巫師並沒有抬頭，他微蹙著眉頭繼續讀信。哈利微微挪向書桌，結結巴巴地說道：「呃——我想走了，可以嗎？」

但那個巫師還是不理他，他似乎根本就沒聽見哈利的聲音。哈利心想這個巫師大概是個聾子，於是他提高聲音。

「很抱歉來打擾你，我現在就要走了。」他幾乎是用喊的。

那名巫師嘆一口氣，折好信紙站起來，視若無睹地經過哈利身邊，走到窗前拉開窗簾。窗外的天空是一片美麗的寶石紅，現在似乎是黃昏。巫師回到書桌前，重新坐下，撫弄他的大拇指，望著門口發愣。

哈利打量這間辦公室，看不到鳳凰佛客使，看不到咻咻旋轉的古怪銀色儀器。這是瑞斗認識的霍格華茲，這表示眼前這位不知名的巫師，應該是當時的校長，並不是鄧不利多，而哈利自己只不過是一個虛渺的幻影，五十年前的人根本就看不見他。

門外傳來一陣敲門聲。

「進來。」老巫師有氣無力地說。

一個大約十六歲的男孩走進來，摘掉他的巫師尖帽，他的胸前戴著一個閃爍發光的銀色級長徽章。他比哈利高出許多，但他同樣也有著一頭漆黑的頭髮。

「啊，瑞斗。」校長說。

「你找我嗎，狄劈教授？」瑞斗說。他看起來非常緊張。

「坐下，」狄劈說，「我剛才看了你寫給我的信。」

「喔。」瑞斗說。他坐下來，雙手緊緊交握。

「我親愛的孩子，」狄劈和藹地說，「我不可能讓你留在學校過暑假。你自然會想要回家度假吧？」

「不，」瑞斗不假思索地答道，「我寧願留在霍格華茲，也不要回到那個——那個——」

「我想，你在假期中，應該是住在一家麻瓜孤兒院裡吧？」狄劈好奇地問道。

「是的，先生。」瑞斗答道，他的面頰微微泛紅。

「你是麻瓜後代嗎？」

「是混血，先生，」瑞斗說，「麻瓜父親，女巫母親。」

「那麼你的雙親都——？」

「我母親在我一出生就去世了，先生。孤兒院的人告訴我，說她在死前替我取了名字：湯姆是紀念我的父親，魔佛羅是紀念我的外公。」

狄劈發出同情的嘖嘖聲。

「事情是這樣的，湯姆，」他嘆著氣說，「我們原本是可以替你破例做些安排，可是在目前這樣的狀況……」

「你是指那些攻擊事件嗎，先生？」瑞斗說，而哈利的心跳了起來，又往前靠近了一些，生怕錯過任何訊息。

「一點也不錯，」校長說，「我親愛的孩子，你想必可以看出，如果我在學期結束之後，還允許你繼續留在城堡裡，會是一個多麼愚蠢的決定。特別是在最近那場悲劇的陰影之下……那個可憐小女孩的死……目前你還是待在孤兒院裡比較安全。事實上，魔法部現在甚至考慮要關閉這個學校。我們的地理位置是最接近那個——呃——這一切不愉快的來源……」

瑞斗睜大了眼睛。

「先生——要是那個人被逮到的話……要是一切全都停止……」

「你這麼說是什麼意思？」狄劈問道，他的嗓音變得尖銳急躁，並立刻坐直身軀，「瑞斗，難道你是說，你聽到了一些攻擊事件的內幕？」

「沒有，先生。」瑞斗立刻答道。
但哈利非常確定，瑞斗所謂的「沒有」，其實跟他當初給鄧不利多的回答沒有兩樣。
狄劈縮回椅中，看起來有些失望。
「你可以走了，湯姆……」
瑞斗輕輕滑下椅子，拖著沉重的腳步走出房間，哈利跟在他的身後。
他們走下不斷移動的螺旋梯，從石像鬼旁邊踏出洞口，來到漆黑的走廊。瑞斗停下腳步，哈利同樣也停了下來，站在一旁望著他。哈利可以看出，瑞斗現在正在考慮一件非常重要的事情。他咬著嘴唇，額頭擠出皺紋。
然後，他似乎突然下定決心，邁開步伐往前快步疾走，而哈利跟在他身後無聲地滑行。他們一路上並未碰到任何人，但一踏進入口大廳，一名身材高大，留著一頭紅褐色飄飄長髮和長長鬍鬚的巫師，站在大理石階梯上叫住了瑞斗。
「你在做什麼，這麼晚還在四處亂晃，湯姆？」
哈利望著那名巫師，詫異地張大了嘴。他分明就是年輕五十歲的鄧不利多。
「我去見校長，先生。」瑞斗說。
「好了，趕快回到床上去吧，」鄧不利多說，用哈利非常熟悉的銳利目光盯著瑞斗，「這些日子最好別在走廊上四處閒晃，自從那……」
他重重嘆了一口氣，跟瑞斗道聲晚安，就大步離去。瑞斗目送他離去，等他的背影完全消失後，瑞斗就立刻展開行動，他快速走下通往地窖的石梯，哈利緊追在他的身後。

但哈利卻失望地發現，瑞斗並沒有帶他彎進一條隱藏的通道或是秘密隧道，反而是直接走向石內卜上魔藥學的地窖。室內並未點燃火把，而瑞斗又把門關得只剩下一條細縫，因此哈利眼前一片漆黑，只能隱約看到瑞斗動也不動地站在門邊，凝視外面的走廊。

在哈利感覺中，他們至少在那裡呆站了一個鐘頭。哈利只能看到瑞斗如雕像般站在門前偷窺的剪影，而就在哈利所有的期待與緊張完全消失，並開始希望能快點回到現實世界時，他突然聽到門外傳來一陣腳步聲。

某個人正躡手躡腳地經過走廊，他聽到那個不知名的人輕輕走過他和瑞斗藏身的地窖。瑞斗立刻溜出大門跟蹤，他的行動就像鬼魂般地輕巧無聲。哈利也下意識地踮起腳跟了出去，完全忘了根本就沒人會聽到他發出的聲音。

他們跟著腳步聲走了大約五分鐘之後，瑞斗突然停下來，側耳傾聽另一個新出現的聲音。哈利聽到一扇門咯吱咯吱地敞開，然後響起某個人沙啞的耳語。

「來呀……得把你弄到外面去……快點來呀……到盒子裡來呀……」

這個嗓音聽起來相當熟悉。

瑞斗突然跳出牆角。哈利也跟著走出去。他看到一個高大男孩的黑影蹲伏在一扇敞開的門前，旁邊還擱了一個非常巨大的盒子。

「晚安，魯霸。」瑞斗揚聲說。

那個男孩砰地一聲關上房門，站了起來。

「你到這裡來做什麼，湯姆？」

瑞斗走近了一些。

「一切都結束了，」他說，「我準備要去告發你，魯霸。他們說，要是攻擊事件還不停止的話，他們就要關閉霍格華茲了。」

「你這是——」

「我並不認為你有意要殺死人。但怪獸是不能拿來當寵物養的。我猜，你大概只是想把牠放出來活動一下筋骨，結果卻——」

「牠從來沒殺過人！」高大的男孩喊道，用背頂住那扇緊閉的門。哈利可以聽到從他身後傳來一陣怪異的窸窣聲和喀嗒聲。

「好了啦，魯霸，」瑞斗說，又往前挪近了一些，「那個死去女孩的父母，明天就會趕到這裡來。霍格華茲至少該把殺死他們女兒的怪獸處死——」

「不是牠！」男孩大吼，在黑暗的走廊中激起響亮的迴音，「牠不會這麼做！絕不是牠！」

「讓開。」瑞斗說，掏出了他的魔杖。

他的符咒讓走廊上突然爆出燦爛的光芒。高大男孩身後的大門猛然敞開，力量大得把他彈到了對面牆上。而從門後冒出的某樣東西，讓哈利忍不住發出一聲長而淒厲的尖叫，但似乎只有他自己才聽得見。

一個巨大而低垂在半空中的毛茸茸身體，一團糾纏不清的黑色長腿，一道由許多眼睛發出的冷冽寒光，一對像剃刀般銳利的鉗爪——瑞斗再度舉起魔杖，但已經太遲了。那東西立即拔腿狂奔，把瑞斗撞得栽倒在地，再沿著走廊往前跑去，一下就失去了蹤影。瑞斗爬起來，連忙追上前去。他舉起魔杖，但那個高大的男孩卻撲上前來，奪去他的魔杖，把他重新推到地上，並氣急敗壞地喊著：「**不不不不不不！**」

眼前的景象再度變成模糊的漩渦，周遭又重新恢復一片漆黑，哈利感到自己在不斷地朝下墜落，然後砰地一聲，呈大字狀地摔落在葛來分多寢室的四柱大床上，瑞斗的日記攤開來躺在他的肚子上。

他還來不及喘過氣來，寢室的門就被推開，而榮恩走了進來。

「原來你在這裡呀。」他說。

哈利坐了起來。他渾身冒著冷汗，並不停地顫抖。

「怎麼啦？」榮恩擔心地望著他。

「是海格，榮恩。海格在五十年前打開了密室。」

14

康尼留斯・夫子

哈利、榮恩和妙麗早就曉得，海格偏偏就是對巨大兇惡的生物情有獨鍾。他們在霍格華茲度過的第一年中，海格就曾試著在他的小木屋裡面養龍，而他們大概還得再過一段很長的時間，才有辦法忘掉那隻被海格暱稱為「毛毛」的三頭巨狗。那麼，海格若是在小時候，聽到城堡裡的某個地方藏了一隻怪獸，哈利相信他一定會想盡辦法跑過去看牠一眼，他說不定還會覺得，把一頭怪獸關那麼久很殘忍，至少該找個機會讓牠出來透透氣，讓牠好多條的長腿伸一伸；哈利甚至可以想像出，十三歲的海格試著替牠套上項圈的畫面，但他同樣也非常確定，海格絕對無意殺害任何人。

哈利開始有點後悔自己發現了使用瑞斗日記的方法。榮恩和妙麗老是逼迫他一次又一次地重複述說他所看到的一切，到後來他對說故事本身，以及接下來那些老是兜圈子打轉的冗長討論，全都感到厭煩透頂。

「瑞斗**有可能**抓錯了人，」妙麗說，「說不定傷害人的是另外一頭怪獸……」

「妳以為這地方藏得下那麼多怪獸啊？」榮恩無精打采地問道。

「我們早就曉得，海格是被學校開除，」哈利難過地說，「而且在海格被踢出校門以後，一定就沒再發生過任何攻擊事件，否則瑞斗也不會得到那個獎。」

榮恩試著從另一個角度切入。

「瑞斗這傢伙聽起來**很像**派西——他幹嘛要去打海格的小報告？」

「可是那怪獸**殺**了人欸，榮恩。」妙麗說。

「而且，要是霍格華茲停辦的話，瑞斗就得回到某家麻瓜孤兒院去，」哈利說，「他想要留在這裡，說實話也不能怪他……」

榮恩咬著嘴唇，然後遲疑地問道：「你有一次在夜行巷碰到海格，對不對，哈利？」

「他只是去買肉食蛞蝓殺蟲劑呀。」哈利立即答道。

接著他們三人就陷入一片沉默。過了許久，妙麗吞吞吐吐地提出最難解的一個問題：「你們覺得，我們要不要乾脆去找海格**問**清楚？」

「那可真是令人愉快的拜訪呀，」榮恩說，「哈囉，海格呀，快告訴我們，你最近有沒有晃到城堡裡，放出什麼發瘋的毛茸茸怪物啊？」

在最後，他們終於做下決定，除非再發生攻擊事件，否則他們絕不對海格提起這件事。而隨著日子一天天過去，那個無形的耳語都不曾再出現，因此他們心中又重新燃起希望：說不定他們永遠都不用去向海格探聽他當年被開除的事。現在離賈斯汀和差點沒頭的尼克的出事日期已將近四個月了，而大家似乎都開始認為，那個不知名的兇手已決定就此罷手。皮皮鬼終於唱膩了他的「喔，哈利，你這個垃圾」歌，而阿尼．麥米蘭有天在上藥草學的時候，用相當禮貌的口吻，請哈利把一桶跳跳蕈傳給他。到了三月，幾株魔蘋果在三號溫室裡開了一場非常吵鬧的宴會，這讓芽菜教授高興得不得了。

「等到他們開始想要搬到對方盆子裡去住的時候，就代表他們已經完全成熟，」她告訴哈利，「接下來，我們就可以讓醫院廂房的那些可憐人復活了。」

＊　＊　＊

在霍格華茲的第二年，他們在復活節假期中，面臨到一個必須去好好思考的新問題。現在他們必須選擇三年級要修的科目，而這至少對妙麗來說，是一件非常重要的事。

「這對我們的未來有非常大的影響呢。」她對哈利和榮恩說，他們三人正在仔細閱讀新增科目課程表，並在上面標上記號。

「我只想要放棄魔藥學。」哈利說。

「這我們可辦不到，」榮恩悶悶不樂地說，「我們得繼續上所有的舊科目，要不然我第一個就會把黑魔法防禦術給刪掉。」

「可是那是很重要的課欸！」妙麗震驚地說。

「但被洛哈一教，就變得一點也不重要了，」榮恩說，「這一年下來，我除了不能隨便把綠仙放出來之外，其他什麼也沒學到。」

奈威・隆巴頓家裡所有的男巫女巫親戚們，全都熱心地寫信給他，為他提供各種不同的選課建議。奈威被他們搞得既迷惑又擔心，只好伸著舌頭坐在椅子上望著課程表發愣，逢人就問他們覺得算命學和古代神秘文字研究哪一科聽起來比較難。丁・湯馬斯跟哈利一樣，同樣也是在麻瓜家庭裡長大，他最後索性閉上眼睛，拿起魔杖往課程表上隨意亂指，碰到什麼就選什麼。妙麗則是乾脆不聽任何意見，樣樣不漏地全部選修。

哈利只要一想到，他若是跟威農姨丈和佩妮阿姨討論他在魔法世界中的事業前途，他們兩人會作何反應，他就忍不住泛出苦笑。但這並不代表他完全得不到任何指引：派西・衛斯理就非常熱心地與他分享自己的經驗。

「主要是看你將來想從事**哪一行**，哈利，」他說，「我認為，最好是趁早替未來作些打算，所以我會強力推薦占卜學。有人說只有傻子才會去選修麻瓜研究，但我個人認為，巫師們對於非魔法社會族群，應該有著全面性的了解，特別是那些想要從事跟麻瓜有關工作的巫師——看看我的父親吧，他一天到晚都在處理跟麻瓜有關的事情。我的哥哥查理向來就比較喜歡戶外活動，所以他選了奇獸飼育學。依照你自己的長處去選就行了，哈利。」

但哈利覺得他真正擅長的就只有魁地奇一樣而已。到了最後，他決定跟榮恩選同樣的新科目，這樣他要是把功課搞得一團糟的話，至好還可以找到一個友善的人來幫助他。

＊＊＊

葛來分多下一場魁地奇球賽的對手是赫夫帕夫。在木透的堅持之下，球員們在每天晚餐過後都必須參加集訓，因此哈利除了練習魁地奇和做功課之外，幾乎沒有時間從事其他任何活動。不過，集訓本身卻比過去要輕鬆許多，或至少是乾爽多了。而在週六球賽的前一晚，當哈利爬到寢室去放他的光輪兩千時，他不禁信心十足地想著，葛來分多這次有極大的勝算可以贏得魁地奇盃冠軍。

但他的好心情並沒有持續太久。在他爬到樓梯頂端，正準備走進寢室時，卻碰到了驚慌失措的奈威．隆巴頓。

「哈利——我不曉得這是誰做的，我剛剛才發現——」

奈威擔心地望著哈利，伸手推開寢室大門。

哈利行李箱裡的東西被扔得到處都是。他的斗篷被撕開，並扔到了地板上。他四柱大床的床單被整個拉下來，而他床頭櫃的抽屜也被打開，裡面的物品亂七八糟地攤在床墊上。

哈利驚得張大嘴走到床邊，不小心踩到了幾張從《與山怪共遊》掉下來的散落書頁。

在他跟奈威一起把床單鋪回床上時，榮恩、丁和西莫走了進來。丁一看到就忍不住咒罵了一聲。

「這是怎麼回事，哈利？」

「我也不曉得。」哈利答道。榮恩卻開始檢查哈利的長袍，所有的口袋都被翻了出來。

「有人想要在這裡找到某件東西，」榮恩說，「你有掉了什麼嗎？」

哈利開始收拾東西，扔回行李箱放好。他直到把最後一本洛哈著作扔進箱子裡去時，才察覺到裡面少了什麼東西。

「瑞斗的日記不見了。」他低聲告訴榮恩。

「什麼？」

哈利朝寢室門口點了下頭，榮恩頓時會意，跟著他走了出去。他們快步衝下樓，走到葛來分多交誼廳去找妙麗。交誼廳半空著，妙麗正獨自坐在角落，翻閱一本叫做《古代神秘文字輕鬆讀》的書。

這個消息讓妙麗大為震驚。

「可是——只有葛來分多的學生才有辦法把它偷走——其他人都不知道我們的通關密語呀……」

「沒錯。」哈利說。

* * *

第二天早晨醒來時，迎接他們的是燦爛的陽光和清新的微風。

「最完美的魁地奇天氣！」木透在葛來分多餐桌邊說，並熱心地替球員們添炒蛋，「哈利，振作一點，你得吃頓像樣的早餐呀。」

哈利望著圍坐在葛來分多餐桌邊的學生，暗暗猜想瑞斗日記的新主人，是否有可能現在就坐在他的對面。妙麗一直慫恿哈利去跟老師報案，但他認為這並不是個好主意。這樣他就得把關於日記的事情，全都一五一十地告訴老師，再說，他也不確定到底有多少人曉得，海格在五十年前為什麼會被學校開除？他可不想當第一個重新挑起這話題的人。

在他跟榮恩及妙麗一起離開餐廳，上樓去拿魁地奇比賽要用的東西時，原本就已經夠多問題煩心的哈利，又多了一件讓他極為擔憂的事情。他一踏上大理石階梯，就又聽到了那個聲音：「這次一定要殺戮……讓我撕裂你……撕成碎片──」

他大聲狂叫，把榮恩和妙麗嚇得跳到一旁。

「那個聲音！」哈利說，回過頭來四處搜尋，「我剛才又聽到了──你們聽到了嗎？」

榮恩搖搖頭，並瞪大了眼睛，但妙麗卻恍然大悟地拍住自己的額頭。

「哈利──我想我剛才想通了一件事！我得趕快去圖書館！」

然後她就快步衝上樓梯跑走了。

「她到底想通了**什麼**？」哈利慌亂地問道，他現在仍然在東張西望，想要找出聲音的來源。

「我可是什麼也想不通。」榮恩搖著頭說。

「可是她為什麼要趕去圖書館？」

「因為妙麗天生就是這種人啊，」榮恩聳聳肩說，「一有問題，就趕快去圖書館報到。」

哈利站起來，一時拿不定主意該怎麼做，並試著想要再聽到那個聲音，但現在人們已開始大批大批地湧出餐廳，並興奮地大聲談笑，準備前往魁地奇球場去看球賽。

「你最好動作快一點，」榮恩說，「就快十一點了——球賽要開始了。」

哈利衝上葛來分多塔，抓起他的光輪兩千，回到樓下加入那群正推推擠擠穿越校園的人潮，但他的心思卻依然停留在城堡裡面，跟那個無形的聲音緊緊相連。而當他在更衣室裡套上他的猩紅長袍時，唯一能讓他略感安慰的是，至少現在大家全都跑到外面來看球賽，不會有受害的危險。

兩支球隊在熱烈的歡呼聲中走進球場。奧利佛．木透竄到空中，繞著球門柱開始飛行暖身。胡奇夫人把球從箱子裡放出來，穿著鮮黃色球袍的赫夫帕夫球員們圍成一圈，進行最後一刻的戰術討論。

就在哈利準備跨上飛天掃帚時，麥教授突然拿著一個巨大的紫色擴音器，半走半跑地踏入球場。

哈利的心像石頭般猛然沉到谷底。

「這場比賽宣告取消。」麥教授透過擴音器，對著擁擠的看台喊道，觀眾立刻一片嘩然。奧利佛．木透帶著驚愕的神情降落下來，他還沒跨下掃帚，就急忙用馬步衝到麥教授面前。

「可是教授！」他喊道，「我們一定得打這場球呀……魁地奇盃……葛來分多……」

麥教授根本不理他，繼續透過擴音器喊道：「所有學生現在立刻回到自己學院的交誼廳，學院負責人會在那裡給你們更進一步的指示。請大家動作盡量快一點！」

然後她放下擴音器，示意哈利走到她面前。

「波特，我想你最好是跟我來一下……」

就在哈利不安地猜測，自己這次又是哪裡惹她疑心時，他看到榮恩脫離怨聲載道的人群，快步趕過來，跟著他們一起走向城堡。哈利驚訝地發現，麥教授竟然並不反對。

「沒錯，也許你一起來會比較好，衛斯理。」

有些學生仍在因球賽取消而不停抱怨，但其他人卻開始露出擔憂的神情。哈利和榮恩隨著麥教授回到城堡，爬上大理石階梯，但這次他們卻不是被帶到任何人的辦公室。

「這大概會讓你們嚇一跳，」麥教授在他們踏進醫院廂房前，用一種罕見的溫柔語氣說，「學校又出事了，又有**兩個人**同時受到攻擊。」

哈利的心猛然一震。麥教授推開房門，哈利和榮恩走進去。

龐芮夫人俯身站在一個留著長鬈髮的六年級女孩床邊。哈利認出她就是上次他們向她打探史萊哲林交誼廳方向的雷文克勞學生，而躺在她旁邊那張床上的竟然是——

「**妙麗！**」榮恩驚呼。

妙麗一動也不動地躺在床上，眼睛呆滯地瞪視前方。

「她們是在圖書館附近被人發現的，」麥教授說，「我想你們大概不曉得這是哪裡來的吧？它就放在她們旁邊的地板上……」

她舉起一面小圓鏡。

哈利和榮恩搖搖頭，兩人都目不轉睛地望著妙麗。

「我等一下送你們回葛來分多塔，」麥教授沉重地說，「我必須去跟學生們講幾句話。」

* * *

「所有學生必須在每晚六點以前，回到所屬學院的交誼廳。在此之後，學生絕對不能離開寢室。每一堂課，都會有一位老師負責護送你們走到教室。學生不得在沒有師長陪伴的情況下，獨自去盥洗室。未來所有的魁地奇訓練及比賽無限延期，一切晚間活動全部取消。」

葛來分多學生們擠在交誼廳裡，鴉雀無聲地傾聽麥教授宣布事項。她捲起剛才朗讀的羊皮紙，用一種微帶哽咽的聲音說：「我想我不用告訴你們，我很少會覺得這麼難過。照這樣看來，要是還不能抓到這些攻擊事件的兇手，學校很可能就要停辦了。我在此呼籲，任何認為自己或許知道一點內情的人，請趕快站出來說話。」

她用有些笨拙的姿勢爬出畫像洞口，而葛來分多學生們立刻七嘴八舌地發表意見。

「不算葛來分多駐塔幽靈的話，到目前為止，已經有兩名葛來分多，一名雷文克勞，和一名赫夫帕夫的學生遭受到攻擊，」衛斯理雙胞胎的好友李．喬丹扳著手指數道，「但為什麼**沒有**一位老師注意到，史萊哲林學生全都沒出事呢？這不是一眼就可以**看出**，一切禍源全都來自於史萊哲林嗎？史萊哲林的**傳人**、史萊哲林的**怪獸**——他們為什麼不乾脆把所有史萊哲林學生全都趕出去算了？」他吼道，聽眾們連連點頭，並響起稀稀落落的掌聲。派西．衛斯理坐在李後面的椅子上，但這次他似乎並沒有急著想要發表意見。他看起來臉色蒼白，似乎受到很大的打擊。

「派西嚇壞囉，」喬治低聲告訴哈利，「那個雷文克勞的女孩——潘妮．清水——她也是一個級長。我想派西從來沒想到，怪獸竟然敢大膽攻擊**級長**。」

但哈利並沒有專心聽他講話，他忘不了妙麗如石像般躺在病床上的淒慘畫面。況且，要是不能在短期內逮到罪犯的話，他很可能就得一輩子困在德思禮家了。湯姆．瑞斗當初會去打海格的小報告，主要是因為學校要是真的停辦，他未來就得面臨回到麻瓜孤兒院的悲慘命運。哈利現在完全可以理解他當時的心情了。

「我們現在該怎麼辦？」榮恩附在哈利耳邊說，「你覺得他們會懷疑海格嗎？」

「我們必須去找他問個清楚，」哈利下定決心，「我不相信這次真的是他做的，可是上次如果是他放出了怪獸，他應該會曉得，該從哪裡進入密室，我們可以從這一點開始去調查。」

「可是麥教授說，除了去上課之外，其他時間我們都必須待在寢室裡——」

「我想，」哈利把聲音壓得更低，「現在該把我爸的舊斗篷再拿出來用了。」

＊＊＊

哈利的父親只留給他一樣遺物：一件銀色的隱形長斗篷。他們只有披上這件斗篷，才有機會避過所有人的耳目，偷偷溜出城堡去找海格。他們當晚在平常時間上床，然後等到奈威、丁和西莫結束他們關於密室的討論會，終於睡著之後，他們就悄悄爬下床，穿好衣服，再把隱形斗篷罩在身上。

這段穿越城堡黑暗走廊的旅程很不好走，過去曾數度於夜間在城堡中遊蕩的哈利，從來沒在天黑之後在走廊上看過這麼多人。老師、級長和幽靈們結伴在走廊上來回巡邏，嚴密監視附近是否出現任何異常狀況。他們的隱形斗篷無法掩蓋住他們的聲音，因此當榮恩不小心在距離石內卜只有數碼遠的地方撞到腳趾時，情況實在是驚險萬分。感謝上蒼，就在榮恩失聲驚呼時，石內卜恰好打了一個大噴嚏。在他們終於走到城堡橡木大門前，並輕輕將它推開時，兩人都不禁大大鬆了一口氣。

這是一個清朗的星夜。他們快步奔向海格家明亮的窗口，一直到走到他家大門前，他們才放心脫掉了隱形斗篷。

在他們敲門的幾秒後，海格就推開了大門。他們發現海格站在他們面前，舉起一張石弩瞄準他們，獵豬犬牙牙在他背後大聲狂吠。

「喔，」他放下武器，盯著他們說，「你們兩個跑到這裡來做什麼？」

「這是幹嘛？」哈利一走進門，就指著石弩問道。

「沒什麼……沒什麼……」海格支支吾吾地說，「我還以為……沒事……坐吧……我來泡茶……」

他好像根本就不曉得自己在做什麼。他把壺裡的水澆到爐子上，差點就把火給弄熄，然後他的大手又神經質地抖了一下，把茶壺掉到地上摔得粉碎。

「你還好吧，海格？」哈利說，「你聽說妙麗的事了嗎？」

「喔，我聽說了。」海格說，聲音變得有點啞。

他一直緊張地偷瞄窗口。他替他們各倒了一大杯滾水（他忘了放茶包），而在他拿了一大塊水果蛋糕放在盤子上時，門外又傳來一陣響亮的敲門聲。

海格失手把蛋糕掉在地上，哈利和榮恩驚惶失措地互望了一眼，然後就連忙罩上隱形斗篷退到角落。海格確定他們完全藏好之後，就抓起他的石弩，再次推開大門。

「晚安，海格。」

那是鄧不利多。他走進來，臉色顯得出奇地凝重，而他後面還跟著一個人，一個外表非常怪異的男人。

這個陌生人是個矮胖的男子，他有著一頭凌亂的灰髮，臉上帶著焦慮擔憂的神情。他的服裝搭配得異常詭異：一套細條紋西服，一條猩紅色領帶，一件黑色長斗篷，和一雙紫色尖頭靴，他的腋下還夾了一頂檸檬綠的圓頂禮帽。

「那是爸的老闆！」榮恩喘著氣說，「康尼留斯．夫子，魔法部長！」

哈利用力頂了榮恩一下，要他快些閉嘴。

海格面無血色，額頭冒出冷汗。他垂頭喪氣地倒在椅子上，目光從鄧不利多移向康尼留斯．夫子身上。

「討厭的差事，海格，」夫子用一種難以啟齒的語氣說，「真的是非常討厭的差事，但我不來不行了。連續四起攻擊麻瓜後代的案件，事情鬧得太大了，魔法部必須有所行動。」

「我沒有，」海格用哀求的目光望著鄧不利多，「你曉得我從來都沒有，鄧不利多教授，先生……」

「我希望你能了解，康尼留斯，我是全心信任海格。」鄧不利多皺眉望著夫子。

「聽我說，阿不思，」夫子不安地說，「海格的紀錄對他不利。魔法部必須採取行動——學校理事會已經出面干涉了。」

「我再強調一次，康尼留斯，你把海格帶走，對事情並不會有任何一點幫助。」鄧不利多說，他的淡藍眼睛閃出哈利從未見過的火花。

「請站在我的立場想想看，」夫子不太自在地撥弄他的圓頂禮帽，「我目前面臨到很大的壓力，我不得不採取一些行動。如果最後證明海格是無辜的，我們會立刻釋放他，從此不再拿這件事來煩他。但是我現在必須把他帶走，非得這麼做不可，否則我就是有虧職守——」

「把我帶走？」海格的聲音在顫抖，「要把我帶到哪裡去？」

「只是一段很短的時間，」夫子說，不敢看海格的眼睛，「不算是處罰，比較像是一種預防措施。等捉到別的嫌犯以後，你立刻就會被釋放，我們也會誠心跟你道歉……」

「不會是阿茲卡班吧？」海格啞聲問道。

夫子還來不及回答，門外又傳來一陣響亮的捶門聲。

鄧不利多走去開門。現在換成哈利被榮恩頂了一下：他發出一聲小而清晰的驚呼。

魯休思．馬份先生大搖大擺地踏進海格的小屋，他披著一件黑色旅行用的長斗篷，嘴邊掛著一個滿意的冷笑。牙牙開始厲聲咆哮。

「你已經到啦，夫子，」他讚許地說，「很好，很好……」

「你到這裡來做什麼？」海格狂怒道，「滾出我的房子！」

「我的好傢伙，請你相信我，我自己也不喜歡走進你的——呃——你叫這做房子嗎？」魯休思．馬份滿臉不屑地打量這棟小木屋，「我只是有事到學校來，而他們告訴我，校長正好在你這裡罷了。」

「請問你找我有什麼事，魯休思？」鄧不利多說。他的語氣很有禮貌，但藍眼中依然燃燒著明亮的火焰。

「很**糟糕**的事哪，鄧不利多，」馬份先生懶洋洋地說，從懷中掏出了一卷長長的羊皮紙卷，「不過理事會認為，現在應該要請你走路啦。這裡有一份停職令——你可以在上面找到十二位理事的簽名，我們覺得你已經有些是非不分了。現在總共發生了幾次攻擊事件？今天下午又發生了兩件，是不是？照這個速度看來，霍格華茲裡的麻瓜後代，很快就會一個也不剩了，而我們大家都曉得，這對學校來說是個多麼**慘重**的損失啊。」

「喔，現在先聽我說，魯休思，」夫子顯得十分驚慌，「鄧不利多去職……不，不行……這是我們目前最不願見到的事……」

「校長的委任——或是停職——完全是學校理事會的事，他人無權干涉，夫子。」馬份先生對答如流地表示，「既然鄧不利多無能阻止這些攻擊事件……」

「你聽我說，魯休思，要是連**鄧不利多**都沒辦法阻止——」夫子說，他的唇上現在冒出了汗珠，「我要說的是，除了他還有誰**能**辦得到呢？」

「這我們等著看吧，」馬份先生露出不懷好意的笑容，「不過，既然我們十二位理事都已經投票表決……」

海格跳了起來，黑髮蓬鬆的大頭頂到了天花板。

「你說，你到底做了多少恐嚇和賄賂的齷齪勾當，才讓他們同意簽名的，馬份，嗄？」

「天哪，喔，天哪，在最近這段日子裡，你這種壞脾氣，只會給自己找上麻煩，海格，」馬份先生說，「在此提供你一個建議，最好不要像這樣對阿茲卡班獄卒大吼大叫，他們是絕對不會喜歡的。」

「你們不能趕走鄧不利多呀！」海格怒吼，把獵豬犬牙牙嚇得縮在牠的籃子裡低聲嗚咽，「他一走，麻瓜後代就真的完蛋啦！他們接下來就會被宰掉啊！」

「鎮定一點，海格。」鄧不利多揚聲說，他望著魯休思．馬份。

「如果理事會希望我退位的話，魯休思，我自然會乖乖照辦。」

「可是——」夫子結結巴巴地說。

「**不**！」海格吼道。

鄧不利多的明亮藍眼一直緊盯著魯休思．馬份的冷酷灰眼。

「不管怎樣，」鄧不利多用一種非常緩慢而清晰的語氣說，因此所有人都不會漏掉他說的任何一個字，「你們將會發現，只有當這裡不再有任何人忠於我的時候，我才會**真正**

離開這個學校。你們同時也會發現，只要發出求救信號，必然會有人對霍格華茲伸出援手。」

在那一瞬間，哈利幾乎可以確定，鄧不利多朝他和榮恩藏身的角落瞥了一眼。

「多麼令人敬佩的情操呀，」魯休思・馬份鞠了一個躬，「我們大家全都會懷念你那——該怎麼說呢——你那特立獨行的領導風格，阿不思，而且希望你的繼任者可以阻止任何人被——呃——『**宰掉**』。」

他大搖大擺地走到門邊，拉開門請鄧不利多離開。夫子不自在地撥弄他的圓頂禮帽，等著讓海格先走出去，但海格卻杵在原地，深深吸了一口氣，小心翼翼地開口說：「要是有人想要找到一些**東西**，他們只要跟著**蜘蛛**走就成了。這樣他們就一定會找到！我要說的就只有這些。」

夫子驚訝地望著他。

「好啦，我這就走了。」海格說，披上了他的鼹鼠皮外套。但就在他快要跟著夫子走出大門時，他又突然停下來大聲說，「還有，在我走了以後，得有個人過來替我餵牙牙。」

大門砰的一聲關上，榮恩立刻扯下隱形斗篷。

「我們現在遇到大麻煩了，」他啞聲說，「鄧不利多走了。他們說不定在今天晚上，就會宣布學校停辦。他走了以後，說不定天天都會發生攻擊事件了。」

牙牙開始大聲哀號，並用爪子猛抓緊閉的大門。

15 阿辣哥

夏日悄悄籠罩住城堡四周的校園，天空與湖泊轉變成長春花藍色，溫室中突然綻放出如包心菜般大的巨花。但從城堡窗口望出去，少了海格帶著牙牙在校園中四處晃蕩的身影，哈利總覺得眼前這幅畫面很不對勁。事實上，城堡裡面的情形也好不到哪裡去，一切都糟到無以復加。

哈利和榮恩想要去探望妙麗，但醫院廂房現在已禁止訪客入內。

「我們不能再冒險了，」龐芮夫人透過醫院大門的一條細縫，毫無商量餘地地表示，「不行，我很抱歉，兇手說不定正想要找機會跑進來殺死他們……」

鄧不利多走了以後，大家開始人心惶惶，全校瀰漫著一股前所未有的恐懼氣氛，以至於那曬暖戶外城牆的夏日陽光，似乎完全被阻隔在城堡的豎窗之外。在學校裡面，放眼望去，幾乎每一張臉孔都帶著憂慮緊張的神情，而走廊上響起的任何一絲笑聲，聽起來都顯得不自然且異常刺耳，而且沒過多久就會自動低沉消失。

哈利經常在心中默默複誦鄧不利多臨別前的話。「只有當這裡不再有任何人忠於我的時候，我才會真正離開這個學校……只要發出求救信號，必然會有人對霍格華茲伸出援手。」但這些話到底有什麼用呢？在大家全都跟他們一樣又慌又怕的時候，他們究竟該去找誰求救呢？

海格關於蜘蛛的暗示就比這好懂多了——但問題是，他們現在好像根本就找不到一隻蜘蛛。哈利在榮恩（有些勉強）的協助之下，搜遍了他所能走到的每一個角落。他們的行動自然受到很大的限制，他們現在已不能再像以前一樣，無拘無束地一個人在城堡裡四處亂晃；相反地，他們不管走到哪裡，都得成群結隊地和其他葛來分多學生們一起行動。其他同學似乎都很高興能有老師護送他們上課，但哈利卻覺得這樣的安排令他厭煩透頂。

不過，學校中有一個人卻好像非常喜歡這種恐怖懸疑的氣氛。跩哥．馬份成天神氣活現地在學校裡走來走去，就好像他剛當上學生會男主席似的。哈利本來並不清楚他究竟有什麼好高興的，但在鄧不利多和海格離開的兩個星期之後，哈利在上魔藥學的時候，無意中聽到他幸災樂禍地對克拉和高爾吹噓。

「我一直都覺得，我父親說不定有辦法把鄧不利多給幹掉，」他根本懶得去刻意壓低聲音，「我告訴過你們，他認為鄧不利多是這個學校有史以來最差勁的校長。我現在總算有可能看到一位像樣的校長了，自然是某個**不會希望**密室被關上的人。麥教授做不了多久的，她只不過是暫時代理……」

石內卜快步經過哈利身邊，對於妙麗的空座位與空大釜完全未置一詞。

「先生，」馬份大聲說，「先生，請問你為什麼不去爭取校長的職位呢？」

「好了，快別這麼說了，馬份呀。」石內卜答道，但他的薄嘴唇已忍不住泛出了一絲笑意，「鄧不利多教授，只不過應理事會的要求暫時停職。我敢說，他再過不久就會回到我們身邊了。」

「我說的沒錯呀，」馬份露出得意的笑容，「你要是決定爭取這個職位的話，我想我父親一定會投你一票的，先生。我**會**告訴我父親，你是這裡最棒的一位老師，先生……」

石內卜飄飄然地笑開了臉，在地窖內往來巡邏時頓覺走路有風，幸好西莫．斐尼干趴在釜邊做嘔吐狀的表情沒被他看到。

「我覺得真奇怪，那些麻瓜後代，現在怎麼還不趕快收拾行李逃命呢？」馬份繼續說下去，「我出五個加隆，賭下一個出事的絕對會死，真可惜不是那個格蘭傑……」

下課鈴聲正好在此時響起，這對他們來說實在是相當幸運。聽到馬份的最後一句話，榮恩就氣得從凳子上跳了起來，但在大家忙著整理包包和書本的混亂場面中，並沒有注意到他想要對馬份動手。

「讓我去對付他，」榮恩吼道，他的雙手分別被哈利和丁緊緊抱住，「我什麼都不管了，我不需要用到魔杖，我光是用手就可以把他殺死——」

「動作快點，我得把你們全部帶去上藥草學課。」石內卜對著全班同學吼道，於是他們像小學生似地排成兩列縱隊向前出發，哈利、榮恩和丁三人落在最後，榮恩依然在奮力掙扎。直到石內卜把他們送出城堡，而他們開始穿越菜圃走向溫室時，哈利和丁才敢把榮恩放開。

藥草學課的氣氛異常低迷，班上現在已經少了兩個人：賈斯汀和妙麗。

芽菜教授教導大家練習如何修剪阿比西尼亞皺無花果樹。哈利在抱著一堆枯枝，拿去放到堆肥上面時，突然發現阿尼．麥米蘭走到他的面前。阿尼深深吸了一口氣，用一種非常正式且極有禮貌的口吻說：「我只是想告訴你，哈利，我過去那樣懷疑你，真的是很對不起。我知道你是絕對不可能會去攻擊妙麗．格蘭傑，而我要為我以前說過的話向你道歉。我們大家現在必須同舟共濟，嗯，那麼——」

他伸出一隻肥短的胖手，哈利與他握手言和。

阿尼和他的朋友漢娜走過來，與哈利及榮恩修剪同一株皺無花果樹。

「那個叫跩哥．馬份的傢伙，」阿尼說，順手折斷一條枯枝，「這些事情好像還讓他覺得很高興呢，是不是？你們知道嗎，我認為**他**很可能就是史萊哲林的傳人。」

「你可真聰明呀。」榮恩說，他似乎並不願像哈利那麼輕易就原諒阿尼。

「**你**覺得是不是馬份，哈利？」阿尼問道。

「不是。」哈利說，語氣堅決得讓阿尼和漢娜忍不住睜大了眼睛。

接著哈利就看到了某樣東西，讓他反射性地拿花剪往榮恩的手背上敲了一下。

「**哎喲！**你在幹嘛——」

哈利指著距離他們幾呎外的地面。幾隻大蜘蛛正慌慌張張在泥地上爬動。

「喔，知道了，」榮恩努力擠出高興的表情，但卻並不成功，「可是我們現在沒辦法去跟蹤牠們……」

阿尼和漢娜在一旁好奇地傾聽。

哈利望著那些倉皇奔逃的蜘蛛。

「看樣子牠們好像是往禁忌森林的方向走去……」

而榮恩的臉色變得比剛才更加難看。

下課後，芽菜教授護送全班同學去上黑魔法防禦術，哈利和榮恩故意落在最後面，以免讓別人聽到他們的談話。

「我們必須把隱形斗篷再拿出來用了。」哈利告訴榮恩，「我們可以帶牙牙一起去，牠常常跟著海格進森林，說不定可以幫得上忙。」

「沒錯，」榮恩說，緊張地用手指轉動魔杖，「呃——那裡該不會——林子裡該不會有狼人吧？」等到他們走進洛哈的教室，和往常一樣走到最後一排坐好時，榮恩又忍不住問了一句。

哈利不想去回答這個問題，因此他說：「那裡也有一些很棒的神奇生物啊，像人馬就不錯，還有獨角獸呢。」

榮恩過去從來沒進入過禁忌森林，哈利自己也只進去過一次，但這次經驗已足夠讓他祈禱永遠都別再走進去了。

這時，洛哈跳進教室，全班同學都驚訝地望著他。學校裡的每一位老師，最近臉色都變得比以前凝重許多，但洛哈顯然就跟以前一樣開朗愉快。

「好了啦，」他喊道，笑吟吟地環視教室，「幹嘛全都掛著一張臭臉呀？」

大家滿臉不悅地面面相覷，但卻沒人回答。

「難道你們還沒看出，」洛哈一個字一個字地慢慢說，彷彿他們全都是些腦筋遲鈍的低能兒，「危機已經解除了！罪犯也被抓走啦。」

「你是說誰？」丁．湯馬斯大聲問道。

「我親愛的年輕人哪，魔法部如果不是百分之百確定海格有罪，他們是不會帶走他的。」洛哈說，他的語氣就像是在解釋一加一等於二似的理所當然。

「喔，他們偏偏就會。」榮恩的聲音比丁更大聲。

「我要在這裡說句大話，我對於海格被逮捕這件事，知道的內情可比你**多**多了，衛斯理先生。」洛哈的語氣顯得相當自滿。

榮恩正準備出言反駁，就被哈利在桌子下狠狠地踢了一腳，因此他話沒出口就及時打住。

「我們什麼也沒看到，懂了嗎？」哈利低聲示警。

但洛哈那種裝模作樣的歡樂神情，聲稱他早就看出海格不是好人的得意暗示，以及他認為一切全都宣告結束的莫名信心，讓哈利氣得七竅生煙，恨不得把《與惡鬼四處遊蕩》扔到洛哈那張蠢臉上。但最後他什麼也沒做，只是匆匆寫了一張紙條傳給榮恩：「我們今晚就行動吧。」

榮恩望著那張紙條，用力嚥了一口口水，朝妙麗的空座位瞄了一眼。這幅畫面似乎堅定了他的決心，於是他點頭同意。

＊＊＊

在最近這段日子裡，葛來分多交誼廳裡總是擠滿了人，因為每晚六點過後，葛來分多的學生除了這裡就沒有其他地方可去。同時，他們的確也有許多討論不完的話題，而此種情形所造成的後果是，交誼廳通常要到午夜過後人才會完全散光。

哈利在晚餐過後，就從行李箱中取出隱形斗篷，藏在屁股下呆坐了整個晚上，耐心等交誼廳完全空下來。喬治和弗雷向榮恩和哈利挑戰，打了幾局爆炸牌，而金妮坐在妙麗的固定座位上觀賽，神情顯得異常消沉沮喪。哈利和榮恩一直故意輸牌，想要盡快結束比賽，但即使如此，在弗雷、喬治和金妮終於全都上樓去睡覺時，也已經是午夜過後了。

哈利和榮恩等到遠方傳來兩聲寢室關門聲之後，就連忙抓起斗篷，罩到身上，爬出畫像洞口。

接下來又是另一段穿越城堡的艱險旅程，途中他們險象環生地逃過所有老師的注意。最後終於到達入口大廳，輕輕打開橡木大門的門鎖，盡力不發出任何吱吱嘎嘎的開門聲，躡手躡腳地從門縫中擠出去，踏入月光普照的校園。

「當然啦，」在他們大步穿越黑暗的草坪時，榮恩突然沒頭沒腦地說，「我們說不定在走進森林以後，結果卻發現完全找不到東西可以跟蹤。那些蜘蛛說不定根本就沒有走進森林，我知道在表面上看來，牠們大概是朝那個方向走去，可是……」

他原本充滿希望的聲音沉了下來。

他們走到海格的家，黯淡的窗口讓這裡看起來格外淒涼憂傷。哈利推開大門，牙牙一看到他們就興奮得快要瘋了。他們擔心牙牙那低沉但卻越來越響亮的吠叫聲，會把城堡裡的人全都吵醒，於是趕緊從壁爐架上取下一罐糖蜜軟糖餵牠吃，把牠的嘴巴給牢牢黏住。

哈利把隱形斗篷放在海格的餐桌上，他們在漆黑的森林中並不需要用到它。

「走啦，牙牙，我們出去散個步吧。」哈利拍拍牙牙的腿說，而牙牙興高采烈地隨著他們衝到屋外，狂奔到森林邊緣，用爪子扒抓一株大楓樹。

哈利取出魔杖，低聲念道：「路摸思！」而魔杖頂端立刻冒出一圈小小的光暈，亮度剛好可以讓他們照亮小徑，搜尋蜘蛛的蹤跡。

「好主意，」榮恩說，「我也來點上我的魔杖，可是你也知道──它說不定會爆炸……」

哈利拍拍榮恩的肩膀，伸手指著草叢。兩隻落單的蜘蛛正急急忙忙地避開魔杖的光圈，竄進樹林的陰影之中。

「好吧，」榮恩嘆著氣說，似乎已決定聽天由命，做最壞打算，「我準備好了，我們走吧。」

因此，他們就這樣踏進森林，而牙牙蹦蹦跳跳地跟在他們身邊打轉，不時停下來嗅嗅樹根聞聞葉子。他們藉著哈利魔杖的光暈，隨著稀疏但穩定的蜘蛛隊伍沿著小徑向前走去。他們一言不發地往前走了大約二十分鐘，豎起耳朵傾聽除了細枝斷裂與樹葉摩擦之外的任何聲音。然後，在樹林變得更加濃密，完全掩蓋住天空的星光，只剩下哈利的魔杖在一片黑海中微微發光時，他們看到蜘蛛開始離開道路。

哈利停下來，努力想要看清楚，那些蜘蛛到底是要走到哪裡，但在他光圈之外的世界，全都是一片漆黑。他過去從來沒有如此深入森林。他現在還記得非常清楚，在他上次來到這裡時，海格曾經囑咐過他，絕對不要離開森林小徑。可是海格現在並不在這裡，說不定早就蹲進了阿茲卡班的苦牢，況且是他自己說要他們跟著蜘蛛走的。

某個溼溼的東西貼上哈利的手，嚇得他往後一跳，踩到了榮恩的腳，但結果那只不過是牙牙的鼻子。

「你覺得怎麼樣？」哈利問榮恩，在魔杖照耀下，黑暗中只看得見榮恩閃閃發亮的雙眼。

「我們都已經走到這裡了。」榮恩說。

因此他們就這樣隨著急急奔竄的蜘蛛走進樹林。他們現在沒辦法走得太快，這裡到處都是樹根樹幹，而且黑得伸手不見五指，哈利可以感覺到牙牙貼在他手邊的溫熱鼻息。在途中他們不只一次地停下腳步，讓哈利蹲下來，就著魔杖燈光搜尋蜘蛛的蹤跡。

他們在感覺上似乎已往前走了至少半個鐘頭，而途中他們的長袍不時被低垂的枝椏或是荊棘勾住。過了一會兒，他們注意到地面好像開始往下傾斜，但周遭的樹林卻比先前更加濃密。

然後牙牙突然發出一陣驚天動地的狂吠，讓哈利和榮恩兩人都嚇得跳了起來。

「怎麼啦？」榮恩大聲說，焦急地在黑暗中東張西望，並緊抓住哈利的手肘不放。

「那裡有東西在動，」哈利屏息說，「你聽……聽起來像是個大傢伙。」

他們凝神傾聽。在他們右邊遠處的某個地方，有個很大的東西正在劈哩啪啦地不停撞斷樹枝，在樹林中衝出一條道路。

「喔，不，」榮恩說，「喔不，喔不，喔——」

「住口，」哈利慌亂地說，「你會被它聽見的。」

「**我**會被它聽見？」榮恩用一種很不自然的高亢嗓音說，「它早就聽見啦，別忘了牙牙！」

黑暗似乎緊緊逼近他們的眼睛，而他們膽戰心驚地站在原地，靜靜等待。在一陣奇怪的隆隆聲之後，一切又全都恢復平靜。

「你覺得它現在在幹嘛？」哈利問道。

「大概正準備撲過來吧。」榮恩說。

他們發抖地等待，完全不敢移動半步。

「你覺得它走了嗎？」哈利輕聲問道。

「不會吧——」

然後，在他們的右手邊，突然出現了一道炫目的亮光，在黑暗中顯得格外明亮刺眼，讓他們兩人都忍不住伸手遮住了眼睛。牙牙厲聲狂吠，想要趕快逃走，但卻被一團糾結的荊棘給纏住了腳，害牠吠得比先前更加厲害。「哈利！」榮恩大喊，他顯然大大鬆了一口氣，激動得連聲音都變了，「哈利，那是我們的汽車！」

「**什麼**？」

「來吧！」

哈利隨著榮恩跌跌撞撞地朝光的方向衝過去，沒過多久，他們就闖進了一片林中空地。在一圈濃密的樹林中央，一片茂盛樹枝的覆蓋之下，靜靜停著衛斯理先生無人駕駛的車子，它的車前燈散發出炫目的光芒。在榮恩張大嘴走向它時，它也緩緩滑向前方，活像是一頭迎接主人的天藍色大狗。

「原來它一直都在這裡！」榮恩高興地說，繞圈子打量這輛汽車，「你看看它！森林讓它變野囉……」

汽車的擋泥板上到處都是刮痕，並沾滿了污泥。它顯然已經養成了自己在森林裡四處滑動的習慣。牙牙好像很怕它，牠緊緊黏在哈利身邊，而哈利可以感覺到牠在發抖。哈利等到呼吸慢慢平靜下來之後，就把魔杖塞進他的長袍。

「我們還以為它要攻擊我們呢！」榮恩俯身拍拍汽車，「我一直都在想，這傢伙到底跑到哪裡去了！」

哈利瞇起眼睛，往強光照亮的地面上搜尋更多的蜘蛛，但牠們早就在車前燈發威時，全都一溜煙地逃走了。

「我們跟丟了，」他說，「我們趕快再去找吧。」

榮恩沒有答話，也沒有移動。他目不轉睛地望著哈利右後方，距離森林地面大約十呎處的某個定點。他的面孔嚇得發青。

哈利甚至還來不及轉身，後面就出現一陣響亮的喀嗒聲，他突然感到某個又長又毛的東西將他攔腰抱住，吊了起來，讓他面孔朝下地倒掛在半空中。他拚命掙扎，在驚嚇中聽到更多的喀嗒聲，他看到榮恩的腿同樣也離開了地面，並聽到牙牙的嗚咽狂號——在下一刻，他就被甩進漆黑的樹林。

哈利頭下腳上地倒掛在半空中，看到那個抓住他的東西，正在用六條毛茸茸的巨大長腿向前走去，而牠捆住他的兩條前腿上方，有著一對閃閃發亮的黑色巨鉗。他可以聽到後面有另一隻同樣的生物，榮恩顯然也被抓住了。他們現在正朝著森林最深處走去。哈利聽到牙牙在大聲哀號，掙扎著想要掙脫第三頭怪獸的捆綁，但哈利自己卻想叫也叫不出來；他的聲音似乎早就被拋在林中空地裡，跟衛斯理先生的汽車作伴了。

他並不曉得自己究竟被怪獸抓了多久，他只知道周遭的漆黑夜色在突然間略放光明，讓他看清下方那片撒滿落葉的地面上，現在已擠滿了大量的蜘蛛。他努力歪著脖子，往四周打量了一會兒，發現他們已到達一個廣大盆地的邊緣。這個盆地中的樹木已被全數清除，因此星光清晰地照亮哈利這輩子見過最恐怖的一幅畫面。

蜘蛛。並不只是那些像潮水般在落葉上湧動的小蜘蛛，還有如貨車馬匹一樣龐大的蜘蛛，有著八隻眼睛，八條腿，看起來又黑、又毛、又大。那隻抓著哈利的大品種蜘蛛，開始沿著陡峭的斜坡，走向盆地正中央一張霧濛濛的圓頂形蛛網，而牠的同伴一看到牠攫住的獵物，就全都爭先恐後地擠到牠身邊，並興奮地喀嗒喀嗒夾動牠們的巨鉗。

蜘蛛放開哈利，令他四肢著地摔到地上，榮恩和牙牙也重重跌落在他的身邊。牙牙現在已不再嚎叫，反而畏縮地趴在原地，連大氣也不敢吭一聲。榮恩的表情貼切地傳達出哈利自己的感覺，他雙眼暴凸，嘴巴大大張開，似乎正在做無聲的吶喊。

哈利突然察覺到，那隻剛把他拋下的蜘蛛好像正在說話。要聽清楚牠在說些什麼實在不太容易，因為牠每說一個字，就要夾動一次鉗子。

「阿辣哥！」牠喊道，「阿辣哥！」

從那張朦朧圓頂形蛛網的正中央，緩緩爬出了一隻跟小象一般大的蜘蛛。牠那毛茸茸的黑色身體與長腿已略微花白，而在牠那鑲著鉗爪的醜陋頭顱上，有著八隻牛奶白色的無神眼珠。牠是瞎子。

「怎麼回事？」牠說，並快速夾動牠的鉗子。

「人類。」那隻抓住哈利的蜘蛛夾動鉗子答道。

「是海格嗎？」阿辣哥問道，牠往前走了幾步，八隻牛奶白色的眼睛茫然地四處搜尋。

「是陌生人。」抓到榮恩的蜘蛛夾動鉗子答道。

「殺了他們。」阿辣哥煩躁夾動鉗子，「我正在睡覺……」

「我們是海格的朋友。」哈利喊道，他的心臟似乎已經從胸腔跳到了喉嚨。

喀嗒，喀嗒，喀嗒，環繞在盆地周圍的所有蜘蛛，全都開始激動地夾動鉗子。

阿辣哥沉吟不決。

「海格以前從來沒派過其他人類來我們的盆地。」他緩緩表示。

「海格遇到麻煩了，」哈利說，他的呼吸變得異常急促，「所以我們才會到這裡來找你。」

「遇到麻煩？」衰老的蜘蛛問道，而哈利覺得他似乎可以在那喀嗒喀嗒的聲音中，聽到一絲關切的意味，「但他為什麼要派你過來呢？」

哈利考慮是否要站起來答話，但卻立刻決定放棄；他癱軟的雙腿大概沒辦法支撐住他的重量。因此他繼續躺在地上，儘可能用最鎮定的態度慢慢回答。

「學校的人認為，海格放了一隻──一隻──東西出來攻擊學生。他們已經把他帶到阿茲卡班去了。」

阿辣哥憤怒地夾動鉗子，而盆地周圍的所有蜘蛛立刻群起響應，四周響起一片喧鬧的喀嗒聲；這聲音聽起來很像鼓掌聲，唯一不同的是，通常鼓掌聲並不會讓哈利感到毛骨悚然。

「但那是很久以前的事了，」阿辣哥焦躁地說，「很久很久以前的事了。我現在還記得清清楚楚，他們就是因為這件事，才會把他趕出學校。他們相信，我就是那頭住在他們所謂『密室』裡的怪獸，他們認為是海格把我從密室裡放了出來。」

「可是你……難道你不是從密室跑出來的嗎？」哈利問道，他可以感到他的額上已冒出了冷汗。

「我！」阿辣哥生氣地夾動鉗子，「我不是在城堡裡出生的，我來自一個非常遙遠的地方。在我還是個蜘蛛蛋的時候，一個旅人就把我送給了海格。海格當時只是個小男孩，可是他照顧我，把我藏在城堡的一個碗櫥裡，拿餐桌上吃剩的食物餵我。海格是我的好朋友，也是一個很好的人。在他們發現我，並怪我害死一個女孩的時候，是他保護了我。在那之後，我就一直住在森林裡，海格還是會到這裡來看我。他甚至還替我找到了一個老婆，嫫沙，你可以看到我們的家族現在變得多麼龐大，這全都是拜海格所賜……」

哈利努力鼓起最後一絲勇氣。

「所以你從來沒有——從來沒有攻擊過任何人囉？」

「從來沒有，」老蜘蛛啞聲答道，「攻擊人應該算是我的本能，但因為我尊重海格，所以我從來沒有傷害過一個人類。死去女孩的屍體是在洗手間裡被人發現的，而我除了那個我在裡面長大的碗櫥以外，根本沒到過城堡裡的任何地方。我們這一族喜歡黑暗和安靜……」

「可是那麼……你知道**是**什麼東西殺了那個女孩嗎？」哈利說，「因為不管那是什麼，牠現在又跑出來傷人了——」

蜘蛛群中爆發出一陣響亮的喀嗒聲，與長毛腿憤怒移動的窸窣聲，完全掩蓋住哈利的聲音，無數巨大的黑影在他四周連連晃動。

「那個住在城堡裡的東西，」阿辣哥說，「是一種我們蜘蛛最害怕的古老生物。我到現在還記得，在我感覺到那頭野獸在學校裡出沒的時候，我是怎樣苦苦哀求海格快點放我走。」

「那到底是什麼東西？」哈利急切地追問。

周遭響起更喧鬧的喀嗒聲和窸窣聲，蜘蛛群似乎正逐漸朝他們逼近。

「我們根本不願意提到牠！」阿辣哥惡狠狠地說，「我們絕對不會說出牠的名字！海格問了我好多次，我都沒把那頭恐怖怪獸的名字告訴他。」

哈利不想再追問下去，因為現在蜘蛛群正從四面八方朝他們包圍過來。阿辣哥好像已經懶得再繼續說話，牠開始慢慢退回牠的圓頂蛛網，但牠的蜘蛛同伴們卻繼續朝哈利和榮恩緩緩逼近。

「那我們這就走了。」哈利聽到身後的落葉開始沙沙作響，情急之下不顧一切地對阿辣哥喊道。

「走？」阿辣哥緩緩答道，「我可不這麼想……」

「可是——可是——」

「在我的命令之下，我的子女們是絕對不會去傷害海格，但要是有新鮮肥肉自動送上門來，我也不能禁止牠們享用大餐哪。再見了，海格的朋友們。」

哈利猛然回過身來。就在距離他一呎之外的頭頂上方，豎起了一座喀嗒喀嗒響的堅固蜘蛛牆，無數眼睛在他們醜陋的黑頭上閃閃發光……

在哈利伸手掏魔杖時，他心裡已明白這其實沒多大用處，蜘蛛的數量實在是太多了，但就在他掙扎著站起身來，準備奮戰至死時，他突然聽見一聲響亮悠長的汽笛聲，一道炫目的強光射進黑暗的盆地。

衛斯理先生的汽車轟隆隆地滑下斜坡，車前燈閃閃發光，喇叭嗚嗚尖叫，一路上把蜘蛛群衝得東倒西歪；有幾隻還被撞得八腳朝天，只看到許多毛茸茸的長腿在空中踢個不停。汽車發出一陣刺耳的摩擦聲，在哈利和榮恩正前方停了下來，兩旁的車門大大敞開。

「去抱牙牙！」哈利大吼一聲，縱身撲進汽車前座；榮恩攔腰抱起正在狂叫亂吠的獵豬犬牙牙，把牠扔進汽車後座。車門猛然關上，榮恩並沒有踩動油門，但這輛汽車顯然也不需要他多費事；引擎大聲咆哮，車子猛衝向前，撞翻了更多的蜘蛛。他們飛快地衝上斜坡，駛離盆地，沒過多久，汽車就沿著一條它顯然早就摸熟的路線，靈巧地繞過寬闊的溝渠迂迴前進，載著他們橫衝直撞地穿越森林，讓兩旁的枝椏把車窗打得啪噠啪噠響。

哈利歪頭瞄了榮恩一眼。他的嘴巴依然像在無聲吶喊似地大大張開，但眼珠子沒有剛才那麼凸了。

「你還好吧？」

榮恩望著前方發愣，完全說不出一句話來。

他們衝進了灌木叢，牙牙在後座淒厲地嚎叫，而在他們硬擠著從一株大橡樹旁邊經過時，哈利眼睜睜地看到後照鏡折斷掉落。在經過十分鐘吵吵鬧鬧、顛顛簸簸的旅程後，周遭的樹林變得稀疏了一些，而哈利這才好不容易又能看到小片的天空。

汽車突然毫無預警地停了下來，害他們差點兒就一頭撞上了擋風板。他們已到達森林邊緣，牙牙整個身子趴到了車窗上，迫不及待地想要趕快跑出去，而哈利一拉開車門，他就夾著尾巴，飛快地逃出樹林，衝向海格的房子。哈利也走下車，但過了大約一分鐘之後，榮恩的四肢才稍稍回復知覺，跟著走下了車，但看起來還是顯得脖子僵硬，眼神茫然呆滯。哈利感激地拍拍汽車，接著它就倒車退回森林，再度失去蹤影。

哈利回到海格的小木屋去拿他的隱形斗篷，牙牙躲在牠籃子裡的毛毯下發抖。等到哈利再走出來時，卻發現榮恩蹲在南瓜田裡大吐特吐。

「跟著蜘蛛走，」榮恩用袖子擦擦嘴巴，氣若游絲地表示，「我永遠也不原諒海格。我們沒死只能算我們走運。」

「我想他大概是以為，阿辣哥絕對不會傷害他的朋友。」哈利說。

「這就是海格的問題！」榮恩說，往海格小木屋的牆上重捶了一拳，「他總是一廂情願地認為，怪獸其實並沒有外表看起來那麼壞，結果你看他落到了什麼樣的下場！在阿茲卡班蹲苦牢！」說到這裡，他忍不住打了個哆嗦，「他叫我們去那裡，到底有什麼目的？我倒是想問問，我們在那裡有發現到任何線索嗎？」

「我們發現，海格從來沒有打開過密室，」哈利說，將隱形斗篷罩到榮恩身上，並戳戳他的手臂示意他往前走，「他是無辜的。」

榮恩重重哼了一聲。他顯然是認為，偷偷在碗櫥裡孵出一隻阿辣哥的人，絕對不能算是完全無辜。

在城堡逐漸逼近的時候，哈利先扯了一下隱形斗篷，確定他們的腳並沒有露出來，然後才伸手把那扇吱嘎作響的大門推開了一條縫。他們躡手躡腳地穿過入口大廳，爬上大理石階梯，努力屏住呼吸，小心翼翼地穿越布滿警覺巡邏哨兵的走廊。最後他們終於安全抵達葛來分多交誼廳，現在壁爐中只剩下一堆微微發亮的餘燼。他們脫下隱形斗篷，沿著螺旋梯爬到他們的寢室。

榮恩連衣服也懶得脫就倒在床上，但哈利卻覺得並不是很睏。他坐在四柱大床邊，努力思索阿辣哥所吐露的一切。

那頭潛伏在城堡某個地方的生物，他暗暗想著，聽起來就好像是怪獸版的佛地魔——其他怪獸全都不想提起牠的名字。但他和榮恩對於牠究竟是什麼東西，或是牠到底是如何將受害者石化，到目前為止可說是完全摸不著任何頭緒，甚至連海格也不曉得密室裡住了什麼生物。

哈利把腿抬到床上，靠在枕頭上，望著塔樓窗外那輪朝著他閃爍發光的明月。

他完全想不出他們還可以做些什麼。不論從各方面來說，他們都已陷入無路可出的困境。瑞斗抓錯了兇手，史萊哲林的傳人順利逃脫，而沒有人能看出，這次打開密室的究竟是同一名罪犯，還是另有其人？這些問題他根本找不到人問。哈利躺下來，腦中依舊在思索阿辣哥說的話。

就在他開始感到昏昏欲睡的時候，他腦中突然靈光一閃，想到了一個似乎是他們最後希望的念頭，而他立刻從床上坐了起來。

「榮恩，」他在黑暗中噓聲喊道，「榮恩！」

榮恩發出一聲活像是牙牙吠聲的怪音，接著就驚醒過來，眼睛慌亂地四處搜尋，然後停在哈利身上。

「榮恩——那個死掉的女孩，阿辣哥說，她的屍體是在洗手間裡面被人發現的。」

哈利毫不理會奈威從房間一角傳來彷彿鼻塞似的難聽鼾聲，自顧自地說下去，「要是她從來沒離開過那個洗手間呢？要是她現在還待在那裡呢？」

榮恩揉揉眼睛，望著月光皺眉苦思，然後他就明白了。

「你**該不會**是認為——難道那就是**愛哭鬼麥朵**？」

16 密室

「我們那麼常去洗手間，而她就一直躲在離我們只有三間隔間遠的地方，」榮恩在第二天吃早餐時沉痛地表示，「我們卻什麼也沒問她，結果現在……」

在目前的情況下，要找到蜘蛛的蹤跡已經夠困難了。而要長時間避開所有老師的耳目，偷偷溜進一間女生洗手間，況且，這個女生洗手間還是在首次攻擊事件現場旁邊，這簡直就是一件不可能的任務。

但在今天早上的第一堂變形學課中，發生了某件大事，而這是他們好幾個禮拜以來，第一次震驚得把密室完全拋到九霄雲外。在上課十分鐘之後，麥教授對大家宣布，考試將於七月一號開始舉行，時間距離今天只剩下一個禮拜。

「**考試**？」西莫．斐尼干大聲哀號，「我們居然還要**考試**？」

哈利背後響起一陣激烈的碰撞聲，原來是奈威．隆巴頓嚇得把魔杖掉到地上，不小心把他自己的一根桌腳給變不見了。麥教授隨手揮了一下魔杖，把桌子變回原狀，然後轉過身來，很不高興地望著西莫。

「學校之所以在這種時候還沒有停課，完全是為了讓大家能夠繼續接受教育，」她聲色俱厲地說，「因此考試當然應該照常舉行，而我相信，大家應該都有認真複習功課。」認真複習功課！哈利從來沒想到，學校在目前這樣的情況下，竟然還要舉行考試。教室中響起許多不滿的抱怨聲，這使得麥教授的臉色變得更加難看。

「鄧不利多教授吩咐我，要儘可能讓學校一切維持正常，」她說，「而我想，我不用特別說明，這一點自然是表示，我們必須知道大家今年到底學到了多少知識。」

哈利低頭望著那對他應該把牠們變成拖鞋的小白兔。他今年到目前為止，到底學到了多少東西？他好像完全想不到任何可以讓他在考試時派上用場的知識。

榮恩的表情，看起來簡直就像是剛被法官宣判得搬到禁忌森林裡去住似的。

「你能想像用這個東西去參加考試嗎？」他舉起他的魔杖問哈利。這個不聽話的東西，現在又開始發出刺耳的咻咻聲。

＊　＊　＊

在第一堂考試開始的三天前，麥教授又在早餐時宣布了另一件事情。

「我有好消息要告訴大家，」她說，可是餐廳非但沒安靜下來，反而響起熱烈的歡呼。

「鄧不利多要回來了！」有幾個人高興地喊道。

「你們抓到史萊哲林的傳人了！」雷文克勞餐桌邊的一個女孩尖叫道。

「魁地奇球賽又要開始舉行囉！」木透興奮地大吼。

等到室內的喧譁聲漸漸消退之後，麥教授開口說：「芽菜教授告訴我，魔蘋果現在終於可以採收了。今天晚上，我們就可以讓那些被石化的人重新復活。我想我不用提醒大家，他們之中或許有人可以告訴我們，攻擊他們的究竟是什麼人，或是什麼東西。我深深希望這恐怖的一年，最後可以在抓到罪犯的歡呼聲中宣告結束。」

餐廳中爆發出一陣如雷的掌聲。哈利回過頭來望著史萊哲林的餐桌，毫不意外地看到跩哥．馬份並未加入喝采的行列，但榮恩看起來確實比前幾天要高興多了。

「所以就算我們沒去問麥朵，也沒什麼大不了的了！」他對哈利說，「等他們叫醒妙麗以後，她大概就可以告訴我們所有的答案！順便提醒你一聲，她要是發現再過三天就要考試，她一定會瘋掉。她完全沒有複習功課，其實等到考試全都結束以後再去治好她，對她說不定還比較好呢。」

榮恩話才說完，金妮．衛斯理就走過來，坐到他的旁邊。她看起來非常緊張，而哈利注意到，她擱在腿上的雙手一直在神經質地扭動。

「怎麼啦？」榮恩說，並在碗裡多添了一些麥片粥。

金妮什麼也沒說，只是帶著被嚇壞的神情，往葛來分多餐桌邊瞄了幾眼。她的表情讓哈利想起了某個人，但他一時想不起那究竟是誰。

「從實招來吧。」榮恩望著她說。

哈利突然想到他覺得金妮像誰了。她現在坐在椅子上，身體微微地前後搖晃，簡直就跟多比在猶豫該不該透露隱情時的神態沒有兩樣。

「我有件事情要告訴你們。」金妮囁嚅地表示，目光刻意避開哈利。

「什麼事？」哈利說。

金妮看來像是不知道該如何開口。

「**怎麼了**？」榮恩問。

金妮張開嘴巴，但卻沒發出任何聲音。哈利俯向前方，壓低聲音，因此只有金妮和榮恩才能聽到他說的話。

「是跟密室有關的事嗎？妳是不是看到了什麼？有人做出奇怪的舉動嗎？」

金妮深深吸了一口氣，而恰好就在這個時刻，派西．衛斯理突然出現，看起來非常衰弱疲累。

「要是妳已經吃完的話，這位子就讓給我坐吧，金妮。我快餓死了，我才剛做完我的巡邏工作。」

金妮跳了起來，就好像她的椅子突然變得通電似的，她帶著驚恐的表情匆匆瞥了派西一眼，接著就一溜煙地逃走了。派西坐下來，從餐桌上抓起一個馬克杯。

「派西！」榮恩生氣地說，「她正要告訴我們一件非常重要的事！」

正在大口喝茶的派西立刻被嗆到。

「哪一類的事情？」他在咳嗽中問道。

「我剛才問她，是不是看到什麼不尋常的事，而她正準備說——」

「喔——那個呀——那跟密室完全沒有關係。」派西立刻說道。

「這你怎麼會曉得？」榮恩抬起眉毛問道。

「這個嘛，呃，如果你一定要知道的話，金妮，呃，前幾天無意中看到我在——算了，別管這些——重點是，她發現我在做某件事，而我，嗯，我請她不要告訴任何人。我必須說，我認為她非常守信用。說真的，那其實沒什麼，我只是——」

哈利從來沒看到派西顯得這麼窘過。

「你到底做了什麼，派西？」榮恩咧嘴微笑，「快說呀，告訴我們，我們不會笑你的。」

派西的臉繃得死緊。

「把麵包捲傳給我吧，哈利，我快餓死了。」

＊＊＊

哈利知道，即使沒有他們兩人的協助，整個神秘事件也可能會在明天完全明朗化，但要是時機湊巧，他也絕對不願錯過任何能跟麥朵交談的機會——而在早上九點多左右，當吉德羅・洛哈護送他們前去上魔法史課時，哈利欣喜地發現，這樣的機會終於到來了。

洛哈過去總是信誓旦旦對大家保證危機早就解除，但卻立刻被證明是錯的，結果淪為笑柄，而他現在則是轉而全心全意地說服大家相信，現在校園其實安全得很，根本沒必要這麼麻煩地護送學生上下課。他的頭髮已經不像過去那麼光滑整齊了；他好像每天都得花大半個夜晚在五樓巡邏。

「注意聽我說，」他說，領著他們繞過一個轉角，「那些被石化的可憐人，醒過來以後說的第一句話必定是：『**兇手是海格**。』坦白說，麥教授會這麼重視這些安全措施，實在是讓我覺得非常驚訝。」

「我也是這麼覺得，先生。」哈利說，把榮恩嚇得連書都掉到了地上。

「謝謝你，哈利。」洛哈和藹地說，現在他們暫時停下腳步，讓一條長長的赫夫帕夫學生隊伍先行通過，「我要說的是，我們這些老師，本來就已經夠多事情忙的了，現在又加上送學生上下課，和整晚守夜的額外工作……」

「說的也是，」榮恩應聲答道，他現在已明白哈利的用意，「我看你把我們帶到這裡就可以走了，先生，反正我們再走一條走廊就到了。」

「沒錯，衛斯理，我也正想這麼做，」洛哈說，「我真的得趕快去準備下一堂課的教材。」

然後他就快步離去。

「準備他的教材，」榮恩在他背後冷笑道，「我看是趕去上髮捲還差不多。」

他們先讓其他的葛來分多學生們走到前面，然後就立刻彎進另外一條通道，飛快地奔向愛哭鬼麥朵的洗手間，但就在他們互相恭維對方高明的伎倆時……

「波特！衛斯理！你們在做什麼？」

那是麥教授，而她的嘴唇抿成了兩條薄得要命的細線。

「我們要——我們要——」榮恩結結巴巴地答道，「我們正要去——正要去看——」

「妙麗。」哈利接口說。榮恩和麥教授兩人同時轉過頭來望著他。

「我們好久沒看到她了，教授，」哈利慌忙地繼續說下去，並暗暗踩了榮恩一腳，「我們想偷偷溜進醫院廂房，告訴她魔蘋果就快要可以用了，妳知道，還有，呃，叫她不用擔心。」

麥教授依然緊盯著他不放，在那一瞬間，哈利還以為她就快要開始發火罵人，但等到她開口說話時，她的嗓音卻變得出奇地沙啞。

「當然啦，」她說，而哈利吃驚地發現，她那對晶亮的小眼睛中竟然泛出了一絲淚光，「這是當然的，我知道在這段時間裡，那些被……的人的朋友們，心裡一定是最不好過的，我可以理解。好的，哈利，你當然可以去看格蘭傑小姐。我會通知丙斯教授你們去了哪裡，告訴龐芮夫人，我已經批准讓你們進去探望病人。」

哈利和榮恩默默走開，簡直不敢相信自己這麼好運，竟然可以逃過勞動服務處分。在他們繞過轉角時，他們清楚地聽到麥教授在擤鼻涕。

「這個，」榮恩激賞地說，「可以算是你編過最精采的一個故事。」

他們現在已別無選擇，只好直接走到醫院廂房，告訴龐芮夫人，麥教授已經批准讓他們進去看妙麗。

龐芮夫人讓他們走進去，但態度卻顯得很不情願。

「跑去跟一個被石化的病人說話，這根本完全**沒有意義**嘛。」她說，而當他們走到妙麗床邊坐下後，他們不得不承認，她的話的確很有道理。事實擺在眼前，妙麗根本就不曉得自己有訪客，跟她說話，其實就跟叫她的床頭櫃不要擔心一樣神經。

「她到底有沒有看到攻擊她的兇手啊？」榮恩難過地望著妙麗呆滯的面龐說，「如果牠都是從背後偷襲的話，那就沒有人會曉得了……」

但哈利注意的並不是妙麗的面孔，他顯然對她的右手比較有興趣。這隻握成拳狀的手，靜靜地躺在她的被子上，哈利彎腰細看，發現她手中緊緊握著一個紙團。

哈利先確定龐芮夫人不在附近，才把這指給榮恩看。

「想辦法把它拉出來。」榮恩低聲說，拉著椅子擋住哈利，以免龐芮夫人發現他的異常舉動。

這並不是一件簡單的任務。妙麗的手抓得非常緊，哈利有好幾次覺得，他就快要把紙給撕破了。榮恩站在一旁，望著他滿頭大汗地又拉又扭，最後，在經過極端緊張的幾分鐘之後，他終於把紙團給拉了出來。

那是從一本年代久遠的圖書館藏書中，撕下來的一張書頁。哈利把紙團攤開壓平，榮恩湊過頭來跟他一起閱讀。

在我們國土上漫遊的眾多可怕野獸與怪物裡面，其中最稀罕，同時也是最危險的種類就是蛇妖，亦稱為萬蛇之王。此種可以成長到驚人尺寸，並擁有數百年壽命的蛇類，是由蟾蜍孵育雞蛋所生。牠最不可思議的特點是牠殺戮的方法，除了牠那致命的毒牙之外，蛇妖還擁有一種殺人的凝視，而所有與牠視線相接的人都會立刻死去。蜘蛛見到蛇妖就會落荒而逃，因為牠是牠們的天敵，但蛇妖唯一忌憚的卻是雄雞的啼叫，那對牠來說是奪命的魔音。

而在這段文字下面有兩個手寫的字，而哈利一眼就認出那是妙麗的筆跡。水管。

他感到彷彿有人在他腦袋中打開了一盞燈。

「榮恩，」他屏息說道，「這就是了。這就是我們要的答案。密室裡的怪獸是**蛇妖**——一條巨蛇！這就是**為什麼**不管在什麼地方，就只有我一個人能聽到那聲音的原因，因為只有我聽得懂爬說語……」

哈利抬頭環顧周圍的病床。

「蛇妖是用牠的目光來殺人。可是卻沒有人真的被殺死——這是因為，沒有一個人直接看到牠的眼睛。柯林是透過他的照相機看牠，蛇妖燒壞了裡面所有的底片，但柯林卻只是被石化。賈斯汀……賈斯汀一定是透過差點沒頭的尼克看到蛇妖的！尼克是被正面擊中沒錯，但他卻不可能**再**死一次……而妙麗和那個雷文克勞級長被人發現的時候，旁邊恰好有一面小鏡子。妙麗大概才剛發現到密室裡的怪獸就是蛇妖，我敢打包票，她那時候一定是一碰到人，就立刻警告他，轉彎前最好先拿面鏡子照照看！結果那個女孩掏出了她的鏡子——然後——」

榮恩吃驚得下巴都快要掉下來了。

「那拿樂絲太太呢？」他急切地低聲問道。

哈利苦苦思索，努力回想萬聖節當晚的情景。

「水……」他緩緩說道，「從愛哭鬼麥朵的洗手間裡滲出來的水。我想拿樂絲太太只看到了水裡的倒影……」

他仔細閱讀手中的書頁。他看得越久，就越覺得有道理。

「**但蛇妖唯一忌憚的卻是雄雞的啼叫，那對牠來說是奪命的魔音！**」他大聲念道，「海格的雄雞也被殺了！在密室打開以後，史萊哲林的傳人當然不希望讓雄雞靠近城堡！**蜘蛛見到蛇妖就會落荒而逃！**完全吻合！」

「可是蛇妖怎麼有辦法在這裡神出鬼沒呢？」榮恩說，「一條噁心的大蛇……怎麼可能都沒人看到呢……」

而哈利卻只是指著妙麗寫在書頁下方的字跡。

「水管，」他說，「水管……榮恩，牠一直都在利用城堡的管線行動。我聽過那個聲音從牆壁裡面傳出來……」

榮恩突然抓住哈利的手臂。

「密室的入口！」他粗聲說，「如果那是一個洗手間呢？如果那就在——」

「——**愛哭鬼麥朵的洗手間裡**。」哈利說。

他們呆坐在椅子上，一陣興奮的戰慄竄遍他們的全身，簡直完全無法相信這是真的。

「這表示，」哈利說，「我不可能是學校裡唯一的爬說嘴。史萊哲林的傳人一定也是，這樣他們才有辦法控制蛇妖。」

「我們現在該怎麼辦？」榮恩說，他的眼睛閃閃發光，「我們該直接去找麥教授嗎？」

「我們先到教職員休息室去等她，」哈利跳了起來，「她再過十分鐘就會到，快下課了。」

他們跑下樓。他們不想再被人發現在走廊上遊蕩，乾脆直接走進教職員休息室裡去等。那是一個嵌著鑲板、擺滿黑木椅的大房間。哈利和榮恩在房裡踱步，心情激動得完全坐不住。

但下課的鐘聲卻並未響起。

他們聽到的是麥教授用魔法傳送的超大嗓門，在走廊上激起響亮的迴音。

「**所有學生立刻回到自己的學院寢室，所有老師請返回教職員休息室。請大家立刻行動。**」

哈利轉過身來望著榮恩。

「該不會又出事了吧？不會剛好在這個時候吧？」

「我們要怎麼辦？」榮恩說，他已經嚇呆了，「要回寢室去嗎？」

「不，」哈利說，目光飛快地在房間裡繞了一圈。他左邊有一個相當醜的衣櫥，裡面掛滿了老師的斗篷，「躲進去。我們先聽聽看是怎麼回事，然後再把我們發現的事告訴他們。」

他們躲進衣櫥，靜靜傾聽樓上數百人同時移動的嘈雜聲，接著教職員休息室就被砰地推開。他們透過斗篷霉臭縐褶的空隙，望著老師們陸續走進房間。有些老師看起來非常困惑，而其他人卻露出明顯的害怕表情，然後麥教授走了進來。

「又出事了，」她對著鴉雀無聲的教職員休息室宣布，「有個學生被怪獸抓走，帶到密室裡去了。」

孚立維教授發出一聲尖叫。芽菜教授用手摀住嘴巴。石內卜用力抓著椅背問道：「妳怎麼能確定？」

「史萊哲林的傳人，」麥教授答道，她的臉色白得嚇人，「又留下了一個訊息，就寫在第一次留言的下面。她的骸骨將會永遠躺在密室裡。」

孚立維教授忍不住失聲痛哭。

「是誰？」胡奇夫人問道，她早就雙腿發軟地倒在椅子上，「是哪一個學生？」

「金妮．衛斯理。」麥教授說。

哈利感覺到榮恩無聲地滑倒在旁邊的地上。

「我們必須在明天把所有學生全都送回家。」麥教授說，「霍格華茲就這樣完了，鄧不利多總是說……」

教職員休息室又再度被推開。在那心慌意亂的一瞬間，哈利還以為那一定就是鄧不利多。結果那卻是洛哈，而他居然還帶著滿臉濃濃的笑意。

「非常抱歉——小睡了一下——我錯過了什麼事嗎？」

他似乎沒有注意到，其他老師正在用一種非常接近憎恨的目光瞪著他。石內卜踏步向前。

「這下來對人了，」他說，「我們現在就是需要像你這樣的人。有個女孩被怪獸抓走了，洛哈，抓到密室裡面。這下你終於可以一展身手了。」

洛哈的臉刷地一下變得慘白。

「沒錯，吉德羅，」芽菜教授插嘴說，「你昨天晚上不是才說，你其實早就曉得，密室的入口是在哪裡嗎？」

「我——這個呀，我——」洛哈緊張地說。

「對呀，你不是告訴我，你很清楚裡面到底藏了什麼怪獸嗎？」孚立維教授尖聲地問。

「我——有嗎？我記不得了……」

「我倒是記得很清楚，你說，你很後悔沒在海格被捕之前，先去對付那頭怪獸。」石內卜說，「你不是說，整件事被大家搞得一團糟，根本應該一開始就交給你全權處理嗎？」

洛哈望著他那些面無表情的同事。

「我……我真的從來沒有……你們可能是誤會我的意思了……」

「我們現在就全都交給你了，吉德羅，」麥教授說，「今天就是讓你放手去做的最佳時機。我們會特別注意，絕對不讓任何人來阻礙你，你可以獨自去對付那隻怪獸。好啦，總算可以交給你全權處理了。」

洛哈絕望地環顧四周，但卻沒有任何人對他伸出援手。他現在看起來一點也不帥了，他的嘴唇抖個不停，而且少了他那招牌式露齒微笑，他的下巴顯得太尖，看起來有點薄命相。

「很——很好，」他說，「我先——我先回我的辦公室，去做——做些準備。」

然後他就走出房間。

「好了，」麥教授說，她的鼻翼朝外擴張，「這樣**他**就不會在我們身邊礙手礙腳了。學院負責人請先回去，向學生們報告目前的狀況。告訴他們，明天一大早，霍格華茲特快車就會把他們全都送回家。其他人請負責巡邏把關，不要讓任何學生離開他們的寢室。」

老師們站起來，一個接一個地走出房間。

* * *

這大概可算是哈利這輩子最糟糕的一天。他和榮恩、弗雷及喬治，一起坐在葛來分多交誼廳的一個角落，大家全都難過得不想開口說話。派西並沒有跟他們坐在一起，他先去派貓頭鷹送信給衛斯理夫婦，然後就把自己關在寢室裡不再出來。

過去從來沒有一個下午像現在這樣漫長難捱，而葛來分多塔也從不曾這麼擁擠，但卻如此安靜過。在接近黃昏的時候，弗雷和喬治就再也待不下去，乾脆回寢室睡覺去了。

「她知道一些事情，哈利，」榮恩說，這是在他們躲進教職員休息室衣櫥之後，榮恩第一次開口說話，「她就是因為這樣才會被抓走，而且那絕對不是什麼跟派西有關的蠢事。她發現了某些跟密室有關的事情，她一定就是因為這個原因才會被——」榮恩用力擦擦眼睛，「我的意思是，她有純正的巫師血統呀。除了這以外，我實在想不出其他任何原因。」

哈利可以看到血紅的落日緩緩沒入地平線消失，他的心情從來沒有這麼壞過。要是他們能有辦法做點事就好了，任何事都行。

「哈利，」榮恩說，「你覺得她有沒有可能還——你知道我的意思——」

哈利不曉得該如何回答，他實在看不出金妮會有任何生還的機會。

「你知道我想到什麼嗎？」榮恩說，「我覺得我們應該去找洛哈，把我們發現的事情告訴他。他現在正準備要進入密室，我們可以告訴他，我們認為入口在哪裡，而且裡面的怪獸是蛇妖。」

哈利實在想不出其他任何事可做，而他又非常急著想要去做點兒事，因此他欣然同意。其他葛來分多學生們心情都很沉痛，而且大家都為衛斯理家感到難過，因此在榮恩和哈利站起來時，並沒有任何人出面阻止，只是默默目送他們走過房間，爬出畫像洞口。

在他們走到洛哈辦公室時，天色已經暗下來了。從門外聽起來，房間裡面好像忙得很。他們可以聽到清晰的擦刮聲、碰撞聲，還有急促的腳步聲。

哈利伸手敲門，而房間裡面立刻安靜下來。然後大門微微開了一條細縫，而他們可以看到，洛哈的一隻眼睛正透過門縫朝外偷窺。

「喔……波特先生……衛斯理先生……」他說，略略把門推開了一些，「我現在正在忙，如果你們不會占用太多時間……」

「教授，我們想要為你提供一些情報，」哈利說，「我們認為，這應該會對你有點幫助。」

「呃——這個嘛——這倒也不是那麼糟——」他們所能看到的半張洛哈面孔顯得非

常困窘不安，「我的意思是——這個——好吧。」

他打開房門，讓他們走進去。

他的辦公室幾乎全都空了。地板上擱著兩個敞開的大行李箱。其中一個裝滿了翠玉綠、丁香紫與午夜藍等各色長袍，全都隨隨便便地捲成一團扔在裡面，另一個則是堆滿了亂七八糟的書本。原先掛在牆上的照片，現在也全都分別塞進盒子，擱在書桌上。

「你要離開這裡嗎？」哈利問道。

「呃，這個嘛，沒錯，」洛哈一面答話，一面順手拆下貼在門後的一張他的真人大小海報，然後把它捲起來收好，「突然有急事……不去不行……得立刻動身……」

「那我妹妹怎麼辦？」榮恩暴跳如雷。

「嗯，這個嘛——這真的是非常不幸，」洛哈說，完全不敢看他們的眼睛，只是自顧自地把書桌抽屜整個拉出來，把裡面的東西全都倒進一個大袋子，「我感到非常遺憾——」

「你可是黑魔法防禦術老師欸！」哈利說，「你現在不能走啊！不能在學校發生這麼多黑魔法怪事的時候，就這樣拋下我們不管呀！」

「嗯，這我倒要解釋一下……在我接下這份工作的時候……」洛哈支支吾吾地說道，並開始把襪子堆在箱中的長袍上面，「工作說明書上完全沒有提到……我從來沒想到……」

「你是說你要**逃走**？」哈利不敢相信地說，「你書裡不是說，你降伏過很多妖怪嗎？」

「書本是可能會誤導的……」洛哈囁嚅地表示。

「那可是你自己寫的欸！」哈利怒吼。

「我親愛的孩子，」洛哈說，他挺起胸膛，皺眉望著哈利，「請你有點常識好嗎？如果不把這些事情寫成是**我**做的，我的書根本不可能會賣得那麼好。誰會想去看一個亞美尼亞醜老男巫的故事，就算他趕走一大堆狼人，解救了整個村莊，也沒人會想去看哪。書的封面要是印上他的照片，那不是難看死了。這些人土裡土氣，穿衣服一點品味也沒有。而且那個除掉班登報喪女妖的巫婆，居然還是個大鬍子呢。我要說的是，拜託你……」

「所以說，你只不過是把別人做過的事，全都拿來當作你自己的功勞嗎？」哈利難以置信地問道。

「哈利，哈利呀，」洛哈不耐煩地搖著頭說，「事情不像你想的那麼簡單，我自己也做了不少事啊。我必須想辦法找到這些人，從他們口中套出整件事情的詳細經過。然後我還得對他們施一個記憶咒，讓他們根本不記得自己做過哪些事。我個人最引以為傲的特長，就是我的記憶咒法術。不是那麼簡單的，哈利，這是件非常辛苦的工作呀。並不是只要簽簽名啦，拍拍宣傳照就行了，現在你該懂了吧。你要是想出名的話，你最好先作好心理準備，你得先經過一段辛苦的長期抗戰，才能嚐到甜美的成果哪。」

他用力關上行李箱，並用鑰匙鎖好。

「我們看看，」他說，「我想應該準備得差不多了。對了，現在還有最後一件事。」

他掏出魔杖，轉身面對他們。

「真的是非常抱歉，孩子們，不過我現在得對你們施一個記憶咒。我可不能讓你們到處宣揚我的秘密，這樣我的書就會再也賣不出去囉……」

哈利及時抓住他的魔杖，洛哈還來不及舉起魔杖，哈利就沉聲喝道：「去去，武器走！」

洛哈往後飛了出去，摔倒在他自己的行李箱上。他的魔杖飛到空中，被榮恩伸手接住，並扔到了窗外。

「你當初真不該讓石內卜教授教我們這個的。」哈利憤怒地說，用力把洛哈的行李箱踢到旁邊。洛哈抬頭望著他，又露出他那副尖下巴的薄命相，哈利依然用魔杖指著他。

「那你要我怎麼辦呢？」洛哈虛弱地說，「我又不曉得密室在哪裡，我什麼也不能做呀。」

「算你運氣好，」哈利說，用魔杖頂端戳戳洛哈的腳，逼他站起身來，「**我們**剛好知道它在哪裡，**而且**我們也曉得裡面藏了什麼東西。我們走吧。」

他們押著洛哈踏出他的辦公室，走下最近的一道樓梯，再沿著那條牆上有著發光字跡的黑暗走廊，走到愛哭鬼麥朵的洗手間門前。

他們逼洛哈先走進去，哈利看到洛哈在發抖，心裡覺得相當痛快。

愛哭鬼麥朵坐在最後一間廁所的水槽上。

「喔，是你啊，」她一看到哈利就說，「你這次又要來幹嘛啦？」

「來問妳是怎麼死的。」哈利答道。

麥朵立刻像是變了個人似的。看她那副快樂的模樣，就好像她從來沒聽過這麼諂媚奉承的問題。

「喔喔喔，那實在是太恐怖了，」她興致勃勃地說，「事情就發生在這個地方，我就是死在這間廁所隔間裡面。我現在還記得非常清楚，那時候是因為奧莉．轟碧嘲笑我的眼鏡，我才會躲到這裡來。我鎖上門，坐在這裡哭，然後我聽到有人走了進來。他們說的話很奇怪，我想那一定是另外一種語言。不管怎樣，我真正在意的是，說話的人居然是個**男生**。所以我就打開門，想叫他趕快出去，用他們男生自己的廁所，然後——」麥朵滿臉發光，露出得意洋洋的神情，「我就**死**了。」

「怎麼死的？」哈利問道。

「不曉得，」麥朵的語氣變得十分輕柔，「我只記得，我看到一對非常巨大的黃眼珠。我的身體變得完全不能動彈，接下來我就什麼都不知道了……」她帶著夢幻般的神情望著哈利，「然後我又重新回過神來。我下定決心要死纏著奧莉．轟碧不放，鬧得她不得安寧。喔，她後悔死了，誰叫她要嘲笑我的眼鏡。」

「妳究竟是在哪裡看到那對眼睛的？」哈利問道。

「大概就在那裡吧。」麥朵說，隨手往她廁所前的洗手台指了一下。

哈利和榮恩立刻衝到洗手台前面，但洛哈卻躲得遠遠的，臉上帶著明顯的恐懼神情。

它看起來就只是個普通的洗手台，他們從裡到外仔細檢查了一遍，甚至連下面的水管也不放過。然後哈利看到了，在一個銅質水龍頭的旁邊，有人用潦草的筆法刻上了一隻小蛇。

「那個水龍頭早就壞囉。」麥朵看到哈利想要扭開水龍頭，就很高興地說道。

「哈利，」榮恩說，「說句話吧，用爬說語說句話吧。」

「可是——」哈利苦苦思索。他過去只有在面對一隻真蛇的時候，才有辦法說出爬說語。他緊盯著小蛇的雕刻圖案，努力把它想像成真的蛇。

「打開。」他說。

他抬頭望著榮恩，但榮恩卻搖搖頭。

「那是人話。」他說。

哈利回過頭來望著那隻蛇，用意志力命令自己相信它是活的。要是他稍稍換個角度來看，燭光就會讓它看起來好像是在動的樣子。

「打開。」他說。

但他耳中聽到的並不是這兩個字；他發出的是一種怪異的嘶嘶聲，而水龍頭立刻散發出炫目的白光，並開始高速旋轉。在下一刻，洗手台就動了起來。事實上，洗手台是整個陷落下去，完全失去蹤影，顯露出一個巨大的水管洞口，寬敞得足以讓一個成年男子滑進去。

哈利聽到榮恩倒抽了一口氣，於是他再度抬起頭來。他已決定該怎麼做了。

「我要從這裡下去。」他說。

他不得不去，既然他們現在已找到密室的入口，只要金妮還有一絲最微弱、渺茫，甚或是荒唐的活命希望，他就絕對不能輕易放棄。

「我也去。」榮恩說。

接著是一片沉默。

「好吧，你們好像不需要我了，」洛哈說，臉上又隱隱浮現他的招牌笑容，「那我就——」

他用手握住門把，但榮恩和哈利卻不約而同地用魔杖指著他。

「你給我第一個下去。」榮恩吼道。

失去魔杖的洛哈，只好慘白著一張臉走向水管出口。

「孩子們，」他說，他的聲音變得非常虛弱，「孩子們呀，這麼做有什麼用處呢？」

哈利用魔杖戳他的背。洛哈心不甘情不願地將雙腿伸進入口。

「我真的不認為——」他才剛開口，就被榮恩狠狠推了一下，一溜煙地滑下去消失了。哈利立刻跟進去，他慢慢滑入水管，然後鬆開了手。

那就好像是滑下一條又黏又黑，似乎永無止境的悠長溜滑梯。他一路上經過許多通往四面八方的水管支線，但規模顯然都比他滑行的主幹道要小得多，他沿著蜿蜒曲折的管線向前猛衝，以陡峭的坡度朝下滑落，而他知道，他現在已降落到比城堡地窖還要深的地底世界。他可以聽到身後傳來榮恩在轉角處所發出的輕微碰撞聲。

就在他開始擔心落到地面會不會摔傷時，水管的落勢就逐漸平緩，而接著他就像子彈般地衝出水管，噗通一聲落在溼淋淋的地面上。他到達一條黑暗的石頭隧道，而這裡寬敞得足以讓他站起來不碰到頭。洛哈就站在不遠處，全身沾滿泥巴，臉色蒼白得像個鬼似的。哈利退到出口旁邊，接著榮恩也颼地一聲，從水管中衝了出來。

「我們現在一定是在學校下面好幾哩的地方。」哈利說，他的聲音在黑暗的隧道中激起響亮的迴音。

「大概是在湖泊下面吧。」榮恩說，瞇眼打量黝黑黏溼的牆壁。

他們三人全都轉身望著黑暗的前方。

「路摸思！」哈利對著他的魔杖念道，而燈光再度亮起。「走吧。」他對榮恩及洛哈說，於是他們沿著潮溼的地面向前走去，一路上發出啪噠啪噠的響亮踩水聲。

隧道裡非常暗，因此他們只能看清前方一小段距離。在魔杖燈光照耀下，他們映在溼牆上的影子顯得異常龐大。

「大家記住，」哈利在他們小心翼翼往前走去時輕聲表示，「一發現任何動靜，就馬上閉上眼睛……」

但這條隧道卻安靜得像是墳墓似的，而他們所聽到的第一個異常聲音，只不過是榮恩不小心踩碎某個東西的**嘎扎**聲，那是一隻老鼠的頭蓋骨。哈利垂下魔杖仔細打量地面，看到地上凌亂散落著許多小動物的骨頭。哈利努力不去想像，在他們找到金妮時，她會變成什麼樣的慘狀，只是一馬當先地繼續往前走去，繞過一個黑暗的隧道轉角。

「哈利，那裡有個東西……」榮恩嘶聲喝道，並一把抓住哈利的肩膀。

他們停下腳步，靜靜觀看。哈利只能隱約看出，在隧道前方的地面上，躺了某個巨大且彎彎曲曲的東西。它並沒有動。

「說不定它在睡覺。」他屏息說道，回頭瞥了其他兩人一眼。洛哈用手緊緊摀住眼睛，哈利轉過頭來望著那個東西，他的心臟實在跳得太過劇烈，他不禁感到心口微微發疼。

哈利儘可能在還能看得到的情況下，把眼睛瞇到最細，然後高舉魔杖，用非常緩慢的速度慢慢挪向前方。

燈光灑落在一副巨大的蛇蛻上，這副帶著獰惡鮮綠色澤，看起來空盪盪的蛇皮，盤成一團躺在隧道地上。那個蛻下它的生物，想必至少有二十呎長。

「我的天哪。」榮恩虛弱地嘆道。

他們後方突然砰地一聲，吉德羅．洛哈雙腿發軟地倒在地上。

「起來。」榮恩喝道，並舉起魔杖指著洛哈。

洛哈站起來——然後他突然發難，撲到榮恩身上，兩人一同摔倒在地。

哈利連忙跳上前去，但卻來不及了。洛哈已氣喘吁吁地站起身來，手裡抓著榮恩的魔杖，臉上又重新泛出一絲微笑。

「冒險到此結束，孩子們！」他說，「我會撕點兒蛇皮帶回學校，告訴他們，在我趕到的時候，已經來不及救那女孩的命了，而你們兩個一看到她血肉模糊的屍體，就悲痛得發瘋了。現在，跟你們的記憶說聲再見吧！」

他把榮恩用魔法膠帶黏牢的魔杖舉到頭上，吼道：「空空，遺忘！」

魔杖像小型炸彈般地轟然爆裂。哈利連忙抱住頭往前狂奔，撲倒在盤繞的蛇蛻上，及時避開了如暴雨般撒落的巨大岩塊。在轉眼間，這裡就只剩下他自己一個人，他站起來，茫然地望著一堵落石堆成的堅固牆壁。

「榮恩！」他喊道，「你沒事吧？榮恩！」

「我在這裡！」石頭瀑布後方傳來榮恩模糊的嗓音，「我沒事，不過這個飯桶的情況不太妙——他被魔杖射中了。」

牆後響起一陣悶悶的撞擊聲和一聲響亮的「哎喲！」聽起來好像是榮恩往洛哈的脛骨上踢了一腳。

「現在該怎麼辦？」榮恩的聲音聽起來非常焦急，「我們過不去呀，那得花幾百年的時間才能……」

哈利抬頭望著隧道天花板。上面出現了許多寬闊的裂縫。他以前從來沒試過用魔法震開這麼龐大的東西，而現在好像也不太適合這麼做——要是整條隧道全都塌毀怎麼辦？

石牆後又響起另一陣撞擊聲和另一聲「哎喲！」他們這是在浪費時間，金妮已經在密室裡待了好幾個鐘頭了。哈利知道他現在只有一條路可走。

「在那裡等我，」他對榮恩喊道，「跟洛哈一起留在那裡等我，我要往前走了。要是我再過一個鐘頭還沒回來的話……」

接下來是一片意味深長的沉默。

「我會想辦法搬開一些石頭，」榮恩說，他似乎在努力讓聲音保持穩定，「這樣，你就可以——穿過牆壁走回來。還有，哈利——」

「那就待會兒見了。」哈利說，儘可能讓自己發抖的聲音聽起來有點信心。

然後他就繞過巨大的蛇蛻，獨自向前走去。

沒多久，榮恩在遠方努力搬石頭的聲音就完全消失。哈利沿著隧道繞過一個又一個轉角，他體內的每一根神經全都繃得死緊並陣陣刺痛。他希望趕快到達隧道終點，但另一方面，他也非常害怕看到抵達後所出現的景象。過了許久，當他輕輕繞過另一個轉角後，他終於看到前方出現一面堅固的牆壁，牆上刻了兩隻盤繞的巨蛇，蛇眼嵌著璀璨的大塊翡翠。

哈利靠近那兩隻巨蛇，他的喉嚨變得非常乾。他不需要想像這些石蛇是真的，因為它們的眼睛看起來不可思議地逼真。

他想他知道現在該怎麼做了。他清清喉嚨，而翡翠蛇眼似乎閃出一道光芒。

「打開。」哈利發出一種低沉微弱的嘶嘶聲。

石牆應聲裂開，兩隻蛇迅速分開，各隨著一半石牆平順地往兩旁滑開消失，而從頭到腳抖個不停的哈利，就這樣走了進去。

17 史萊哲林的傳人

他站在一個燈光黯淡、極端狹長的房間邊緣。一些盤繞著更多石雕巨蛇的高聳石柱，共同支撐住隱沒在黑暗中的天花板，並在溢滿室內的詭綠幽光中灑下長長的黑影。

哈利的心急促跳動，站在原處傾聽這冷入骨髓的死寂。蛇妖會不會就潛伏在石柱後面的某個陰暗角落？而金妮現在又在哪裡呢？

他掏出魔杖，沿著兩列石柱間的道路往前走去。他每輕輕往前踏上一步，就會在陰暗的牆壁間激起響亮的迴音。他一直都瞇著眼睛，心裡拿定主意，只要發現任何動靜，就立刻把眼睛給閉得死緊。石蛇深陷的眼窩，似乎一直在緊盯著他不放。他不只一次覺得好像看到蛇眼在動，而這讓他忍不住感到胃部一陣痙攣。

然後，在他走到最後一對石柱中間時，他隱約看到在對面的牆邊，矗立著一座與密室等高的巨大雕像。

哈利必須努力仰頭往上看，才能看清高處那張龐大的面孔：這張臉十分衰老，而且輪廓有點像猿猴，一把稀疏的長鬍鬚，幾乎垂落到這位巫師及地石袍的下襬，而在石袍下方，露出了兩隻站在平滑地板上的灰色大腳。在這雙腳中間，趴著一個身穿黑色長袍，有著火紅頭髮的小小人影。

「**金妮！**」哈利低呼，快步衝到她身邊，跪了下來。「金妮！不要死！拜託妳不要死！」他拋下魔杖，抓住金妮的肩頭，把她翻過來。她的臉就像大理石一樣蒼白，一樣冰冷，但她的眼睛是閉著的，所以她並沒有被石化。可是這不就代表她一定是……

「金妮，拜託妳醒醒呀。」哈利用力搖著她，氣急敗壞地低喊。金妮的頭癱軟無力地左右搖晃。

「她是不會醒的。」一個柔和的聲音說。

哈利猛然一震，跪著扭過身來。

一個高高的黑髮男孩，靠在最近的石柱邊瞅著哈利。奇怪的是，他的輪廓邊緣看起來模模糊糊的，給哈利一種霧裡看花的感覺，但哈利還是一眼就認出了他。

「湯姆——**湯姆．瑞斗**？」

瑞斗點點頭，目光一直不曾從哈利臉上移開。

「你為什麼說她不會醒？」哈利氣急敗壞地追問，「她不會——她該不會是——？」

「她還活著，」瑞斗說，「但也就只是活著而已。」

哈利盯著他看。湯姆．瑞斗是五十年前的霍格華茲學生，但他現在卻活生生地站在眼前，渾身散發出一種霧濛濛的神秘光輝，看起來最多不會超過十六歲。

「你是一個幽靈嗎？」哈利不確定地問道。

「我是一個記憶，」瑞斗平靜地說，「一個在日記裡保存了五十年的記憶。」

他指著雕像巨大腳趾旁的地板，那本攤開來躺在地上的小書，正就是哈利在愛哭鬼麥朵的洗手間裡發現的黑色日記。哈利很想知道它為什麼會跑到這裡來——但他現在有更迫切的事必須處理。

「你得幫我忙，湯姆，」哈利說，重新扶起金妮的頭，「我們必須趕快帶她離開這裡。這裡住了一隻蛇妖……我不曉得牠在哪裡，但牠隨時都有可能會出現，請你幫我……」

瑞斗並沒有出手幫忙。哈利滿頭大汗地把金妮從地上拉起來，再彎下腰來拿他的魔杖。

但他的魔杖卻不見了。

「你有看到——？」

他抬起頭來。瑞斗仍然在目不轉睛地望著他——並用修長的手指撥動哈利的魔杖。

「謝謝。」哈利說，伸手想要接過魔杖。

瑞斗的嘴角泛出一絲微笑。他仍在望著哈利，並心不在焉地把玩魔杖。

「聽我說，」哈利焦急地說，金妮的體重壓得他膝蓋越來越彎，「**我們必須趕快走啊！**要是蛇妖出現的話……」

「蛇妖只有在聽到召喚的時候才會現身。」瑞斗平靜地說。

哈利再也支撐不住，只好讓金妮重新躺回地上。

「你這是什麼意思？」他說，「快把魔杖還給我呀，我說不定會需要用到它。」

瑞斗臉上的笑意變得更深了。

「你不會需要用到它的。」他說。

哈利瞪著他發愣。

「你這是什麼意思，為什麼我不會——？」

「我已經為這等了一段非常漫長的時間，哈利波特，」瑞斗說，「等機會跟你碰面，跟你談談。」

「聽著，」哈利說，他快要失去耐心了，「我想你根本就不了解狀況。我們現在是在**密室**裡耶，我們可以等一下再談啊。」

「我們現在就談。」瑞斗說，並帶著濃濃的笑意把哈利的魔杖放進他的口袋。

哈利瞪大眼睛望著他。這裡好像有些事情很不對勁。

「金妮為什麼會變成這個樣子？」他緩緩地問。

「嗯，這是個非常有趣的問題，」瑞斗愉快地說，「同時也是個相當長的故事。我想，金妮．衛斯理會變成今天這個模樣，主要是因為她輕易敞開心房，對一個看不見的陌生人洩漏她所有的秘密。」

「你到底在說什麼呀？」哈利問道。

「那本日記，」瑞斗說，「**我的**日記。小金妮接連在裡面寫了好幾個月的心事，對我傾訴她那些可憐的痛苦煩惱：她的哥哥們老是**嘲笑**她，她不得不帶著破爛的舊長袍和舊課本來上學，還有——」瑞斗的眼睛閃閃發光，「——她覺得那位大名鼎鼎，既善良又傑出的哈利波特，永遠也不可能會喜歡上她……」

瑞斗在說話的時候，眼睛一直緊盯著哈利的面孔，他的目光流露出一種幾乎可說是饑渴的神情。

「那真是**無聊透頂**，成天聽一個十一歲女孩，跟我逑說她那些愚蠢的小煩惱，」他繼續說下去，「但是我很有耐心。我跟她筆談，我表現得很有同情心，而且非常和藹親切。金妮真是**愛死**我了。從來沒有人像你這麼了解我，湯姆……我真高興能有這本日記讓我說說心事……就好像是我交到了一個可以放在口袋裡隨身攜帶的朋友……」

瑞斗縱聲狂笑，那是一種高亢冷酷的笑聲，跟他的外表完全不搭調，哈利不禁感到毛骨悚然。

「不是我愛吹噓，哈利，我總是能夠輕易蠱惑那些我需要的人。所以呢，金妮對我傾吐她的靈魂，而她的靈魂恰好符合我的需要。我在她最深沉的恐懼，與最黑暗的秘密餵養之下，漸漸變得越來越強壯。到了最後，我的力量變得非常強，比這個小衛斯理小姐要強得多了。強得足以讓我有能力回饋給衛斯理小姐一點**我的**秘密，開始把**我的**一小部分靈魂注入**她的**心中……」

「你這是什麼意思？」哈利說，感到嘴裡變得非常乾。

「你還沒猜到嗎，哈利波特？」瑞斗柔聲說，「是金妮．衛斯理打開了密室。是她勒死學校裡的雄雞，在牆壁上留下恐嚇的訊息。是她驅使史萊哲林的巨蛇，攻擊了四個麻種和那個爆竹的貓。」

「不。」哈利的聲音細如耳語。

「是的，」瑞斗平靜地說，「當然，剛開始她並**不知道**自己做了什麼。那真是好笑得很。我真希望讓你看看她後來寫的日記內容……變得比以前有趣多了……親愛的湯姆，」他望著哈利驚駭的面孔，開始輕聲背誦，「我覺得我的記性變得越來越差了。我的長袍上到處都是雄雞羽毛，可是我完全不知道那是怎麼來的。親愛的湯姆，我不記得我在萬聖節晚上做了什麼，可是有一隻貓受到攻擊，而我的長袍前襟上沾滿了顏料。親愛的湯姆，派西一直說我看起來很蒼白，而且變得很怪，我想他是在懷疑我……今天學校又發生另一次攻擊事件，而我完全記不起出事時我人是在哪裡。湯姆，我到底該怎麼辦？我覺得我快要瘋了……我覺得我就是攻擊大家的兇手，湯姆！」

哈利握緊拳頭，指甲深深刺入掌心。

「愚蠢的小金妮花了很長的一段時間，才學會不再信任她的日記。」瑞斗說，「不過，她最後終於開始疑心，並想辦法把日記給處理掉，而**你**就是在這個時候開始被牽扯進來，哈利。你發現了日記，這實在是讓我太高興太滿意了。學校裡有這麼多人，而撿到它的人偏偏就是**你**，就是我最渴望能見到的人……」

「你為什麼想要見我？」哈利問道。一股怒火竄遍他的全身，而他必須盡力克制自己，才能讓聲音保持穩定。

「這個嘛，你該知道，金妮把你的事全都告訴了我，哈利。」瑞斗說，「告訴我你所有**精采迷人**的故事。」他的目光在哈利額前的閃電形疤痕上繞了一圈，而他臉上的表情變得更加饑渴，「我知道我必須想辦法再多認識你一些，如果可能的話，我希望能跟你談談，甚至跟你碰面。所以我決定把我逮到那個大蠢漢海格的精采經過顯示給你看，好博取你的信任。」

「海格是我的朋友，」現在哈利的聲音忍不住微微顫抖，「而且是你陷害他的，對不對？我本來還以為是你弄錯了，結果——」

瑞斗又發出一陣高亢的狂笑。

「我的說法跟海格互相牴觸，哈利。嗯，你可以想像出，當年阿曼多·狄劈是怎麼看待這回事的。一邊是湯姆·瑞斗，貧窮但卻優秀，無父無母但卻非常**勇敢**，學校的級長，一名標準的模範生；而在另一邊呢，是粗蠢莽撞的海格，每隔兩個禮拜就闖一次禍，偷偷在床底下養小狼人，溜到禁忌森林裡去找山怪打架。不過我承認，這個計畫順利得連我自己也嚇了一跳。我本來以為，一定會有**某個人**想到，海格根本就不可能是史萊哲林的傳人。**我**花了整整五年的時間，才把密室的一切探聽清楚，找到秘密入口……海格哪會有這麼聰明，這麼厲害！

「當時好像只有變形學老師鄧不利多認為海格是無辜的。他說服狄劈讓海格留下來，訓練他做一名獵場看守人。是的，我想鄧不利多可能猜到是我。鄧不利多似乎一直都不像其他老師那麼喜歡我……」

「我敢說鄧不利多早就看穿你了。」哈利咬著牙說。

「嗯，在海格被開除以後，他的確一直在嚴密監視我，說實話還挺煩的呢。」瑞斗滿不在乎地說，「我知道，要在畢業前再去打開密室，這麼做對我來說實在是太冒險了。不過，我可不會讓我花費多年、好不容易得來的成果，就這樣白白浪費掉。我決定留下一本日記，把十六歲的我保存在書頁裡。幸運的話，將來有一天，我就能夠讓另外一個人沿著我的腳步，去完成薩拉札·史萊哲林的偉大使命。」

「嗯，可是你並沒有完成啊，」哈利帶著勝利的神情指出，「這次根本沒有人死掉，甚至連那隻貓也沒死。而且再過幾個鐘頭，魔蘋果藥就會熬好，到時候所有被石化的人，就全都會醒過來了。」

「我不是已經告訴過你，」瑞斗平靜地說，「現在殺麻種對我來說，已經不再是那麼重要了嗎！在開始行動的幾個月以後，現在我鎖定的新目標就是——**你**。」

哈利瞪大眼睛望著他。

「所以你可以想像，在我的日記最後一次被打開，而我發現跟我筆談的人竟然是金妮，而不是你的時候，我有多麼生氣。她發現日記落到了你的手中，這讓她急得要命。要是你發現使用日記的方法，而我又把她所有的秘密全都洩漏出來，那該怎麼辦？更糟的是，如果我告訴你她就是勒死雄雞的兇手呢？所以這個白癡小搗蛋，就趁著你寢室沒人的時候，跑進去把日記偷了回來。不過，我已經知道我該怎麼做了。我曉得你正在調查史萊哲林的傳人，而根據金妮告訴我的事情判斷，我知道你一定會用盡各種方法來解開這個謎團——而要是你的一位好朋友受到攻擊，你自然會調查得更加積極了。同時金妮也告訴過我，整個學校都因為你會說爬說語而變得人心惶惶，謠言四起……

「於是我要金妮在牆上留下她的訣別書，再讓她到這裡來等著。她拚命掙扎、大哭大鬧，讓我煩得**要命**。不過她現在已經沒剩多少生命了，她在日記裡注入了太多生命，等於全都是送給了我，最後終於讓我有足夠的力量脫離書頁。在我們來到這裡以後，我就一直在等你出現。我知道你一定會來，我有很多問題想要問你呢，哈利波特。」

「例如什麼？」哈利握著拳頭，咬牙切齒地問道。

「這個嘛，」瑞斗露出愉快的微笑，「一個沒什麼特殊魔法天賦的嬰兒，怎麼會有辦法打敗有史以來最厲害的巫師？為什麼**你**可以順利逃生，只留下額上那條疤痕，而佛地魔王的力量卻完全毀了呢？」

他饑渴的眼睛現在閃出一道妖異的紅光。

「你為什麼會那麼在意我是怎麼逃生的？」哈利緩緩問道，「佛地魔是在你之後才出現的人哪。」

「佛地魔，」瑞斗柔聲說，「是我的過去、現在，以及未來，哈利波特……」

他從口袋中掏出哈利的魔杖，開始凌空書寫，在空中畫出一排文字：

TOM MARVOLO RIDDLE

（湯姆·魔佛羅·瑞斗）

接著他又揮了一下魔杖，空中的字母開始重新排列組合：

I AM LORD VOLDEMORT

（我是佛地魔王）

「你懂了吧？」他輕聲說，「這是我在霍格華茲的時候，就開始使用的名字，當然，這只有在跟我最親近的朋友相處時才會用到。你以為，我會一輩子都掛著我那齷齪麻瓜父親的姓氏嗎？我可是繼承了我母親，體內流著薩拉札·史萊哲林後代血液的人喔？我那骯髒平凡的麻瓜父親，在我還沒出生前就拋棄了我，只不過是因為他發現自己老婆是個女巫，你以為我還願意保留他的髒姓嗎？不，哈利。我替自己取了一個嶄新的名字，而當時我就曉得，未來在我成為全世界最偉大的魔法師時，這個名字將會讓所有巫師聞之喪膽，完全不敢開口說出這幾個字！」

哈利的腦袋好像失靈了。他呆呆地望著瑞斗，眼前這個孤兒在成年之後將會謀殺他的父母，和很多很多的人……最後他終於努力擠出一句話。

「你不是。」他說，他平靜的聲音裡充滿了恨意。

「不是什麼？」瑞斗喝道。

「不是全世界最偉大的魔法師，」哈利說，他的呼吸變得非常急促，「很抱歉這樣潑你冷水，但事實就是這樣，全世界最偉大的巫師是阿不思·鄧不利多，大家全都是這麼說的。就算是在法力最強的時候，你也不敢去動霍格華茲的主意。你還在學校念書的時候，鄧不利多就看穿了你的真面目，不管你近來是躲在什麼地方，我知道你直到現在還是非常怕他。」

笑容自瑞斗的臉上消失，換成一個非常醜陋的表情。

「我光是憑這麼一點**記憶**，就把鄧不利多給趕出了城堡！」他嘶聲說。

「他才不像你想的那樣呢，他還沒有真的完全離開！」哈利回嘴道。他為了嚇瑞斗而信口胡掰，其實這些話希望的成分遠比相信大得多。

瑞斗張開嘴，但卻突然呆住了。

從某個地方傳來了一陣樂聲，瑞斗急急轉過身來，望著空蕩蕩的房間。樂聲變得越來越響亮，那是一種令人毛骨悚然、不屬於塵世的詭異聲音；哈利不禁感到寒毛倒豎，心臟似乎在瞬間脹大了一倍。然後，在樂聲變得越來越高亢，而哈利感到胸腔中的心臟似乎變成一個旋轉的陀螺時，離他最近的一根石柱頂端，突然爆出了一團火焰。

一隻像天鵝般大的深紅色怪鳥出現在石柱頂端，對著拱形天花板高唱出怪誕的音樂。牠有著一條跟孔雀尾巴一般長、金光閃閃的燦爛尾巴，和兩隻閃亮的金色鳥爪，牠的爪子上抓著一個破爛的包袱。

在下一刻，金鳥就展翅朝哈利飛了過來。牠把爪上那個破爛的布包扔到哈利腳邊，然後重重降落在他的肩膀上。牠收起牠那巨大的翅膀，而哈利抬起頭來，看到牠有著又長又尖的金色鳥嘴，和一對像豆子般的閃亮黑眼。

金鳥已停止歌唱，牠靜靜坐在哈利的肩膀上，溫熱的身體緊貼著他的面頰，目不轉睛地盯著瑞斗。

「那是一隻鳳凰……」瑞斗說，並用銳利的目光瞪著牠。

「**佛客使**嗎？」哈利輕聲說，而他感覺到那對金色鳥爪在他肩膀上輕輕夾了一下。

「可是**這個**嘛——」瑞斗說，現在他的目光已轉向佛客使拋在地上的破爛東西，「是學校的舊分類帽。」

那的確是分類帽。這頂滿是補釘、邊緣綻裂，而且非常骯髒的帽子，一動也不動地躺在哈利腳邊。

瑞斗又開始高聲狂笑，他的笑聲響遍了整個黑暗的房間，聽起來就好像是有十個瑞斗在同時放聲大笑。

「這就是鄧不利多送給他忠貞擁護者的東西！一隻唱歌的鳥兒，和一頂破帽子！你變得勇敢一些了嗎，哈利波特？你現在覺得安全了嗎？」

哈利並沒有回答。他或許是看不出，佛客使和分類帽到底有什麼用處，但現在至少他不再是孤零零一個人了，他感到勇氣倍增，靜靜等著瑞斗的笑聲停下來。

「讓我們言歸正傳吧，哈利，」瑞斗說，臉上依然帶著濃濃的笑意，「我們總共碰過兩次面——在**你的**過去，**我的**未來。而這兩次我都沒辦法殺死你。**你到底是怎麼逃過一死的**？把一切都告訴我吧。你說得越久，」他柔聲加上一句，「就活得越久。」

哈利腦中飛快地轉著念頭，評估目前的情勢。瑞斗擁有魔杖，而他，哈利，擁有佛客使和分類帽，這兩樣在決鬥時都不太能派得上用場。情況看起來是不太樂觀，不過，瑞斗在這裡站得越久，金妮的生命力就會變得越衰弱……而就在此時，哈利突然注意到，瑞斗的輪廓開始變得越來越清晰，越來越穩定。如果他勢必要和瑞斗展開決鬥，最好還是快點動手。

「沒有人知道，你在攻擊我的時候，為什麼會突然失去力量，」哈利突然開口說，「我自己也不清楚。不過我知道你為什麼沒辦法**殺死**我，因為我的母親是為了救我而死。我那出生在平凡**麻瓜家庭**的母親，」他忿忿加上一句，滿腔壓抑的怒氣使他的聲音微微顫抖，「她讓你沒辦法殺死我。而且我看過你現在的真面目，在去年看到的。你只剩下一口氣，你根本就不能算是活著。這就是你偉大法力帶給你的下場，你現在躲起來當個縮頭烏龜，你變得又醜又髒！」

瑞斗的臉一陣扭曲，然後硬擠出一個可怕的笑容。

「原來是這樣。你的母親為了救你而死。沒錯，那的確是個非常強的解咒術。我現在終於懂了——所以你根本沒什麼特別的嘛。我本來還以為你很不尋常呢，因為我們兩個有些奇怪的共通點。哈利波特，你一定也已經注意到了，我們兩個都是混血，都是孤兒，同樣都是由麻瓜撫養長大。大概也是除了偉大的史萊哲林之外，霍格華茲有史以來唯一的兩名爬說嘴。我們甚至連**外表**都有點兒像呢——但儘管如此，你當初之所以能從我的手裡逃生，畢竟只是憑仗著一點運氣罷了。我要知道的就是這個。」

哈利全身緊繃地站在那裡，等著瑞斗舉起他的魔杖，但瑞斗臉上那扭曲的笑容又變得更深了一些。

「聽著，哈利，我要給你一點小小的教訓。現在就讓我們來一決勝負吧，一邊是史萊哲林傳人佛地魔王的力量，另一邊是著名的哈利波特，再加上鄧不利多所能提供的最佳武器，看看究竟鹿死誰手。」

他用看好戲的目光，瞄了佛客使和分類帽一眼，然後就逕自走開。哈利感到一陣恐懼的戰慄竄遍他麻木的四肢，他看到瑞斗在高聳的石柱間停下腳步，仰頭望著高處那半隱在黑暗中的史萊哲林石雕面孔。瑞斗咧開嘴，發出一陣嘶聲——但哈利可以聽得懂他的話。

「回答我吧，史萊哲林，霍格華茲四人組中最偉大的一位。」

哈利急忙轉過身來，抬頭望著那座雕像，他感到肩上的佛客使開始晃動。

史萊哲林龐大的石雕面孔動了起來。哈利驚恐萬分地望著那張嘴慢慢張開，變得越來越寬，形成一個巨大的黑色洞口。

而雕像的嘴裡有某個東西在動，某個東西從它的嘴裡滑了出來。

哈利迅速後退，砰地一聲撞到了密室的黑牆，而就在他閉上眼睛時，他感到佛客使的翅膀拂過他的面頰，然後就飛走了。哈利想要大喊：「不要拋下我！」但一隻鳳凰怎麼可能打得過萬蛇之王呢？

某個非常龐大的東西跌落到地板上，而哈利感覺到整個房間都在微微震動。他知道發生了什麼事，他可以感覺到牠，甚至可以想像巨蛇從史萊哲林嘴裡爬出來的恐怖畫面，然後他聽到瑞斗又發出一陣嘶聲：「殺了他！」

蛇妖正在朝哈利的方向滑過來，他可以聽到牠那笨重的身軀掃過滿是灰塵的地板。依然緊閉著眼睛的哈利，開始盲目地朝旁邊跑去，並伸出手來在空中狂亂地摸索。瑞斗縱聲狂笑……

哈利絆了一跤。他重重跌落在石地上，嘴裡嚐到了一絲血腥味。巨蛇現在就在他後面不到一呎的地方，他聽到牠正朝著他迅速滑過來。

這時，哈利頭頂上響起一陣如爆炸般的響亮聲音，然後有某個非常沉重的東西，惡狠狠地擊中了他，把他整個人壓到牆上。在他等著利牙刺進他體內時，他聽到更多狂怒的嘶聲，有某個東西正在石柱間激烈地翻滾拍打。

他再也忍不住了。他微微張開眼睛，瞇眼打量眼前的景象。

那隻通體獰惡鮮綠、粗如橡木樹幹的龐然巨蛇，整個身子高高豎了起來，圓鈍鈍的大頭像喝醉酒似地在石柱間彎來繞去。就在哈利嚇得全身發抖，準備只要牠一轉過來就立刻閉眼的時候，他才看出是什麼東西轉移了巨蛇的注意力。

佛客使在牠頭邊飛著打轉，而蛇妖露出軍刀般又長又利的毒牙，憤怒地朝牠狂呑亂咬。

佛客使向下俯衝，牠長長的黃金鳥嘴整個沒入消失，一陣急促的黑色血雨潑到了地板上。蛇妖的尾巴猛然一揮，差點就打到了哈利，而他還來不及閉上眼睛，蛇妖的頭就轉了過來。哈利望著牠的臉，看到牠的眼睛，牠那兩隻像大球般的黃色眼珠，被鳳凰各戳了一個大洞，黑血淌落到地板上，而巨蛇痛得嘶嘶怪叫。

「不！」哈利聽到瑞斗在尖叫，「別管那隻鳥！別管那隻鳥！那個男孩就在你後面！你還是可以聞得到他的氣味！殺了他！」

瞎眼的巨蛇困惑地擺動身軀，看起來還是非常嚇人。那對被戳瞎的蛇眼湧出源源不絕的黑血，而佛客使不停在牠頭邊飛著兜圈子，高唱出怪誕的歌聲，不時還冷不防朝那布滿鱗片的蛇鼻上猛啄一下。

「救救我，救救我，」哈利慌亂地喃喃自語，「拜託有個人來救救我啊，誰都可以！」

蛇尾再次掃過地板，哈利急忙閃開。某個軟軟的東西打到他的臉上。

蛇妖把分類帽揮到了哈利懷中。哈利緊抓住帽子。現在他就只剩下這頂帽子了，這是他唯一的逃生機會。他把帽子套到頭上，接著又撲倒在地，及時躲過再次掃來的蛇尾巴。

「**救救我……救救我……**」哈利在心裡念道，帽簷下的眼睛閉得死緊，「**拜託救救我啊！**」

他這次並沒有聽到細小的回答聲音，但帽子卻開始縐縮扭曲，就好像是被某隻無形的手緊緊握住。

某個又硬又重的東西落到哈利頭頂上，差點就把他給打昏。哈利被敲得眼冒金星，連忙伸手把帽子給扯了下來，而他立刻感覺到帽子裡多了一個又長又硬的東西。

帽中赫然出現一把閃亮的銀劍，劍柄上鑲著蛋大的璀璨紅寶石。

「殺了那個男孩！別管那隻鳥！男孩就在你的後面！用你的嗅覺——聞他的氣味！」

哈利站起來，準備作戰。蛇妖的頭垂落下來，蛇身劈哩啪啦地掃過石柱，盤繞成一團，轉過來正對著哈利。他可以看到那對血淋淋的巨大眼窩，看那蛇嘴大大張開，大得足以把他整個人吞進去，蛇嘴中還鑲著幾根和他的劍一樣長的蛇牙，看起來又尖又利、閃閃發亮，而且還有劇毒……

蛇妖盲目地撲過來，哈利趕緊避開，讓牠一頭撞上密室的牆壁。牠再度發動攻擊，分岔的舌頭自哈利腰邊猛然掃過。哈利用雙手高高舉起銀劍。

蛇妖再度撲過來，而這次牠終於對準了目標。哈利用盡全身的力氣，提劍往上一刺，劍身刺入蛇嘴，整個沒入蛇妖的上顎，只剩下劍柄還留在外面。

但就在溫熱的蛇血浸溼哈利的雙臂時，他突然感到手臂上一陣燒灼的刺痛。一根長長的毒牙漸漸刺入他的手臂，而當蛇妖頹然往旁一歪，渾身抽搐著倒落到地板上時，蛇牙也隨之應聲斷裂。

哈利沿著牆壁滑坐到地上。他抓住那根正把毒液注入他體內的蛇牙，用力拔了出來。但他知道這已經太遲了。一股炙熱的痛楚正緩慢卻穩定地自傷口朝外蔓延。甚至就在他拋下毒牙，望著他自己的鮮血迅速染溼長袍時，他的視線已開始變得模糊不清，整個密室消溶成一團朦朧的漩渦。

哈利眼前掠過一片猩紅色的光影，而他聽到身邊傳來鳥爪落地的輕柔聲響。

「佛客使，」哈利聲音變得含混不清，「你真棒，佛客使……」他感覺到鳥兒將牠美麗的頭顱，擱在蛇牙刺穿的傷口上。

哈利可以聽到腳步聲逐漸逼近，接著一個黑色的陰影移動到他的面前。

「你快死了，哈利波特，」瑞斗的聲音在他上方響起，「死定了。這點甚至連鄧不利多的鳥兒也看得出來，你知道他現在在做什麼嗎，波特？他在哭呢。」

哈利眨眨眼。佛客使的頭顱在他眼前忽隱忽現，大顆大顆的珍珠白眼淚，沿著光澤的羽毛淌落下來。

「我準備坐下來，看著你死，哈利波特。你慢慢來，反正我不趕時間。」

哈利感到昏昏欲睡。周遭的一切似乎全都在高速旋轉。

「這就是名人哈利波特的末日了，」瑞斗的聲音變得很遠，「孤零零地躺在密室，身邊沒有一個朋友，終於被黑魔王給打敗。誰叫他這麼愚蠢，偏偏要去跟黑魔王作對。你很快就可以回到你親愛的麻種母親身邊了，哈利……她替你多爭了十二年的壽命……但佛地魔王最後還是取了你的小命，你早該想到這一天遲早都會到來。」

如果這就是臨死的感覺，哈利暗暗想著，那其實也不算太壞，甚至連疼痛都開始漸漸消失……

但這真的是臨死前的感覺嗎？他的眼前非但沒有變得漆黑，密室的影像反而還越來越清晰。哈利微微偏過頭來，看到了佛客使，牠依然把頭擱在哈利的手臂上，傷口上有著一大攤閃閃發亮的珍珠白眼淚——但現在傷口已完全消失了。

「走開，臭鳥，」瑞斗的聲音突然響起，「快點離開他，我說，**滾開！**」

哈利抬起頭來。瑞斗舉起哈利的魔杖指著佛客使；在一聲如槍響般的砰砰聲之後，佛客使就幻化成一團金紅色的光影飄走了。

「鳳凰的眼淚……」瑞斗平靜地說，低頭望著哈利的手臂，「當然……擁有治癒能力……我竟然忘了……」

他深深凝視哈利的面龐。「不過這並沒有什麼差別，事實上，我還比較喜歡這樣。只有你和我，哈利波特……你和我兩個人……」

他舉起魔杖。

但就在此時，佛客使拍著翅膀，迅速飛到他們上空，把一個東西扔到哈利的大腿上——是**那本日記**。

在那一瞬間，哈利和仍然高舉著魔杖的瑞斗，都同時低頭望著那本日記。然後，哈利在完全不曾考慮，似乎早就作下決定的情況下，反射性地抓起地上的蛇妖毒牙，直接刺入書本的正中心。

他耳邊立刻響起一聲長而刺耳、異常恐怖的尖叫聲。日記噴射出大量的墨水，淌過哈利的雙手，流到了地板上。瑞斗倒在地上痛苦地翻滾扭曲，慘叫哀號，狂亂地揮舞四肢，然後……

他消失了。哈利的魔杖喀嗒一聲墜落到地板上，而一切全都回歸平靜。在死寂中只聽得見墨水滲出日記的穩定**滴答**聲，蛇妖的毒液在上面燒穿了一個仍在滋滋作響的大洞。

渾身顫抖的哈利努力站了起來，他感到頭暈目眩，就好像是用呼嚕粉連續旅行了好幾百哩似的。他慢慢從地上撿起魔杖和分類帽，然後再使勁一拉，把閃亮的銀劍從蛇妖嘴裡給拔了出來。

然後密室深處就響起了一聲微弱的呻吟。金妮在動，哈利才剛跑到她身邊，她就已經坐了起來。她先困惑地打量死去蛇妖的龐大屍體，再把目光移向哈利，望著他那被鮮血浸溼的長袍，最後才轉向他手中的日記。她打了個寒顫，深深倒抽了一口氣，斗大的淚珠沿著面頰淌落下來。

「哈利——喔，哈利——我在吃早——早餐的時候就想告訴你了，可是我**沒——沒辦法**在派西面前說。那是**我**做的，哈利——可是我——我發——發誓我不是故意要——是瑞——瑞斗讓我這麼做的，他控——控制了我——你是**怎麼**殺死那個——那個東西的？瑞——瑞斗又到哪裡去了？我記——記得的最後一件事，就是他從日記裡冒了出來——」

「沒事了，」哈利說，把日記遞過去，讓金妮看蛇牙刺穿的大洞，「瑞斗已經消失了。妳看！他**和**蛇妖都完蛋了。走吧，金妮，我們快點離開這裡——」

「我一定會被開除！」金妮在哈利笨手笨腳地扶她站起來時，忍不住哭著說，「從比——比爾進霍格華茲開始，我就一直好想到這裡來念書。可是我現——現在卻不得不離開了，而且——**爸和媽聽了不知道會怎——怎麼說**？」

佛客使飛到密室入口處等他們。哈利催金妮快點離開，他們跨過蛇妖失去生命的盤繞蛇身，穿越迴音裊裊的昏暗室內，重新返回隧道。哈利聽到密室的石門在身後輕輕闔上。

在經過幾分鐘穿越黑暗隧道的旅程後，一陣慢慢移動石塊的聲音從遠方飄進哈利耳中。

「榮恩！」哈利喊道，並立刻加快腳步，「金妮沒事！我把她帶出來了！」

他聽到榮恩發出一聲哽咽的歡呼，然後他們繞過下一個轉角，看到榮恩已成功地在石牆上挖出一道相當寬的裂縫，他焦急的面孔正透過洞口望著他們。

「**金妮**！」榮恩伸手穿過洞口，先把她給拉了過來，「妳還活著！我真不敢相信！到底是怎麼回事？」

他想要擁抱她，但她卻哭著把他推開。

「妳看起來很好嘛，金妮，」榮恩笑吟吟地望著她，「現在沒事了，這——那隻鳥兒是從哪裡蹦出來的？」

佛客使隨著金妮飛出洞口。

「他是鄧不利多的寵物。」哈利說，也跟著擠出洞口。

「那你又是從哪弄到一把**劍**的？」榮恩說，詫異地張嘴望著哈利手中閃閃發亮的武器。

「等出去以後再跟你解釋。」哈利說，歪頭瞄了金妮一眼。

「可是——」

「待會兒再說吧，」哈利連忙表示。他不想在這裡告訴榮恩是誰打開了密室，他再怎麼樣也不能當著金妮的面提起這件事，「洛哈呢？」

「在那裡，」榮恩說，他咧嘴微笑，頭朝隧道另一側水管的方向點了一下，「他情況不太好，過來看看吧。」

佛客使寬闊的猩紅翅膀，在黑暗中散發出一片柔和的金光，而他們在鳳凰的帶領下，沿著隧道一路往回走到了水管出口。吉德羅．洛哈正坐在那裡輕輕哼著小曲。

「他失去記憶了，」榮恩說，「記憶咒逆火反彈，沒射中我們，反而害了他自己。他現在完全不曉得自己是誰、在哪裡，當然也不認識我們。我叫他到這裡來等著，他現在連保護自己都做不到。」

洛哈好脾氣地抬頭望著他們。

「哈囉，」他說，「這地方可真奇怪，你們說是不是？你們住在這裡嗎？」

「不是。」榮恩說，朝哈利擠擠眼睛。

哈利彎下腰來，抬頭望著又長又黑的水管。

「你有想到我們該怎樣上去嗎？」他問榮恩。

榮恩搖搖頭，但鳳凰佛客使卻振翅飛向前方，拍著翅膀停在哈利面前，牠豆子般的眼睛在黑暗中顯得十分明亮，牠輕輕搖動長長的金色尾羽。哈利猶豫不決地望著牠。

「他看起來好像是希望你抓住他……」榮恩困惑地說，「可是你這麼重，一隻鳥兒怎麼有辦法把你拉到上面？」

「佛客使，」哈利說，「可不是一隻平凡的鳥，」他急急轉過身來望著其他人，「我們現在必須一個牽一個緊緊抓好。金妮，妳抓著榮恩的手。洛哈教授——」

「他是指你。」榮恩兇巴巴地對洛哈說。

「你抓住金妮另一隻手。」

哈利把銀劍和分類帽塞進皮帶，榮恩抓住哈利的長袍後襬，然後哈利伸出手來，抱住佛客使熱得出奇的尾羽。

他隱約感到一種輕飄飄的感覺竄遍他的全身，而在下一瞬間，他們就咻地一聲飛了起來，順著水管朝上竄升。哈利可以聽到洛哈在他後面盪來晃去，嘴裡還猛喊著：「太神奇了！太神奇了！就好像變魔法一樣！」冰寒的空氣吹動哈利的頭髮，而在他正覺得好玩的時候，旅程就結束了——他們四人一同摔落到愛哭鬼麥朵廁所的溼地板上，而洛哈剛把帽子扶好，藏在水管裡的洗手台就重新滑回原位。

麥朵瞪大眼睛望著他們。

「你沒死啊。」她面無表情地對哈利說。

「妳的語氣也不用那麼失望。」他沒好氣地答道，用力擦掉眼鏡上的血跡和污泥。

「喔，這個呀……我剛剛才在想，要是你死了的話，我很歡迎你跟我共用這間廁所。」麥朵說，臉上泛出害羞的銀暈。

「噁！」榮恩在他們一踏出洗手間，走到外面黑暗空蕩的走廊後，就忍不住開口說，「哈利！我想麥朵是**看上**你囉！現在妳有情敵了，金妮！」

但金妮仍在默默哭泣。

「現在要去哪裡？」榮恩說，並擔憂地望著金妮。哈利指著前方。

佛客使在前面領路，用金色的光輝照亮走廊。他們隨著牠大步前進，過了一段時間之後，他們就走到了麥教授辦公室門前。

哈利敲敲門，伸手把門推開。

18 多比的獎賞

當哈利、榮恩、金妮和洛哈帶著滿身泥濘和血污（這只有哈利），一起出現在大門前時，房中頓時變得鴉雀無聲，接著就響起了一聲尖叫。

「**金妮！**」

那是衛斯理太太，她本來一直坐在爐火前哭泣。她跳起來，衛斯理先生緊跟在她的後面，兩人一起撲過去抱住他們的女兒。

但哈利的目光卻掠過他們飄向後方。鄧不利多教授站在壁爐架旁，笑吟吟地望著他，而站在他身邊的麥教授卻伸手揪住心口，大口大口地喘氣，努力讓自己鎮定下來。接著哈利就發現自己和榮恩同時被衛斯理太太緊緊抱住，而佛客使也咻地一聲自他耳邊飛過，停到鄧不利多的肩膀上。

「你們救了她！你們救了她！你們是**怎麼**辦到的？」

「我想，我們大家都很想聽聽這是怎麼回事。」麥教授虛弱地說。

衛斯理太太放開哈利，他遲疑了一會兒，然後走到書桌前，把分類帽、鑲著紅寶石的銀劍，還有瑞斗殘破不堪的日記全都擱到桌上。

然後他開始把一切全都告訴他們。在接下來十五分鐘之內，房間中一片靜默，大家全神貫注地聽著他述說事情的經過：他告訴他們，他是怎樣聽到那無形的聲音，而妙麗最後又是如何想到，他聽到的其實是一隻躲在水管中的蛇妖的聲音；他和榮恩是在怎樣的情況下，跟著蜘蛛深入森林，聽到阿辣哥對他們透露出那個被蛇妖殺死女孩的死亡地點；他最後又是如何猜到，當年的犧牲者就是愛哭鬼麥朵，而密室的入口很可能就藏在她的洗手間裡面……

「非常好，」麥教授在他說到一個段落，停下來休息時，接口說道，「所以你找到了密室的入口——我必須指出，你在這過程中至少犯了一百條校規——但你們**到底**是如何全都活著逃出來的，波特？」

於是嗓子已經講得微微沙啞的哈利，再把佛客使及時趕到，和分類帽變出銀劍的經過告訴他們，但接著他就支支吾吾地說不下去了。他到目前為止，一直避免去提起瑞斗的日記——也不敢說到金妮的事。她現在站在父母身邊，把頭靠在衛斯理太太的肩膀上，淚水依然無聲地沿著面頰淌落下來。要是他們把她開除怎麼辦？哈利慌亂地想著。瑞斗的日記現在已經不能用了……他們要怎樣才能證明，這一切全都是瑞斗逼她做的？

哈利的目光下意識地飄向鄧不利多，而他微微一笑，半月形的鏡片在爐火照耀下閃閃發亮。

「我**個人**最想知道的是，」鄧不利多和藹地說，「我所得到的情報全都顯示出，佛地魔王目前是躲在阿爾巴尼亞的森林裡面，在這樣的情況下，他怎麼會有辦法去蠱惑金妮呢？」

一陣輕鬆的解脫感——一種如暖流般席捲而來的美好解脫感——在瞬間竄遍他的全身。

「那——那是什麼意思？」衛斯理先生用一種被嚇呆的語氣說，「**那個人**？蠱——蠱惑**金妮**？可是金妮不會……金妮並沒有……她有嗎？」

「是這本日記，」哈利趕緊接口說，拿起日記遞到鄧不利多面前，「這是瑞斗在十六歲時寫的日記。」

鄧不利多從哈利手中接過日記，將他又長又歪的鼻子湊到那焦黑溼透的書頁前，凝神細看。

「真是聰明。」他柔聲說，「當然啦，他大概是霍格華茲有史以來最聰明的學生。」他轉過頭來望著衛斯理夫婦，他們顯然是聽得一頭霧水。

「很少人知道，佛地魔王以前叫做湯姆．瑞斗。我五十年前在霍格華茲教過他。他在畢業後就失去蹤影……進行長期的修業旅行，足跡踏遍了許多地方，並在這段期間開始深入鑽研黑魔法，和我們魔法族群中最壞的敗類混在一起，並經歷過無數次危險的魔法變形，因此在他以佛地魔王的面貌重新出現時，他已經完全變了一個人，大家根本就認不出是他。幾乎沒有任何人會把佛地魔王，和當年那個當過霍格華茲學生會男主席，既聰明又帥氣的優秀男孩連在一起。」

「可是金妮，」衛斯理太太說，「我們家金妮怎麼會跟——跟——**他**——扯上關係呢？」

「是他的日——日記！」金妮哭著說，「我——我一直在用它來寫日記，他已經跟我筆——筆談了一整年——」

「**金妮！**」衛斯理先生大吃一驚，「難道我**什麼**都沒教過妳嗎？我是怎麼告訴妳的？永遠不要相信任何會自己思考、但**妳卻看不出它把腦袋藏在哪裡的東西**。妳為什麼不把日記拿給我，或是妳母親檢查看看呢？像它這麼可疑的物品，**絕對**跟黑魔法脫不了關係！」

「我不——不曉得呀，」金妮哭著說，「我是在媽買給我的書裡找到它的。我還——還以為，是有人不小心把它放在那裡忘了拿走……」

「我認為，現在應該立刻把衛斯理小姐送到醫院廂房，」鄧不利多用一種堅定的語氣斷然表示，「這對她來說是一場非常恐怖的艱苦試煉，我不會給她任何處罰。就算是一些比她年紀大、並聰明許多的巫師，同樣也可能會上佛地魔王的當。」他大步走到門前，把門拉開，「上床好好睡一覺，或者是喝一大杯熱騰騰的巧克力，我發現這總是可以讓我重新打起精神。」他再加上一句，和藹地朝金妮眨眨眼，「龐芮夫人現在還沒睡，她正在忙著分配魔蘋果汁呢——我想，那些被蛇妖石化的人，很快就會醒過來了。」

「所以妙麗就快好了！」榮恩愉快地說。

「這件事並沒有造成永久性的傷害。」鄧不利多說。

衛斯理太太帶著金妮走出去，衛斯理先生跟在後面，看起來還沒有從震驚中回復過來。

「還有，米奈娃，」鄧不利多教授若有所思地對麥教授說，「我認為，這值得讓我們開一場盛大的**宴會**。能不能請妳去叫廚房開始準備？」

「好的。」麥教授爽快地答道，並快步走向大門，「那我就把波特和衛斯理交給你處理囉，可以嗎？」

「當然可以。」鄧不利多說。

等她走出房間，哈利和榮恩忐忑不安地望著鄧不利多。麥教授剛才的話是什麼意思，什麼叫作把他們交給鄧不利多**處理**？他們不至於——**不至於**還得接受處分吧？

「我記得，我好像跟你們兩個說過，你們要是再犯一條校規，我就只好真的開除你們了。」鄧不利多說。

榮恩嚇得張大嘴巴。

「這點可以顯示出，我們魔法族群中最正派的人，有時候也不得不把自己的話給吞回肚子裡去，」鄧不利多笑吟吟地說下去，「你們兩個都會獲得學校的特殊貢獻獎，另外——讓我看看——好吧，你們兩人各替葛來分多贏了兩百分。」

榮恩閉上嘴巴，臉變成跟洛哈情人節鮮花一樣的鮮豔粉紅色。

「可是，我們這裡有個人怎麼會這麼安靜，絕口不提他在這場冒險行動中的英勇表現呢？」鄧不利多又加上一句，「怎麼變得這麼謙虛了呢，吉德羅？」

哈利猛然一驚，他剛才把洛哈給忘得一乾二淨。他轉過頭來，看到洛哈站在角落，臉上依然掛著一絲隱約的微笑。洛哈在鄧不利多問他的時候，甚至還回過頭去，想看看這位老先生到底是在跟誰說話。

「鄧不利多教授，」榮恩立刻表示，「我們在密室裡出了一點兒意外，洛哈教授——」

「我是一位教授？」洛哈吃驚地問道，「我的老天爺呀。我還覺得自己很沒用呢，你說是不是？」

「他想要施展一個記憶咒，可是魔杖卻逆火反彈，射中了他自己。」榮恩輕聲對鄧不利多解釋。

「天哪，」鄧不利多搖著頭說，銀白的長鬍微微抖動，「你被自己的劍刺中了，吉德羅！」

「劍？」洛哈茫然地說，「我沒有劍啊，不過那個孩子倒是有一把，」他指著哈利，「你可以向他借。」

「能不能請你把洛哈教授也送到醫院廂房？」鄧不利多對榮恩說，「我還想跟哈利談一下……」

洛哈慢吞吞地踱了出去。榮恩先好奇地回頭瞥了鄧不利多和哈利一眼，才輕輕關上房門。

鄧不利多走向爐火前的座椅。

「坐吧，哈利。」他說，而哈利坐下來，突然感到一陣莫名的緊張。

「首先呢，哈利，我想要跟你說聲謝謝，」鄧不利多說，眼睛再度閃出光芒，「你在密室裡，必然對我表現出真正的忠誠。因為只有這樣，才能把佛客使召喚到你的身邊。」

他輕輕撫摸那隻飛到他腿上的鳳凰。鄧不利多望著哈利，而他不好意思地咧嘴傻笑。

「所以你跟湯姆．瑞斗碰過面了，」鄧不利多沉吟地說，「我想他一定對你**最**感興趣……」

在突然間，哈利忍不住衝口說出某件深深困擾他的事情。

「鄧不利多教授……瑞斗說我跟他很像。他說我們有些奇怪的共通點……」

「他**有**這麼說嗎，那現在呢？」鄧不利多說，他垂下銀白色的濃眉，若有所思地盯著哈利，「你自己是怎麼想的，哈利？」

「我才不覺得我像他呢！」哈利說，他的嗓門大得連他自己都嚇一跳，「我的意思是，我是——我是在**葛來分多**呀，我是……」

但接著他就說不下去了，一個埋藏已久的疑點重新浮上心頭。

「教授，」過了許久他才再度開口說道，「分類帽跟我說——我在史萊哲林學院會表現得很好。有一段時間，大家都以為我就是史萊哲林的傳人……因為我會說爬說語……」

「哈利，你會說爬說語，」鄧不利多平靜地說，「是因為佛地魔王——他是薩拉札．

史萊哲林留下的最後一支血脈——會說爬說語。除非是我弄錯了，但我認為，他在你額上留下那道疤痕的時候，同樣也把他自己的某些力量傳給了你。不過他當然不是有意的，這我可以確定……」

「佛地魔王把他自己的一點力量傳給了**我**？」哈利說，他受到非常大的震撼。

「看來好像就是這樣。」

「所以我真的是**應該**被分到史萊哲林，」哈利說，帶著自暴自棄的神情凝視鄧不利多的面孔，「分類帽可以在我身上看到史萊哲林的力量，而且它——」

「把你分到葛來分多，」鄧不利多平靜地說，「聽我說，哈利，你碰巧擁有許多薩拉札．史萊哲林在親自挑選學生時最注重的特質。他自己稀有的天賦，爬說嘴……足智多謀……堅毅果決……而且也不太遵守既定的規則，」他再加上一句，鬍鬚又開始微微顫動，「但是分類帽還是把你分到了葛來分多。你該曉得這是為了什麼，想想看吧。」

「它會把我分到葛來分多，」哈利用一種十分挫敗的語氣說，「只不過是因為我求它不要把我分到史萊哲林……」

「**完全正確**，」鄧不利多說，再度露出開心的微笑，「這點就讓你變得跟湯姆．瑞斗大大**不同**啦。事實上，我們的選擇，遠比我們的天賦才能，更能顯示出我們的真貌。」哈利目瞪口呆地坐在椅子上，驚訝得完全不能動彈，「哈利，如果你非得看到某些證據，來證明你真的是屬於葛來分多，我建議你仔細看看**這個**。」

鄧不利多伸手越過麥教授的書桌，抓起那把染血的銀劍遞給哈利。哈利茫然地把劍身翻轉過來，紅寶石在火光下發出璀璨的光芒，接著他就看到了那個刻在劍柄下的名字。

高錐客．葛來分多。

「只有一名真正的葛來分多學生，才有辦法拔出這把帽中劍，哈利。」鄧不利多淡淡地表示。

在接下來的一分鐘，兩人都不曾再開口說話。然後鄧不利多拉開麥教授的書桌抽屜，從裡面取出一枝羽毛筆和一瓶墨水。

「哈利，你現在最需要的，是去吃點東西和好好睡上一覺。我建議你現在就下去參加宴會，我要先寫封信寄給阿茲卡班——讓我們的獵場看守人快點回到這裡。而且我還得擬一份徵人廣告，登在《預言家日報》上，」他若有所思地再加上一句，「我們需要找一位新的黑魔法防禦術老師。我的天哪，我們好像就快把他們給消耗光了，你說是不是？」

哈利站起來走到門邊。但他才剛伸手握住門把，房門就突然被用力推開，彈到了牆上。

魯休思．馬份帶著盛怒的表情出現在門前，而那個畏畏縮縮站在他腳邊，渾身裹滿繃帶的小東西，正就是小精靈**多比**。

「晚安，魯休思。」鄧不利多愉快地說。

馬份先生怒沖沖地衝進房中，差點兒就把哈利給撞倒。多比慌慌張張地跟著跑進來，蹲伏在他的斗篷下襬邊，臉上掛著一個可憐兮兮的害怕表情。

「好啊！」魯休思說，用冷酷的目光緊盯著鄧不利多，「你竟然回來了。理事會已決定讓你停職，但你卻不把這當作一回事，就這樣大剌剌地回到霍格華茲。」

「這個嘛，我要告訴你，魯休思，」鄧不利多心平氣和地微笑答道，「其他十一位理事在今天跟我連絡。坦白說，我簡直覺得自己好像是被一陣貓頭鷹冰雹給困住了呢。他們聽說亞瑟・衛斯理的女兒被殺，而他們希望我能立刻回到這裡。他們似乎是認為，我終究還是這個職務的最佳人選。他們也跟我說了一些非常奇怪的故事，其中有幾位還表示，你當初曾對他們出言恐嚇，威脅說如果他們不同意讓我停職的話，你就要詛咒他們全家。」

馬份先生的臉色變得比平常還要蒼白，不過他瞇成細縫的眼睛，卻依然閃著憤怒的光芒。

「那麼——你可以阻止攻擊事件再發生嗎？」他冷笑道，「你抓到犯人了嗎？」

「是的，我們抓到了。」鄧不利多微笑答道。

「**是嗎**？」馬份先生厲聲喝道，「那是誰呢？」

「跟上次的兇手是同一個人，魯休思，」鄧不利多說，「不過這一次呢，佛地魔王是利用別人替他行動，方法是透過這本日記。」

他遞出那本中間破了個大洞的小黑本子，目光緊盯住馬份先生的臉孔不放，但哈利的目光卻飄向多比。

這個小精靈現在做出非常奇怪的動作。他的大眼睛意味深長地望著哈利，先用手指指著日記，再指向馬份先生，然後猛捶自己的頭。

「我知道了……」馬份先生對鄧不利多緩緩說道。

「這是一個非常聰明的計謀，」鄧不利多用沉著的語氣表示，依然緊盯著馬份先生的眼睛，「因為，要是哈利——」馬份先生惡狠狠地瞪了哈利一眼，「和他的朋友榮恩沒發現這本日記，結果會怎麼樣呢——金妮．衛斯理說不定就得一個人承擔所有罪過。沒有人能夠證明，她是受到蠱惑而身不由己……」

馬份先生沒有答話。他臉上毫無表情，看起來就像是一張面具。

「而且你想想看，」鄧不利多繼續說下去，「接下來會發生什麼樣的情況……衛斯理家是我們最傑出的純種家族之一。想想看，要是衛斯理家的女兒，被人發現她攻擊並殺害麻瓜後代的話，這對亞瑟．衛斯理以及他的麻瓜保護法案，會造成什麼樣的影響？能找到這本日記，並除掉瑞斗留在裡面的記憶，真的是非常幸運，否則天知道這會導致什麼樣的後果……」

馬份先生勉強擠出一句話。

「是很幸運。」他生硬地說。

而躲在他背後的多比，卻依然在那裡重複同樣的動作，先指著日記，再指魯休思．馬份，然後再用力敲自己的頭。

哈利忽然明白了。他對多比點點頭，而多比退到角落，開始扯自己的耳朵來作為懲罰。

「你難道不知道，金妮是怎樣得到這本日記的，馬份先生？」哈利說。

魯休思怒沖沖地轉過來瞪著他。

「我哪會曉得那個白癡小女孩是怎麼拿到它的？」他說。

「因為就是你塞給她的，」哈利說，「在華麗與污痕書店裡，你故意抓起她的一本舊變形學課本，偷偷把日記塞到裡面，對不對？」

他看到馬份先生蒼白的手緊緊握起又再度鬆開。

「拿出證據來啊。」他嘶聲說。

「喔，這大概沒人能辨得到，」鄧不利多說，並對哈利露出微笑，「現在瑞斗已經從日記裡消失，唯一的證據也已經毀了。不過話說回來，我倒是要對你提出一個忠告，魯休思，不要再隨便把佛地魔王在學校用的舊東西送到外面。要是再有一樣東西落到無辜的人手上，我想，至少亞瑟·衛斯理一定會循線找到你頭上……」

魯休思·馬份在原處呆站了一會兒，而哈利清楚看到他的右手抖了一下，似乎是想要伸手去抓他的魔杖。但他最後並未採取行動，只是忿忿轉向他的家庭小精靈。

「我們走吧，多比！」

他扭開房門，多比慌慌張張地趕到他身邊，卻被他一腳給踢到了門外，他們聽到多比一路上不停地尖聲慘叫。哈利站在房中苦苦思索，然後他腦中突然靈光一閃。

「鄧不利多教授，」他急急問道，「請問我可以把這本日記**還給**馬份先生嗎？」

「當然可以，哈利，」鄧不利多平靜地說，「不過動作快一點，別忘了你還得參加宴會。」

哈利抓起日記，衝出辦公室。他聽到多比痛苦的尖叫聲繞過轉角，然後漸漸遠去。哈利一面暗自猜想這個計畫不知是否有用，一面飛快地脫下一隻鞋子，扯掉他那髒得要命的襪子，把日記塞進襪子裡面。接著他就沿著黑暗的走廊往前狂奔。

他在樓梯口旁趕上了他們。

「馬份先生，」他像溜冰似地滑著停下來，氣喘吁吁地說，「我有東西要交給你。」

他把那隻臭烘烘的襪子硬塞進魯休思・馬份手裡。

「你幹什——？」

馬份先生扯掉裹住日記的襪子，把它扔到旁邊，氣沖沖地望著殘破的日記，然後再惡狠狠地瞪著哈利。

「你很快就會落到跟你父母一樣的下場，哈利波特，」他輕聲說，「他們同樣也是愛管閒事的蠢蛋。」

他轉身準備離去。

「來啊，多比。我說，**過來！**」

但多比卻沒有動。他握著哈利那隻噁心的臭襪子，而他望著它的眼神，就好像那是一個無價之寶。

「主人賞給多比一隻襪子，」小精靈用一種像做夢般的語氣說，「主人把它賞給了多比。」

「那是什麼？」馬份先生啐道，「你到底在說什麼？」

「多比得到了一隻襪子，」多比不敢相信地說，「主人扔掉它，而多比抓到了它，所以多比——多比**自由**了。」

魯休思·馬份愣了一下，呆呆望著家庭小精靈，然後他就撲向哈利。

「你害我失掉了我的僕人，小子！」

但多比卻喊道：「你不能傷害哈利波特！」

砰的一聲，馬份先生朝後飛了出去。他以每次降三級的速度，乒乒乓乓地滾下樓梯，七橫八豎地跌落到下面的樓梯台上。他臉色鐵青地站起身來，掏出他的魔杖，但多比早已豎起一根深具威脅力的修長手指。

「你現在就走，」他指著馬份先生厲聲說，「你不准碰哈利波特一根寒毛，你現在就走。」

魯休思·馬份別無選擇，他憤怒地瞪了他們兩個最後一眼，接著就抓起斗篷忿忿一揮，急匆匆地大步離去。

「哈利波特解放了多比！」小精靈高聲尖叫，抬頭凝視哈利，球般的大眼映照出從窗口透進來的瑩瑩月光，「哈利波特讓多比得到自由！」

「我起碼還可以為你做這件事，多比。」哈利咧嘴笑道，「不過你得保證，以後絕對不要再想辦法來救我了。」

小精靈醜陋的褐臉上，突然綻出一個白牙閃閃的燦爛笑容。

「我還有一件事搞不懂，多比，」哈利在多比用顫抖的手穿上襪子時問道，「你不是告訴過我，這一切跟『那個不能說出名字的人』完全沒有關係，記得嗎？可是——」

「那是一個線索呀，先生，」多比說，他睜大眼睛，就好像這是個再明顯不過的事實，「多比在提供線索，黑魔王在改名以前，可以被稱作任何名字，你懂了吧？」

「沒錯，」哈利無力地說，「好吧，我得走了。學校在開慶祝會，而且我的朋友妙麗現在也該醒過來了……」

多比撲過來摟住哈利的腰，用力抱了他一下。

「哈利波特比多比原本以為的還要偉大！」他哽咽地說，「再會了，哈利波特！」

在最後一陣響亮的劈啪聲之後，多比就消失了。

* * *

哈利以前參加過幾場霍格華茲宴會，但這次卻跟過去很不一樣。大家全都穿著睡衣，而慶祝活動持續了一整夜。哈利到最後已經分不清，當晚最棒的一刻，究竟是妙麗尖叫著朝他奔過來，嘴裡連連喊著：「你解開了！你解開了！」還是賈斯汀從赫夫帕夫餐桌跑過來，尷尬地扭著手，為自己曾經懷疑哈利而不停道歉；或是海格在三點半時突然出現，用力往哈利和榮恩的肩膀上各捶了一拳，勁道猛得害他們一頭栽到桌上，沾了滿臉的乳脂鬆糕；或是他和榮恩獲得的四百分，讓葛來分多連續第二年蟬聯學院盃冠軍；或是麥教授忽然站起來報告，為了表示學校對大家的一點心意，今年的考試全部取消（「喔，不！」妙麗嘆道）；或是鄧不利多對大家宣布，很不幸地，洛哈教授因為必須調養身體，讓自己恢復記憶，因此明年無法回到學校任教。這個消息引起一陣熱烈的歡呼，甚至有不少老師也欣然加入。

「真可惜，」榮恩說，順手再拿了一個果醬甜甜圈，「我才漸漸開始喜歡上他呢。」

* * *

接下來的夏日時光，在一片燦爛陽光的慵懶氣氛中悠然度過。霍格華茲一切恢復正常，但還是有著些微的差異：黑魔法防禦術課程全部取消（「反正我們在這方面練習的機會多得很。」榮恩告訴悶悶不樂的妙麗），而魯休思．馬份也被逐出了學校理事會。跩哥不再神氣活現地在校園裡四處招搖，好像學校是他家開的一樣。相反地，他總是露出一副滿肚子怨氣的忿恨表情。不過，金妮．衛斯理倒是又變得跟以前一樣開朗快樂了。

沒過多久，就到了該搭乘霍格華茲特快車回家的時候了。哈利、榮恩和妙麗、弗雷、喬治和金妮共同占了一整個包廂。他們趕在假期開始之前，儘可能地利用最後幾個鐘頭能使用魔法的時間。他們玩爆炸牌，把弗雷和喬治剩下的飛力煙火全都放光，練習用魔法解除彼此的武裝。這種魔法哈利使得越來越順手了。

就在他們即將駛入王十字車站時，哈利突然想起了一件事。

「金妮——妳到底看到派西做了什麼，他為什麼不讓妳告訴別人？」

「喔，那個呀，」金妮噗哧一聲笑了出來，「好吧——派西交了一個**女朋友**。」

弗雷失手把整疊書掉到喬治的頭上。

「**什麼**？」

「就是那個雷文克勞級長，潘妮·清水，」金妮說，「他上個暑假就是一直在寫情書給她。他常常跟她在學校很多地方偷偷約會。我有一次不小心撞見他們躲在一間空教室裡面接吻。在她被——你知道——被攻擊的時候，他心情真是糟透了。你們不會去嘲笑他吧，對不對？」她不安地加上一句。

「我做夢也不會想去做這種事。」弗雷說，他的表情簡直就像是突然提早過生日似的。

「死都不會。」喬治說，並吃吃竊笑。

霍格華茲特快車開始漸漸減速，最後終於停了下來。

哈利掏出他的羽毛筆和一小片羊皮紙，轉身望著榮恩和妙麗。

「這叫作電話號碼，」他告訴榮恩，匆匆寫下兩個一樣的號碼，把紙撕成兩半，分別遞給他們，「我在上個暑假，跟你爸解釋過要怎樣打電話，他知道該怎麼用。打電話到德思禮家找我，好嗎？要我整整兩個月只能跟達力說話，我想我是再也受不了了……」

「可是你的阿姨和姨丈一定會為你感到驕傲的，對不對？」妙麗說，他們走下火車，加入湧向魔法路障的人潮，「在聽到你這一年的表現以後，他們應該會以你為榮吧？」

「以我為榮？」哈利說，「妳瘋了嗎？我有這麼多死掉的機會，結果卻居然沒死成？他們會氣壞的……」

然後他們就一同穿越出口，回到麻瓜的世界。

國家圖書館出版品預行編目資料

哈利波特②消失的密室 / J.K. 羅琳 著；彭倩文 譯.
-- 二版. -- 臺北市：皇冠, 2020. 9
面; 公分. --(皇冠叢書；第4880種) (Choice；333)
譯自：Harry Potter and the Chamber of Secrets
ISBN 978-957-33-3590-0 (平裝)

873.57 109012918

皇冠叢書第4880種
CHOICE 333
哈利波特②
消失的密室
【繁體中文版20週年紀念】

Harry Potter and the Chamber of Secrets

作　　者─J.K. 羅琳（J.K. Rowling）
譯　　者─彭倩文
發 行 人─平　雲
出版發行─皇冠文化出版有限公司
臺北市敦化北路120巷50號
電話◎02-27168888
郵撥帳號◎15261516號
皇冠出版社(香港)有限公司
香港銅鑼灣道180號百樂商業中心
19字樓1903室
電話◎2529-1778　傳真◎2527-0904
總 編 輯─許婷婷
責任編輯─蔡承歡
美術設計─王瓊瑤
著作完成日期─1998年
二版一刷日期─2020年9月
二版九刷日期─2024年4月
法律顧問─王惠光律師

讀者服務傳真專線◎02-27150507
電腦編號◎375333
ISBN◎978-957-33-3590-0
Printed in Taiwan
本書定價◎新臺幣480元/港幣160元

WIZARDING WORLD